dtv

Aufgrund eines Berechnungsfehlers bohrt sich das Raumschiff in die Oberfläche des Planeten Eden. Die Besatzungsmitglieder versuchen, das Schiff wieder instand zu setzen. Sie machen die Bekanntschaft eines der seltsamen Doppelwesen, die den Planeten bewohnen, und es gelingt ihnen, sich mit ihm zu verständigen. Sie erfahren von grausamer Tyrannei und Unterdrückung, die unakzeptabel scheinen. Sollen sie versuchen, dagegen anzugehen?

Stanisław Lem wurde am 12. September 1921 in Lwów (Lemberg) geboren. 1939–1941 und 1944–1948 Studium der Medizin, Philosophie, Methodologie der Wissenschaft und Kybernetik; 1941–1944 während der deutschen Besatzung Autoschlosser. Gegen Ende seines Studiums begann er zu schreiben, zunächst Gedichte, dann Novellen, seit 1950 Romane, daneben auch zahlreiche Hör- und Fernsehspiele, literaturkritische, philosophische, kybernetische und populärwissenschaftliche Abhandlungen. Er lebt heute in Krakau.

Stanisław Lem

Eden

Roman einer außerirdischen Zivilisation

Deutsch von
Caesar Rymarowicz

Deutscher Taschenbuch Verlag

Von Stanisław Lem
ist im Deutschen Taschenbuch Verlag erschienen:
Solaris (10177)

Ungekürzte Ausgabe
Juni 1999
Deutscher Taschenbuch Verlag GmbH & Co. KG, München
Lizenzausgabe mit freundlicher Genehmigung der
Nymphenburger Verlagshandlung GmbH, München
Titel der polnischen Originalausgabe: ›Eden‹
Umschlagkonzept: Balk & Brumshagen
Umschlagbild: Ausschnitt des Gemäldes ›Mondlandschaft‹ (1925)
von Howard Russell Butler
Satz: C. H. Beck'sche Buchdruckerei, Nördlingen
Gesetzt aus der Stempel Garamond 9,5/11˙ (3B2)
Druck und Bindung: Presse-Druck, Augsburg
Gedruckt auf säurefreiem, chlorfrei gebleichtem Papier
Printed in Germany · ISBN 3-423-08488-x

1. Kapitel

In den Berechnungen war ein Fehler. Sie waren nicht über die Atmosphäre hinweggeflogen, sondern waren mit ihr zusammengestoßen. Das Raumschiff bohrte sich mit lautem Krachen, von dem die Trommelfelle anschwollen, in die Lufthülle. Sie spürten auf ihren Liegen das Nachgleiten der Stoßdämpfer. Die vorderen Bildschirme flammten auf und erloschen. Das Kissen der glühenden Gase, das auf die Raketenspitze drückte, überzog die Außenobjektive mit einem Schleier. Der Bremsvorgang war ungenügend und hatte zu spät eingesetzt. Gestank von schwelendem Gummi erfüllte den Steuerraum. Der Bremsdruck machte sie blind und taub. Das war das Ende. Doch auch daran vermochte keiner von ihnen zu denken. Ihre Kräfte reichten nicht einmal zum Atemholen. Das besorgten für sie die bis zuletzt arbeitenden Sauerstoffpulsatoren. Sie preßten die Luft in sie hinein wie in Ballons. Jäh verstummte das Tosen.

Die Havarielichter flammten auf, sechs auf jeder Seite. Über der Schalttafel des Antriebs glühte das Alarmsignal. Die Armatur war geborsten und wie eine Ziehharmonika zusammengequetscht. Isolationsfetzen, Plexiglassplitter glitten raschelnd über den Fußboden. Kein Donner mehr, ein dumpfes, immer lauter werdendes Pfeifen erfaßte alles.

»Was ist los?« stöhnte der Doktor und spie das Gummimundstück aus.

»Liegenbleiben!« schrie der Koordinator ihn an, der auf den letzten heilen Bildschirm starrte.

Die Rakete schoß einen Purzelbaum, als sei sie von einem Sturmbock gerammt worden. Die Nylonnetze, in denen sie lagen, klimperten wie Saiten. Einen Moment hielt sich alles in der Schwebe wie bei einer Schaukel, die auf dem höchsten Punkt ihrer Bewegung innehält – dann setzte ein Dröhnen ein.

Die Muskeln, in Erwartung des letzten Schlags erstarrt, erschlafften. Die Rakete senkte sich auf der Feuersäule nieder. Die Düsen brummten besänftigend. Aber nur wenige Minuten. Dann erfaßte ein Schauder die Wände. Die Vibration wurde zusehends stärker. Sicherlich hatten sich die Lageraufhängungen der Turbinen gelockert. Die Männer blickten einander an. Keiner sprach. Sie wußten, alles hing davon ab, ob die Rotoren die Beanspruchung aushielten.

Der Steuerraum erbebte plötzlich, als schlüge ein stählerner Hammer wie rasend auf ihn ein. Die dicke konvexe Linse des letzten Bildschirms bedeckte sich mit einem dichten Spinnennetz von Rissen, ihre Phosphorscheibe erlosch. Von unten her drang der blasse Schimmer der Havarielampen herauf und warf die vergrößerten Schatten der Männer gegen die schrägen Wände. Das Dröhnen ging in ein Brüllen über. Unter ihnen schabte etwas, zerbrach, spaltete sich mit einem metallischen Schrillen. Der Rumpf flog, von einem scheußlichen Schütteln gepackt, blind weiter, wie tot. Sie duckten sich, hielten den Atem an. Völlige Finsternis und Chaos herrschten. Ihre Körper schossen plötzlich an den langen Nylonleinen nach vorn, fast wären sie gegen die zerschmetterten Schalttafeln geprallt. Dann baumelten sie, sanft schaukelnd, wie schwere Uhrpendel in den Raum ...

Die Rakete kippte um wie ein stürzender Berg. Der Donner schien aus der Ferne zu kommen, schwach rollend. Die hochgeschleuderten Erdmassen glitten am Außenpanzer entlang.

Alles erstarrte. Unter ihnen zischten die Leitungen. Etwas gluckste entsetzlich, schnell, immer schneller. Das Rauschen abfließenden Wassers, vermischt mit ohrenbetäubendem, sich immerfort wiederholendem Zischen, wie wenn eine Flüssigkeit auf glühende Bleche tropfte.

»Wir leben«, sagte der Chemiker. Er sprach das in völlige Dunkelheit. Man sah nicht das geringste. Er hing in seinem Nylonnetz wie in einem Sack, der an vier Zipfeln mit Seilen verknüpft ist. Er schloß daraus: Die Rakete lag auf der Seite. Etwas klickte. Ein blasses Benzinflämmchen über dem alten Feuerzeug des Doktors.

»Die Besatzung?« fragte der Koordinator. Ein Seil seines Netzes war gerissen. Er drehte sich langsam, war ganz hilflos. Vergebens versuchte er, sich durch die Maschen hindurch an der Wand festzuhalten.

»Erster«, rief der Ingenieur.

»Zweiter«, rief der Physiker.

»Dritter«, der Chemiker.

»Vierter«, der Kybernetiker; er hielt sich die Stirn.

»Fünfter«, meldete sich als letzter der Doktor.

»Alle. Ich gratuliere.« Die Stimme des Koordinators klang ruhig. »Die Automaten?«

Stille.

»Die Automaten?«

Schweigen. Der Doktor verbrannte sich die Finger am Feuerzeug. Er machte es aus. Wieder war es dunkel.

»Habe ich nicht immer gesagt, daß wir aus besserem Material sind«, sprach der Doktor in die Dunkelheit hinein. »Hat jemand von euch ein Messer?«

»Ich ... Die Seile durchschneiden?«

»Wenn du ohne Durchschneiden herauskommst, um so besser. Ich kann es nicht.«

»Ich versuche es.«

Der Chemiker zerrte an den Seilen. Sein Atem ging schneller. Etwas klopfte. Glas klirrte.

»Ich bin unten. Das heißt auf der Wand«, meldete er sich aus dem Schacht der Finsternis. »Doktor, leuchte mal, dann helfe ich euch.«

»Aber beeil dich, das Benzin ist bald alle.«

Das Feuerzeug flammte wieder auf. Der Chemiker machte sich am Schlafsack des Koordinators zu schaffen, reichte aber nur bis an dessen Beine. Schließlich gelang es ihm, den Reißverschluß ein Stück zu öffnen, der Koordinator plumpste auf die Füße. Zu zweit ging es schneller. Wenig später standen sie alle auf der schrägen, mit halbelastischer Masse belegten Wand des Steuerraums.

»Womit fangen wir an?« fragte der Doktor. Er preßte die Wundränder auf der Stirn des Kybernetikers zusammen und heftete ein Pflaster darauf. Er hatte es in der Tasche. Kleinkram trug er immer bei sich.

»Wir stellen erst mal fest, ob es uns gelingt hinauszukommen«, entschied der Koordinator. »Zunächst brauchen wir Licht. Was? Schon? Doktor, leuchten Sie hierher, vielleicht ist in den Kabelenden der Schalttafel noch Strom oder wenigstens im Regler der Alarmanlage.«

Diesmal gab das Feuerzeug nur Funken her. Der Doktor rieb sich die Finger wund. Die Funken sprühten über den

Resten der zertrümmerten Schalttafel, an denen der Koordinator und der Ingenieur kniend kramten.

»Ist Strom?« fragte der Chemiker. Er stand hinten, weil kein Platz mehr für ihn war.

»Vorläufig nicht. Hat denn keiner Streichhölzer?«

»Streichhölzer habe ich vor drei Jahren zum letztenmal gesehen. Im Museum«, nuschelte der Ingenieur; er versuchte gerade, mit den Zähnen die Isolierung von einem Leitungsende abzureißen. Plötzlich zuckte ein kleiner blauer Funke in den muschelförmig zusammengelegten Händen des Koordinators.

»Strom ist da«, sagte er. »Eine Glühbirne her.«

Sie fanden eine heil gebliebene im Alarmsignal über der Seitenarmatur. Ein grelles elektrisches Flämmchen erhellte den Steuerraum, der wie ein Teil eines schräg ansteigenden Tunnelrohres mit kegelförmigen Wänden wirkte. Hoch über ihnen war in dem, was jetzt die Decke darstellte, eine verschlossene Tür zu sehen.

»Über sieben Meter hoch«, sagte der Chemiker melancholisch. »Wie kommen wir bloß da hinauf?«

»Ich habe im Zirkus mal eine lebende Säule gesehen – fünf Menschen, einer auf dem anderen«, schlug der Doktor vor.

»Das ist für uns zu schwer. Wir müssen über den Fußboden dorthin gelangen«, entschied der Koordinator. Er ließ sich vom Chemiker das Messer geben und schnitt damit breite Kerben in den Plastikbelag des Bodens.

»Stufen?«

»Ja.«

»Warum hört man den Kybernetiker nicht?« fragte auf einmal der Ingenieur verwundert. Er saß auf den Trümmern der geborstenen Schalttafel und hielt ein Amperemeter an die herausgezogenen Kabelschnüre.

»Er ist Witwer geworden«, erwiderte der Doktor lächelnd. »Was ist ein Kybernetiker ohne Automaten?«

»Die wickle ich noch«, meldete sich der Kybernetiker. Er blickte in die Öffnungen der ausgeschlagenen Bildschirme. Das elektrische Flämmchen färbte sich langsam gelb, es wurde immer dunkler und blasser.

»Die Akkumulatoren auch?« murmelte der Physiker.

Der Ingenieur erhob sich. »Sieht so aus.«

Eine Viertelstunde später rückte die aus sechs Personen bestehende Expedition in die Tiefe oder vielmehr in die Höhe vor. Zuerst gelangte sie in den Gang und von da in die einzelnen Räume. In der Kajüte des Doktors fanden sie eine Taschenlampe. Der Doktor hatte eine Vorliebe für allerlei überflüssige Dinge. Sie nahmen sie mit. Überall trafen sie Verwüstungen an. Die an den Fußböden befestigten Möbel waren unbeschädigt, aber aus den Apparaten, aus dem Werkzeug, aus den Hilfsvehikeln und aus dem übrigen Material hatte sich eine unbeschreibliche Grütze gebildet, in der sie bis über die Knie wateten.

»Und jetzt wollen wir versuchen hinauszukommen«, erklärte der Koordinator, als sie sich wieder im Gang befanden.

»Und die Raumanzüge?«

»Die sind in der Druckkammer. Ihnen wird nichts zugestoßen sein. Aber wir brauchen gar keine Raumanzüge. Eden hat eine erträgliche Atmosphäre.«

»Ist überhaupt jemals einer hiergewesen?«

»Ja. Vor zehn oder elf Jahren. Die kosmische Sonde einer Suchpatrouille. Damals, als Altair mit seinem Raumschiff umgekommen ist. Erinnert ihr euch?«

»Aber kein Mensch.«

»Nein, keiner.«

Die Innenklappe der Schleuse befand sich schräg über ihren Köpfen. Allmählich schwand der erste eigenartige Eindruck, der dadurch entstanden war, daß sie die vertrauten Räume in einer völlig anderen Lage durchquerten – der Fußboden und die Decke waren jetzt die Wände.

»Ohne lebende Leiter kommen wir wirklich nicht hinaus«, sagte der Koordinator und beleuchtete die Luke mit der Taschenlampe des Doktors. Der Lichtfleck huschte über die Ränder. Sie war hermetisch verschlossen.

»Sieht nicht übel aus.« Der Kybernetiker hatte den Kopf weit in den Nacken gelegt.

»Freilich.« Der Ingenieur überlegte: Die ungeheure Kraft, die die Träger dermaßen zusammengepreßt hatte, daß die Schalttafel zwischen ihnen geborsten war, konnte natürlich auch die Luke verkeilt haben. Doch er behielt den Gedanken für sich. Der Koordinator schielte zum Kybernetiker hin und wollte ihm schon vorschlagen, den Rücken zu beugen und sich an die Wand zu stellen, als ihm das Eisengerümpel einfiel, das sie im Automatenraum gesehen hatten. Er sagte zum Chemiker:

»Stell dich breitbeinig hin, mit den Händen auf den Knien, so hast du es besser.«

»Ich habe schon immer davon geträumt, einmal im Zirkus aufzutreten«, versicherte der Chemiker und bückte sich. Der Koordinator stellte ihm den Fuß auf die Schulter, schwang sich hoch, reckte sich, schmiegte sich an die Wand und bekam mit den Fingerspitzen den keulenförmig verdickten Nickelhebel der Luke zu fassen.

Er zog und zerrte und hängte sich schließlich daran. Der Hebel gab knirschend nach, als sei der Schloßmechanismus mit Glassplittern gefüllt; er machte eine Viertelumdrehung und rührte sich nicht mehr.

»Drehst du nach der richtigen Seite?« fragte der Doktor, der mit der Taschenlampe von unten leuchtete. »Die Rakete liegt.«

»Das habe ich berücksichtigt.«

»Kannst du nicht stärker?«

Der Koordinator erwiderte nichts. Er hing platt an der Wand, mit der einen Hand am Hebel. Er versuchte, ihn mit der anderen Hand zu packen, was sehr schwierig war, aber schließlich gelang es ihm. Jetzt hing er wie am Trapez, zog die Beine an, um nicht den Chemiker zu stoßen, der sich unter ihm bückte, und zerrte ein paarmal heftig am Hebel, indem er einen Klimmzug machte und sich dann mit der vollen Last seines Körpergewichts fallen ließ. Er stöhnte jedesmal auf, wenn sein Körper im Schwung gegen die Wand prallte.

Beim dritten oder vierten Male gab der Hebel etwas nach. Nur noch fünf Zentimeter fehlten. Der Koordinator sammelte alle Kraft und warf sich erneut nach unten.

Der Hebel schlug mit gräßlichem Knirschen gegen das Schloß. Der innere Riegel war zurückgeschoben.

»Das ging ja wie geschmiert!« rief der Physiker erfreut. Der Ingenieur schwieg. Er wußte Bescheid. Die Klappe mußte erst noch geöffnet werden, das war viel schwieriger. Der Ingenieur rüttelte daran, drückte den Griff der hydraulischen Vorrichtung, aber er wußte von vornherein, daraus würde nichts werden. Die Rohre waren an vielen Stellen geborsten, und die Flüssigkeit war ausgelaufen. Als der Doktor seine Taschenlampe nach oben richtete, leuchtete die Handkurbel über ihnen mit ihrem Rädchen wie eine Aureole auf. Für ihre gymnastischen Möglichkeiten war das zu hoch – mehr als vier Meter.

Sie trugen deshalb aus allen Räumen die zerschlagenen

Geräte, die Kissen und Bücher zusammen. Als besonders nützlich erwies sich die Bibliothek, vor allem die Sternatlanten, sie waren schön dick.

Sie errichteten daraus eine Pyramide, wie aus Ziegelsteinen. Fast eine ganze Stunde brauchten sie dazu. Einmal rutschte ein Teil herunter, daraufhin gingen sie unter dem Befehl des Ingenieurs systematisch vor.

»Physische Arbeit ist doch ein Greuel!« rief der Doktor keuchend. Die Taschenlampe steckte in einer Ritze der Klimaanlage und beleuchtete ihnen den Weg, während sie zur Bibliothek liefen und, mit Büchern beladen, zurückkehrten.

»Ich habe mir nie träumen lassen, daß es bei einer Reise zu den Sternen so primitive Bedingungen geben kann«, schnaufte der Doktor. Er allein redete noch. Schließlich kroch der Koordinator, von seinen Gefährten gestützt, vorsichtig auf die Pyramide, er konnte die Kurbel mit den Fingern gerade berühren.

»Zu wenig«, sagte er. »Fünf Zentimeter fehlen. Ich kann nicht hochspringen, weil sonst alles zusammenstürzt.«

»Hier habe ich die ›Theorie der schnellen Flüge‹.« Der Doktor wog einen dicken Wälzer in der Hand. »Ich denke, das wird genau das Richtige sein.«

Der Koordinator klammerte sich an die Kurbel. Sie leuchteten ihm von unten mit der Taschenlampe. Sein Schatten flatterte auf der weißen Fläche des Plastikbelages, mit dem die Wand, die jetzt die Decke bildete, verkleidet war. Plötzlich rutschte ihm die Kurbel aus den Händen, er schwankte einen Augenblick und verlor das Gleichgewicht. Keiner schaute mehr hinauf. Sie faßten sich an den Händen und drängten sich gegen die wacklige Pyramide aus Büchern, damit sie nicht auseinanderglitt.

»Nur nicht fluchen. Wenn man erst damit anfängt, nimmt das kein Ende«, rief der Doktor warnend von unten. Der Koordinator ergriff wieder die Kurbel. Plötzlich ein Knirschen und dann das dumpfe Poltern herabgleitender Bände. Der Koordinator hing über ihnen in der Luft, aber die Kurbel, an die er sich klammerte, vollführte eine ganze Umdrehung.

»Weiter so, noch elfmal«, sagte er und landete auf dem Bücherschlachtfeld.

Zwei Stunden später war die Klappe zur Strecke gebracht. Als sie sich langsam öffnete, stießen sie ein Siegesgeheul aus. Die offene Klappe bildete eine Art Zugbrücke, über die sie ohne größere Schwierigkeiten in die Schleuse gelangen konnten.

Die Raumanzüge im flachen Wandschrank waren unbeschädigt.

Der Schrank lag jetzt waagerecht. Sie stiegen über ihn hinweg.

»Gehen wir alle raus?« fragte der Chemiker.

»Erst versuchen wir den Eingang zu öffnen.«

Er war verschlossen, mit dem Rumpf wie aus einem Guß. Die Hebel ließen sich nicht bewegen. Sie stemmten sich alle sechs dagegen, versuchten die Gewinde zu lockern, warfen sich mal hier und mal dort dagegen – die Gewinde rührten sich nicht.

»Wie man sieht, ist die Hauptsache nicht, anzukommen, sondern auszusteigen«, bemerkte der Doktor.

»Ein gesunder Humor«, nuschelte der Ingenieur. Der Schweiß rann ihm über die Stirn. Sie setzten sich auf den Wandschrank.

»Ich habe Hunger«, gestand der Kybernetiker in dem allgemeinen Schweigen.

»Also müssen wir etwas essen.« Der Physiker erbot sich, in das Vorratslager zu steigen.

»Eher schon in die Küche. Vielleicht etwas aus dem Kühlraum ...«

»Allein schaffe ich das nicht. Da muß man erst eine halbe Tonne Schrott beiseite räumen, um an die Vorräte zu kommen. Wer geht mit?«

Der Doktor meldete sich. Der Chemiker raffte sich mit einem gewissen Widerwillen auf. Als ihre Köpfe hinter der aufgeschlagenen Lukentür verschwunden waren und der letzte Schein der Taschenlampe, die sie mitnahmen, erlosch, begann der Koordinator leise: »Ich wollte nur nichts sagen. Ihr wißt doch mehr oder weniger Bescheid, wie es um uns steht?«

»Das schon.« Der Ingenieur tastete in der Finsternis mit der Hand nach den Sohlen des Koordinators. Er brauchte diese Berührung.

»Du nimmst an, die Klappe läßt sich nicht durchschneiden?«

»Womit?« fragte der Ingenieur.

»Mit einem Elektrobrenner oder mit einem Gasbrenner. Wir können autogen schneiden und ...«

»Hast du schon mal von einem autogenen Brenner gehört, mit dem man einen Viertelmeter Keramit durchschneiden kann?«

Sie verstummten. Aus der Tiefe des Raumschiffes dröhnte dumpfer Lärm, wie aus eisernen Katakomben.

»Also was?« sagte der Kybernetiker nervös. Sie hörten seine Gelenke knirschen. Er stand auf.

»Setz dich«, sagte der Koordinator sanft, aber entschieden.

»Ihr glaubt, die Klappe ist mit dem Panzer verschweißt?«

»Nicht unbedingt«, erwiderte der Ingenieur. »Weißt du überhaupt, was geschehen ist?«

»Genaugenommen nicht. Wir sind mit kosmischer Geschwindigkeit genau dort in die Atmosphäre geraten, wo sie nicht sein sollte. Und warum? Der Automat kann sich nicht geirrt haben.«

»Der Automat hat sich nicht geirrt. Wir haben uns geirrt«, sagte der Koordinator. »Wir haben die Korrektur für den Schweif vergessen.«

»Welchen Schweif? Was verstehst du darunter?«

»Für den Gasschweif, den jeder Planet, der eine Atmosphäre besitzt, in entgegengesetzter Richtung zu seiner Bewegung bildet. Hast du noch nichts davon gehört?«

»O ja, doch. Wir sind also in diesen Schweif geraten? Muß er nicht sehr dünn sein?«

»Zehn zu minus sechs«, erwiderte der Koordinator. »Etwa in dieser Größenordnung, aber wir hatten über siebzig Kilometer in der Sekunde, mein Verehrtester. Das hat uns wie eine Mauer gebremst. Das war die erste Erschütterung, entsinnt ihr euch?«

»Ja«, fuhr der Ingenieur fort, »und als wir in die Stratosphäre drangen, hatten wir noch zehn oder zwölf. Eigentlich hätte die Rakete in tausend Stücke zerspringen müssen. Merkwürdig, daß sie es überhaupt ausgehalten hat.«

»Die Rakete?«

»Die ist für eine zwanzigfache Überbelastung berechnet. Aber bevor der Bildschirm barst, habe ich mit eigenen Augen gesehen, wie der Zeiger aus der Skala sprang. Die Skala hatte eine Reserve bis dreißig.«

»Und wir?«

»Was wir?«

»Wie konnten wir das aushalten? Willst du behaupten, daß die Drosselung dreißig g betrug?«

»Nicht ständig. Nur in den Spitzen. Die Bremsen gaben doch alles her. Deshalb kam es auch zu den Schwingungen.«

»Aber die Automaten glichen das aus, und wären nicht die Kompressoren ...«, widersprach der Kybernetiker mit trotzigem Unterton, hielt dann aber inne, weil unten im Schiff ein Gegenstand rumorte – es klang, als rollten Eisenräder über Blech. Dann wurde es still.

»Was verlangst du eigentlich von den Kompressoren?« fragte der Ingenieur. »Wenn wir in den Maschinenraum gehen, zeige ich dir, daß sie fünfmal mehr geleistet haben, als sie leisten konnten. Sie sind doch nur Hilfsaggregate. Zuerst gingen ihre Lager in die Brüche, und als die Schwingungen auftraten ...«

»Meinst du die Resonanz?«

»Mit der Resonanz ist das eine andere Sache. Eigentlich hätten wir auf einer Strecke von wenigen Kilometern zerquetscht werden müssen, wie jener Frachter auf dem Neptun, weißt du noch? Du wirst dich selbst davon überzeugen können, wenn du den Maschinenraum zu sehen bekommst. Ich kann dir von vornherein sagen, was da los ist.«

»Ich verspüre nicht die geringste Lust, den Maschinenraum zu besichtigen. Verdammt, warum lassen die so lange auf sich warten? In dieser Dunkelheit tun einem ja die Augen weh.«

»Wir werden schon Licht haben, keine Panik«, tröstete ihn der Ingenieur.

Er hielt noch immer, scheinbar unabsichtlich, die Fingerspitzen am Fuß des Koordinators, der sich nicht rührte und dem Gespräch schweigend zuhörte.

»Und in den Maschinenraum gehen wir nur so, aus lauter Langeweile. Was bleibt uns denn sonst zu tun?«

»Glaubst du im Ernst, daß wir von hier nicht wegkommen?«

»Ach wo, ich mache nur Spaß. Ich liebe solche Scherze.«

»Hör auf«, sagte der Koordinator. »Da ist ein Notausgang.«

»Mann! Der Notausgang ist genau unter uns. Die Rakete hat sich offenbar tief in den Boden gewühlt, und ich bin mir nicht sicher, ob der Teil mit der Tür noch aus dem Boden ragt.«

»Was tut's? Wir haben das nötige Werkzeug, dann graben wir eben einen Tunnel.«

»Und die Ladeluke?« fragte der Kybernetiker.

»Die ist überflutet«, erklärte der Ingenieur lakonisch. »Ich hab einen Blick in den Kontrollraum geworfen. Einer der Hauptbehälter muß einen Sprung bekommen haben. Mindestens zwei Meter tief Wasser. Und wahrscheinlich auch verseucht.«

»Woher willst du das wissen?«

»Weil das immer so ist. Zuerst setzt die Kühlung des Reaktors aus. Hast du das nicht gewußt? Die Ladeluke kannst du ruhig aus deinem Gedächtnis streichen. Wir kommen nur hier heraus, und das auch nur, wenn ...«

»Wir graben den Tunnel«, wiederholte der Koordinator leise.

»Theoretisch ist das möglich.« Der Ingenieur nickte. Sie schwiegen. Schritte näherten sich, im Gang unter ihnen wurde es hell. Sie kniffen die Augen zusammen.

»Schinken, Zwieback, Zunge oder was da in der Schachtel sein mag – die eiserne Ration! Hier ist Schokolade, und da sind die Thermosflaschen. Reicht das hinauf!« Der Doktor kroch als erster auf die Klappe. Er leuchtete mit der Taschenlampe, als sie die Kammer betraten und die Konservendosen hinstellten. Sie hatten auch Aluminiumteller mitgebracht.

Sie aßen stumm beim Schein der Taschenlampe.

»Die Thermosflaschen sind also ganz geblieben?« sagte der Kybernetiker erstaunt und schenkte sich Kaffee ein.

»Merkwürdig, aber es stimmt. Mit den Konserven steht es gar nicht so schlecht. Nur die Gefrieranlage, die Kühlschränke, die Backröhren, der kleine Synthetisierapparat, die Kläranlage, die Wasserfilter – das ist alles hin.«

»Die Kläranlage auch?« fragte der Kybernetiker besorgt.

»Auch. Vielleicht ließe sie sich reparieren, wenn wir Werkzeug hätten. Aber das ist eben der Teufelskreis. Um den einfachsten Apparat in Gang zu bringen, brauchen wir Strom. Um Strom zu haben, müssen wir das Aggregat reparieren, und dazu brauchen wir wieder einen Halbautomaten.«

»Ihr Technikbeflissenen, habt ihr genug beratschlagt? Also was? Wo bleibt der Strahl der Hoffnung?« Der Doktor beschmierte sich den Zwieback dick mit Butter und legte Schinken obendrauf. Ohne die Antwort abzuwarten, fuhr er fort: »Ich habe als Junge wohl mehr Bücher über die Kosmonautik gelesen, als unser gestrandetes Raumschiff wiegt, trotzdem kenne ich keine einzige Erzählung, keine Geschichte, nicht einmal eine Anekdote über das, was uns widerfahren ist. Wie das möglich ist, verstehe ich selber nicht!«

»Weil die Sache langweilig ist«, erklärte der Kybernetiker spöttisch.

»Ja, etwas Neues ist das schon, so ein interplanetarer Robinson.« Der Doktor schraubte seine Thermosflasche zu. »Wenn ich nach Hause komme, will ich mich bemühen, das zu schildern, falls mein Talent dazu reicht.«

Plötzlich wurde es still. Sie nahmen die Konservendosen auf. Der Physiker schlug vor, sie in dem Schrank mit den Raumanzügen aufzubewahren. Sie traten also an die Wand zurück, weil sich die Tür im Fußboden anders nicht öffnen ließ.

»Wißt ihr was? Wir haben da so eigenartige Laute vernommen, als wir im Lager herumsuchten«, erzählte der Chemiker.

»Was für Laute?«

»Ein Stöhnen und Krachen. Als ob eine Last uns preßte.«

»Glaubst du, daß ein Felsen auf uns gefallen ist?« fragte der Kybernetiker.

»Das ist etwas ganz anderes«, erklärte der Ingenieur. »Die äußere Hülle der Rakete hat sich beim Eindringen in die Atmosphäre stark erhitzt. Die Spitze kann sogar ein wenig geschmolzen sein. Die Teile erstarren jetzt wieder, verschieben sich, innere Spannungen entstehen, daher rühren die Laute. Ja, man kann sie auch jetzt hören ...«

Sie verstummten. Ihre Gesichter waren von der Taschenlampe erhellt, die auf einer flachen Scheibe über dem Eingang lag. Aus dem Innern des Raumschiffes kam ein durchdringendes Stöhnen, eine Folge kurzer, leiser werdender Geräusche, dann folgte Stille.

»Vielleicht ist das ein Automat?« Die Stimme des Kybernetikers verriet ein wenig Hoffnung.

»Du hast es ja selbst gesehen.«

»Ja, aber in die Notluke haben wir nicht geschaut.«

Der Kybernetiker beugte sich in das Dunkel des Ganges und rief vom Rand der Klappe: »Reserveautomaten, herhören!«

Die Stimme hallte im Raum. Stille war die Antwort.

»Komm her, wir untersuchen den Eingang.« Der Ingenieur kniete sich vor die eingewölbte Platte, hielt die Augen dicht an den Rand und leuchtete Zentimeter um Zentimeter die

Fugen ab. Der Lichtfleck glitt über die Abdichtungen, die mit einem feinen Netz von Sprüngen gezeichnet waren.

»Von innen ist nichts geschmolzen. Übrigens kein Wunder, denn Keramit ist ein schlechter Wärmeleiter.«

»Vielleicht versuchen wir es noch einmal?« schlug der Doktor vor und packte die Kurbel.

»Das hat keinen Sinn«, protestierte der Chemiker.

Der Ingenieur hielt die Hand an die Klappe und sprang auf.

»Jungs, wir brauchen Wasser! Viel kaltes Wasser!«

»Wofür?«

»Faßt die Klappe an. Sie ist heiß, nicht wahr?«

Mehrere Hände berührten sie gleichzeitig.

»Sie ist so heiß, daß man sich die Finger verbrennen kann«, stellte jemand fest.

»Das ist unser Glück!«

»Wieso?«

»Der Rumpf ist erhitzt, er hat sich geweitet, die Klappe auch. Wenn wir die Klappe abkühlen, schrumpft sie und wird sich vielleicht öffnen lassen.«

»Wasser – das genügt nicht. Vielleicht ist noch Eis da. In der Gefrieranlage müßte welches sein«, sagte der Koordinator.

Einer nach dem anderen sprangen sie in den Gang, der von ihren Schritten widerhallte.

Der Koordinator blieb mit dem Ingenieur am Eingang zurück.

»Sie wird nachgeben«, sagte er leise, wie zu sich selbst. »Wenn sie nicht zugeschmolzen ist.« Der Ingenieur tastete den Rand mit den Händen ab, um den Grad der Erhitzung festzustellen. »Keramit wird erst bei über dreitausendsiebenhundert Grad flüssig. Hast du nicht bemerkt, wie heiß die Hülle zuletzt war?«

»Zuletzt zeigten alle Uhren die Daten vom vergangenen Jahr an. Wenn ich mich nicht irre, hatten wir über zweieinhalb, als gebremst wurde.«

»Zweieinhalbtausend Grad ist nicht viel!«

»Ja, aber dann!«

Das erhitzte Gesicht des Chemikers erschien dicht über der aufgeklappten Luke. Die Taschenlampe baumelte an seinem Hals. Ihr Schein hüpfte über die Eisstückchen, die aus dem Eimer ragten. Er reichte ihn dem Koordinator.

»Warte, wie wollen wir das eigentlich machen mit dem Kühlen ...« Der Ingenieur verzog das Gesicht. »Moment.«

Er verschwand in der Dunkelheit. Wieder hallten Schritte. Der Doktor schleppte zwei Eimer herbei, in denen Eis schwamm. Der Chemiker leuchtete. Der Doktor und der Physiker begossen die Klappe mit dem Wasser. Es lief über den Fußboden in den Gang. Der Kybernetiker brachte einen Kübel mit kleingehacktem Eis und ging noch mehr holen. Als sie die Klappe zum zehntenmal bespülten, glaubten sie etwas zu hören – ein schwaches Quietschen. Sie stießen einen Freudenschrei aus. Der Ingenieur erschien. Vor die Brust hatte er sich einen ziemlich starken Raumanzugscheinwerfer gebunden. Gleich wurde es heller. Der Ingenieur warf einen Armvoll Plastikplatten aus dem Steuerraum auf den Fußboden. Sie packten Eisstücke auf die Lukentür und drückten sie mit den Plastikplatten und mit Luftkissen fest sowie mit den Büchern, die der Physiker unterdessen zusammentrug. Schließlich, als sie schon ihre Rücken kaum mehr geradebiegen konnten und von der kleinen Eismauer kaum etwas übriggeblieben war, so rasch schmolz sie bei der Berührung mit der erhitzten Lukentür, packte der Kybernetiker die Kurbel mit beiden Händen und versuchte sie zu drehen.

»Warte, noch nicht!« rief der Ingenieur ärgerlich. Aber die Kurbel gab ziemlich leicht nach. Alle sprangen auf. Die Kurbel drehte sich immer schneller. Der Ingenieur packte in der Mitte den Griff des dreifachen Riegels, der die Klappe absicherte, und zerrte daran. Ein Klirren war zu hören, als ob eine Scheibe zersprang, und die Lukentür preßte sich gegen sie, zunächst leicht. Auf einmal riß sie die Nächststehenden fast um, eine schwarze Lawine quoll polternd aus dem dunklen Rachen und schüttete die Männer, die sich ihr entgegenstellten, bis an die Knie zu. Der Chemiker und der Koordinator wurden beiseite geschleudert. Den Chemiker drückte die Klappe an die Seitenwand, so daß er sich nicht bewegen konnte; er kam aber unverletzt davon. Der Koordinator konnte noch im letzten Augenblick zurückspringen. Beinahe hätte er dabei den Doktor umgestoßen. Sie rührten sich nicht. Die Taschenlampe des Doktors war erloschen, sie war irgendwo verschüttet. Nur der Scheinwerfer auf der Brust des Ingenieurs leuchtete.

»Was ist das?« fragte der Kybernetiker mit einer Stimme, die nicht die seine zu sein schien. Er stand hinter den anderen, als letzter, am Rand der kleinen Plattform.

»Eine Probe vom Planeten Eden.«

Der Koordinator half dem Chemiker, sich von der Lukentür zu befreien.

»Ja«, bestätigte der Ingenieur, »der Eingang ist verschüttet, wir müssen uns ganz tüchtig in den Boden gebohrt haben!«

»Das ist die erste Landung unter der Oberfläche eines unbekannten Planeten, nicht wahr?« meinte der Doktor. Alle lachten. Der Kybernetiker schüttelte sich, daß ihm die Tränen kamen.

»Genug!« rief er. »Wir wollen doch nicht bis zum frühen Morgen so herumstehen. Holt das Werkzeug, wir müssen uns freigraben.«

Der Chemiker bückte sich und nahm einen schweren Klumpen von dem Erdhügel vor seinen Füßen in die Hand. Aus der ovalen Öffnung sickerte noch immer Erde nach. Von Zeit zu Zeit rutschten einige fett leuchtende, schwarze Brokken von dem Hügel bis in den Gang.

Die Männer zogen sich dorthin zurück, denn auf der Plattform war nicht genug Platz, sich hinzusetzen. Der Koordinator und der Ingenieur sprangen zuletzt hinunter.

»Wie tief mögen wir uns wohl in den Boden gebohrt haben?« fragte der Koordinator leise den Ingenieur, als sie beide den Gang entlangschritten. Weit vor ihnen huschte der Lichtkegel auf und ab. Der Ingenieur reichte dem Chemiker den Scheinwerfer.

»Wie tief? Das hängt von vielen Faktoren ab. Tagerssen hatte sich achtzig Meter in den Boden gebohrt.«

»Ja, aber was war von der Rakete und von ihm übriggeblieben!«

»Und die Mondsonde? Einen Stollen mußten sie in den Felsen schlagen, um sie freizugraben. In den Felsen!«

»Auf dem Mond ist Pumex ...«

»Woher sollen wir wissen, was hier ist?«

»Du hast es doch gesehen. Sieht nach Mergel aus.«

»Ja, dicht am Eingang, aber weiter!«

Mit dem Werkzeug stand es schlecht. Wie alle Weltraumschiffe besaß auch dieses eine doppelte Ausstattung von Automaten und ferngesteuerten Halbautomaten für einen Allroundeinsatz, auch für Erdarbeiten, wie ihn die unterschiedlichen planetaren Bedingungen erforderlich machen können. Diese

Aggregate waren jedoch alle ausgefallen, und ohne Stromzufuhr war an ihre Inbetriebnahme überhaupt nicht zu denken. Die einzige Apparatur, über die sie verfügten, ein Bagger, der von einer Atommikrosäule angetrieben wurde, brauchte ebenfalls Strom für den Initialantrieb. So mußten sie auf primitives Werkzeug zurückgreifen: auf Spaten und Spitzhacken. Ihre Anfertigung bereitete ihnen ebenfalls Schwierigkeiten.

Nach fünf Stunden mühevoller Arbeit kehrte die Besatzung durch den Gang zur Schleuse zurück. Sie hatten drei flache, am Ende gebogene Hacken, zwei stählerne Stangen und große Blechtafeln bei sich, die zum Abstützen der Wände des Grabens dienen sollten. Außerdem Kübel und mehrere große Plastikschachteln zum Wegräumen der Erde, an denen sie zum Tragen kurze Aluminiumrohre befestigten.

Achtzehn Stunden waren seit der Katastrophe vergangen. Alle fielen fast um vor Erschöpfung. Der Doktor entschied, daß sie wenigstens ein paar Stunden schlafen sollten. Zuerst mußten sie sich aber provisorische Schlaflager bereiten, denn die Kojen in den Schlafräumen, die an den Fußböden befestigt waren, standen senkrecht. Sie loszuschrauben hätte sie zuviel Arbeit gekostet. Also trugen sie Luftmatratzen in die Bibliothek; sie hatte am wenigsten gelitten, fast die Hälfte der Bücher hatten sie schon vorher in den Flur getragen.

Sehr bald stellte sich heraus, daß außer dem Chemiker und dem Ingenieur keiner einschlafen konnte. Der Doktor stand auf und ging mit der Taschenlampe ein Schlafmittel suchen. Dazu brauchte er fast eine Stunde, denn er mußte sich den Weg zum Verbandraum erst bahnen. Der Gang war mit Bergen von zertrümmerten Geräten und Laborgefäßen verstopft. Alles war aus den Wandschränken gefallen und verbarrikadierte den Zugang zur Tür.

Schließlich – seine Armbanduhr zeigte bereits vier Uhr Bordzeit – verteilte er die Schlaftabletten, das Licht wurde gelöscht, und bald darauf erfüllten unruhige Atemzüge den dunklen Raum.

Sie erwachten unerwartet schnell, mit Ausnahme des Kybernetikers, der eine zu große Dosis Tabletten genommen hatte und wie betrunken war. Der Ingenieur klagte über heftige Schmerzen im Rücken. Der Doktor entdeckte dort eine Schwellung; vermutlich hatte sich der Ingenieur beim Ziehen an den Griffen des Eingangs einen Muskel gezerrt.

Sie waren schlechter Stimmung. Keiner sprach, nicht einmal der Doktor. An die restlichen Vorräte in der Schleuse kamen sie nicht heran, denn auf dem Schrank, in dem die Raumanzüge hingen, lag ein gewaltiger Erdhaufen. Der Physiker und der Chemiker gingen in die Vorratskammer und kehrten mit Konservendosen zurück. Es war neun, als sie das Ausschachten des Tunnels in Angriff nahmen.

Die Arbeit ging im Schneckentempo voran. In der ovalen Öffnung konnten sie sich nicht frei bewegen. Die Männer vorn lockerten mit den Hacken die festen Erdklumpen, und die hinter ihnen wurden in den Gang gedrängt. Nach einigem Überlegen beschlossen sie, die Erde in den Steuerraum zu schütten. Er lag am nächsten und enthielt nichts, was in nächster Zeit benötigt wurde.

Vier Stunden später war der Steuerraum kniehoch mit Erdreich bedeckt. Der Tunnel war aber erst zwei Meter tief. Der Mergel war zäh. Die Bohrstangen und Hacken blieben darin stecken. Die eisernen Griffe verbogen sich unter den Händen der heftig zupackenden Männer. Die beste Arbeit leistete noch die stählerne Hacke des Koordinators.

Der Ingenieur sorgte sich, daß die Decke einstürzen

könnte, und bemühte sich vor allem darum, sie ordentlich abzustützen.

Gegen Abend, als sie lehmbeschmiert am Tisch Platz nahmen, war der Tunnel, der von der Klappe fast siebzig Grad steil nach oben führte, kaum fünfeinhalb Meter vorgetrieben.

Der Ingenieur blickte noch einmal in den Brunnen, durch den man in die tiefer gelegenen Räume dringen konnte, wo sich, dreißig Meter vom Haupteingang entfernt, im Panzer die Verladeluke befand, aber er sah nur den schwarzen Wasserspiegel – höher als am Vortag. Offensichtlich hatte ein Behälter ein Leck, und sein Inhalt sickerte langsam heraus. Das Wasser war radioaktiv verseucht. Das hatte er sofort mit einem kleinen Geigerzähler festgestellt. Er schloß den Brunnen und kehrte zu seinen Freunden zurück, ohne ihnen etwas von seiner Entdeckung zu sagen.

»Wenn es gut geht, kommen wir morgen heraus, sonst erst in zwei Tagen.« Der Kybernetiker trank die dritte Tasse Kaffee aus der Thermosflasche. Sie tranken alle sehr viel.

»Woher weißt du das?« fragte der Ingenieur verwundert.

»Ich fühle es.«

»Er hat Intuition, die seine Automaten nicht haben.« Der Doktor lachte. Je mehr der Tag sich neigte, um so besser wurde seine Laune. Als ihn die anderen vorn beim Ausschachten ablösten, lief er durch die Räume der Rakete und bereicherte die Belegschaft um zwei magnetoelektrische Taschenlampen, eine Haarschneidemaschine, Vitaminschokolade und einen ganzen Berg Handtücher. Alle waren lehmbeschmiert, ihre Kombinationen voller Flecke. Sie rasierten sich nicht, weil es keinen Strom gab, und die Haarschneidemaschine, die der Doktor mitbrachte, verschmähten sie. Er benutzte sie übrigens selber nicht.

Auch der folgende Tag verging mit dem Graben des Tunnels. Im Steuerraum lag die Erde so hoch, daß es immer schwerer fiel, den Sand durch die Tür hineinzuschütten. Nun war die Bibliothek an der Reihe. Der Doktor hegte ihretwegen gewisse Zweifel, aber der Chemiker, mit dem er die aus Blech gefertigten Eimer trug, schüttete die Erde, ohne zu zögern, auf die Bücher.

Der Tunnel öffnete sich völlig unerwartet. Der Boden war zwar mittlerweile trockener geworden und weniger fest, aber diese Beobachtung des Physikers hatten die anderen nicht geteilt. Der Mergel, den sie in die Rakete schleppten, mutete noch genauso an wie früher. Gerade hatten der Ingenieur und der Koordinator die neue Schicht vorn übernommen und mit dem Werkzeug, das von den Händen ihrer Vorgänger noch warm war, den aus der klobigen Wand herausragenden Klumpen die ersten Schläge versetzt, da verschwand plötzlich der Brocken, und ein sanfter Lufthauch drang durch die entstandene Öffnung. Sie spürten den lauen Zug, denn der Druck draußen war etwas höher als im Tunnel und in der Rakete. Die Hacke und die stählerne Stange begannen fieberhaft zu wühlen. Keiner trug mehr die Erde fort. Die Männer, die vorn nicht helfen konnten, da zuwenig Platz war, standen hinten bereit. Nach den letzten Schlägen wollte der Ingenieur hinausklettern, aber der Koordinator hielt ihn zurück. Zuerst sollte der Ausgang erweitert werden. Der Koordinator ließ auch noch den letzten Berg Erde in die Rakete tragen, damit der Schacht frei war. Noch wenige Minuten, und die sechs Männer konnten durch die ungleichmäßige Öffnung an die Oberfläche des Planeten kriechen.

2. Kapitel

Dämmerung brach herein. Das schwarze Loch des Tunnels klaffte in dem sanften Abhang eines Hügels von etwa einem Dutzend Meter Höhe. Dicht vor ihnen endete die Neigung. Weiter weg, bis zum Horizont, an dem die ersten Sterne blinkten, erstreckte sich eine große Ebene. In beträchtlicher Entfernung ragten hier und da undeutliche schlanke Formen auf, die Bäumen ähnelten. Das wenige Licht, das ein schmaler Streifen im Westen noch spendete, bewirkte, daß die Farben der Umgebung in ein einheitliches Grau zusammenflossen. Links von ihnen stach schräg und starr der gewaltige rundliche Rumpf der Rakete in den Himmel. Der Ingenieur schätzte seine Länge auf siebzig Meter. Das Raumschiff hatte sich also vierzig Meter tief in den Hügel gebohrt. In diesem Augenblick achtete jedoch keiner von ihnen auf das ungeheure Rohr, das sich schwarz vom Himmel abhob und in den regellos herausragenden Tüllen der Steuerdüsen endete. Sie atmeten die kühle Luft mit ihrem kaum spürbaren, unbekannten, undefinierbaren Geruch in vollen Zügen ein und blickten stumm vor sich hin. Erst jetzt bemächtigte sich ihrer ein Gefühl der Ratlosigkeit. Die eisernen Stiele der Hacken glitten ihnen wie von selbst aus den Händen. Sie standen da und beobachteten den unermeßlichen Raum mit seinen Horizontlinien, die in der Dunkelheit versanken, und die träge und gleichmäßig zitternden Sterne in der Höhe.

»Der Polarstern?« fragte der Chemiker leise und deutete auf ein tiefstehendes Gestirn, das am finsteren Himmel im Osten schwach blinkte.

»Nein, er ist von hier nicht zu sehen. Wir sind jetzt ..., ja, wir befinden uns unter dem Südpol der Milchstraße. Einen Augenblick, hier müßte irgendwo das Kreuz des Südens sein ...«

Den Kopf in den Nacken gelegt, schauten sie alle zu dem tiefschwarzen Himmel auf, an dem die Sternkonstellationen intensiv glühten. Sie nannten Namen, deuteten mit den Fingern auf die Gestirne. Das regte sie für eine Weile an. Die Sterne waren das einzige, was ihnen über dieser toten, öden Ebene nicht völlig fremd war.

»Es wird immer kälter, wie in der Wüste«, sagte der Koordinator.

»Nichts zu machen, heute kriegen wir sowieso nichts fertig. Wir müssen wieder zurück ins Schiff.«

»Was? Zurück in dieses Grab?« rief der Kybernetiker entrüstet.

»Ohne dieses Grab kämen wir in zwei Tagen um«, erwiderte der Koordinator kühl. »Benehmt euch nicht wie Kinder.«

Wortlos machte er kehrt und ging langsam und mit gleichmäßigen Schritten zur Öffnung zurück, die sich wenige Meter über dem Fuß des Hügels kaum sichtbar als schwarzer Fleck abzeichnete. Er ließ zuerst die Beine hineingleiten und zog den Körper nach. Eine Weile war sein Kopf noch zu sehen, dann verschwand er.

Die Männer blickten einander stumm an.

»Gehen wir«, sagte der Physiker halb fragend, halb bestätigend. Zögernd folgten sie ihm. Als die ersten in die enge

Öffnung schlüpften, fragte der Ingenieur den Kybernetiker: »Ist dir aufgefallen, welch sonderbaren Geruch die Luft hier hat?«

»Ja. So bitter ... Ist dir die Zusammensetzung bekannt?«

»Ähnelt der irdischen, hat außerdem Beimengungen, die aber unschädlich sind. Genau weiß ich es nicht. Die Angaben sind in einem kleinen grünen Band enthalten, der auf dem zweiten Regal in der Biblio ...« Er unterbrach sich, denn ihm war eingefallen, daß er selbst die Bibliothek mit dem Mergel zugeschüttet hatte.

»Hol's der Teufel ...«, sagte er, nicht aufgebracht, eher tieftraurig, und zwängte sich in das schwarze Loch. Der Kybernetiker, allein geblieben, fühlte sich plötzlich unbehaglich. Angst war es nicht, eher ein bedrückendes Gefühl des Verlorenseins, der entsetzlichen Fremdheit der Landschaft. Zudem hatte diese Rückkehr in die Tiefe der lehmigen Ausschachtung etwas Erniedrigendes. Wie die Würmer, ging es ihm durch den Sinn. Er ließ den Kopf sinken und kroch, dem Ingenieur folgend, in den Tunnel. Dennoch, er hielt es nicht aus. Obwohl er bereits bis zu den Schultern darin steckte, hob er noch mal den Kopf, schaute nach oben und verabschiedete sich mit einem Blick von den ruhig flimmernden Sternen.

Am Tag darauf wollten einige von ihnen die Vorräte an die Oberfläche tragen, um das Frühstück dort einzunehmen, aber der Koordinator erhob Einspruch. Das würde nur unnötige Mühe bereiten, behauptete er. So aßen sie beim Schein zweier Taschenlampen unter der Eingangsklappe und tranken kalten Kaffee. Plötzlich sagte der Kybernetiker: »Hört mal, wie kommt es eigentlich, daß wir die ganze Zeit hindurch gute Luft hatten?«

Der Koordinator lächelte. Graue Streifen zeigten sich auf seinen eingefallenen Wangen. »Die Sauerstoffbehälter sind ganz. Mit der Reinigung steht es schlimmer. Nur ein einziger selbsttätiger Filter arbeitet normal, der chemische für Havariefälle, die elektrischen sind natürlich ausgefallen. In sechs, sieben Tagen wären wir am Ersticken.«

»Du hast es gewußt?« fragte der Kybernetiker langsam.

Der Koordinator erwiderte nichts, nur sein Lächeln änderte sich. Eine Sekunde lang war es fast grausam.

»Was werden wir tun?« fragte der Physiker.

Sie wuschen das Geschirr in einem Kübel mit Wasser ab. Der Doktor trocknete es mit einem seiner Handtücher.

»Hier ist Sauerstoff«, sagte der Doktor, während er seinen Aluminiumteller klirrend zu den anderen warf. »Das bedeutet, daß es hier Leben gibt. Was ist dir darüber bekannt?«

»Soviel wie gar nichts. Die kosmische Sonde hatte eine Atmosphärenprobe des Planeten genommen, und daher rührt unser ganzes Wissen.«

»Wie? Sie war nicht einmal gelandet?«

»Nein.«

»Das sind natürlich eine Menge Neuigkeiten.« Der Kybernetiker versuchte sich das Gesicht mit Spiritus zu waschen, den er aus einem Fläschchen auf ein Stück Watte träufelte. Das Wasser war knapp, sie wuschen sich schon den zweiten Tag nicht. Der Physiker betrachtete beim Schein der Lampe sein Abbild in der polierten Fläche der Klimaanlage.

»Das ist sehr viel«, erwiderte der Koordinator ruhig. »Wäre die Luftzusammensetzung anders, wäre kein Sauerstoff darin enthalten, müßte ich euch töten.«

»Was sagst du da?« Der Kybernetiker hätte beinahe das Fläschchen fallen gelassen.

»Mich selbst natürlich auch. Wir hätten nicht einmal die Chance von eins zu einer Milliarde. Jetzt haben wir sie.«

Sie schwiegen.

»Setzt das Vorhandensein von Sauerstoff die Existenz von Pflanzen und Tieren voraus?« fragte der Ingenieur.

»Nicht unbedingt«, antwortete der Chemiker. »Auf den Alpha-Planeten des Kleinen Hundes gibt es Sauerstoff, aber es gibt dort weder Pflanzen noch Tiere.«

»Und was gibt es?«

»Lumenoiden.«

»Diese Bakterien?«

»Das sind keine Bakterien.«

»Nicht so wichtig.« Der Doktor steckte das Geschirr weg und verschloß die Dosen mit den Lebensmitteln. »Wir haben jetzt wirklich andere Sorgen. Der ›Beschützer‹ ist wohl nicht so schnell zu reparieren, wie?«

»Ich habe ihn nicht einmal zu Gesicht bekommen«, gestand der Kybernetiker. »Unmöglich, bis zu ihm vorzudringen. Alle Automaten haben sich von ihren Ständern losgerissen. Es sieht so aus, als ob wir einen Zweitonnenkran brauchen, um den ganzen Eisenkram zu entwirren. Er liegt ganz unten.«

»Aber irgendeine Waffe müssen wir doch haben!« Die Stimme des Kybernetikers klang besorgt.

»Wir haben die Elektrowerfer.«

»Ich bin gespannt, womit du sie laden willst.«

»Ist im Steuerraum kein Strom? Da war doch welcher.«

»Da ist kein Strom, offenbar hat es im Akkuraum einen Kurzschluß gegeben.«

»Warum sind die Elektrowerfer nicht geladen?«

»Die Instruktion verbietet den Transport geladener Elektrowerfer«, warf der Ingenieur unwillig ein.

»Hol der Teufel die In ...«

»Hör auf!«

Der Kybernetiker wandte sich achselzuckend von dem Koordinator ab. Der Doktor ging hinaus, während der Ingenieur aus seiner Kajüte einen leichten Nylonrucksack anbrachte und darin die flachen Dosen mit den eisernen Rationen verstaute. Der Doktor kehrte zurück, in der Hand einen kurzen oxydierten Zylinder mit einem Hahn an einem Ende.

»Was ist das?« fragte der Ingenieur neugierig.

»Eine Waffe.«

»Was für eine?«

»Schlafgas.«

Der Ingenieur lachte. »Woher willst du wissen, ob sich das, was auf diesem Planeten lebt, mit deinem Gas einschläfern läßt? Vor allem, wie willst du dich im Falle eines Angriffs wehren? Mittels einer Tropfennarkose?«

»Wenn die Gefahr groß ist, kannst du dir wenigstens selbst eine Narkose verpassen«, meinte der Chemiker. Alle lachten, der Doktor am lautesten.

»Jedes Geschöpf, das Sauerstoff atmet, kann damit eingeschläfert werden«, erklärte er, »und was die Verteidigung betrifft – schau!«

Er drückte auf den Abzugshahn am Zylinderansatz. Ein nadeldünner Spritzer einer dampfenden Flüssigkeit schoß in den düsteren Gang.

»Nun ja ..., besser als gar nichts ...«, meinte der Ingenieur reserviert.

»Gehen wir?« fragte der Doktor und steckte den Zylinder in die Tasche seiner Kombination.

»Wir gehen.«

Die Sonne stand hoch am Himmel, sie war klein, weiter

entfernt, aber auch heißer als auf der Erde. Doch etwas fiel allen auf: Sie war nicht völlig rund. Die Männer betrachteten sie zwischen den Fingern durch das dunkelrote Papier, in das ihre Antistrahlenpäckchen gehüllt waren.

»Sie ist infolge sehr schneller Achsenumdrehung abgeflacht, nicht wahr?« Der Chemiker sah den Koordinator fragend an.

»Stimmt. Während des Fluges konnte man das besser sehen. Erinnerst du dich?«

»Vielleicht ... Wie soll ich das sagen ... Vielleicht kümmerte mich das damals wenig ...«

Sie wandten sich von der Sonne ab und blickten zur Rakete hinüber. Der walzenförmige weiße Rumpf stieß schräg aus dem niedrigen Hügel hervor, in den er sich hineingewühlt hatte. Er sah aus wie ein ungeheuer großes Geschütz. Die Außenhülle, milchig im Schatten, silbern im Sonnenlicht, wirkte unbeschädigt. Der Ingenieur ging bis an die Stelle, wo der Rumpf aus der Erde trat, kletterte über die wallförmige Erhöhung, die den Koloß umgab, und strich mit der Hand über die Panzerplatte.

»Kein schlechtes Material, dieses Keramit«, murmelte er, ohne sich umzudrehen. »Wenn ich nur einen Blick in die Düsen werfen könnte ...« Ratlos schaute er zu den Öffnungen hinauf, die über der Ebene hingen.

»Die sehen wir uns noch an«, sagte der Physiker. »Aber jetzt gehen wir, nicht wahr? Eine kleine Erkundung.«

Der Koordinator erklomm den Hügel. Sie folgten ihm. Die vom Sonnenschein überflutete Ebene zog sich nach allen Seiten hin, sie war flach, fahl, in der Ferne ragten die schlanken Silhouetten auf, die sie schon am Vortag gesehen hatten. In dem hellen Licht war jedoch zu erkennen, daß es sich nicht um

Bäume handeln konnte. Der Himmel über ihnen war blau wie auf der Erde, am Horizont nahm er eine grünliche Färbung an. Winzige Federwolken glitten fast unmerklich nach Norden. Der Koordinator überprüfte die Himmelsrichtungen mit Hilfe eines Kompasses, der an seinem Handgelenk baumelte. Der Doktor bückte sich und stocherte mit dem Fuß im Boden.

»Warum wächst hier nichts?« fragte er verwundert.

Alle stutzten. In der Tat, die Ebene war kahl, so weit das Auge reichte.

»Wie es scheint, ist diese Gegend der Versteppung ausgesetzt«, mutmaßte der Chemiker. »Dort weiter hinten, siehst du die Fläche? Da wird es immer gelber, im Westen. Ich nehme an, daß dort die Wüste ist, von wo der Wind den Sand herweht. Denn der Hügel hier ist lehmig.«

»Davon haben wir uns überzeugen können«, bemerkte der Doktor.

»Wir müssen uns wenigstens einen allgemeinen Expeditionsplan zurechtlegen«, sagte der Koordinator. »Unsere Vorräte reichen für zwei Tage.«

»Wohl kaum. Wir haben wenig Wasser«, wandte der Kybernetiker ein.

»Solange wir hier kein Wasser finden, müssen wir damit sparsam umgehen. Wenn es Sauerstoff gibt, wird sich auch Wasser finden. Ich denke, wir gehen so vor: Wir machen von hier aus eine Reihe geradliniger Ausfälle, immer nur so weit, daß wir sicher und ohne übermäßige Eile zurückkehren können.«

»Höchstens dreißig Kilometer in einer Richtung«, bemerkte der Physiker.

»Einverstanden. Es handelt sich um eine einleitende Erkundung.«

»Moment.« Der Ingenieur hatte etwas abseits von ihnen gestanden, anscheinend vertieft in unfrohe Gedanken. »Kommt es euch nicht so vor, daß wir ein bißchen wie Verrückte handeln? Wir haben eine Katastrophe auf einem unbekannten Planeten hinter uns. Es ist uns gelungen, das Raumschiff zu verlassen. Statt, was das Wichtigste wäre, all unsere Kräfte auf die Instandsetzung der Rakete zu verwenden, auf eine Wiederherstellung all dessen, was sich reparieren läßt, auf die Freilegung des Raumschiffs und so weiter, machen wir Ausflüge, ohne Waffen, ohne jeden Schutz, und wissen nicht einmal, was uns hier begegnen kann.«

Der Koordinator hörte ihm schweigend zu und sah die Gefährten der Reihe nach an. Alle waren unrasiert. Der dreitägige Bartwuchs gab ihnen bereits ein stark verwildertes Aussehen. Die Worte des Ingenieurs hatten offenbar Eindruck gemacht. Keiner sagte jedoch etwas, als warteten sie, was der Koordinator erwidern werde.

»Sechs Mann können die Rakete nicht freigraben, Henryk«, sagte er, die Worte vorsichtig wägend. »Du weißt das genau. In dieser Situation erfordert die Instandsetzung des kleinsten Aggregats einen Zeitraum, den wir nicht einmal zu schätzen vermögen. Der Planet ist bewohnt. Aber wir wissen nichts über ihn. Wir haben es nicht einmal geschafft, ihn vor der Katastrophe zu umrunden. Wir näherten uns von der nächtlichen Halbkugel her und stürzten infolge eines fatalen Fehlers in den Gasschweif. Im Sturz gelangten wir bis zur Linie des Terminators! Ich habe am Bildschirm gesehen, der zuletzt barst, oder glaube zumindest, etwas gesehen zu haben, was an eine Stadt erinnerte.«

»Warum hast du uns das nicht gesagt?« fragte der Ingenieur ruhig.

»Ja, warum nicht?« wollte auch der Physiker wissen.

»Weil ich meiner Beobachtung nicht sicher bin. Ich weiß nicht einmal, in welcher Richtung ich sie suchen soll. Die Rakete drehte sich. Ich verlor die Orientierung. Dennoch besteht eine Chance, auch wenn sie gering ist, daß wir auf Hilfe rechnen können. Ich möchte nicht davon reden, aber jeder von euch weiß es ebensogut, daß unsere Chancen sehr gering sind. Außerdem brauchen wir Wasser. Der größte Teil des Vorrats hat die untere Etage überflutet und ist verseucht. Ich glaube deshalb, daß wir ein gewisses Risiko auf uns nehmen dürfen.«

»Einverstanden«, sagte der Doktor.

»Ich ebenfalls«, fügte der Physiker hinzu.

»Meinetwegen«, brummte der Kybernetiker und entfernte sich ein paar Schritte, den Blick nach Süden gewandt, als wollte er nicht hören, was die anderen sagten. Der Chemiker nickte. Der Ingenieur schwieg, er stieg den Hügel hinunter, warf sich den Rucksack auf die Schultern und fragte:

»Wohin?«

»Nach Norden«, antwortete der Koordinator. Der Ingenieur marschierte los, die anderen schlossen sich ihm an. Als sie sich nach einigen Minuten umsahen, war der Hügel kaum noch zu erkennen.

Nur der Rumpf der Rakete hob sich wie das Rohr eines Feldgeschützes vom Himmel ab.

Es war sehr heiß. Ihre Schatten waren zusammengeschrumpft. Die Schuhe blieben im Sand stecken. Man hörte nur rhythmisches Stampfen und rasche Atemzüge. Sie näherten sich einer jener schlanken Formen, die sie in der Dämmerung für Bäume gehalten hatten, und verlangsamten den Schritt. Ein senkrechter Stamm ragte aus dem bräunlichen Boden, grau wie Elefantenleder, mit schwachem metallischem

Glanz. Dieser Stamm, am Ansatz kaum dicker als ein Männerarm, ging oben in eine kelchartige Erweiterung über, die sich etwa zwei Meter über dem Boden flach ausbreitete. Ob der Kelch offen war, konnten sie nicht sehen. Er blieb völlig unbeweglich. Sie hielten wenige Meter vor einem solchen Gebilde. Der Ingenieur trat impulsiv vor und hob bereits die Hand, um den »Stamm« zu berühren, da schrie der Doktor: »Halt!«

Der Ingenieur wich erschrocken zurück. Der Doktor zog ihn am Arm weg, hob einen Stein auf, nicht größer als eine Bohne, und warf ihn hoch. Der Stein fiel in steilem Bogen auf die leicht gewellte flache Kelchoberfläche. Alle zuckten zusammen, so heftig und so unerwartet war die Reaktion. Der Kelch wogte, faltete sich blitzartig, ein kurzes Zischen war zu hören, als strömte Gas aus, und die ganze, nun fieberhaft zitternde graue Säule versank im Erdboden, als würde sie hineingesaugt. Die Öffnung, die sich im Boden gebildet hatte, füllte sich für einen Augenblick mit einer bräunlichen, schäumenden Schmiere, dann schwammen Sandkrümel auf der Oberfläche, die Haut wurde immer dicker, und nach ein paar Sekunden war von der Öffnung nicht die geringste Spur geblieben; die Oberfläche des sandigen Bodens war glatt wie überall ringsum. Die Männer hatten sich noch nicht von ihrem Staunen erholt, als der Chemiker rief: »Schaut nur!«

Sie sahen sich um. Vor einer Weile noch hatten in einer Entfernung von einigen Dutzend Metern drei oder vier ähnliche hohe, schlanke Gebilde gestanden, nun war kein einziges mehr da.

»Sind alle versunken?« rief der Kybernetiker.

Soviel sie auch suchten, von den Kelchen fanden sie keine Spur mehr. Die Sonne brannte immer stärker, die Hitze war schwer zu ertragen. Sie gingen weiter.

Eine Stunde lang marschierten sie in langer Karawane dahin, an der Spitze der Doktor, der den Rucksack trug, hinter ihm der Koordinator. Den Schluß bildete der Chemiker. Alle hatten ihre Kombinationen aufgeknöpft, einige hatten sogar die Ärmel hochgekrempelt. Mit rissigen Lippen, triefend vor Schweiß, schleppten sie sich durch die Ebene. Am Horizont schimmerte ein langer waagerechter Streifen.

Der Doktor blieb stehen und wartete auf den Koordinator. »Was meinst du, wieviel Kilometer haben wir zurückgelegt?«

Der Koordinator blickte sich um, gegen die Sonne, wo die Rakete zurückgeblieben war. Sie war nicht mehr zu sehen.

»Der Planet hat einen kleineren Radius als die Erde«, sagte er, räusperte sich und wischte sich mit einem Taschentuch das Gesicht. »Wir werden acht Kilometer hinter uns haben.«

Der Doktor konnte durch die Schlitze der geschwollenen Lider kaum noch sehen. Er hatte eine Leinenmütze auf dem lockigen Rabenhaar. Hin und wieder feuchtete er sie mit Wasser aus seiner Trinkflasche an.

»Das ist Wahnsinn, weißt du!« sagte er und lächelte unvermittelt. Beide blickten in die Richtung, wo sich vor kurzem noch am Horizont die Rakete als feiner schräger Strich abgezeichnet hatte. Jetzt sahen sie dort nur die dünnen Schatten der Kelche blaßgrau in der Ferne. Sie waren unbemerkt wieder aufgetaucht. Die anderen kamen näher. Der Chemiker warf die zusammengerollte Zeltplane auf den Boden und setzte, richtiger, stürzte sich darauf.

»Von der hiesigen Zivilisation sind seltsamerweise keine Spuren zu finden.« Der Kybernetiker wühlte in seinen Taschen, er fand Vitamintabletten in zerdrückter Verpackung und bot sie allen an.

»Auf der Erde gibt es eine solche Einöde nicht, was?«

meinte der Ingenieur. »Keine Straßen, keine fliegenden Maschinen.«

»Du wirst doch nicht annehmen wollen, daß wir ausgerechnet hier eine getreue Kopie unserer irdischen Zivilisation vorfinden!« Der Physiker sah den Ingenieur spöttisch an. »Das Sternsystem hier ist stabil, und die Zivilisation konnte sich auf Eden länger als auf der Erde entfalten, somit ...«

»Unter der Bedingung, daß es eine Zivilisation von Primaten ist«, unterbrach ihn der Kybernetiker.

»Hört mal, warum halten wir eigentlich hier? Gehen wir doch weiter. In einer halben Stunde müßten wir das da erreicht haben.« Der Koordinator deutete auf einen zarten lila Streifen am Horizont.

»Und was ist das?«

»Weiß ich nicht. Immerhin etwas. Vielleicht finden wir Wasser.«

Die Gurte der Gepäckstücke auf den Rücken knarrten, die Gruppe zog sich wieder in die Länge und stapfte gleichmäßig durch den Sand. Sie kamen an einem Dutzend Kelchen und an einigen größeren Gebilden vorbei, die sich durch herabhängende Lianen oder Triebe auf den Boden zu stützen schienen, aber keines davon war näher als zweihundert Meter, und sie wollten von der eingeschlagenen Richtung nicht abweichen. Die Sonne erreichte fast den Zenit, als sich das Bild der Landschaft änderte.

Sie sahen immer weniger Sand. In langen, flachen Buckeln schimmerte darunter rostbraune, von der Sonne verbrannte Erde. Hier und da war sie von dürren, grauen Moosbüscheln bewachsen, die unter den Sohlen wie verbranntes Papier zerfielen. Der lila Streifen spaltete sich deutlich in einzelne Gruppen, seine Farbe wurde allmählich heller. Es war eher

Grün, bestäubt mit verblaßtem Blau. Der Nordwind trug ein schwaches, zartes Aroma heran, das sie mit argwöhnischer Neugier einsogen. In der Nähe einer leicht gekrümmten Wand aus dunklen, wirren Formen verlangsamten die Vorderen ein wenig den Schritt, damit die anderen aufschließen konnten. Gemeinsam gingen sie näher, bis sie vor einer starren Front aus seltsamen Gebilden standen ...

Aus hundert Schritt Entfernung mochten sie ihnen noch als Gebüsch, als Sträucher vorgekommen sein, die voller großer grauer Vogelnester waren – weniger weil sie wirklich so aussahen, als vielmehr dadurch, daß die Augen ständig versucht waren, den fremden Formen etwas Vertrautes abzugewinnen.

»Könnten Spinnen sein«, sagte der Physiker zögernd, und alle glaubten auf einmal, spinnenartige Geschöpfe mit kleinen, dicht behaarten spindelförmigen Rümpfen zu sehen, die ihre überlangen, dürren Beine unter sich eingezogen hatten.

»Das sind doch Pflanzen!« rief der Doktor und trat langsam an eine solche hohe graugrüne »Spinne« heran. In der Tat erwiesen sich die »Beine« als dicke Stiele, deren verdickte und mit Härchen bedeckte Glieder leicht für Gelenke eines Gliederfüßers gehalten werden konnten. Sieben oder acht solcher Stiele liefen jedesmal oben bogenförmig in einem tannenzapfenartigen, dicken »Leib« zusammen, der an ein abgeflachtes Insektenhinterteil erinnerte und von zarten, in der Sonne glitzernden Spinnwebenstreifen umgeben war. Die »Pflanzenspinnen« wuchsen dicht nebeneinander, doch man konnte zwischen ihnen hindurchkommen. Da und dort sprossen aus den Stengeln hellere Schößlinge und Triebe, die fast die Farbe irdischen Laubs hatten und in zusammengerollten Knospen endeten. Der Doktor warf wieder einen Stein gegen einen der mehrere Meter über der Erde hängenden »Insektenleiber«, und als nichts geschah, untersuchte er einen Stengel, schnitt sogar mit dem Messer hinein. Ein hellgelber, wäßriger Saft sickerte in kleinen Tropfen heraus, begann sofort zu schäumen und färbte sich orange und rostrot, bis er nach einiger Zeit zu einem harzähnlichen Gerinnsel mit starkem Aroma erstarrte, das anfangs allen gefiel, sie dann aber abstieß.

In dieser eigenartigen Schonung war es etwas kühler als auf der Ebene. Die knolligen »Leiber« der Pflanzen warfen etwas Schatten. Er wurde immer dichter, je weiter sie in das Gebüsch vordrangen. Sie bemühten sich, die Stengel nicht zu berühren, vor allem nicht die weißlichen Triebe, in denen die jüngsten Schößlinge endeten; sie erregten nämlich bei ihnen einen unerklärlichen Ekel.

Der Boden war schwammig und weich und sonderte feuchte Dünste aus, in denen das Atmen schwerfiel. Über ihre Gesichter und Arme glitten die Schatten der »Insektenleiber«, einmal höher, einmal tiefer, große und kleine. Diese »Leiber« waren entweder schlank und hatten grell orangerote Stacheln, oder sie waren welk, vertrocknet, abgestorben. Lange zarte Spinnweben hingen von ihnen herab. Wenn ein Windstoß kam, ging von dem Gestrüpp ein unangenehmes dumpfes Rauschen aus, nicht das sanfte Rauschen eines irdischen Waldes, sondern mehr ein Rascheln von Tausenden und Abertausenden rauher Papierfetzen. Mitunter versperrten ihnen einzelne Pflanzen mit ihren verflochtenen Trieben den Weg, und sie mußten erst einen Durchgang suchen. Nach einer Weile gaben sie es auf, nach oben zu den stachligen »Leibern« zu blicken und in ihnen Ähnlichkeiten mit Nestern, Tannenzapfen oder Kokons zu suchen.

Auf einmal bemerkte der Doktor, der an der Spitze ging,

vor seinem Gesicht ein dickes, schwarzes, senkrecht herabhängendes Haar, gleichsam einen starken, glänzenden Faden oder lackierten, dünnen Draht. Schon wollte er ihn mit der Hand beiseite schieben. Da sie aber bisher noch nichts Ähnliches gefunden hatten, hob er instinktiv den Blick und blieb wie angewurzelt stehen.

Etwas Blaßperlgraues, das knollig über den zusammengewachsenen Stengeln am Ansatz eines der »Kokons« hing, starrte ihn an. Er fühlte den Blick, bevor er entdeckte, wo sich die Augen dieses mißgestalteten Geschöpfes befanden. Er konnte weder Kopf noch Beine erkennen, er sah nur eine sackartig aufgeblähte, von innen gleichsam mit blasigen Kröpfen ausgestopfte Haut, die schwach glänzte. Aus einem dunklen, länglichen Trichter ragte das dicke schwarze Haar hervor, das wohl zwei Meter lang war.

»Was ist da?« fragte der Ingenieur, der gerade an ihn herantrat. Der Doktor antwortete nicht. Der Ingenieur blickte hinauf und stutzte ebenfalls.

»Womit mag das wohl sehen?« fragte er unwillkürlich und wich einen Schritt zurück, angeekelt von diesem Wesen, das sich mit einem gierigen, äußerst konzentrierten Blick in ihn hineinzusaugen schien, obwohl er weder sehen noch erraten konnte, wo es seine Augen hatte.

»Einfach widerlich!« rief der Chemiker aus. Sie standen jetzt alle hinter dem Ingenieur und dem Doktor, der ebenfalls einen Schritt von dem herabhängenden Gebilde zurücktrat. Die anderen machten ihm Platz, soweit es die elastischen Stengel zuließen. Er holte aus der Tasche seiner Kombination den brünierten Zylinder hervor, zielte gelassen auf den blasigen Körper, der heller als seine pflanzliche Umgebung war, und drückte ab.

Im Bruchteil einer Sekunde geschah sehr viel auf einmal.

Zuerst überraschte sie ein Aufblitzen. Es war so heftig, daß es sie blendete, den Doktor ausgenommen, der in diesem Augenblick gerade geblinzelt hatte, und das Blitzen währte nur so lange, wie er die Lider geschlossen hielt. Der dünne Strahl flog noch, da bogen sich die Stengel bereits, raschelten, ein Ballen schwarzen Dampfes umgab sie, das Wesen stürzte und klatschte schwammig und schwer auf den Boden. Etwa eine Sekunde lang lag es reglos da, wie ein grauer Ballon voller Klümpchen, aus dem die Luft entweicht. Nur das schwarze Haar wand sich und tanzte wie rasend über ihm, peitschte mit blitzartigem Zucken die Luft. Dann verschwand das Haar, und über das schwammige Moos begannen die unförmigen, bläschenartigen Glieder dieses Geschöpfes mit Schneckenbewegungen nach allen Seiten zu kriechen. Bevor sich einer der Männer regen konnte, war die Flucht oder vielmehr das Auseinanderlaufen beendet. Die letzten Teilchen des Gebildes, klein wie Raupen, bohrten sich in den Boden – der Platz vor den Männern war leer. Nur in der Nase brannte ihnen noch der unerträglich süßliche Gestank.

»War das eine Kolonie?« Der Chemiker hob die Hand und rieb sich die Augen.

Die anderen blinzelten. Sie waren geblendet und sahen noch schwarze Flecken.

»E pluribus unum«, entgegnete der Doktor, »oder vielmehr ex uno plures. Ich weiß nicht, ob das gutes Latein ist, aber das ist eben wohl solch ein mehrzähliges Geschöpf, das sich im Notfall teilen kann.«

»Stinkt entsetzlich«, sagte der Physiker. »Gehen wir weiter.«

»Gehen wir«, willigte der Doktor ein. Als sie sich ein

Dutzend Schritte von der Stelle entfernt hatten, sagte er unvermittelt:

»Ich bin gespannt, was geschehen wäre, wenn ich dieses Haar berührt hätte ...«

»Die Befriedigung deiner Neugier hätte uns teuer zu stehen kommen können«, hielt ihm der Chemiker entgegen.

»Vielleicht auch nicht. Dir ist bekannt, wie häufig die Evolution völlig harmlose Geschöpfe in scheinbar gefährliche Formen kleidet.«

»Hört endlich mit dieser Diskussion auf. Dort drüben wird es heller«, rief der Kybernetiker. »Warum haben wir überhaupt diesen Spinnenwald betreten?«

Sie hörten das Rauschen eines Baches und blieben stehen. Als sie weitergingen, wurde das Rauschen lauter, schwächte sich ab, verschwand vollends. Es gelang ihnen nicht, den Bach zu finden. Das Gestrüpp war nicht mehr so dicht, der Boden dagegen wurde weicher, war wie die pelzige Kruste eines Sumpfes und erschwerte das Vorwärtskommen. Manchmal quietschte etwas unter ihren Füßen, als wäre es wassergetränktes Gras, doch nirgends war eine Spur Wasser zu erkennen.

Unversehens standen sie am Rande einer kreisförmigen Vertiefung mit einem Durchmesser von etwa sechzig Metern. Ein paar achtfüßige Pflanzen standen darin, in größerem Abstand voneinander; sie wirkten sehr alt. Ihre Stiele liefen unten auseinander, als könnten sie die Verdickung in der Mitte nicht mehr tragen. Sie erinnerten dadurch noch mehr an große, vertrocknete Spinnen als jene anderen, an denen die Männer vor kurzem vorbeigekommen waren. Den Boden bedeckten stellenweise rostige, gezahnte Stücke einer porösen Masse, die zum Teil in der Erde staken und von Pflanzentrieben umwuchert waren. Der Ingenieur rutschte den steilen, nicht sehr hohen Hang hinunter – und sonderbar, erst als er unten war, kam seinen Gefährten oben die Vertiefung wie ein Krater vor, wie ein Ort, an dem eine Katastrophe stattgefunden hatte.

»Wie von einer Bombe«, murmelte der Physiker. Er stand auf dem Wall und sah zu, wie der Ingenieur an die großen Trümmer vor der höchsten »Spinne« trat und daran rüttelte.

»Eisen?« rief der Koordinator.

»Nein!« Der Ingenieur verschwand zwischen den ungefügen Bruchstücken eines Teils, das an einen geborstenen Kegel erinnerte. Er trat zwischen den hohen Stielen wieder hervor, die knisternd zerbrachen, als er sie auseinanderbog, und kehrte mit düsterer Miene zurück. Mehrere Hände streckten sich ihm entgegen, er klomm hinauf und zuckte beim Anblick der erwartungsvollen Gesichter mit den Schultern. »Keine Ahnung, was es sein könnte. Ich weiß es nicht. Das da ist leer. Darunter ist nichts. Weit fortgeschrittene Korrosion. Eine alte Geschichte, vielleicht vor hundert, vielleicht auch vor dreihundert Jahren passiert ...«

Sie schritten stumm um den Krater herum und wählten den Weg durch das Gebüsch, wo es am niedrigsten war. Plötzlich wich es nach beiden Seiten zurück. In der Mitte zog sich ein schmaler Streifen hin. Er war so schmal, daß ein Mensch kaum darauf gehen konnte, eine Art Furche, schnurgerade. Die Stiele zu beiden Seiten schienen zerschnitten und zerdrückt zu sein, die tannenzapfenartigen Verdickungen zum Teil beiseite gedrängt, auf die anderen Spinnenpflanzen, zum Teil auch in den Boden gepreßt. Sie waren völlig platt, trocken, ihre Hüllen knirschten unter den Sohlen wie ausgedörrte Baumrinde. Die Männer beschlossen, dem ausgeschnittenen Trakt durch das Gebüsch im Gänsemarsch zu folgen. Sie mußten zwar die Reste der trockenen Stiele erst beiseite räumen, aber sie kamen doch schneller voran als vorher. Die Schneise führte in großem Bogen immer deutlicher nach Norden. Endlich konnten sie die letzten Pflanzenkrüppel hinter sich lassen, sie hatten die Schonung durchquert. Vor ihnen lag wieder die Ebene.

Dort, wo der Pfad das Gebüsch verließ, schloß sich ihm eine flache Spur an. Beim ersten Hinsehen glaubten sie, es sei ein Steg, es war aber keiner. Eine Furche, ein schmaler Graben war in den Boden gewühlt, etwa ein Dutzend Zentimeter tief und kaum breiter. Er war von Flechten bewachsen, die grünlich-silbern und samtweich waren. Dieser eigenartige »Rasen«, wie der Doktor ihn nannte, führte pfeilgerade zu einem hellen Gürtel, der wie eine Mauer von einem Rand der Ebene zum anderen reichte und den ganzen Horizont vor ihnen abschloß.

Spitze Erhebungen, wie silberblechbeschlagene gotische Türme, leuchteten über jenem Gürtel. Sie gingen in schnellem Schritt weiter, und je näher sie kamen, um so mehr Einzelheiten waren zu erkennen. Seitwärts erstreckte sich kilometerweit eine Fläche, von regelmäßigen Bögen durchzogen, gleichsam das Dach eines überdimensionalen Hangars, wobei die Wölbung der Bögen nach unten gekehrt war. Darunter flimmerte es grau, als riesele von den Gewölben feiner Staub oder als stäube dort trübes Wasser herab. Als sie noch näher kamen, trug der Wind einen fremdartigen Geruch herbei, der bitter, aber angenehm war, wie von unbekannten Blumen. Sie marschierten mittlerweile in kürzerem Abstand zueinander. Die bogenförmige Überdachung ragte immer höher auf, jeder Bogen überspannte wie ein gigantisches umgekehrtes Brükkenjoch eine Entfernung von fast einem Kilometer. Dort, wo sich vor dem Hintergrund der Wolken zwei Bögen in sichtbarer Spitze vereinigten, leuchtete irgend etwas intensiv in gleichmäßig flackerndem Licht, als reflektierten feststehende Spiegel die Sonnenstrahlen nach unten.

Die Wand ihnen gegenüber bewegte sich. Sie bestand aus Bächen oder Schnüren von fahlgrauer Farbe und wies eine Art Peristaltik auf. Von links nach rechts liefen in gleichmäßigen Abständen wellenförmige Erhebungen darüber hin. Es sah aus wie ein Vorhang aus einem ungewöhnlichen Stoff, hinter dem in gleichmäßigem Abstand Elefanten vorbeischritten und ihn dabei streiften eigentlich noch größere Tiere als Elefanten. Als sie endlich die Stelle erreichten, wo der schmale, gefurchte, mit samtenem Moos bewachsene Pfad endete, wurde der bittere Geruch unerträglich.

»Das können giftige Ausdünstungen sein«, warnte der Kybernetiker, der einen Hustenanfall bekam. Sie beobachteten eine Weile das gleichmäßige Vorübergleiten der Wellen. Aus einer Entfernung von wenigen Schritten kam ihnen der »Vorhang« homogen vor, wie aus dicken, matten Fasern geflochten. Der Doktor hob einen Stein auf und warf ihn dagegen. Der Stein verschwand, als sei er geschmolzen oder verdampft, ohne die wogende Fläche berührt zu haben.

»Ist er hineingefallen?« fragte der Kybernetiker zögernd.

»Nein!« schrie der Chemiker. »Er hat es nicht einmal berührt.«

Der Doktor hob eine Handvoll Steine und Erdklumpen und warf sie nacheinander dagegen. Alle verschwanden wenige Zentimeter vor dem »Vorhang«, ohne ihn erreicht zu haben. Der Ingenieur löste einen Schlüssel von einem kleinen Schlüsselbund und schleuderte ihn gegen die gerade anschwellende Fläche. Der Schlüssel klirrte, als schlüge er gegen Blech, und verschwand.

»Was jetzt?« Ratlos sah der Kybernetiker den Koordinator an. Der schwieg. Der Doktor legte den Rucksack ab, holte eine Konservendose hervor, schnitt mit dem Messer einen Würfel Fleischgelee heraus und warf ihn gegen den »Vorhang«. Das Geleestück blieb an der matten Oberfläche hängen und klebte ein Weilchen daran, dann schwand es allmählich, als ob es schmolz.

»Wißt ihr was«, sagte der Doktor mit leuchtenden Augen, »das da ist ein Filter, eine Art selektiver Vorhang ...«

Der Chemiker entdeckte im Gurtring seines Rucksacks einen abgebrochenen dürren Trieb einer »Spinnenpflanze«, der beim Durchwandern der Schonung dort hängengeblieben war, und warf ihn kurzerhand gegen den wogenden Vorhang. Der spröde Zweig prallte von der Wand ab und fiel ihnen vor die Füße.

»Ein Selektor ...«, sagte er unsicher.

»Aber ja! Ganz bestimmt!« Der Doktor näherte sich dem »Vorhang«, bis sein kurzer Schatten am Boden den Rand des »Vorhangs« berührte, zückte seine schwarze Waffe, zielte und drückte ab. Kaum hatte der nadeldünne Strahl den aufgeblähten Vorhang getroffen, entstand darin eine linsenförmige Öffnung. Dahinter wurde ein großer, dunkler Raum sichtbar, in dem unten und oben Funken sprühten und weiter hinten eine Unzahl weißlicher und rosafarbener Flämmchen züngelte. Der Doktor zuckte zusammen, keuchte und hustete. Der bittere Geruch stach ihm in Nase und Rachen. Sie zogen den Doktor ein Stück zurück.

Die Öffnung verengte sich. Die Wellen wurden langsamer, wenn sie sich ihr näherten, wichen ihr oben und unten aus und schwammen flugs weiter. Die Öffnung verengte sich weiter. Plötzlich ragte von innen etwas Schwarzes heraus, das in einem fingerähnlichen Fortsatz endete, und lief blitzschnell um den Rand der Öffnung, die sich sofort schloß. Wieder standen sie ratlos vor der regelmäßig sich bauchenden Hülle.

Der Ingenieur schlug vor, sich zu beraten. Das war, nach den Worten des Doktors, eine Manifestation ihrer Hilflosigkeit. Zu guter Letzt beschlossen sie weiterzugehen, den großen Bau entlang. Sie nahmen ihre Sachen auf und machten sich auf den Weg. So gingen sie etwa drei Kilometer. Unterwegs überquerten sie ein Dutzend Rasenstreifen, die in die Ebene führten. Eine Zeitlang überlegten sie, was sie wohl darstellen mochten. Die Vermutung, sie hätten etwas mit Bodenkultur zu tun, ließen sie fallen, da sie zu unglaubwürdig war. Der Doktor bemühte sich sogar, einige Flechten aus dem dunkelgrünen Streifen zu untersuchen. Sie erinnerten ein wenig an Moos, hatten aber an den kleinen Wurzeln perlenartige Verdickungen, in denen harte schwarze Körnchen staken.

Mittag war längst vorüber. Sie verspürten Hunger und hielten Rast, um sich zu stärken – in der prallen Sonne, denn nirgends war Schatten, und die achthundert Meter zur Schonung zurückzukehren, verspürten sie keine Lust. Das Spinnendickicht hatte keinen günstigen Eindruck auf sie gemacht.

»Nach den Geschichten, die ich als Junge zu lesen bekam«, erzählte der Doktor mit vollem Mund, »müßte in diesem verdammten Vorhang jetzt ein feuerspeiendes Loch entstehen und ein Individuum mit drei Händen und mit nur einem sehr dicken Bein herauskommen, mit einem interplanetaren Telekommunikator unterm Arm, sich eventuell als Sterntelepath vorstellen und uns zu verstehen geben, daß es der Vertreter einer hochentwickelten Zivilisation sei, die . . .«

»Hör auf mit dem Gefasel«, schnitt ihm der Koordinator das Wort ab und goß Wasser aus der Thermosflasche in seinen Becher, der sich sogleich mit Tau bedeckte. »Es wäre besser, wenn wir uns überlegen, was zu tun ist.«

»Ich denke, wir sollten dort hineingehen«, sagte der Doktor und erhob sich, als wolle er es auf der Stelle tun.

»Ich bin neugierig, auf welche Weise«, warf der Physiker gelassen ein.

»Du bist wohl wahnsinnig!« rief der Kybernetiker.

»Ich bin nicht wahnsinnig. Natürlich, wir können auch so weiterwandern, unter der Bedingung, daß uns die Individuen mit einem Bein etwas zu essen vorwerfen.«

»Du meinst das doch nicht im Ernst?« fragte der Ingenieur.

»Natürlich, und weißt du, weshalb? Weil ich das ganz einfach satt habe.« Er drehte sich um.

»Halt!« schrie der Koordinator.

Ohne darauf zu achten, schritt der Doktor auf die Wand zu. Die anderen sprangen auf, um ihn zu halten. Aber während sie ihm noch nachliefen, berührte er bereits mit der Hand den Vorhang.

Die Hand verschwand. Eine Sekunde lang stand der Doktor reglos da, dann machte er einen Schritt nach vorn und war verschwunden. Die fünf starrten entgeistert auf die Stelle, wo der Abdruck seines linken Schuhs zu erkennen war. Plötzlich tauchte der Kopf des Doktors über dem Vorhang auf. Sein Hals war wie mit dem Messer abgeschnitten, ihm tränten die Augen, und er nieste ein paarmal.

»Etwas stickig hier drinnen«, sagte er, »und es juckt verteufelt in der Nase, aber ein paar Minuten kann man es wohl hier schon aushalten. Wirkt wie Tränengas. Kommt nach, es tut nicht weh. Man spürt überhaupt nichts.«

Dort, wo sich seine Schulter befinden mußte, tauchte sein Arm in der Luft auf.

»Daß dich der ...!« rief der Ingenieur halb ärgerlich, halb begeistert und ergriff die Hand des Doktors, der ihn mitriß, so daß auch er den übrigen aus dem Blickfeld entschwand. Einer nach dem anderen traten sie an den wogenden Vorhang. Als letzter der Kybernetiker. Er zögerte, räusperte sich, sein Herz pochte. Er kniff die Augen zu und tat einen Schritt nach vorn. Dunkelheit umschloß ihn, dann wurde es hell.

Er war bei den anderen – in einem gewaltigen Raum, der von einem rauschenden asthmatischen Schnaufen erfüllt war. Schräg nach oben, senkrecht und waagerecht, über Kreuz und einander überschneidend, wirbelten und vibrierten riesige Walzen, Rohre oder Säulen unterschiedlicher Dicke; an manchen Stellen bauchten sie sich aus, an anderen wieder wurden sie dünner. Aus der Tiefe dieses sich immerfort in alle Richtungen bewegenden Waldes aus leuchtenden Körpern drang ein hastiges Schmatzen, das urplötzlich verstummte, worauf ein paar glucksende Laute folgten. Diese Lautserie wiederholte sich.

Der bittere Geruch war schwer zu ertragen. Sie mußten alle niesen. Tränen flossen ihnen aus den Augen. Mit Taschentüchern vor dem Gesicht entfernten sie sich ein wenig von dem Vorhang, der von innen wie ein Wasserfall aus einer schwarzen sirupartigen Flüssigkeit aussah.

»So, da wären wir endlich zu Hause! Eine Fabrik, eine automatische Fabrik!« rief der Ingenieur zwischen zwei Niesanfällen. Nach und nach, als sie sich an den bitteren Geruch gewöhnt hatten, vergingen die Niesanfälle, und sie sahen einander mit tränenden, zusammengekniffenen Augen an.

Nach einem Dutzend Schritten auf dem elastischen, wie

gespannter Gummi nachgebenden Untergrund tauchten schwarze Brunnen vor ihnen auf. Leuchtende Gegenstände sprangen darin hoch, aber so schnell, daß man ihre Form nicht erkennen konnte. Sie hatten die Größe eines menschlichen Kopfes und schienen zu glühen. Sie flogen in die Höhe, wo eine der Säulen, die sich pfeifenartig über die Brunnen bog, sie einsog, ohne mit dem Rotieren aufzuhören. Die Gegenstände verschwanden nicht gleich, ihr rosa Schein leuchtete noch durch die zitternden Wände der Säule wie durch dunkles Glas, schwächer und schwächer werdend. Man konnte sehen, wie sie im Innern weiterwanderten.

»Serienproduktion vom Band«, brummte der Ingenieur in sein Taschentuch.

Vorsichtig ging er um die Brunnen herum. Woher mochte das Licht kommen? Die Decke war halb durchsichtig, der graue, eintönige Schimmer verlor sich im Meer der biegsamen, schrumpfenden, rotierenden, wie Bäche in der Luft dahingleitenden Körper. Alle diese federnden Gebilde schienen nach einem Kommando zu handeln, in einem einheitlichen Tempo. Die Fontänen der glühenden Gegenstände spritzten hoch, das gleiche spielte sich in großer Höhe ab. Unter der Decke zeichneten die roten Perlen der fliegenden Quader ebenfalls Bögen in die Luft, allerdings waren die Quader da oben weit größer.

»Wir müssen ein Lager mit fertiger Produktion finden oder wenigstens mit dem, was hier das Endprodukt ist«, meinte der Ingenieur.

Der Koordinator berührte seinen Arm. »Welche Art von Energie ist das, was meinst du?«

Der Ingenieur zuckte mit den Schultern. »Keine Ahnung.«

»Ich befürchte, daß wir vor einem Jahr das Endprodukt

nicht finden. Diese Halle ist kilometerlang«, gab der Physiker zu bedenken.

Merkwürdig, je tiefer sie in der Halle vordrangen, um so leichter fiel ihnen das Atmen, als ströme nur der »Vorhang« den bitteren Geruch aus.

»Ob wir uns hier nicht verlaufen?« Der Kybernetiker hob besorgt den Kopf.

Der Koordinator schaute auf den Kompaß. »Nein. Er zeigt gut an ... Eisen wird es wohl hier nicht geben, Elektromagneten ebenfalls nicht.«

Länger als eine Stunde wanderten sie durch den zitternden Wald der wundersamen Fabrik, bis es rings um sie etwas freier wurde. Ein frischer Lufthauch war zu spüren, als ob die Luft gekühlt wäre. Die mal hierhin, mal dahin laufenden Walzen wichen zurück. Unvermittelt standen sie vor einer gewaltigen, kuppelförmig aufgestockten Spirale. Von oben ragten S-förmig gebogene Abzweigungen herab, flatternd wie Peitschenschnüre. Sie endeten in stumpfen, abgerundeten Verdickungen, aus denen ein Hagelschlag von Objekten prasselte. Die schwarzen Gegenstände schienen mit einem leuchtenden Lack überzogen zu sein und stürzten in die Spirale, an einer Stelle jedoch, die sie nicht sehen konnten, weil sie sich einige Meter über ihren Köpfen befand.

Auf einmal weitete sich die linsenförmig gewölbte graue Wand der Spirale ihnen gegenüber, innen zerrte etwas, und sie schwoll an. Sie traten unwillkürlich zurück, die sich aufblähende, schmutziggraue Blase sah gefährlich aus. Lautlos barst sie, und aus der runden Öffnung ergoß sich ein Strom schwarzer Körper. In demselben Augenblick tauchte weiter unten aus einem breiten Brunnen ein Trog mit gewölbtem Rand auf, und die Gegenstände purzelten trommelnd hinein, als ob sie auf ein dickes Gummikissen schlügen. Der Trog hüpfte dabei auf erstaunliche Weise hoch, wurde geschüttelt und gerüttelt, so daß sich die schwarzen Gegenstände schon nach wenigen Sekunden auf seinem flachen Boden zu einem gleichmäßigen Karree ordneten.

»Die Fertigprodukte!« Der Ingenieur lief an den Rand, beugte sich vor und ergriff eins der schwarzen Objekte. Der Koordinator packte ihn im letzten Augenblick am Gürtel, und nur diesem Umstand verdankte es der Ingenieur, daß er nicht kopfüber in den Trog stürzte, denn er wollte den schweren Gegenstand nicht loslassen, obwohl er ihn allein gar nicht halten konnte. Der Physiker und der Doktor halfen ihm, die schwere Last hochzuhieven.

Der Gegenstand war so groß wie ein menschlicher Rumpf. Er hatte hellere, halb durchsichtige Segmente, in denen eingeschmolzene Reihen feiner, metallisch glänzender Kristalle leuchteten, und kleine, von ohrenartigen Verdickungen umgebene Öffnungen. Obenauf befand sich ein rauhes Mosaik von Vorsprüngen aus einer überaus harten dunkelvioletten Masse, die gegen das Licht schwarz wirkte. Mit einem Wort – der Gegenstand war höchst kompliziert. Der Ingenieur kniete davor und betastete und beklopfte ihn ziemlich lange. Unterdessen beobachtete der Doktor, was im Trog vorging. Nachdem sich darin ein gleichmäßiges Karree gebildet hatte, wurde der Trog langsam von einem dicken, vor Anstrengung bebenden Bolzen in die Höhe gehoben und erweichte plötzlich, aber nur auf einer Seite. Er verwandelte sich in einen riesigen Löffel. Ein großer Rüssel streckte sich ihm entgegen und wurde aufgerissen, ein heißer, bitterer Gestank strömte heraus. Der gähnende Rachen saugte mit entsetzlichem Schmatzen alle Gegenstände ein und schloß sich, als verschlinge er sie. Auf einmal leuchtete dieses rüsselartige Ungeheuer innen auf. Der Doktor konnte den feurigen Glutkern sehen, der die Gegenstände auflöste. Sie zerflossen und bildeten einen gleichmäßigen, orangefarbenen, brennenden Brei. Der Glanz wurde schwächer und der rüsselartige Rachen dunkler. Der Doktor vergaß seine Gefährten vollends und ging an zwei großen, hochragenden Säulen entlang, in deren Innerem jetzt die feurigen Massekerne wie in einer gewaltigen Speiseröhre schwammen. Er starrte in das Labyrinth und versuchte, hin und wieder die tränenden Augen wischend, den Weg des glühenden Breis zu verfolgen. Bisweilen verlor er ihn aus den Augen, dann kam er ihm von neuem auf die Spur, denn wieder leuchtete der Brei in schmalen, sich schlängelnden schwarzen Bächen. Als der Doktor an einer Stelle anlangte, die ihm bekannt vorkam, sah er die glühenden Körper, schon teilweise geformt, in einen Schlund fliegen und nebenher andere herausspringen, als würden sie aus dem offenen Brunnen in die Höhe geschossen. Dicke schwarze Röhren, dick wie Elefantenrüssel, baumelten in einer Reihe von oben herab und verschlangen sie. Als rosa Spalier schossen sie im Inneren dieser Röhren, immer kleiner werdend, in die Höhe. Den Kopf im Nacken, schritt der Doktor weiter und vergaß alles um sich her. Die glühenden Körper überholten ihn, aber das war für ihn unwichtig, denn unausgesetzt folgten ihnen andere. Auf einmal wäre er beinahe gestürzt, er stieß einen unterdrückten Schrei aus: Er stand wieder auf dem freien Platz. Vor ihm erhob sich der kuppelartige Wall der Spirale. Von oben stürzte ein Schwall der während der langen Wanderung vollends erkalteten schwarzen Gegenstände in ihren Schlund. Der Doktor ging um die Spirale herum, denn er wußte bereits, auf welcher Seite die Geburt zu erwarten war, und da befand er sich wieder neben den anderen, die den Ingenieur umstanden. Der Ingenieur untersuchte noch immer den schwarzen Gegenstand, während die bestehende große Blase abermals die »Fertigproduktion« in den neu geformten Trog spie.

»Hallo! Ihr braucht euch nicht zu bemühen! Ich weiß bereits alles! Und ich werde es euch gleich erklären!« rief der Doktor.

»Wo hast du gesteckt? Ich hab mir schon Sorgen gemacht.« Der Koordinator hatte sich zu ihm umgewandt. »Hast du wirklich etwas entdeckt? Der Ingenieur weiß nämlich nichts.«

»Wenn es bloß nichts wäre, dann wäre das nicht so schlimm!« knurrte der, stieß wütend mit dem Fuß gegen das schwarze Objekt und bedachte den Doktor mit einem ärgerlichen Blick. »Nun, und was hast du entdeckt?«

»Die Sache sieht folgendermaßen aus«, begann der Doktor mit einem seltsamen Lächeln. »Das da wird dort eingesaugt«, er deutete auf den Rachen des Rüssels, der sich gerade öffnete. »So, jetzt erhitzt er sich innen, seht ihr? Sie schmelzen jetzt alle, werden durchgemischt, fahren in Portionen nach oben, und dort beginnt ihre Bearbeitung. Wenn sie noch kirschrot vor Hitze sind, fliegen sie nach unten, unter den Boden, da muß noch eine Etage sein. Wieder geschieht mit ihnen etwas, dann kehren sie durch diesen Brunnen zwar blaß, aber noch leuchtend zurück, machen einen Ausflug bis unters Dach, stürzen in diese Form« – er zeigte die Spirale – »und dann in das ›Lager für Fertigprodukte‹. Von hier fahren sie zurück in den Rüssel, schmelzen, und so endlos im Kreis. Sie werden geformt, nehmen Gestalt an, schmelzen, formen sich von neuem …«

»Bist du wahnsinnig«, flüsterte der Ingenieur, dicke Schweißtropfen auf der Stirn.

»Du glaubst es nicht? Prüf es selber nach.«

Der Ingenieur prüfte nach, zweimal. Das dauerte eine gute Stunde. Als sie sich wieder am Trog einfanden, den gerade eine neue Portion des »Endprodukts« ausfüllte, brach die Dämmerung herein, in der Halle wurde es fahlgrau.

Der Ingenieur schien wie von Sinnen. Er schüttelte sich vor Wut. Krampfhafte Zuckungen liefen über sein Gesicht. Die anderen, die kaum weniger verblüfft waren, hatte die Entdeckung nicht so sehr ergriffen.

»Wir müssen hier raus, es kann im Dunkeln Schwierigkeiten geben.« Der Koordinator packte den Ingenieur am Arm. Der ließ sich willenlos ziehen, dann riß er sich los, stürzte sich auf den schwarzen Gegenstand, den sie liegengelassen hatten, und hob ihn mit Mühe hoch.

»Willst du das mitnehmen?« fragte der Koordinator. »Gut, helft ihm.«

Der Physiker packte den unförmigen Gegenstand an den ohrenförmigen Vorsprüngen und schleppte ihn zusammen mit dem Ingenieur bis an die wellige Grenze der Halle. Der Doktor trat gelassen gegen die siruparting glänzende Wand des »Wasserfalls« und stand draußen auf der Ebene im kühlenden Hauch des Abends. Genießerisch sog er die Luft tief in die Lungen. Die anderen waren ihm gefolgt. Der Ingenieur und der Physiker trugen die Last an die Stelle, wo sie die Rucksäcke zurückgelassen hatten, und warfen sie dort auf den Boden.

Sie zündeten den Kocher an, wärmten etwas Wasser, lösten das Fleischkonzentrat darin auf und machten sich hungrig ans Essen. Sie aßen schweigend. Es war unterdessen völlig dunkel geworden, die Sterne traten hervor. Ihr Schein wurde mit jedem Augenblick stärker, kompakter. Das verschwommene Gestrüpp der fernen Schonung verschmolz mit der Dunkelheit. Nur die bläuliche Flamme des Brenners, von einem sanften Hauch bewegt, warf etwas Licht. Die hohe Wand der Halle in ihrem Rücken, versunken in der Nacht, gab nicht den leisesten Laut von sich. Man sah nicht einmal, ob die Wellen darüber schwammen.

»Die Finsternis bricht hier genauso rasch herein wie bei uns in den Tropen«, sagte der Chemiker. »Wir sind doch in der Äquatorzone niedergegangen, nicht wahr?«

»Ich glaube«, erwiderte der Koordinator. »Aber ich kenne nicht einmal den Neigungswinkel des Planeten zur Ekliptik.«

»Wieso? Das muß doch bekannt sein.«

»Natürlich, die Daten sind auf dem Schiff.«

Sie verstummten. Die nächtliche Kälte machte sich bemerkbar. Sie hüllten sich in die Decken ein; unterdessen ging der Physiker daran, das Zelt aufzustellen. Er pumpte die Plane auf, bis sie steif dastand, einer abgeflachten Halbkugel gleichend, mit einem kleinen Eingang dicht über dem Boden. Dann suchte er in der Nähe Steine, um die Ränder des Zeltes zu beschweren, damit es der Wind nicht fortriß. Sie hatten Pflöcke, jedoch nichts, womit man sie in die Erde schlagen konnte. Er fand nur kleinere Steinchen und kehrte mit leeren Händen an das bläuliche Feuer zurück.

Plötzlich fiel sein Blick auf den schwarzen Gegenstand, den sie aus der Halle mitgebracht hatten. Er hob ihn auf und legte ihn auf den Zeltrand.

»Wenigstens zu etwas ist das Ding nütze«, bemerkte der Doktor, der ihm zusah.

Der Ingenieur saß geduckt da, den Kopf in den Händen, ein Bild völliger Niedergeschlagenheit. Er sagte nichts, auch um seinen Teller bat er nur mit einem unartikulierten Knurren.

»Was nun, liebe Leute?« fragte er plötzlich und richtete sich auf.

»Natürlich wird geschlafen«, antwortete der Doktor ruhig, zog pietätvoll eine Zigarette aus einer Packung, steckte sie an und tat genießerisch einen Zug.

»Und was morgen?« Man sah dem Ingenieur an, daß seine Ruhe nur vorgetäuscht, daß er bis zum äußersten gespannt war.

»Henryk, du führst dich auf wie ein Kind«, sagte der Koordinator, der gerade dabei war, den Topf mit schlammiger Erde zu säubern. »Morgen untersuchen wir die nächste Sektion der Halle. Heute haben wir uns nach meinen Schätzungen rund vierhundert Meter angesehen.«

»Und du glaubst, daß wir etwas anderes finden?«

»Ich weiß es nicht. Einen Tag haben wir noch vor uns. Am Nachmittag müssen wir zur Rakete zurück.«

»Freut mich außerordentlich«, brummte der Ingenieur, stand auf, reckte sich und stöhnte. »Ich fühle mich, als hätte ich keinen heilen Knochen mehr im Leibe«, gestand er.

»Es geht uns allen so«, erwiderte der Doktor gutmütig. »Hör zu, kannst du wirklich nichts zu dem da sagen?« Er deutete mit dem Ende der brennenden Zigarette auf den Gegenstand, der den Zeltrand festhielt.

»Kann ich. Warum nicht? Natürlich kann ich das. Das ist eine Vorrichtung, die dazu dient, damit man sie zuerst ...«

»Nein, im Ernst. Das hat doch bestimmte Teile. Ich kenne mich nicht so aus.«

»Denkst du etwa, ich kenne mich da aus?« brauste der Ingenieur auf. »Das ist das Produkt eines Wahnsinnigen. Eine

Zivilisation von Verrückten. Das ist dieses verdammte Eden. Was wir da mitgeschleppt haben, wurde in einer Reihe von Prozessen erzeugt«, fügte er ruhiger hinzu. »Pressen, Eindrücken der durchsichtigen Segmente, thermische Behandlung, Polieren. Es müssen hochmolekulare Polymere und anorganische Kristalle sein. Wozu das dienen soll, weiß ich nicht. Das ist ein Teil, nicht das Ganze. Doch selbst aus dieser verrückten Mühle herausgenommen, kommt mir dieser Teil in sich irrsinnig vor.«

»Was verstehst du darunter?« fragte der Koordinator. Der Chemiker legte die Teller und die Vorräte zusammen und rollte die Decke auseinander. Der Doktor drückte die Zigarette aus und steckte die restliche Hälfte behutsam in die Schachtel zurück.

»Ich habe keine Beweise dafür. Da drinnen gibt es gewisse Bindeglieder. Sie sind mit nichts verbunden. Wie ein geschlossener Stromkreis, der von Isolatoren durchschnitten ist. Das kann nie wirksam sein. Diesen Eindruck habe ich gewonnen. Schließlich hat man nach so vielen Jahren doch so etwas wie eine berufliche Intuition. Ich kann mich natürlich irren, aber ich möchte überhaupt nicht darüber reden.«

Der Koordinator stand auf. Die anderen folgten seinem Beispiel. Als sie den Kocher ausgemacht hatten, hüllte brutale Schwärze sie ein. Die Sterne gaben kein Licht, sie glänzten nur stark an dem merkwürdig niedrigen Himmel.

»Deneb«, sagte der Physiker leise. Sie blickten hoch.

»Wo? Dort?« Auch der Doktor dämpfte unbewußt die Stimme.

»Ja. Und der kleinere daneben, das ist Gamma Cygni. Verdammt hell!«

»Dreimal so hell wie auf der Erde«, sagte der Koordinator.

»Es ist kühl, und nach Hause ist es weit«, murmelte der Doktor.

Keiner sprach noch etwas. Einzeln krochen sie in das aufgeblasene Zelt. Sie waren so erschöpft, daß dem Doktor, als er nach seiner Gewohnheit im Dunkeln eine gute Nacht wünschte, nur die Atemzüge der Schlafenden antworteten.

Er selbst schlief noch nicht. Ihm fiel ein, daß sie unachtsam handelten. Aus der nahen Schonung konnte in der Nacht ein Ungetüm herauskommen. Sie hätten eine Wache aufstellen sollen. Eine Weile überlegte er, ob er nicht selbst diesen Posten übernehmen sollte. Aber er lachte nur ironisch in die Finsternis, drehte sich um und seufzte. Er merkte gar nicht, wie er einschlief. Und er schlief wie ein Stein.

Der Morgen grüßte sie mit Sonne. Am Himmel zeigten sich diesmal ein paar weiße Knäuelwolken mehr als am Vortag. Sie aßen ihr frugales Frühstück. Die Reste hoben sie für die letzte Mahlzeit auf. Neuen Vorrat mußten sie sich aus der Rakete holen.

»Wenn man sich wenigstens mal waschen könnte«, klagte der Kybernetiker. »Das ist mir noch nicht passiert, man stinkt ja richtig nach Schweiß, entsetzlich! Es muß hier doch irgendwo Wasser geben!«

»Wo es Wasser gibt, da gibt es auch einen Frisör«, erwiderte der Doktor heiter, während er in seinen kleinen Spiegel schaute. Er schnitt skeptische und heroische Grimassen. »Ich befürchte allerdings, daß der Frisör auf diesem Planeten zuerst rasiert und dann alle Haare wieder einsetzt, das ist hier sehr wahrscheinlich, weißt du!«

»Du wirst wohl noch im Grab Witze reißen«, versetzte der Ingenieur. Verwirrt fügte er hinzu: »Verzeihung. Ich wollte nicht ...«

»Macht nichts«, entgegnete der Doktor. »Im Grab nicht, aber solange es geht, ja. So, nun machen wir uns wohl auf den Weg, wie?«

Sie packten die Sachen, ließen die Luft aus dem Zelt ab und zogen mit ihrer Last den gleichmäßig wogenden Vorhang entlang, bis sie sich einen guten Kilometer von ihrer Raststelle entfernt hatten.

»Ich kann mir nicht helfen, vielleicht irre ich mich auch, aber hier sieht es so aus, als sei der Vorhang höher.« Der Physiker betrachtete aus zusammengekniffenen Augen die Bögen, die sich nach beiden Seiten spannten. Hoch oben flimmerten ihre Spitzen in silbrigem Feuer.

Sie warfen das Gepäck auf einen Haufen und gingen zur Halle. Wie am Vortag kamen sie ohne Schwierigkeiten hinein. Der Physiker und der Chemiker blieben etwas zurück.

»Was meinst du, wie ist das mit dem Verschwinden?« fragte der Chemiker. »Hier geschieht so viel, daß ich das gestern völlig vergaß.«

»Eine Art Refraktion«, erwiderte der Physiker mit wenig Überzeugung.

»Und worauf stützt sich die Decke? Doch wohl nicht darauf.« Er wies auf den sich in Wellen bauschenden Vorhang, auf den sie zutraten.

»Ich weiß es nicht. Vielleicht sind innen verborgene Stützen, oder sie befinden sich an der anderen Seite.«

»Alice im Wunderland«, begrüßte sie von innen der Doktor. »Fangen wir an? Heute niese ich weniger. Vielleicht ist das Anpassung. In welche Richtung gehen wir zuerst?«

Die Umgebung glich ziemlich genau derjenigen vom Vortag. Sie bewegten sich diesmal sicherer und schneller. Zunächst schien es ihnen sogar, daß alles genauso war wie dort.

Die Säulen, die Brunnen, der Wald der schrägen, pulsierenden und wirbelnden »Speiseröhren«, das Aufglühen, das Flimmern – dieser ganze Reigen von Prozessen verlief in dem gleichen Tempo. Nachdem sie sich jedoch die Fertigprodukte angesehen hatten, deren trogähnliche Behälter sie nach einiger Zeit fanden, entdeckten sie, daß sie anders waren, größer und von anderer Gestalt als die am Tage zuvor. Das war nicht alles. Die »Produkte« – die übrigens ebenso wie dort wieder herausgegriffen und in einen Kreislauf gebracht wurden – waren etwas anderer Art. Sie erinnerten sie an eine oben eingekerbte Eihälfte. Diese Hälfte trug deutliche Spuren, daß sie mit anderen Teilen zusammengepaßt werden sollte. Überdies ragten hornartige Verdickungen daraus hervor, in der Art einer Rohrmündung, in der sich ein linsenförmiges Plättchen bewegte, gewissermaßen ein Druckventil. Als sie jedoch mehrere solche Gegenstände miteinander verglichen, stellte sich heraus, daß manche zwei offene Hörner hatten, andere drei oder vier, wobei diese zusätzlichen Vorsprünge kleiner und sozusagen nicht ganz zu Ende gefertigt waren, als sei die Bearbeitung unterbrochen worden. Das Linsenplättchen füllte manchmal die ganze Mündung aus, manchmal nur einen Teil davon. Bisweilen fehlte es überhaupt. Einmal fanden sie nur so etwas wie eine Knospe, ein verkümmertes, kaum erbsengroßes Körnchen. Die Oberfläche des »Eis« war glatt poliert, bei einigen Exemplaren war sie rauh, die Tülle des »Druckventils« war bei den diversen Objekten ebenfalls unterschiedlich gestaltet. In einem fanden sie sogar Zwillingsstücke, teilweise verschmolzen und durch eine kleine Öffnung miteinander kommunizierend, und die Linsenplättchen bildeten eine Acht. Der Doktor bezeichnete das als siamesische Zwillinge. Dieser Teil hatte obendrein acht Hörner, von denen eins immer kleiner als das andere war; die kleinsten waren nicht einmal nach außen geöffnet.

»Was meinst du dazu?« fragte der Koordinator den Ingenieur. Der kniete neben ihm und wühlte in einer ganzen Kollektion, die sie dem Trog entnommen hatten.

»Vorläufig nichts. Gehen wir weiter.« Der Ingenieur stand auf. Man sah ihm an, daß sich seine Laune etwas gebessert hatte.

Jetzt begriffen sie schon, daß die Halle in Sektionen eingeteilt war, die lediglich durch den inneren Zusammenhang der Zyklen voneinander getrennt waren. Die Produktionsvorrichtungen, der sich schlängelnde, rüsselartig zuckende, schnaufende Wald, waren überall die gleichen.

Einige hundert Meter weiter stießen sie auf eine Sektion, die dieselben Bewegungen wie die vorigen vollführte, sich wand, schmatzte, schnaufte, aber in ihren Leitungen gar nichts mitführte, überhaupt nichts in die offenen Brunnen warf, nichts aus der Höhe fallen ließ oder verschlang. Sie bearbeitete, häufte und schmolz – nichts.

Überall da, wo sie bei den anderen Sektionen glühende Halbprodukte oder die schon erkaltenden bearbeiteten Gegenstände beobachten konnten, fanden sie hier nur Leere.

Zunächst glaubte der Ingenieur, das Produkt sei vielleicht so durchsichtig, daß man es nicht sehen könne. Er beugte sich weit über die Ausstoßaggregate vor, um mit den Händen etwas von dem zu erfassen, was aus den offenen Schlünden hätte herausfliegen müssen, aber er griff ins Leere.

»Eine verrückte Sache«, murmelte der Chemiker entsetzt. Der Ingenieur war gar nicht mehr so sehr erschüttert. »Sehr interessant«, sagte er nur, und sie gingen weiter.

Sie näherten sich einem Raum, aus dem lauter Lärm erscholl. Ein Lärm, der weich klang, gerade deshalb aber um so betäubender war, etwa wie wenn Millionen schwerer, feuchter Lederdecken auf eine große, schwach gespannte Trommel fallen. Plötzlich wurde es heller.

Aus Dutzenden keulenförmiger Zapfen, die oben an der Decke pendelten, prasselte ein wahrer Regen von schwarzen Gegenständen herab, prallte gegen die sich ihnen mal von der einen, mal von der anderen Seite entgegenwölbenden, durchsichtig grauen Membranen, die senkrecht gespannt waren und gleichmäßig wie Blasen anschwollen, als wären sie mit Gas gefüllt. Danach wurden die Teile auf halbem Weg von schnell arbeitenden Schlangenarmen erfaßt, die wie ein Strudel anmuteten, und kamen als Hagel unten an. Hier ordneten sich die Objekte nebeneinander zu Karrees, in geraden Reihen, während von der entgegengesetzten Seite in gewissen Abständen eine gewaltige Masse herauskroch, plattgedrückt wie der Kopf eines Wals, und mit einem langen Seufzer mehrere Reihen der »Fertigprodukte« auf einmal aufsaugte.

»Das Lager«, erläuterte der Ingenieur phlegmatisch. »Von oben kommen sie in fertigem Zustand herunter, und das ist wie ein Transportband, es nimmt sie mit und führt sie in den Umlauf zurück.«

»Woher willst du wissen, daß es sie wieder zurückführt? Vielleicht ist es hier anders?« fragte der Physiker.

»Weil das Lager voll ist.«

Keiner hatte das zwar ganz begriffen, aber sie schwiegen und gingen weiter.

Es war gegen vier, als der Koordinator die Rückkehr anordnete. Sie befanden sich in einer Sektion, die aus zwei Abteilungen bestand. Die erste erzeugte dicke Schilder, die mit ohrenförmigen Griffen versehen waren, die andere schnitt die Griffe ab und befestigte an ihrer Stelle Teile von elliptischen Ringen. Darauf wanderten die Schilder in die Bodenkammern, woher sie »glattrasiert«, wie der Doktor es nannte, zurückkamen, um von neuem dem Prozeß des Anschweißens der ohrenförmigen Griffe ausgesetzt zu werden.

Als die Männer wieder in die Ebene hinaustraten und bei noch ziemlich hoch stehender Sonne die Richtung einschlugen, in der sie das Zelt und die Sachen zurückgelassen hatten, sagte der Ingenieur: »So, jetzt wird das allmählich klar.«

»Wirklich?« fragte der Chemiker mit einer Spur von Ironie.

»Jawohl«, bestätigte der Koordinator. »Und was meinst du?« wandte er sich an den Doktor.

»Eine Leiche«, erwiderte der.

»Wieso Leiche?« fragte der Chemiker, der offenbar nichts verstand.

»Eine Leiche, die sich bewegt«, fügte der Doktor hinzu. Eine Weile gingen sie stumm weiter.

»Darf ich endlich erfahren, was das bedeutet?« fragte der Chemiker ein wenig verärgert.

»Ein ferngesteuerter Komplex zur Erzeugung diverser Teile, der mit der Zeit völlig außer Kontrolle geraten ist, weil er ohne jede Aufsicht war«, erklärte der Ingenieur.

»Ach! Und wie lange, meinst du?«

»Das weiß ich nicht.«

»Sehr grob geschätzt und mit großem Risiko kann man die Hypothese aufstellen, daß es mindestens sechzig Jahre sind«, sagte der Kybernetiker.

»Vielleicht noch mehr. Wenn ich erführe, daß es vor zweihundert Jahren geschah, würde ich mich auch nicht wundern.«

»Oder vor tausend Jahren«, fügte der Koordinator lässig hinzu.

»Wie dir bekannt sein dürfte, geraten beaufsichtigende Elektronenhirne in einem Tempo außer Kontrolle, das dem Irradiationsfaktor entspricht«, begann der Kybernetiker. Aber der Ingenieur unterbrach ihn: »Sie können nach einem anderen Prinzip arbeiten als unsere, und wir wissen ja überhaupt nicht, ob es Elektronensysteme sind. Ich selbst bezweifle das. Der Baustoff ist nichtmetallisch, halbflüssig.«

»Einzelheiten sind nicht so wichtig«, sagte der Doktor. »Aber was haltet ihr davon? Das heißt, welche Horoskope stellt ihr? Ich sehe nur düstere.«

»Du denkst an die Bewohner des Planeten?« fragte der Chemiker.

»Ja, ich denke an die Bewohner dieses Planeten.«

3. Kapitel

In später Nacht erreichten sie den Hügel, über dem der Rumpf des Raumschiffes aufragte. Um den Marsch zu beschleunigen, aber auch, um einer Begegnung mit den Bewohnern der Schonung auszuweichen, hatten sie sie dort durchquert, wo die Büsche gut ein Dutzend Meter auseinandertraten. Es war, als hätte ein gewaltiger Pflug das Gestrüpp beiseite geräumt, auf den umgelegten Schollen wucherten nur die samtenen Flechten.

Jähe Dämmerung legte sich über die Ebene, als die schräge Silhouette der Rakete schon deutlich zu erkennen war. Sie konnten also auf die Taschenlampen verzichten. Hunger quälte sie, aber noch mehr die Erschöpfung. So beschlossen sie, das Zelt draußen aufzustellen. Vom Durst gepeinigt, denn das Wasser war ihnen auf dem Rückmarsch ausgegangen, begab sich der Physiker durch den Tunnel in die Rakete. Er blieb lange weg. Sie pumpten gerade das Zelt auf, als sie ihn unter der Erde schreien hörten. Sie eilten zum Eingang und halfen ihm heraus. Seine Hände zitterten. Er war so aufgeregt, daß er kaum ein Wort hervorbrachte.

»Was ist los! Beruhige dich!« redeten sie auf ihn ein. Der Koordinator packte ihn fest bei den Schultern.

»Da«, er deutete auf den dunklen Rumpf über ihnen, »da war jemand.«

»Wie?«

»Woran hast du das erkannt?«

»Wer war da?«

»Das weiß ich nicht.«

»Woran hast du erkannt, daß jemand da war?«

»An ... an den Spuren. Ich betrat versehentlich den Steuerraum. Wir hatten ihn vorher mit Sand vollgeschüttet, jetzt ist keiner da.«

»Wieso ist keiner da?«

»Er fehlt. Es ist fast sauber.«

»Und wo ist der Sand geblieben?«

»Das weiß ich nicht.«

»Hast du in die anderen Räume geschaut?«

»Hab ich. Das heißt, ich hatte vergessen, daß im Steuerraum Erde lag, und dachte mir zunächst gar nichts, ich wollte ja nur trinken. Ich ging also in das Lager, fand das Wasser, hatte aber nichts zum Schöpfen, so ging ich in deine Kabine – und da ...«

»Was zum Teufel!«

»Alles war mit Schleim bedeckt.«

»Mit Schleim?«

»Ja, mit durchsichtigem, klebrigem Schleim. Sicherlich habe ich noch was an meinen Schuhen! Ich sah gar nichts, erst später merkte ich, daß die Sohlen klebten.«

»Vielleicht sind die Behälter leck, oder es ist eine chemische Reaktion eingetreten. Du weißt doch, daß die Hälfte der Gefäße im Labor zerschlagen ist.«

»Red keinen Unsinn! Leuchte hier, auf die Füße.«

Der Lichtfleck wanderte nach unten. Die Schuhe des Physikers glänzten an einigen Stellen, als hätten sie einen Überzug aus farblosem Lack.

»Das ist noch kein Beweis dafür, daß dort jemand gewesen ist«, erwiderte der Chemiker.

»Aber ich kam ja da noch gar nicht darauf! Ich nahm einen Becher und kehrte zum Lager zurück. Daß die Schuhsohlen klebrig waren, fühlte ich, aber ich beachtete es nicht. Ich trank das Wasser, und als ich zurückging, fiel mir ein, mal in der Bibliothek nachzusehen. Warum, weiß ich selbst nicht. Etwas unruhig war ich ja, aber daran habe ich nicht im geringsten gedacht. Ich mach die Tür auf, leuchte hinein, und da ist es sauber. Keine Spur von Sand! Ich hatte den Sand doch selbst hineingeschüttet, deshalb stieß mir das gleich auf, und auch, daß welcher im Steuerraum gewesen ist!«

»Und was weiter?« fragte der Koordinator.

»Nichts, dann lief ich her.«

»Er ist vielleicht noch da, im Navigationsraum oder in dem anderen Lager«, sagte der Kybernetiker leise.

»Glaub ich nicht«, murmelte der Koordinator. Die Taschenlampe, die der Doktor nach unten hielt, erhellte ein Stück Boden. Sie standen um den Physiker herum, der noch immer heftig atmete.

»Ob wir hingehen?« überlegte der Chemiker laut, aber es war zu sehen, daß es ihn nicht sonderlich danach drängte.

»Zeig doch noch mal deine Schuhe«, bat der Koordinator.

Er betrachtete aufmerksam die eingetrocknete glänzende Schicht, die an dem Leder klebte. Fast wäre er mit dem Kopf des Doktors zusammengestoßen, als sich der ebenfalls bückte.

»Wir müssen etwas unternehmen«, sagte der Kybernetiker verzweifelt.

»Es ist ja nichts geschehen. Irgendein Vertreter der lokalen Fauna ist in das Raumschiff gekrochen und dann verschwunden, nachdem er nichts gefunden hat, was für ihn von Belang sein könnte«, entschied der Koordinator.

»Wohl ein Regenwurm, was? Ungefähr so groß wie ein

Hai oder wie zwei Haie«, spottete der Kybernetiker. »Was ist mit dem Sand geschehen?«

»Das ist tatsächlich sonderbar. Vielleicht ...« Ohne den Satz zu beenden, begann der Doktor die nächste Umgebung abzusuchen. Sie konnten seinen Schatten im Schein der Taschenlampe verfolgen. Der Lichtstrahl beleuchtete den Boden oder huschte blaß in die Finsternis.

»He!« rief er plötzlich. »He, kommt mal her! Ich hab's.« Sie rannten zu ihm hin. Er stand vor einem mehrere Meter langen Erdwall, der hier und da von Fetzen glänzender dünner Haut bedeckt war.

»Scheint tatsächlich irgendein Regenwurm zu sein«, stammelte der Physiker.

»Demnach müssen wir also doch in der Rakete übernachten«, entschied der Koordinator plötzlich. »Zuerst durchsuchen wir sie, um Gewißheit zu haben, dann schließen wir die Klappe.«

»Mann, das wird die ganze Nacht dauern«, stöhnte der Chemiker. »Wir haben noch kein einziges Mal in alle Räume geschaut.«

»Es muß sein!«

Sie überließen das aufgeblasene Zelt seinem Schicksal und tauchten in den Tunnel.

Lange suchten sie im Schiff umher, leuchteten in alle Winkel und Ecken. Der Physiker glaubte zu bemerken, daß im Steuerraum die Bruchstücke der Schalttafeln umgestapelt seien, aber keiner wußte das mit Sicherheit zu sagen. Dann zweifelte wieder der Ingenieur, ob er das Werkzeug, das er zur Anfertigung der Hacken gebraucht hatte, in der Ordnung liegengelassen habe, in der es sich nun befand.

»Das ist nicht so wichtig«, sagte der Doktor ungeduldig.

»Spielen wir doch jetzt nicht die Detektive, es ist gleich zwei.«

Erst um drei legten sie sich zum Schlafen auf die Matratzen, die sie aus den Kojen geholt hatten, und das auch nur, weil der Ingenieur beschloß, in den beiden Etagen des Maschinenraums nicht nachzusehen, sondern die Tür im stählernen Schott, die dorthin führte, von innen abzuriegeln. Die Luft in dem abgeschlossenen Raum kam ihnen stickig vor. Ein unangenehmer Geruch hielt sich darin. Sie fielen um vor Erschöpfung, und kaum hatten sie die Kombinationen und die Schuhe abgelegt und das Licht gelöscht, sanken sie auch schon in einen schweren, unruhigen Schlaf.

Der Doktor schrak in völliger Dunkelheit auf und war gleich hellwach. Er hielt die Uhr vor die Augen. Eine Weile konnte er nicht erkennen, wie spät es war. Die Zeit wollte nicht zu der herrschenden Dunkelheit passen. Er hatte vergessen, daß er sich in der Rakete unter der Erde befand. Schließlich entzifferte er auf dem Kranz der grünen Fünkchen, daß es schon acht war. Er wunderte sich, daß er nur so kurz geschlafen hatte, und wollte sich schon auf die andere Seite legen, da stutzte er.

Im Raumschiff ging etwas vor. Er konnte das eher spüren als hören. Der Fußboden war von einem leichten Zittern erfaßt. Weit weg klirrte etwas kaum hörbar. Sofort setzte er sich auf. Sein Herz schlug wild. Es ist wieder da! Er dachte an das Geschöpf, dessen Schleimspuren der Physiker entdeckt hatte. Es versucht, die Eingangsklappe einzudrücken, war sein nächster Gedanke.

Die Rakete erbebte plötzlich, als wollte eine gewaltige Kraft sie noch tiefer in die Erde stoßen. Einer der unruhig Liegenden stöhnte im Schlaf auf. Der Doktor hatte einen

Augenblick lang das Gefühl, als ob sich seine Haare in glühende Drähtchen verwandelten. Das Raumschiff wog sechzehntausend Tonnen! Der Fußboden bebte. Es war ein ungleichmäßiger, reißender Schauer. Plötzlich begriff er: Das war eines der Antriebsaggregate! Jemand versuchte es in Gang zu setzen!!

»Auf!« schrie er und suchte im Dunkeln nach der Taschenlampe. Die Männer fuhren hoch, rempelten einander in der ägyptischen Finsternis an, schrien laut durcheinander. Endlich hatte der Doktor die Taschenlampe gefunden und knipste sie an. Mit wenigen Worten erläuterte er, was los war. Schlaftrunken lauschte der Ingenieur den fernen Geräuschen. Erschütterungen schüttelten den Rumpf, lautes Heulen erfüllte die Luft.

»Die Kompressoren der linken Düsen!« zischte der Ingenieur. Der Koordinator knöpfte wortlos seine Kombination zu. Die anderen zogen sich ebenfalls schnell an. Der Ingenieur rannte so, wie er war, in Hemd und Turnhose, in den Gang. Im Laufen riß er dem Doktor die Taschenlampe aus der Hand.

»Was hast du vor?«

Sie rannten hinter ihm her zum Navigationsraum. Der Fußboden unter ihnen dröhnte und bebte immer stärker.

»Er kann die Schaufeln abbrechen!« stöhnte der Ingenieur und stürzte in den Navigationsraum, den der Eindringling gesäubert hatte. Er sprang zu den Hauptklemmen, warf den Hebel herum.

Ein Licht flammte in der Ecke auf. Der Ingenieur und der Koordinator zerrten einen Elektrowerfer aus dem Wandverschlag, befreiten ihn von dem Futteral und schlossen ihn mit größter Eile an die Ladeklemmen an. Die Kontrolluhr war zerschlagen, aber das längliche Röhrchen am Lauf leuchtete blau auf: Ladestrom war vorhanden!

Der Fußboden bebte. Alles, was nicht befestigt war, hüpfte. In den Regalen rasselte das Metallwerkzeug, ein gläserner Gegenstand fiel herunter und zersprang. Die Reste des Plastikumbaus dröhnten mit lauter Resonanz, dann brach Stille herein, gleichzeitig erlosch das einzige Licht. Der Doktor schaltete sofort die Taschenlampe ein.

»Ist er geladen?« fragte der Physiker.

»Höchstens für zwei Serien, aber auch das ist gut«, schrie der Ingenieur zurück, wobei er die Klemmen mehr abriß als herauszog. Er packte den Elektrowerfer, hielt ihn mit dem Aluminiumrohr nach unten, legte die Hand an den Griff und ging den Korridor entlang in Richtung Maschinenraum. Sie waren bereits auf halbem Weg, neben der Bibliothek, als ein lang anhaltendes höllisches Knirschen ertönte. Zwei oder drei krampfartige Zuckungen erschütterten das Raumschiff, im Maschinenraum stürzte etwas mit entsetzlichem Krachen um, und wieder trat Totenstille ein.

Der Ingenieur und der Koordinator schritten Schulter an Schulter zur gepanzerten Tür. Der Koordinator schob den Deckel vom Guckloch zurück und blickte hinein.

»Die Taschenlampe her«, zischte er.

Der Doktor gab sie ihm. Durch die schmale, verglaste Öffnung ins Innere zu leuchten und gleichzeitig etwas zu sehen fiel nicht leicht. Der Ingenieur öffnete das zweite Visier, legte die Augen daran, atmete aus und hielt die Luft an.

»Da liegt er«, sagte er nach einer Weile.

»Wer? Was?«

»Der Gast. Leuchte mal besser, tiefer, noch tiefer – ja! Er rührt sich nicht. Er rührt sich überhaupt nicht. Groß wie ein Elefant«, sagte er dumpf.

»Ist er an die Sammelschienen gekommen?« fragte der Koordinator. Er konnte nichts erkennen, weil ihm die Taschenlampe das Guckloch verdeckte.

»Er wird wohl eher zwischen die gerissenen Leitungen gekrochen sein. Ich sehe die Enden unter ihm hervorragen.«

»Was für Enden?« fragte der Physiker ungeduldig.

»Die vom Hochspannungskabel. Stimmt, er bewegt sich nicht. Also was, machen wir auf?«

»Wir müssen.« Der Doktor schob den Hauptriegel zurück.

»Vielleicht verstellt er sich nur?« gab hinten jemand zu bedenken.

»Sich so gut zu verstellen, das kann nur eine Leiche.« Der Doktor preßte das Gesicht an das zweite Visier, bis der Koordinator die Taschenlampe wegnahm.

Die Stahlriegel schnappten weich zurück. Die Tür war offen. Eine Weile wollte niemand über die Schwelle treten. Der Physiker und der Kybernetiker schauten ihren Vordermännern über die Schultern. Im Hintergrund lag eine im Licht schwach glänzende, bucklige, nackte Masse auf den zertrümmerten Platten der Bildschirme, eingezwängt zwischen die gewaltsam beiseite geschobenen Trennwände. Hin und wieder huschte ein leises Zittern über die Masse.

»Er lebt«, flüsterte der Physiker mit einem Würgen in der Kehle.

Scharfer, ekelhafter Brandgeruch, wie von versengtem Haar, stand in der Luft. Ein zarter graublauer Rauchfaden zerfloß im Lichtkegel.

»Für alle Fälle«, sagte der Ingenieur, hob den Elektrowerfer, drückte den durchsichtigen Kolben an die Hüfte und richtete ihn auf die unförmige Masse. Es zischte. Die funkenlose Entladung traf den schwappenden Leib unterhalb des Buckels, der sich in der Mitte wölbte. Der mächtige Körper spannte sich und blähte sich auf, sackte dann in sich zusammen und lag noch platter da als zuvor. Die oberen Ränder der weißen Trennwände erbebten dabei, die große Masse bog sie auseinander.

»Schluß«, erklärte der Ingenieur und trat über die hohe stählerne Schwelle.

Alle folgten ihm. Vergebens suchten sie nach den Beinen, den Tastorganen, dem Kopf dieses Wesens. Als träge Masse ruhte es auf der herausgerissenen Sektion des Transformators, ohne feste Form – der Buckel hing nach einer Seite über, wie ein loser Sack voll Gelee. Der Doktor berührte den toten Leib. Er bückte sich.

»Das alles ist eher wohl ...«, murmelte er. »Riecht mal daran.« Er hielt seine Hand hin. An den Fingerspitzen glitzerte es wie Tropfen von Fischleim. Der Chemiker überwand als erster seinen Ekel. Er schrie erstaunt auf.

»Kennst du das?« fragte der Doktor.

Alle schnupperten nun und erkannten den bitteren Geruch wieder, der die »Fabrikhallen« erfüllt hatte.

Der Doktor fand in der Ecke einen Hebel, der sich von der Achse ziehen ließ. Er schob das breitere Ende unter den Leib und versuchte, ihn auf die Seite zu wälzen. Auf einmal rutschte er aus, das Ende des Hebels durchstach die Haut, und der Stahl drang fast bis zur Hälfte in das Gewebe.

»Ein Pech ist das«, knurrte der Kybernetiker. »Jetzt haben wir nicht nur ein Wrack, sondern auch noch einen Friedhof!«

»Du tätest besser daran, uns zu helfen!« schimpfte der Doktor, der sich allein bemühte, den gewaltigen Leib umzudrehen.

»Warte, mein Lieber«, sagte der Ingenieur. »Wie ist das möglich, daß so ein Stück Vieh ein Aggregat in Gang setzen kann?«

Alle sahen ihn verblüfft an.

»In der Tat ...«, stammelte der Physiker. »Was macht's?« fügte er dümmlich hinzu.

»Selbst wenn wir dabei platzen sollten, wir müssen ihn umwenden, ich sage euch, wir müssen!« befahl der Doktor. »Kommt mal alle her, nein, nicht von der Seite. So! Nicht ekeln! Was ist?«

»Warte!« Der Ingenieur ging hinaus und kam nach einer Weile mit den Stahlstangen wieder, die sie zum Graben des Tunnels benutzt hatten. Sie schoben sie wie Hebebäume unter den toten Leib und hoben sie auf das Kommando des Doktors an. Der Kybernetiker schüttelte sich, seine Hand war am glatten Stahl abgerutscht und hatte die nackte Haut des Geschöpfes berührt. Mit entsetzlichem Klatschen wälzte es sich träge auf die Seite. Sie sprangen zurück. Jemand schrie auf.

Wie aus einer riesigen, spindelförmig verlängerten Auster schob sich ein zweihändiger kleiner Rumpf aus den dicken, flügelartig zusammengelegten, faltigen fleischigen Hüllen und glitt durch das eigene Gewicht nach unten, bis er mit den knotigen Fingerchen den Fußboden berührte. Er war kaum größer als ein Kinderrumpf, wie er so an den sich dehnenden Häuten der blaßgelben Bindelappen baumelte und nach und nach aufhörte zu wackeln. Der Doktor faßte als erster Mut, ging heran, ergriff ein Ende der weichen, vielgelenkigen Hand, und der kleine, blaß geäderte Torso spannte sich und zeigte ein flaches Gesichtchen, ohne Augen, mit klaffenden Nüstern und etwas Zerfetztem, das wie eine zerbissene Zunge aussah, dort, wo beim Menschen der Mund ist.

»Ein Edenbewohner ...«, sagte der Chemiker dumpf. Der Ingenieur, der vor Erschütterung kein Wort hervorbrachte, setzte sich auf den Generator und rieb sich, ohne es zu merken, an seiner Kombination die Hände ab.

»Ist das ein Wesen, oder sind es zwei?« fragte der Physiker, der aus der Nähe zuschaute, wie der Doktor die Brust des hilflosen kleinen Rumpfes berührte.

»Zwei in einem oder eins in zweien – oder sind es vielleicht Symbionten? Nicht ausgeschlossen, daß sie sich periodisch trennen.«

»Ja, wie dieses Teufelswerk mit dem schwarzen Haar«, meinte der Physiker. Der Doktor nickte, ohne seine Untersuchung zu unterbrechen.

»Dieser Große hier hat weder Beine noch Augen noch einen Kopf, gar nichts!« sagte der Ingenieur und steckte sich eine Zigarette an, was er sonst nie tat.

»Das wird sich erst erweisen«, antwortete der Doktor. »Ich denke, ihr habt nichts dagegen, wenn ich eine Sektion vornehme. Wir müssen ihn so oder so zerstückeln, weil wir ihn sonst nicht hinaustragen können. Ich hätte gern jemanden, der mir assistiert, aber das kann unangenehm werden. Wer meldet sich freiwillig?«

»Ich.« – »Meinetwegen ich.« Fast gleichzeitig riefen es der Koordinator und der Kybernetiker.

Der Doktor erhob sich von den Knien.

»Zwei, noch besser. Ich suche jetzt die Instrumente, das wird eine Weile dauern. Ich muß gestehen, unser Aufenthalt hier ist mit ziemlichen Komplikationen verbunden. Noch etwas mehr davon, und wir brauchen eine ganze Woche, um einen Schuh sauber zu bekommen – man kriegt nichts fertig, was man angefangen hat.«

Der Ingenieur und der Physiker traten auf den Gang hinaus. Der Koordinator kehrte gerade aus dem Verbandsaal zurück. Er hatte eine Gummischürze umgebunden und die Ärmel hochgekrempelt und trug ein Nickeltablett voll chirurgischer

Instrumente. Er blieb bei ihnen stehen. »Ihr wißt, wie ein Reiniger arbeitet. Wenn ihr rauchen wollt, macht es oben.«

Sie gingen zum Tunnel. Der Chemiker schloß sich ihnen an. Für alle Fälle nahm er den Elektrowerfer mit, den der Ingenieur im Maschinenraum zurückgelassen hatte.

Die Sonne stand hoch am Himmel, klein und abgeflacht wie immer. In der Ferne zitterte die erhitzte Luft wie Gelee über dem Sand. Sie setzten sich in den langen Schattenstreifen der Rakete.

»Ein sehr seltsames Tier und eine sehr seltsame Geschichte, wie es den Generator in Gang bringen konnte.« Der Ingenieur rieb sich die Wange, die Stoppeln stachen nicht mehr. Sie hatten alle Bärte bekommen und sagten stets, daß sie sich rasieren müßten, aber irgendwie fand keiner Zeit dazu.

»Jetzt freut mich, offen gesagt, von alledem noch am meisten, daß der Generator überhaupt Strom gibt. Das bedeutet, daß wenigstens die Wicklungen ganz sind.«

»Und der Kurzschluß?« bemerkte der Physiker.

»Macht nichts, da ist eine automatische Sicherung herausgesprungen, völlig belanglos. Der mechanische Teil ist zwar ganz und gar zu Bruch gegangen, aber dagegen werden wir schon Rat wissen. Die Lager, wir haben welche zur Reserve da, man muß sie nur suchen. Natürlich, theoretisch kann man die Wicklung ebenfalls reparieren, aber so mit bloßen Händen würden wir dabei grau werden. Ich glaube jetzt, ich habe einfach deshalb keine Hand gerührt, um mir alles genau anzusehen, weil ich Angst hatte, ich finde dort nur noch Pulver vor, und ihr könnt euch denken, was dann aus uns würde.«

»Der Reaktor«, warf der Chemiker ein. Der Ingenieur schnitt eine Grimasse.

»Ja, natürlich, auch der Reaktor. Der kommt auch noch

dran. Aber erst müssen wir Strom haben. Ohne Strom können wir nichts anfangen. Das Leck in der Kühlung ist in fünf Minuten repariert, aber die Leitungen müssen geschweißt werden. Dazu brauche ich wieder Strom.«

»Was, du willst dich jetzt an die Maschinen heranmachen?« fragte der Physiker mit Hoffnung in der Stimme.

»Ja. Wir arbeiten einen Plan für die Reihenfolge der Reparaturen aus. Ich habe schon darüber mit dem Koordinator gesprochen. Zuerst müssen wir wenigstens ein leistungsfähiges Aggregat haben. Natürlich läßt sich ohne Risiko nichts machen, denn das Aggregat muß ohne Atomenergie in Gang gesetzt werden, weiß der Teufel wie! Wohl mit einem Göpel ... Solange der elektrische Regler nicht arbeitet, habe ich keine Ahnung, was in der Säule vor sich geht.«

»Nichts Besonderes, die Neutronenblenden arbeiten auch ohne Fernsteuerung«, meinte der Physiker. »Die Atomsäule ist selbsttätig in Leerlauf übergegangen. Höchstens beim Anlassen könnte eine etwas zu hohe Temperatur entstehen, wenn die Kühlung ...«

»Danke schön! Die Säule kann schmelzen, und du sagst dazu ›nichts Besonderes‹?«

Sie stritten sich eine Weile heftig, diskutierten bald aber sachlicher, und da keiner die Lust verspürte, in die Rakete hinunterzugehen, zeichneten sie die Schemata in den Sand. Plötzlich erschien im Tunneleingang der Kopf des Doktors.

Sie sprangen auf. »Gibt's was Neues?«

»In gewisser Hinsicht wenig, in anderer wieder viel«, antwortete der Doktor. Er wirkte komisch, wie er so sprach, da nur sein Kopf aus dem Boden ragte. »Wenig«, fuhr er fort, »weil, so seltsam es klingen mag, ich mir noch immer nicht sicher bin, ob das ein Tier ist oder zwei. Jedenfalls ist es ein

Tier. Es besitzt zwei Blutsysteme, aber sie sind nicht völlig voneinander getrennt. Das große Tier, der Träger, bewegt sich, wie ich glaube, mit Sprüngen oder mit Schritten vorwärts.«

»Das ist ein großer Unterschied«, sagte der Ingenieur.

»Ja und nein«, erwiderte der Doktor. »Was wie ein Buckel aussieht, enthält die Speiseröhre.«

»Die Speiseröhre auf dem Buckel?«

»Das ist kein Buckel! Als der Strom das Tier niederschlug, fiel es eben mit dem Bauch nach oben!«

»Was! Willst du damit sagen, daß das kleinere, das so ähnlich aussah wie ...« Der Ingenieur stockte.

»Wie ein Kind«, ergänzte der Doktor gelassen. »Ja, es ritt gewissermaßen auf diesem Träger – jedenfalls ist das möglich. Nun, es ritt nicht obenauf«, berichtigte er sich. »Am häufigsten wahrscheinlich sitzt es mitten in diesem größeren Rumpf. Er hat da so ein taschenförmiges Nest. Das einzige, was sich damit vergleichen läßt, ist die Bauchfalte eines Känguruhs, jedoch besteht nur wenig Ähnlichkeit damit und funktionell gar keine.«

»Und du nimmst an, daß es ein intelligentes Geschöpf ist?« fragte der Physiker.

»Sicherlich, es muß intelligent sein, wenn es die Tür öffnen und schließen kann, ganz zu schweigen davon, daß es die Maschinen in Gang setzte«, erwiderte der Doktor, der wenig Lust zeigte, nach oben zu kommen. »Die Sache ist bloß die – es besitzt kein Nervensystem in unserem Sinne.«

»Wieso?« Im Nu war der Kybernetiker bei ihm. Der Doktor hob die Brauen.

»Da ist nichts zu machen. Es ist eben so. Organe sind da, von deren Bestimmung ich keine Ahnung habe. Mark ist vorhanden, aber in dem Schädel, in dem kleinen Schädel, ist kein Gehirn. Das heißt, etwas ist schon drin, aber jeder Anatom würde mich als unwissend bezeichnen, wenn ich ihm einzureden versuchte, daß das ein Gehirn sei ... Irgendwelche Drüsen, eher lymphatisch, und zwischen den Lungen wieder – es hat nämlich drei Lungen – habe ich das Sonderbarste von der Welt gefunden. Etwas, was mir gar nicht gefallen will. Ich habe es ins Spiritusbad gelegt. Später könnt ihr es euch ansehen. Im Augenblick haben wir wichtigere Dinge vor. Der Maschinenraum sieht leider wie ein Schlachthaus aus. Es muß alles hinausgetragen und vergraben werden, denn es ist ziemlich warm in der Rakete, Eile wäre geboten, vor allem bei dieser Hitze. Ihr könnt euch dunkle Brillen aufsetzen und die Gesichter verbinden. Der Geruch ist nicht unangenehm, aber so eine Menge rohes Fleisch ...«

»Du scherzt?« fragte der Physiker unsicher.

»Keineswegs.«

Jetzt erst trat der Doktor aus dem Tunnel. Über dem Gummimantel trug er einen zweiten weißen, der von oben bis unten rot besprizt war.

»Wirklich, man kann dabei umfallen, es ist mir äußerst unangenehm. Aber was soll ich tun? Es muß sein. Kommt gleich.«

Der Doktor wandte sich um und verschwand. Die anderen blickten einander an und folgten ihm in den Tunnel.

Ihre Totengräberarbeit, wie der Chemiker sie nannte, war erst am späten Nachmittag beendet. Sie arbeiteten halbnackt, um die Kombinationen nicht zu beschmutzen, und schleppten die schreckliche Last hinaus, wie es gerade ging, in Kübeln, auf blechernen Tragen. Sie vergruben die zerstückelten Teile ungefähr zweihundert Schritt von der Rakete entfernt, auf dem Gipfel des Hügels, und verbrauchten trotz der Ermahnungen des Koordinators fünf Eimer Wasser zum Waschen. Solange das Blut des großen Geschöpfes nicht gerann, erinnerte es an menschliches, aber es wurde rasch orangerot und trocknete zu gelblichem, rasch sich zerstreuendem Pulver.

Die erschöpfte Mannschaft lagerte am Fuß der Rakete. Niemand mochte auch nur an Essen denken, alle schlürften gierig ihren Kaffee und nickten einer nach dem anderen ein, obwohl sie eigentlich vorgehabt hatten, sich die erste Etappe der Reparaturarbeiten zu überlegen. Als sie erwachten, wurde es Nacht. Wieder mußten sie zurück in die Rakete, um Lebensmittel zu holen, mußten sie Konservendosen öffnen, sie erwärmen und nach dem Essen das Geschirr waschen. Dabei wurde es Mitternacht. Da alle ausgeschlafen waren, beschlossen sie, sich nicht hinzulegen, sondern die Instandsetzungsarbeiten in Angriff zu nehmen.

Die Herzen schlugen ihnen höher, als sie das Plastik- und Metallgerümpel wegräumten, das von dem Gehäuse des schadhaften Generators übriggeblieben war. Sie arbeiteten mit Brecheisen und Winden und verwandten Stunden darauf, den stählernen Schutt auf der Suche nach jedem Ersatzteil, nach jeder Kleinigkeit, ob Libelle oder Schlüssel, zu durchwühlen. Schließlich hatten sie es geschafft. Der seitliche Generator war vollständig überprüft, das schadhafte Lager ausgewechselt, auch die Schaufeln des kleinsten Kompressors waren wieder gebrauchsfähig. Der Ingenieur hatte das übrigens auf eine ebenso einfache wie primitive Weise fertiggebracht: Da zuwenig Reserveschaufeln vorhanden waren, schnitt er jede zweite Schaufel ab. Der Rotor mußte auf die Weise freilich mit geringerer Effektivität arbeiten, war aber jedenfalls wieder funktionstüchtig. Gegen fünf Uhr früh verkündete der Koordinator das Ende der Arbeiten. Er meinte, sie würden ohnehin noch manchen Ausflug machen müssen, sei es auch nur, um den Wasservorrat zu ergänzen. Anlässe würde es noch manche geben, doch der Schlaf- und Wachrhythmus dürfe deswegen nicht gestört werden. Bis zum Morgengrauen sollten sie noch schlafen, dann ginge es wieder ans Werk.

Der Rest der Nacht verlief ruhig. Nach der Ruhe verspürte keiner Lust, die Rakete zu verlassen. Alle waren bereit, unverzüglich weiterzuarbeiten. Der Ingenieur hatte sich einen Satz der wichtigsten Werkzeuge zusammengesucht, sie brauchten nun nicht mehr wegen jeder Kleinigkeit durch alle Kajüten zu rennen. Zuerst überprüften sie die Schalttafel, in der es von Kurzschlüssen wimmelte. Sie mußten sie fast von neuem bauen. Den Bruch ersetzten sie durch Teile, die sie rücksichtslos aus anderen, nicht funktionierenden Anlagen ausbauten. Dann gingen sie daran, den Generator anzulassen. Der vom Ingenieur ausgearbeitete Plan war ziemlich riskant: Den Dynamo drehten sie mit dem Kompressor, der in eine Turbine mit Sauerstoffantrieb aus der Flasche umgewandelt wurde. Unter normalen Bedingungen wurde der Havariekomplex durch Hochdruckwasserdampf aus dem Reaktor angetrieben. Der Reaktor, das Herz des Raumschiffs, galt als der widerstandsfähigste aller Mechanismen. Aber daran war jetzt nicht im entferntesten zu denken, immerhin war die gesamte elektrische Installation demoliert. Sie mußten also die eiserne Sauerstoffreserve antasten. Aber das unschätzbare Gas würde nur scheinbar vergeudet werden. Sie rechneten nämlich damit, die leeren Flaschen wieder mit atmosphärischem Sauerstoff füllen zu können, sobald der ganze Maschinenraum erst in Betrieb war. Sie hatten einfach keine andere Wahl. Die Atomsäule ohne Strom anzulassen wäre Wahnsinn gewesen.

Der Ingenieur war allerdings, ohne jemandem etwas davon zu sagen, auch dazu bereit, falls der Plan mit dem Sauerstoff schiefginge; denn ob der flüssige Sauerstoff ausreichen würde, bis die Säule angelassen war, war nicht vorauszusehen. Der Doktor stand in einem kleinen Stollen unter dem oberen Maschinenraum und las laut den fallenden Druck auf den Sauerstoffmanometern ab. Die anderen fünf arbeiteten oben emsig. Der Physiker hatte sich vor dem provisorischen Schaltbrett der Säule postiert, das so meisterhaft montiert war, daß jedem Spezialisten auf der Erde die Haare zu Berge gestanden hätten. Der Ingenieur hing mit dem Kopf unter dem schweren Gehäuse des Generators und befestigte die Bürstenringe. Er war von der Schmiere schwarz wie ein Neger. Der Koordinator und der Kybernetiker starrten auf die zunächst noch blinde Scheibe des Neutronenzählers, und der Chemiker rannte wie ein Laufbursche zwischen ihnen hin und her.

Der Sauerstoff zischte, der Kompressor in seiner Rolle als Gasturbine rauschte ärgerlich, klirrte leise und bebte, denn der vom Ingenieur so barbarisch behandelte Rotor war nicht genau ausgewuchtet. Die Umdrehungen des Generators nahmen zu, sein Summen ging in ein immer höheres Singen über. Die Lampen, die an den behelfsmäßig unter der Decke gespannten Kabeln baumelten, strahlten bereits einen starken weißen Schein aus.

»Zweihundertachtzehn – zweihundertzwei – hundertfünfundneunzig...«, ertönte die monotone, vom blechernen Echo entstellte Stimme des unsichtbaren Doktors.

Der Ingenieur kroch unter dem Generator hervor und wischte sich die Schmiere und den Schweiß vom bärtigen Gesicht.

»Es geht«, keuchte er.

Die Hände zitterten ihm von der großen Anstrengung, er war nicht einmal erregt, als der Physiker sagte: »Ich schalte die erste ein.«

»Hundertsiebzig, hundertdreiundsechzig, hundertsechzig ...«, rezitierte der Doktor gleichmäßig, das Heulen des Dynamos übertönend, der bereits den Anlaßstrom an den Reaktor gab und mit jedem Augenblick mehr Sauerstoff brauchte, um die Umdrehungszahl zu halten.

»Volle Belastung!« schrie der Ingenieur, der die elektrischen Uhren beobachtete.

»Ich schalte alles ein!« rief der Physiker mit brüchiger, verzweifelter Stimme, duckte sich, wie in Erwartung eines Schlages, und drückte mit beiden Händen die schwarzen Hebel nach unten.

Er riß den Mund auf. Unbewußt preßte der Koordinator seinen Arm. Sie starrten auf die rechteckigen Scheiben, von denen das Glas abgesplittert war, und die provisorisch geradegebogenen Zeiger. Sie beobachteten den Zähler für die Stromdichte der schnellen Neutronen, die Kontrolluhr für die Zirkulation der elektromagnetischen Pumpen, die Anzeiger der Isotopenverunreinigungen und die vereinten Thermodämpfe im Innern der Säule. Der Elektrogenerator stöhnte und heulte, Funken sprühten zwischen den ungenau anliegenden Ringen. Hinter dem dicken, glänzenden Panzer der Säule herrschte Totenstille. Die Zeiger zuckten nicht einmal. Plötzlich wurde vor den Augen des Physikers alles trübe und verschwamm. Er kniff die Augen zu, und als er sie aufschlug, noch voller Tränen, sah er die Zeiger auf Arbeitspositionen.

»Der kritische Punkt ist überschritten!« schrie der Physiker laut und schluchzte, ohne die beiden Hebel loszulassen.

Er spürte, wie seine Muskeln erschlafften. Die ganze Zeit erwartete er eine Detonation.

»Die Zeiger klemmen wahrscheinlich«, sagte der Koordinator ruhig, als sähe er nicht, was mit dem Physiker geschah. Er konnte nur mit Mühe sprechen, so fest preßte er die Kiefer zusammen.

»Neunzig, achtzig, zweiundsiebzig ...«, rief der Doktor.

»Jetzt!« brüllte der Ingenieur und warf mit der Hand, über die er einen großen roten Handschuh gezogen hatte, den Hauptschalter herum. Der Generator stöhnte auf und verlor sofort an Umdrehungen.

Der Ingenieur stürzte zum Kompressor und schloß beide Zuführventile.

»Sechsundvierzig, sechsundvierzig, sechsundvierzig«, wiederholte der Doktor gleichmäßig.

Die Turbine bekam keinen Sauerstoff mehr aus der Flasche. Die Lampen erblaßten rasch; es wurde immer dunkler.

»Sechsundvierzig, sechsundvierzig ...«, rief der Doktor aus dem Stollen.

Plötzlich erstrahlten die Lampen von neuem. Der Generator bewegte sich kaum noch, aber Strom war da, denn alle angeschlossenen Uhren zeigten wachsende Spannung an.

»Sechsundvierzig ... sechsundvierzig ...«, wiederholte nach wie vor der Doktor, der in seinem stählernen Brunnen noch nichts wußte.

Der Physiker ließ sich auf den Fußboden fallen und bedeckte das Gesicht mit den Händen. Es war fast still. Der Rotor des Generators drehte sich immer langsamer, schaukelte aus, wackelte noch einmal und blieb stehen.

»Sechsundvierzig ... sechsundvierzig«, hallte die Stimme des Doktors unablässig.

»Was macht das Leck?« fragte der Koordinator.

»Normal«, erwiderte der Kybernetiker. »Offenbar ist vorher auf dem Höhepunkt der Drosselung etwas durchgesickert, aber der Automat hat das Leck zementiert, ehe der Kurzschluß eintreten konnte.«

Er sagte nichts weiter, doch sie begriffen, wie stolz er auf diesen Automaten war. Mit der einen Hand hielt er heimlich die Finger der anderen, weil sie zitterten.

»Sechsundvierzig ...«, rief der Doktor noch immer.

»Mann, hör auf!« brüllte der Chemiker plötzlich in den Stollen. »Nicht mehr nötig! Die Säule gibt Strom!«

Ein kurzes Schweigen folgte. Die Säule arbeitete geräuschlos wie immer. In der stählernen Umrandung tauchte das blasse, vom dunklen Bart gerahmte Gesicht des Doktors auf.

»Wirklich?«

Keiner antwortete. Sie blickten auf die Uhren, als ob sie sich an den Zeigern nicht satt sehen konnten, die, ohne zu zittern, auf Arbeitspositionen standen.

»Wirklich?« fragte der Doktor noch einmal und lachte lautlos.

»Was ist mit dem los?« fragte der Kybernetiker ärgerlich. »Laß das!«

Der Doktor kroch heraus, hockte sich neben den Physiker und schaute wie die anderen auf die Uhren.

Keiner wußte, wie lange das dauerte.

»Soll ich euch mal was sagen?« begann der Doktor mit jugendlicher, frischer Stimme. Alle sahen ihn an, als habe er sie aufgeweckt.

»Ich war noch nie so glücklich«, flüsterte er und wandte das Gesicht ab.

4. Kapitel

In der späten Dämmerung traten der Koordinator und der Ingenieur ins Freie, um Luft zu schöpfen. Sie setzten sich auf den Haufen Sand, den sie herausgeschafft hatten, und betrachteten den letzten Saum der rubinroten Sonnenscheibe.

»Das hätte ich nicht gedacht«, murmelte der Ingenieur.

»Ich auch nicht.«

»Keine schlechte Arbeit, die Säule, stimmt's?«

»Solide irdische Arbeit.«

»Kaum vorzustellen, daß sie das ausgehalten hat!«

Sie schwiegen eine Weile.

»Ein schöner Anfang«, begann der Koordinator wieder.

»Es wird noch etwas zu nervös gearbeitet«, bemerkte der Ingenieur. »Weißt du, das ist ein Langstreckenlauf. Unter uns gesagt, wir haben ungefähr ein Hundertstel von dem getan, was zu tun ist, damit ...«

»Ich weiß. Übrigens steht noch nicht fest, ob ...«

»Der gravimetrische Regler, wie?«

»Nicht nur. Die Steuerdüsen, das gesamte untere Deck.«

»Das schaffen wir.«

»Ja.«

Die Blicke des Ingenieurs, die blind über die Umgebung schweiften, blieben dicht hinter dem Hügel an einer länglichen, nicht sehr hohen Aufschüttung hängen. Das war die Stelle, wo sie die Reste des Geschöpfes vergraben hatten.

»Ich hatte das völlig vergessen«, sagte er verwundert. »Mir ist, als wäre es vor einem Jahr geschehen, weißt du.«

»Ich nicht. Ich habe die ganze Zeit daran gedacht, das heißt an dieses Tier. Und zwar an diesen Gegenstand, den der Arzt in seiner Lunge fand.«

»Wie? Ach so, er sagte ja etwas darüber. Was ist es denn gewesen?«

»Eine Nadel.«

»Was?«

»Vielleicht auch keine Nadel. Du kannst es dir selbst ansehen. Es steht im Glas, in der Bibliothek. Ein Stück dünnes Rohr, abgebrochen, mit einem scharfen Ende, das schräg geschnitten ist, wie die Injektionsnadeln.«

»Was denn ...?«

»Mehr weiß ich nicht.«

Der Ingenieur stand auf. »Es ist erstaunlich, aber ich begreife selbst nicht, warum mich das so wenig interessiert. Eigentlich gar nicht, wenn ich ehrlich sein soll. Weißt du, ich fühle mich jetzt so wie vor dem Start. Oder wie ein Flugpassagier, der für ein paar Minuten auf einem fremden Flughafen gelandet ist, sich unter die Menge der Einheimischen gemischt hat und Zeuge einer sonderbaren, unbegreiflichen Szene geworden ist, der aber weiß, daß er nicht zu diesem Ort gehört, daß er wenig später wegfliegen wird. Und so dringt aus der Umgebung alles wie aus großer Entfernung zu ihm, fremd und unfaßbar.«

»Wir fliegen nicht gleich weg ...«

»Ich weiß, aber ich habe eben dieses Gefühl.«

»Gehen wir jetzt zu ihnen. Hinlegen können wir uns nicht,

solange wir nicht die Provisorien ausgewechselt haben. Auch die Sicherungen müssen ordentlich befestigt werden. Die Säule kann dann im Leerlauf arbeiten.«

»Gut, gehen wir.«

Sie verbrachten die Nacht in der Rakete, ohne die kleinen Lichter zu löschen. Hin und wieder wachte einer von ihnen auf, überprüfte mit einem geistesabwesenden Blick, wie die Glühbirnen brannten, und schlief beruhigt wieder ein. Früh standen sie mit frischen Kräften auf. Zuerst machten sie den einfachsten Reinigungshalbautomaten flott, der alle paar Minuten klemmte, weil er machtlos in den Schutthaufen steckenblieb, die alles verrammelten. Der Kybernetiker war andauernd mit dem Werkzeug hinter ihm her, zog ihn wie einen Dackel aus einem Fuchsloch, beseitigte das Gerümpel, das zu groß für den Rachen des Greifers war, und brachte ihn wieder in Gang. Der Halbautomat scharrte emsig vor sich hin, fraß sich in den nächsten Gerümpelberg, und alles ging von vorne los. Nach dem Frühstück erprobte der Doktor seinen Rasierapparat, mit dem Erfolg, daß die Freunde glaubten, er trage eine braune Maske: Die Stirn, die Haut rings um die Augen und die obere Gesichtshälfte waren von der Sonne verbrannt, die untere dagegen war völlig weiß. Die anderen folgten seinem Beispiel und erkannten einander in den Hungerleidern mit den hervortretenden Kiefern kaum wieder.

»Wir müssen uns besser ernähren.« Der Chemiker musterte entsetzt sein Bild im Spiegel.

»Möchtest du frisches Wildbret?« fragte der Kybernetiker.

Der Chemiker schüttelte sich. »Danke, nein. Sprich bitte nicht davon. Mir ist es erst jetzt eingefallen. Ich habe davon geträumt, von dieser ... von diesem ...«

»Von dem Tier?«

»Wer weiß, ob es ein Tier war.«
»Was dann?«
»Welches Tier wäre imstande, einen Generator in Gang zu setzen?«

Die anderen hörten dem Gespräch zu.

»Man hat festgestellt, daß alle Wesen auf einer höheren Entwicklungsstufe Kleidung erfinden«, sagte der Ingenieur. »Dieses Doppelwesen dagegen war nackt.«

»Was sagst du? Nackt?« fragte der Doktor nachdenklich.

»Warum zweifelst du?«

»Von einer Kuh oder von einem Affen würdest du nicht sagen, daß sie nackt sind.«

»Weil sie ein Fell haben.«

»Ein Flußpferd oder ein Krokodil hat kein Fell, dennoch würdest du sie nicht nackt nennen.«

»Was tut's? Ich habe es nur so gesagt.«

»Eben.« – Sie verstummten für eine Weile.

»Es wird zehn«, sagte der Koordinator. »Wir sind ausgeruht, ich denke, wir machen diesmal einen Ausfall in eine andere Richtung als neulich. Der Ingenieur sollte die Elektrowerfer vorbereiten. Wie steht's damit?«

»Wir haben fünf Stück. Alle sind geladen.«

»Gut. Das letztemal gingen wir nach Norden, jetzt gehen wir nach Osten. Und zwar mit Waffen, natürlich werden wir uns bemühen, sie nicht zu benutzen. Vor allem, wenn wir diesen Doppelwesen begegnen sollten, wie der Ingenieur sie genannt hat.«

»Doppelt? Doppelt?« wiederholte der Doktor unzufrieden, wie um den Namen auszuprobieren. »Das scheint mir wenig geglückt und wird sich deshalb wohl halten. Das ist immer so.«

»Gehen wir gleich?« fragte der Physiker.

»Ich denke, ja. Wir müssen nur die Klappe sichern, um neuen Überraschungen vorzubeugen.«

»Könnten wir nicht den Geländewagen mitnehmen?« schlug der Kybernetiker vor.

»Kaum. Ich brauche mindestens fünf Stunden, um ihn flottzumachen«, entgegnete der Ingenieur. »Es sei denn, wir verschieben den Ausflug auf morgen.«

Keiner hatte jedoch Lust, die Expedition zu verschieben. Also zogen sie gegen elf Uhr los, weil noch etwas Zeit für die Vorbereitung des Gepäcks draufging. Sie marschierten paarweise, als ob sie es abgesprochen hätten, in geringem Abstand voneinander, obwohl keiner so etwas vorgeschlagen hatte. Der Doktor, der als einziger ohne Waffe war, ging in der Mitte. Ob der Boden tatsächlich günstigere Bedingungen für eine Fußwanderung bot oder ob sie munterer ausschritten, jedenfalls hatten sie vor Ablauf einer Stunde die Rakete aus den Augen verloren. Die Landschaft änderte sich allmählich. Immer mehr schlanke graue »Kelche« tauchten auf, um die sie einen Bogen machten. In der Ferne zeigten sich Hügel, kuppelförmig im Norden, zur Ebene hin in ziemlich steilen Furchen und Brüchen abfallend, in Höhe ihrer Marschlinie mit dunklen Flecken von Flora bedeckt.

Unter ihren Füßen raschelten die trockenen Flechten, grau, wie mit Asche zugeschüttet, aber das war ihre natürliche Farbe; ihre jungen Triebe waren weißlich geäderte Röhrchen, aus denen kleine perlenartige Bläschen wuchsen.

»Soll ich euch sagen, was hier am meisten fehlt?« sagte der Physiker plötzlich. »Gras. Gewöhnliches Gras. Ich hätte nie geglaubt, daß es so ...«, er suchte nach dem richtigen Ausdruck, »daß es so unentbehrlich sein kann ...«

Die Sonne brannte. Als sie sich den Hügeln genähert hatten, drang ein gleichmäßiges fernes Rauschen zu ihnen.

»Eigenartig, es weht kein Wind, und doch rauscht es«, bemerkte der Chemiker.

»Das kommt von dorther.« Der Koordinator, der hinter ihm ging, deutete mit der Hand auf die Hügel. »Offenbar ist der Wind weiter oben. Aber das sind ja ganz und gar irdische Bäume!«

»Sie haben eine andere Farbe und glänzen so ...«

»Nein, sie sind zweifarbig«, warf der Doktor ein, der ein gutes Auge hatte.

»Sie sind abwechselnd zweifarbig, mal mehr violett, mal blau mit einer gelben Schattierung.«

Die Ebene blieb hinter ihnen zurück. Sie betraten auf gut Glück den breiten Hals einer Schlucht mit lehmigen, abbröckelnden Wänden. Die Wände waren im Schatten mit einem zarten Nebel bedeckt, der sich, aus der Nähe gesehen, als eine Art Flechte oder auch als Spinnweben erwies. Die Meinungen waren geteilt, die Gebilde erinnerten an lockere Knäuel von Glaswolle, die nur lose an den Hängen befestigt waren. Sie hoben die Köpfe, weil sie gerade die erste Ansammlung von Bäumen passierten, die am Rande des Bruches, etwa ein Dutzend Meter über ihnen, wuchsen.

»Das sind ja gar keine Bäume!« rief der Kybernetiker enttäuscht aus.

Die sogenannten »Bäume« hatten dicke, stark glänzende, gleichsam mit Fett eingeriebene Stämme und vielschichtige Kronen, die gleichmäßig pulsierten: einmal dunkler und voller, einmal blasser und lichtdurchlässiger. Diese Wandlungen waren von einem trägen Geräusch begleitet, wie wenn jemand mit den Lippen an einem elastischen Material flüsternd

»Fssss – hhaaa – fsss – hhaaa« wiederholte. Als sie sich einen der Bäume genauer ansahen, entdeckten sie bananenlange Blasen, die aus den gewundenen Ästen herausragten, mit traubenartigen Verdickungen, die sich aufblähten und dabei dunkler wurden, dann zusammenfielen, sich aufhellten und verblaßten.

»Der Baum atmet«, murmelte der Ingenieur erstaunt und lauschte dem unablässigen Widerhall, der die ganze Schlucht erfüllte.

»Horcht nur, jeder hat einen anderen Rhythmus«, rief der Doktor wie beglückt. »Je kleiner, desto schneller atmet er! Das sind Lungenbäume!«

»Weiter! Kommt weiter!« drängte der Koordinator, der schon ein Stück vorausgegangen war.

Sie folgten ihm. Die Schlucht, die anfangs ziemlich breit gewesen war, wurde allmählich enger. Ihr Grund stieg leicht an und führte sie schließlich auf einen kuppelförmigen Hügel zwischen zwei tiefer gelegenen Baumgruppen.

»Wenn du die Augen zumachst, hast du den Eindruck, du stehst am Meer. Versuch's mal!« sagte der Physiker zum Ingenieur.

»Ich schließe lieber nicht die Augen«, erwiderte der.

Sie näherten sich dem höchsten Punkt des Hügels, wobei sie ein wenig von der Marschrichtung abwichen. Vor ihnen lag eine faltige, verschiedenfarbige Gegend: gegliederte Schonungen von atmenden Bäumen, die olivgrün und rostbraun flimmerten, honighelle Hänge der lehmigen Hügel und Erdflecken, die in der Sonne mit silbrigem und im Schatten mit graugrünem Moos bedeckt waren. Das Gelände war in verschiedenen Richtungen von schmalen Linien durchschnitten. Sie zogen sich über den Boden der Talkessel hin und wichen den fingerartig vorgeschobenen Hängen aus. Die einen waren rostbraun, andere fast weiß, wie mit Sand beschüttete Pfade, wieder andere waren nahezu schwarz, wie Streifen von Kohlengrus.

»Das sind Wege!« rief der Ingenieur, aber er berichtigte sich sogleich. »Nein, als Wege sind sie zu schmal ... Was mag das sein?«

»Hinter dem Spinnenwäldchen hatten wir etwas Ähnliches entdeckt, jenen kleinen Rasen«, sagte der Chemiker und blickte durch das Fernglas.

»Nein, die waren anders«, wandte der Kybernetiker ein.

»Seht nur, seht!« Alle zuckten beim Aufschrei des Doktors zusammen.

In mehreren hundert Meter Entfernung glitt etwas Durchsichtiges über einen gelben Strich, der von einem breiten Sattel zwischen zwei Hügeln herunterführte. Das Gebilde schimmerte blaß in der Sonne wie ein transparentes, sich schnell drehendes Speichenrad. Als es sich für einen Augenblick vor dem Hintergrund des Himmels befand, war es fast gar nicht mehr zu sehen, erst weiter unten, zu Füßen der Böschung, blitzte es als wirbelndes Knäuel heller auf, schwamm mit großer Geschwindigkeit die Gerade hinunter, vorbei an einer Gruppe atmender Bäume, vor deren dunklem Hintergrund es aufleuchtete, und verschwand dann im Ausgang einer fernen Schlucht.

Der Doktor sah die Gefährten an, er war blaß, seine Augen glühten.

»Interessant, was«, sagte er und zeigte die Zähne, als ob er lächelte, aber seine Augen verrieten keine Freude.

»Verdammt, ich hab mein Fernglas vergessen, gib mal deins«, bat der Ingenieur den Kybernetiker. »Operngläser«, murmelte er nach einer Weile verächtlich und reichte ihm das Fernglas zurück.

Der Kybernetiker ergriff den glasigen Kolben des Elektrowerfers und schien sein Gewicht in der Hand abzuschätzen.

»Ich glaube, wir sind ziemlich schlecht bewaffnet«, sagte er zögernd.

»Warum denkst du jetzt an Kampf?« fragte der Chemiker.

Sie schwiegen eine Weile und hielten Ausschau.

»Gehen wir weiter?« Der Kybernetiker wurde ungeduldig.

»Natürlich«, erwiderte der Koordinator. »Da, noch eines! Seht!«

Ein zweites flatterndes Blitzen. Es sauste viel schneller als das erste dahin, beschrieb einen S-Bogen zwischen den Hügeln und schien ein paarmal dicht über dem Boden zu segeln. Als es eine Zeitlang auf sie zujagte, verloren sie es vollends aus den Augen. Erst als es wieder abbog, konnten sie die schnell rotierende, nebelhaft schimmernde Scheibe wieder sehen.

»Sicher ein Fahrzeug...«, murmelte der Physiker und berührte den Arm des Ingenieurs, ohne den Blick von der Erscheinung zu wenden, die sich, schwächer und kleiner werdend, bereits in der wogenden Schonung verlor.

»Ich habe auf der Erde die Technische Hochschule absolviert«, sagte der Ingenieur, der aus irgendeinem Grunde plötzlich gereizt war. »Auf jeden Fall«, setzte er zögernd hinzu, »muß da in der Mitte irgend etwas sein, vielleicht der Zapfen eines Propellers.«

»Stimmt, in der Mitte glänzt etwas sehr stark«, bestätigte der Koordinator. »Wie groß mag das Ding sein, was meinst du?«

»Wenn die Bäume dort unten die gleiche Höhe haben wie in der Schlucht, dann mindestens zehn Meter.«

»Im Durchmesser? Ich glaube auch. Mindestens zehn.«

»Beide sind dort verschwunden.« Der Doktor wies auf die letzte, die höchste Hügelkette, die ihnen die Sicht nahm. »Wir gehen also auch in dieser Richtung weiter, nicht wahr?«

Die Arme schwenkend, begann er den Abhang hinabzusteigen. Die anderen folgten ihm.

»Wir müssen uns auf den ersten Kontakt vorbereiten«, sagte der Kybernetiker; er kaute an den Lippen und benetzte sie.

»Was geschehen wird, können wir nicht voraussehen. Die einzige Richtschnur, an die wir uns zu halten haben, sind Ruhe, Vernunft und Beherrschtheit«, erklärte der Koordinator. »Vielleicht ist es besser, wenn wir unsere Marschordnung ändern. Eine Sicherung vorn und eine hinten. Wir müssen unseren Zug außerdem etwas mehr in die Länge ziehen.«

»Sollen wir offen auftreten? Besser wird sein, wenn wir uns bemühen, möglichst viel zu beobachten, ohne selbst bemerkt zu werden«, sagte der Physiker.

»Uns zu verstecken, würde ich nicht raten. Das erregt nur Verdacht. Aber selbstverständlich, je mehr wir sehen, desto größeren Nutzen können wir daraus ziehen ...«

Während sie die Taktik erörterten, erreichten sie das Tal und gelangten nach mehreren hundert Schritten an die erste rätselhafte Linie.

Sie erinnerte ein wenig an die Furche eines alten irdischen Pfluges. Der Boden war flach gepflügt, gleichsam zerkrümelt und zu beiden Seiten der Furche aufgeschüttet, die kaum zwei Hand breit war. Die moosbewachsenen Streifen, auf die sie beim ersten Ausflug gestoßen waren, hatten ähnliche Abmessungen gehabt, doch wiesen sie einen recht wesentlichen Unterschied auf: Dort war die Umgebung der Furche kahl, während sie selbst mit Moos bewachsen war, hier hingegen war es umgekehrt, ein Streifen zermahlenen, entblößten Grundes führte durch eine geschlossene Decke aus weißlichen Flechten.

»Merkwürdig«, murmelte der Ingenieur, richtete sich auf und wischte die lehmbeschmierten Finger an der Kombination ab.

»Wißt ihr was?« sagte der Doktor. »Ich nehme an, die im Norden sind sehr alt, sie wurden lange nicht mehr benutzt und sind daher mit diesem himmlischen Moos bewachsen.«

»Möglich«, versetzte der Physiker, »aber was ist das? Sicherlich kein Rad. Eine Radspur sähe anders aus.«

»Vielleicht eine landwirtschaftliche Maschine?« warf der Kybernetiker ein.

»Was denn, sollten sie den Boden nur in einer Breite von zehn Zentimetern bebauen?«

Sie übersprangen die Furche und gingen querfeldein weiter, auf die anderen Furchen zu. Als sie gerade am Rande einer Schonung entlangschritten, deren dumpfes Rauschen sogar die Unterhaltung erschwerte, vernahmen sie von hinten ein durchdringendes, klagendes Pfeifen. Instinktiv sprangen sie hinter die Bäume. Aus ihrem Versteck gewahrten sie über der Wiese einen senkrechten, blitzenden Wirbel, der mit der Geschwindigkeit eines Schnellzuges die Gerade entlangraste. Sein Rand war dunkler, die Mitte leuchtete entweder violett oder orange. Sie schätzten den Durchmesser dieser Mitte, die linsenartig nach den Seiten ausgebaucht war, auf zwei bis drei Meter.

Kaum hatte das flimmernde Fahrzeug sie überholt und war verschwunden, setzten sie ihren Weg in der gleichen Richtung fort. Die Schonung war zu Ende, sie überquerten jetzt notgedrungen offenes Gelände und fühlten sich dabei ziemlich unsicher. Andauernd schauten sie sich um. Die durch flache Sattel verbundenen Hügel waren bereits ganz nahe, als sie wieder dieses durchdringende klagende Pfeifen vernahmen. Mangels eines Verstecks warfen sie sich zu Boden. Ungefähr zweihundert Meter vor ihnen flog eine wirbelnde Scheibe vorüber. Diesmal hatte die Ausbuchtung in der Mitte eine himmelblaue Farbe.

»Die war wohl mindestens zwanzig Meter hoch!« zischte erregt der Ingenieur. Sie erhoben sich. Zwischen ihnen und den Hügeln tat sich ein Kessel auf, der von einem bunten Streifen eigenartig halbiert wurde. Als sie nahe herangekommen waren, bemerkten sie, daß es ein Bach war, dessen heller sandiger Grund durch das Wasser hindurchschimmerte. Seine beiden Ufer leuchteten in allen Farben. Ein Gürtel bläulichen Grüns rahmte den Wasserlauf, nach außen hin schloß sich ein Band von blassem Rosa an, und noch weiter weg funkelten schlanke Pflanzen in silbrigem Glanz, die dicht mit flauschigen Kugeln, groß wie Menschenköpfe, besetzt waren. Über jeder Kugel ragte, weiß wie Schnee, der dreiblättrige Kelch einer riesigen Blüte auf. Staunend über diesen außergewöhnlichen Regenbogen, verlangsamten sie den Schritt. Als sie sich den flauschigen Kugeln näherten, fingen die »Blumen« an zu zittern und stiegen langsam in die Luft. Eine Weile hingen sie als flatternde Schar über ihren Köpfen und gaben dabei ein leises Klirren von sich, das Weiß ihrer wirbelnden »Kelche« blitzte in der Sonne, dann ließen sie sich auf der anderen Seite des Baches im Dickicht der hellen Kugeln nieder. An der Stelle, wo die Furche an den Bach heranführte, verband ein Bogen aus einer glasigen Substanz, der in regelmäßigen Abständen runde Öffnungen aufwies, die Ufer miteinander. Der

Ingenieur erprobte mit dem Fuß die Festigkeit der Brücke und schritt dann langsam hinüber. Kaum war er drüben angelangt, flatterten wieder Scharen weißer »Blüten« vor ihm auf und kreisten wie ein aufgescheuchter Taubenschwarm.

Sie machten am Bach halt, um eine Feldflasche mit dem Wasser zu füllen. Es war offensichtlich nicht trinkbar, und an Ort und Stelle konnten sie keine Analyse vornehmen. Sie benötigten lediglich eine Probe für spätere Untersuchungen. Der Doktor riß eines der kleinen Pflänzchen ab, die den rosa Streifen bildeten, und steckte es wie eine Blume ins Knopfloch. Der Stiel war von oben bis unten mit fleischfarben durchscheinenden Kügelchen beklebt, deren Duft der Doktor als köstlich bezeichnete. Obwohl es keiner aussprach, tat es ihnen allen doch leid, sich von diesem schönen Ort zu trennen.

Der Hang, den sie nun hinaufstiegen, war mit raschelndem Moos bewachsen.

»Da auf dem Gipfel ist was!« rief der Koordinator plötzlich. Vor dem Hintergrund des Himmels bewegte sich an einer Stelle ein verschwommenes Gebilde, das ihnen alle paar Sekunden mit blendendem Glanz in die Augen stach. Mehrere hundert Schritt von dem Gipfel entfernt erkannten sie eine kleine, niedrige Kuppel, die sich um eine Achse drehte. Sie war mit Spiegelsektoren verkleidet, in denen sich die Sonnenstrahlen oder Ausschnitte der Landschaft spiegelten.

Oben auf dem Gipfel ließen sie den Blick über die Linie der Buckel schweifen. Dabei bemerkten sie ein Gebilde, das dem ersten ähnlich war. Jedenfalls schlossen sie aus dem gleichmäßigen Blitzen und Flimmern auf sein Vorhandensein. Immer mehr solcher funkelnder Punkte entdeckten sie auf allen Gipfeln, bis hin zum Horizont.

Von dem kleinen Paß unterhalb der Hügelspitze aus konnten sie schließlich das bisher verborgen gebliebene Gelände in seiner ganzen Tiefe überschauen.

Der Hang fiel zu leicht gewellten Feldern ab, über die lange Reihen spitzer Masten führten. Sie verschwanden in der Ferne zu Füßen einer blauen Konstruktion, die schwach herüberschimmerte. Über den nächsten Masten zitterte die Luft in deutlich erkennbaren senkrechten Säulen, als wäre sie stark erhitzt. Zwischen den Reihen der Masten hindurch wanden sich Dutzende von Furchen, bündelten und gabelten sich, kreuzten einander und führten alle in eine Richtung – hin zur östlichen Linie des Horizonts. Dort zeichnete sich eine große Anzahl von Gebäuden ab, durch die beträchtliche Entfernung zu einer bläulich schimmernden Masse verschwommen, einem blassen Mosaik unregelmäßiger Einkerbungen, Erhebungen, goldener und silberner Nadelspitzen. Der Himmel war in dieser Richtung etwas dunkler. An einigen Stellen stiegen Streifen milchigen Dampfes auf und breiteten sich pilzförmig zu einer dünnen Nebel- oder Wolkenschicht aus, in der bei genauerem Hinsehen kleine schwarze Pünktchen auftauchten und verschwanden.

»Eine Stadt ...«, flüsterte der Ingenieur.

»Ich habe sie damals gesehen ...«, sagte der Koordinator ebenso leise.

Sie begannen den Abstieg. Die erste Reihe der Masten kreuzte ihren Weg am Ende des Abhanges.

Ihr pechschwarzer Fuß ragte kegelförmig aus dem Boden. Ungefähr drei Meter über der Erde erhob sich darauf ein durchsichtiger Mast mit einem durchscheinenden Metallkern. Die Luft darüber zitterte stark, und sie hörten ein gleichmäßiges, dumpfes Zischen.

»Ist das ein Propeller?« fragte der Physiker.

Sie berührten vorsichtig den kegelförmigen Schaft – nicht die leiseste Bewegung war zu spüren.

»Nein, hier wirbelt nichts«, sagte der Ingenieur. »Man fühlt keinen Luftzug. Es muß ein Sender sein oder ...«

Sie schritten über ein Gelände mit sanften, flachen Falten. Die Stadt hatten sie inzwischen aus den Augen verloren, aber sie konnten sich nicht verlaufen. Nicht nur die langen Mastreihen, auch die zahlreichen Furchen mitten auf den Feldern zeigten ihnen die Richtung an. Von Zeit zu Zeit fegte ein hell wirbelndes Knäuel auf der einen oder anderen Seite vorüber, immer jedoch in einer solchen Entfernung, daß sie sich nicht einmal zu verstecken versuchten.

Bald tauchte vor ihnen der olivgelbe Fleck einer Schonung auf. Anfangs wollten sie ihr ausweichen, wie es die Linie der Masten tat, aber sie erstreckte sich zu weit nach beiden Seiten, so daß sie einen zu großen Umweg hätten machen müssen. So entschlossen sie sich, das Dickicht zu durchqueren.

Atmende Bäume umgaben sie. Trockene, bläschenartige Blätter, die bei jedem Schritt unter ihren Schuhsohlen unangenehm knirschten, bedeckten den mit röhrchenförmigen Pflänzchen und weißlichem Moos bewachsenen Boden. Hier und da zeigten sich zwischen dicken Wurzeln die Mäulchen blasser, fleischiger Blüten, aus deren Mitte ahlenförmige Stacheln spießten. Über die dicke Rinde der Stämme rannen Tropfen von aromatischem Harz. Der Ingenieur, der vorn ging, verlangsamte plötzlich den Schritt und sagte unwirsch: »Verdammt, wir hätten hier doch nicht gehen sollen.«

Mitten zwischen den Bäumen klaffte eine tiefe Schlucht, deren lehmige Wände mit Girlanden aus langen, schlangenartigen Flechten bedeckt waren. Die Männer hatten sich zu weit vorgewagt, um noch umkehren zu können. Sie glitten über die mit biegsamen Lianen überwucherte Wand auf den Grund der Schlucht hinab, wo sich ein dünner Wasserlauf schlängelte. Der Hang gegenüber war zu steil, so marschierten sie die Schlucht entlang und hielten nach einer Stelle Ausschau, wo sie wieder hinaufklettern konnten. Auf diese Weise legten sie etwa hundert Schritt zurück. Die Schlucht weitete sich, ihre Ränder wurden flacher. Gleichzeitig wurde es etwas heller.

»Was ist das?« rief der Ingenieur plötzlich und verstummte ebenso schnell wieder. Der Wind trug einen faden, süßlichen Dunst heran. Sie machten halt. Ein Guß Sonnenkringel überschüttete sie, dann verstärkte sich die Dunkelheit. Hoch oben rauschte in dumpfen Atemwogen das Gewölbe der Bäume.

»Da muß etwas sein«, flüsterte der Ingenieur. Sie hätten jetzt den anderen Rand der Schlucht erreichen können, die Böschung war flach und niedrig, aber sie hielten sich dicht beieinander und schritten, leicht vorgebeugt, weiter auf die Wand der Büsche zu, durch die hin und wieder, wenn der Wind darin einen Spalt aufriß, eine längliche, dunkle Masse schimmerte. Der Boden wurde sumpfig. Er schmatzte unter den Füßen. Sie achteten nicht darauf. Als sie die mit traubenförmigen Verdickungen behangenen Zweige auseinanderschoben, erblickten sie eine sonnenüberflutete Lichtung. Die Bäume wichen links und rechts zurück und traten erst weiter vorn wieder zusammen, nur durch einen schmalen Einschnitt getrennt, aus dem eine Furche auf die Lichtung führte. Sie endete an einem rechteckigen Graben, der von einem Lehmwall umgeben war. Wie angewurzelt blieben sie in dem Randdickicht stehen. Raschelnd streiften die sich sacht schlängelnden Stiele ihre Kombinationen, berührten mit den traubenförmigen Schößlingen träge ihre Schuhe und schienen nur ungern zurückzuweichen. Die Männer standen da und schauten sich um. Der wächserne Wall am Rand des Grabens kam ihnen im ersten Augenblick wie ein gleichmäßig angeschwollener Quader vor. Ein fürchterlicher Gestank verschlug ihnen den Atem. Nur mit Mühe konnten sie einzelne Gestalten erkennen. Manche lagen mit dem Buckel nach oben, andere auf der Seite. Zwischen den zusammengedrückten Brustmuskeln ragten, eingekeilt zwischen andere, kümmerliche blasse Torsos mit abgekehrten Gesichtchen heraus. Die großen Rümpfe, zerdrückt, gepreßt, vermengt mit mageren Händchen und knotigen Fingerchen, waren von gelben Rinnsalen überzogen. Die Hände des Doktors krallten sich schmerzhaft in die Arme der Männer, die neben ihm standen. Seite an Seite rückten sie langsam vor. Ihre Augen starrten auf die Masse, die den Graben ausfüllte. Ein tiefer Graben.

Dicke Tropfen einer wäßrigen Flüssigkeit rannen über die wächsernen Buckel und über die Seiten, sammelten sich in den eingefallenen, augenlosen Gesichtern. Man glaubte fast den Laut zu hören, mit dem die Tropfen zerplatzten.

Ein rasch näherkommendes Pfeifen ließ sie zusammenzukken. Im Nu warfen sie sich in die Büsche und stürzten zu Boden. Ihre Hände griffen von selbst nach den Kolben der Elektrowerfer. Die Zweige schwankten noch vor ihnen, als eine senkrecht rotierende Scheibe zwischen den Bäumen auf der anderen Seite schwach aufleuchtete und auf die Lichtung rollte.

Ein Dutzend Schritt vor dem Graben verlangsamte sie die Fahrt, ihr Pfeifen aber verstärkte sich. Die mit rasender Geschwindigkeit zerschnittene Luft sang. Die Scheibe umkreiste den Graben, näherte sich ihm, und plötzlich wirbelte der

Lehm hoch. Eine rostbraune Wolke hüllte das gleißende Gefährt fast bis zur Hälfte ein. Unzählige Klümpchen hagelten auf die Büsche und auf die Männer herab, die sich an den Boden preßten. Ein gräßlicher dumpfer Laut war zu hören, wie wenn ein gewaltiger Sporn nasses Leinen zerreißt. Die wirbelnde Scheibe war bereits am anderen Ende der Lichtung, nahte von neuem, blieb einen Augenblick stehen. Ihr zitterndes Lot richtete sich wie absichtlich mal nach rechts, mal nach links. Plötzlich beschleunigte die Scheibe die Fahrt wieder, die andere Seite des Grabens bedeckte sich mit einer Wolke von geräuschvoll aufgeschüttetem Lehm. Die Scheibe summte, zitterte und schien sich aufzublähen. Sie erkannten Spiegelkuppeln zu beiden Seiten. Verkleinerte Bäume und Büsche spiegelten sich darin. Innen bewegte sich etwas, ein bärengleicher Schatten. Der scharf vibrierende Laut wurde mit einemmal schwächer, und die Scheibe huschte in derselben Furche, in der sie gekommen war, davon.

Auf der Lichtung erhob sich nun ein Wall aus frischem Lehm. Eine nahezu metertiefe Furche führte um ihn herum.

Der Doktor schaute die anderen an. Sie standen langsam auf und schüttelten mechanisch die Pflanzenreste und die Spinnenfäden von ihren Kombinationen. Dann gingen sie wie auf Verabredung den Weg, den sie gekommen waren, zurück. Sie hatten die Schlucht bereits weit hinter sich gelassen, auch die Bäume und die Reihen der Maste, sie waren schon fast auf halber Höhe des Hügels mit der flimmernden Spiegelkuppel, als der Ingenieur das Schweigen brach: »Ob das vielleicht doch nur Tiere sind?«

»Und was sind wir?« fragte der Doktor im gleichen Ton, wie ein Echo.

»Nein, ich denke ...«

»Konntet ihr erkennen, wer in der wirbelnden Scheibe gesessen hat?«

»Ich habe da überhaupt keinen gesehen«, sagte der Physiker.

»Ich ja. Natürlich. Mittendrin, wie in einer Gondel. Die Oberfläche ist poliert, läßt aber etwas Licht durch. Hast du's gesehen?« fragte der Koordinator den Doktor.

»Gesehen habe ich's, aber ich bin mir nicht sicher, das heißt ...«

»Das heißt, du ziehst es vor, keine Gewißheit zu haben!«

»Ja.«

Sie marschierten weiter. Schweigend überquerten sie die Kette der höchsten Hügel. Auf der anderen Seite, am Bach, warfen sie sich beim Anblick einer aus der nächsten Schonung heranbrausenden glänzenden Scheibe abermals zu Boden.

»Die Kombinationen haben eine günstige Farbe«, sagte der Chemiker, als sie aufstanden und weitergingen.

»Trotzdem ist es seltsam, daß sie uns bisher nicht bemerkt haben«, meinte der Ingenieur.

Der Koordinator, der bis dahin geschwiegen hatte, hielt plötzlich an. »Die untere Ra-Leitung ist doch nicht beschädigt, nicht wahr, Henryk?«

»Sie ist ganz. Woran denkst du?«

»Die Atomsäule hat eine Reserve. Man könnte etwas Lösung ablassen.«

»Sogar zwanzig Liter.« Über das Gesicht des Ingenieurs lief ein böses Lächeln.

»Versteh ich nicht«, warf der Doktor ein.

»Sie wollen die angereicherte Uranlösung ablassen, um damit den Werfer zu laden«, erklärte der Physiker.

»Uran?« Der Doktor erblaßte. »Ihr denkt doch nicht etwa ...«

»Wir denken gar nichts«, schnitt ihm der Koordinator das Wort ab. »Seit dem Augenblick, wo ich das gesehen habe, denke ich überhaupt nichts mehr. Denken werden wir nachher. Jetzt ...«

»Achtung!« schrie der Chemiker.

Alle warfen sich hin.

Eine flimmernde Scheibe sauste an ihnen vorüber und wurde immer kleiner. Auf einmal verlangsamte sie die Fahrt, beschrieb einen großen Bogen und nahte sich von neuem. Fünf Läufe hoben sich vom Erdboden, klein wie Kinderpistolen im Vergleich zu dem Ungeheuer, das den halben Himmel mit seinem Schimmern verdeckte. Plötzlich hielt sie inne, das Klirren wurde erst stärker, dann schwächer. Aus der Scheibe schob sich ein Vieleck hervor, eine durchbrochene Konstruktion, neigte sich zur Seite, als wollte sie umfallen, wurde jedoch von zwei schräg herausschießenden Armen abgefangen und gestützt. Aus der Gondel in der Mitte, die mittlerweile ihren Spiegelglanz verloren hatte, kroch ein kleines, zottiges Wesen. Es bewegte blitzschnell die mit einer faltigen Haut bedeckten Beine, rutschte die schräge Stütze hinunter, sprang auf die Erde und kroch, gleichsam auf dem Bauch, stracks auf die Männer zu.

Fast gleichzeitig öffnete sich die Gondel nach allen Seiten, wie ein Blütenkelch, und ein großer, glänzender Rumpf schwamm an einem Gegenstand herunter, der zunächst oval und dick war, sich dann rasch verdünnte und verschwand.

Unten richtete sich das große Geschöpf langsam zu voller Größe auf. Da erkannten sie es, obwohl es eigenartig verändert war, mit einer silberglänzenden Substanz bedeckt, die es spiralenförmig von unten bis oben einhüllte: Oben, in einer schwarz eingerahmten Höhlung, zeigte sich ein kleines, flaches Gesicht.

Das zottige Tier, das als erstes aus der Scheibe herausgesprungen war, kroch rasch und gewandt auf sie zu, ohne sich vom Boden zu lösen. Erst da entdeckten sie, daß es etwas hinter sich her zog, was einem sehr großen, spatenförmigen Schwanz ähnelte.

»Ich schieße«, sagte der Ingenieur leise und preßte die Wange an den Kolben.

»Nein!« schrie der Doktor.

»Warte noch!« wollte der Koordinator sagen, doch der Ingenieur feuerte bereits eine Serie ab. Er hatte auf das kriechende Etwas gezielt und es verfehlt. Die Flugbahn der elektrischen Ladung war nicht zu sehen, sie vernahmen nur ein schwaches Zischen. Der Ingenieur ließ den Hahn los, ohne den Finger vom Abzug zu nehmen. Das silbrig glänzende Geschöpf rührte sich nicht vom Fleck. Plötzlich vollführte es eine Bewegung und pfiff – jedenfalls glaubten sie so etwas zu hören.

Das kriechende Wesen riß sich unverzüglich vom Boden los und legte in einem Sprung mindestens fünf Meter zurück. Beim Abspringen rollte es sich zu einer Kugel zusammen, sträubte sich, schwoll seltsam an, der spatenförmige Schwanz spreizte sich. Auf seiner hohlen, muschelförmigen Oberfläche blitzte etwas schwach auf und schwamm, wie vom Wind getragen, auf sie zu.

»Feuer!!« schrie der Koordinator.

Eine Kugel, kaum größer als eine Nuß, schwebte in der Luft, schwankte von einer Seite zur anderen, kam aber immer näher. Schon hörten sie ihr Zischen, wie bei einem Tropfen

Wasser, der auf einem glühenden Blech tanzt. Sie schossen alle auf einmal.

Das mehrfach getroffene kleine Tier schlug hin und krümmte sich, sein fächerartiger Schwanz bedeckte es völlig, gleichzeitig wurde die flammende Nuß vom Wind abgetrieben, als habe sie plötzlich ihre Lenkbarkeit eingebüßt, und flog in einer Entfernung von etwa einem Dutzend Schritt an ihnen vorbei, sie verloren sie aus den Augen.

Der silberne Riese reckte sich, ein dünner Gegenstand tauchte über ihm auf, und er begann daran in die offene Gondel zu steigen. Sie hörten alle das Krachen, mit dem er von den Schüssen getroffen wurde. Er krümmte sich und stürzte dumpf zu Boden. Sie sprangen auf und liefen zu ihm hin.

»Achtung!« schrie der Chemiker.

Am Wald waren zwei glänzende Scheiben aufgetaucht und rasten auf die Hügelkette zu. Die Männer preßten sich in eine Bodenvertiefung und waren auf alles gefaßt. Aber seltsamerweise sausten beide Scheiben, ohne ihre Fahrt zu verlangsamen, vorbei und verschwanden hinter den Buckeln der Hügel.

Sekunden später gab es einen dumpfen Knall. Sie drehten sich um. Der Knall kam aus der Schonung der atmenden Bäume. In der Nähe stürzte, zur Hälfte gespalten, ein Baum um. Rauchwolken wirbelten auf.

»Schnell, schnell!« rief der Koordinator und lief zu dem zottigen Tierchen, dessen Pfötchen unter dem fleischigen nackten Schwanz hervorragten, zielte mit dem Rohr darauf und ließ es in einem Dauerfeuer von einem Dutzend Sekunden zu Asche verbrennen. Der Ingenieur und der Physiker traten zu dem silbrig schimmernden Klumpen unter dem durchsichtigen Vieleck. Der Ingenieur berührte den Buckel, der herausgeschoben war und so aussah, als nehme er allmählich an Größe zu.

»So können wir ihn nicht zurücklassen!« rief der Koordinator, der dazukam; er war sehr blaß.

»Solch eine Masse kannst du nicht einäschern«, murmelte der Ingenieur.

»Wir werden ja sehen!« stieß der Koordinator durch die Zähne und schoß aus zwei Schritt Entfernung. Die Luft zitterte rings um den Lauf. Der silbrige Rumpf bedeckte sich sofort mit schwärzlichen Flecken. Ruß wirbelte durch die Luft, ein schrecklicher Gestank von verbranntem Fleisch verbreitete sich, es gluckste. Der Chemiker schaute sich das eine Weile mit blassem Gesicht an, dann wandte er sich um und rannte weg. Der Kybernetiker folgte ihm. Als der Koordinator seine Waffe leergeschossen hatte, streckte er stumm die Hand nach dem Elektrowerfer des Ingenieurs aus.

Der schwärzliche Körper sackte zusammen, wurde flacher, Rauch stieg auf, Rußflocken wirbelten umher, das Sieden verwandelte sich in ein Knistern, wie bei Holzscheiten, die im Feuer lodern. Der Koordinator indes drückte noch immer mit dem allmählich steif werdenden Finger auf den Hahn, bis die Überreste des Körpers in einen formlosen Aschenhaufen zerfielen. Dann hob er den Elektrowerfer hoch, sprang mit den Füßen in den Haufen und begann, ihn auseinanderzuscharren.

»Helft mir!« schrie er heiser.

»Ich kann nicht«, stöhnte der Chemiker, der mit geschlossenen Augen dastand. Auf seiner Stirn perlte Schweiß. Er griff sich mit beiden Händen an den Hals, als ob er sich erwürgen wollte. Der Doktor preßte die Zähne zusammen, daß sie knirschten, und sprang in die heiße Asche, dem Beispiel des Koordinators folgend. Der schrie: »Denkst du denn, mir fällt es leicht!«

Der Doktor schaute nicht auf die Füße, er trampelte und trampelte. Es muß komisch wirken, wie wir so auf einer Stelle hüpfen, dachte er. Sie trampelten die Stückchen, die nicht ganz verbrannt waren, in den Boden, drückten die Asche in den Sand und scharrten dann die Erde ringsherum mit den Kolben zusammen, bis sie die letzten Spuren verwischt hatten.

»Worin sind wir besser als sie?« fragte der Doktor, als sie keuchend und schweißtriefend eine Weile innehielten.

»Er hat uns angegriffen«, knurrte der Ingenieur und entfernte wütend und angeekelt die Rußspuren vom Kolben seines Elektrowerfers.

»Ihr könnt kommen, es ist alles vorbei!« rief der Koordinator. Die anderen traten langsam näher. Beißender Brandgestank lag in der Luft. Die moosartigen Flechten waren in weitem Umkreis verkohlt.

»Und was geschieht damit?« fragte der Kybernetiker und wies auf die durchsichtige Konstruktion, die neben ihnen vier Stockwerke hoch aufragte. »Die versuchen wir in Betrieb zu nehmen«, murmelte der Koordinator.

Der Ingenieur riß die Augen auf. »Glaubst du, das geht?«

»Achtung!« schrie der Doktor.

Drei flimmernde Scheiben tauchten nacheinander vor dem Hintergrund der Schonung auf. Die Männer liefen ein paar Schritt zurück und warfen sich zu Boden. Die Scheiben fuhren vorbei und rollten weiter.

»Kommst du mit?« Der Koordinator wies mit einer Kopfbewegung auf die sechs Meter über dem Erdboden hängende Gondel.

Wortlos rannte der Ingenieur zu dem Fahrzeug, packte mit beiden Händen den Griff an einer der beiden Stützen und stieg hinauf. Der Koordinator folgte ihm. Der Ingenieur, der als erster die Gondel erreichte, bewegte einen Hebel. Man hörte Metall gegen Metall schlagen. Gleich darauf schwang er sich hoch und verschwand im Innern. Er hielt dem Koordinator die Hand hin und half ihm herein. Längere Zeit geschah nichts, dann schlossen sich langsam die fünf gespreizten Flächen der Gondel ohne das leiseste Geräusch. Die Männer unten zuckten unwillkürlich zusammen und traten zurück.

»Was war das für eine Feuerkugel?« fragte der Doktor den Physiker. Beide blickten hinauf. In der Gondel bewegten sich wie im Nebel verschwommene Schatten, gleichsam zu Hälften zusammengelegt.

»Sah wie ein kleiner Kugelblitz aus«, sagte der Physiker. »Aber das Tier hat sie doch ausgestoßen!«

»Stimmt, ich habe es auch gesehen. Vielleicht gibt es hier elektrische ... Paß auf!«

Das durchsichtige Vieleck erbebte plötzlich, klirrte und drehte sich gleichzeitig um seine senkrechte Achse. Fast wäre es umgestürzt, weil die Beine, die es von der Seite stützten, hilflos auseinanderglitten. Im letzten Augenblick, als sich das Fahrzeug schon bedrohlich neigte, klirrte wieder etwas, diesmal mit einem hohen Ton. Die ganze Konstruktion verschwamm in einem flimmernden Wirbel, und ein schwacher Lufthauch wehte den Zuschauenden ins Gesicht. Die Scheibe drehte sich mal schneller, mal langsamer, rührte sich aber nicht vom Fleck. Sie brüllte wie der Motor eines großen Flugzeugs. Die Kombinationen der Männer, die in der Nähe standen, flatterten in dem ungleichmäßigen Luftzug. Die Männer wichen noch ein Stück zurück. Das eine Stützbein hob sich, dann das andere, sie verschwanden in dem glänzenden Wirbel. Auf einmal jagte die große Scheibe wie katapuliert die Furche entlang, sprang heraus, bremste plötzlich, wühlte und schleuderte die Erde unter entsetzlichem Gebrüll hoch, obwohl sie sich nur langsam fortbewegte. Kaum war sie wieder in der Furche, raste sie mit atemberaubender Geschwindigkeit davon und war in wenigen Sekunden zu einem zitternden Lichtchen auf dem Hang am Wald zusammengeschrumpft.

Bei der Rückkehr geriet sie abermals aus der Furche, kroch langsam, wie mit großer Mühe, weiter und wirbelte Sand und Erde hoch.

Es klirrte, die Konstruktion tauchte aus dem glänzenden Sturmwind auf, die Gondel öffnete sich, der Koordinator beugte sich vor und rief: »Kommt herauf!«

»Was?« Der Chemiker war verblüfft, aber der Doktor hatte begriffen.

»Wir fahren damit.«

»Haben denn alle Platz?« fragte der Kybernetiker und hielt sich an der Metallstütze fest. Der Doktor kletterte bereits hinauf.

»Irgendwie werden schon alle Platz finden, kommt nur!«

Ein paar Scheiben huschten an der Schonung vorbei, aber sie schienen sie nicht zu beachten. Es war sehr eng in der Gondel, vier hätten noch stehen können, aber sechs ließen sich da nicht unterbringen. Zwei von ihnen mußten sich flach auf den Boden legen. Der bittere Geruch, den sie bereits kannten, juckte unangenehm in der Nase. Auf einmal wurden sich alle dessen bewußt, was vorgefallen war, ihre Munterkeit war wie weggeweht. Der Doktor und der Physiker legten sich hin. Unter sich hatten sie längliche Platten, die wie bei einem Boot zusammengefügt waren, über ihren Köpfen tönte durchdringendes Klirren, und sie spürten, daß das Fahrzeug losfuhr. Sehen konnten sie in ihrer Lage nichts. Fast zur gleichen Zeit wurden die Platten unter ihnen gänzlich durchsichtig, und sie konnten aus der Höhe von zwei Stockwerken die Ebene sehen, als flögen sie in einem Ballon darüber hinweg. Ringsum war Lärm. Der Koordinator verständigte sich fieberhaft mit dem Ingenieur. Beide mußten eine unnatürliche, sehr qualvolle Haltung an der flossenartigen Erhebung vorn in der Gondel einnehmen, um die Scheibe zu steuern. Alle paar Minuten lösten sie sich ab. Und das bei diesem Gedränge. Der Chemiker und der Kybernetiker mußten sich dann beinahe auf die unten Liegenden legen.

»Wie funktioniert denn das?« fragte der Chemiker den Ingenieur, der beide Hände in die tiefen Öffnungen des flossenartigen Vorsprungs gesteckt hatte und das Fahrzeug in der Geraden hielt. Sie fuhren schnell die Furche dahin. Von der Gondel aus war die Rotation überhaupt nicht zu sehen. Man hätte meinen können, daß sie in der Luft schwammen.

»Ich habe keine Ahnung«, stöhnte der Ingenieur. »Ich bekomme einen Krampf, jetzt du!« Er machte dem Koordinator Platz, so gut er konnte.

Die riesige, dröhnende Scheibe schwankte, sprang aus der Furche, bremste heftig und zog eine scharfe Kurve. Der Koordinator zwängte die Hände in die Öffnungen der Steuervorrichtung. Nach einer Weile gelang es ihm, den gigantischen Brummkreisel aus der Kurve in die Furche zurückzuführen. Sofort wurde die Fahrt wieder schneller.

»Warum fährt das Ding außerhalb der Furche so langsam?« fragte der Chemiker, der sich, um das Gleichgewicht zu halten, auf den Rücken des Ingenieurs stützte; zwischen seinen gespreizten Beinen lag der Doktor.

»Ich sage dir, ich habe nicht die geringste Ahnung.«

Der Ingenieur massierte sich die Unterarme, auf denen sich blutige Abdrücke an den Stellen zeigten, wo er die Gelenke in die Maschine gezwängt hatte. »Es wahrt sein Gleichgewicht nach dem Prinzip eines Giroskops, aber was das übrige betrifft, habe ich keinen blassen Schimmer.«

Sie befanden sich bereits hinter der zweiten Hügelkette. Das Gelände mutete, von oben betrachtet, durchsichtig an. Übrigens hatten sie es zum Teil schon bei ihrer Wanderung kennengelernt. Über ihren Köpfen und unter ihnen pfiff die kaum wahrnehmbare Scheibe. Die Furche änderte plötzlich die Richtung. Sie mußten sie verlassen, wenn sie zur Rakete zurückkehren wollten. Die Geschwindigkeit fiel sofort. Sie machten nicht einmal mehr zwanzig Kilometer in der Stunde.

»Außerhalb der Furchen sind die Dinger eigentlich hilflos. Das darf man nicht vergessen!« rief der Ingenieur, das Pfeifen und Klirren übertönend.

»Ablösung! Ablösung!« schrie der Koordinator.

Das Manöver verlief diesmal ziemlich glatt. Sie erstiegen einen steilen Hang, sehr langsam, kaum schneller als ein rüstiger Fußgänger. Der Ingenieur entdeckte in der Ferne die bewußte Schlucht, die zur Ebene führte. Sie fuhren gerade unter die Bäume, die über dem lehmigen Hang standen, als den Ingenieur ein Krampf packte. »Greif zu!« schrie er und riß die Hände aus den Öffnungen. Der Koordinator stürzte hinzu, doch da neigte sich die riesige Scheibe bereits zur Seite und näherte sich bedrohlich dem rostbraunen Abhang. Plötzlich knirschte etwas, es gab ein entsetzliches Krachen. Der pfeifende Mühlenflügel schlug mit seinem Rand in eine Baumkrone. Astfetzen wirbelten durch die Luft. Die Gondel sprang hoch und kippte mit einem Höllenlärm zur Seite. Der entwurzelte Baum fegte mit seiner Krone über den Himmel. Der letzte Flügel, der sich noch bewegte, riß ihn nach unten. Tausende bläschenartiger Blätter zerplatzten zischend. Über der zertrümmerten Konstruktion, die sich mit ihren Stümpfen in den Hang gewühlt hatte, stieg wie aus einem Bovist eine Wolke weißlichen Samens auf, und alles wurde still. Die Gondel lehnte mit der eingedrückten Seite am Hang.

»Die Besatzung?« fragte mechanisch der Koordinator und schüttelte den Kopf, seine Ohren schienen mit Watte vollgestopft zu sein. Verwundert betrachtete er die Wolken weißlicher Staubkörnchen, die ihm um die Nase flogen.

»Erster«, stöhnte der Ingenieur und richtete sich vom Fußboden auf.

»Zweiter«, kam die Stimme des Physikers von unten.

»Dritter.« Der Chemiker konnte kaum sprechen und hielt sich die Hand vor den Mund, Blut lief ihm übers Kinn.

»Vierter«, sagte der Kybernetiker. Ihn hatte es nach hinten geworfen. Passiert war ihm nichts.

»Fünfter...«, stöhnte der Doktor. Er lag auf dem Boden der Gondel, unter den anderen begraben.

Plötzlich brachen sie in schallendes Lachen aus.

Sie lagen übereinander, von einer dicken Schicht juckender, flauschiger Samen zugedeckt, die durch den oberen Spalt der Gondel hereinrieselten. Der Ingenieur versuchte die Gondel mit wuchtigen Schlägen zu öffnen. Alle halfen, so gut sie konnten und soweit der Platz es ihnen erlaubte, mit Schultern, Händen und Rücken nach. Die Hülle bebte, man hörte ein schwaches Krachen, doch die Gondel ließ sich nicht öffnen.

»Noch einmal?« fragte der Doktor ruhig. Er lag noch immer auf dem Boden und konnte sich nicht rühren. »Wenn ihr's wissen wollt, ich hab es jetzt satt! He, wer ist das? Sofort runter von mir, verstanden!«

Gemeinsam rissen sie vorn den kammartigen Rahmen ab und begannen damit im Takt, wie mit einem Rammbock, gegen die Decke zu schlagen. Sie verbog sich, verbeulte sich, gab aber nicht nach.

»Ich habe das satt«, knurrte der Doktor ärgerlich und stemmte sich langsam hoch. In diesem Augenblick krachte unten etwas, und alle purzelten wie reife Birnen durch den Boden heraus. Sie rollten über den fünf Meter hohen Hang auf die Sohle der Schlucht.

»Ist jemandem was passiert?« fragte der Koordinator, der mit Lehm beschmiert war und als erster auf die Beine sprang.

»Nein, aber du bist ja ganz blutig! Laß dich anschauen!« rief der Doktor.

Der Koordinator hatte in der Tat auf dem Kopf einen tiefen Hautriß. Die Wunde reichte bis zur Mitte der Stirn. Der Doktor verband ihn, so gut er konnte. Die anderen hatten nur blaue Flecken davongetragen. Der Chemiker spuckte Blut – er hatte sich auf die Lippe gebissen. Sie setzten sich in Richtung der Rakete in Marsch. Nach dem zertrümmerten Fahrzeug blickten sie sich nicht einmal mehr um.

5. Kapitel

Als sie zu dem kleinen Hügel gelangten, berührte die Sonne den Horizont. Die Rakete warf einen langen Schatten, der verlor sich weit im Sand der Ebene. Bevor sie hineingingen, untersuchten sie gewissenhaft die Umgebung, fanden aber keine Spuren, die erkennen ließen, daß jemand in ihrer Abwesenheit dagewesen war. Die Atomsäule arbeitete ohne Störungen. Der Halbautomat hatte inzwischen die Seitengänge und die Bibliothek gesäubert, war dann aber im Labor rettungslos in einer dicken Schicht von Plastik und Glasscherben steckengeblieben.

Nach dem Abendessen mußte der Doktor dem Koordinator die Wunde nähen, weil sie noch immer blutete. Unterdessen analysierte der Chemiker das Wasser, das sie dem Bach entnommen hatten, und stellte fest, daß es zum Trinken taugte, obwohl es stark mit Eisensalzen angereichert war, was den Geschmack beeinträchtigte.

»Wir müssen jetzt endlich beraten«, erklärte der Koordinator. Sie nahmen in der Bibliothek auf Luftkissen Platz, der Koordinator mit dem weißbandagierten Kopf in der Mitte.

»Was wissen wir?« begann er. »Wir wissen, daß der Planet von vernunftbegabten Wesen bewohnt ist, die der Ingenieur als Doppelts bezeichnet. Der Name entspricht zwar nicht ganz den Tatsachen, aber das soll uns jetzt nicht kümmern. Wir sind mit folgenden Fragmenten der Doppeltzivilisation in Berührung gekommen: mit einer automatischen Fabrik, von der wir glauben, daß sie verlassen wurde und außer Kontrolle geriet – ich bin übrigens dessen jetzt gar nicht mehr so sicher –, zweitens mit den Spiegelkuppeln auf den Hügeln, deren Bestimmung uns unbekannt ist, drittens mit Masten, die etwas auszustrahlen scheinen, höchstwahrscheinlich eine Art Energie, viertens mit diesen Vehikeln, wobei wir eines nach einem Angriff auf uns eroberten. Wir meisterten es und erlitten dann Schiffbruch. Fünftens, wir sahen von fern ihre Stadt, über die wir nichts Genaues sagen können. Sechstens, der Angriff, den ich erwähnt habe, hat sich folgendermaßen abgespielt: Der Doppelt hetzte offenbar ein Tier auf uns, das wahrscheinlich darauf abgerichtet war. Dieses Tier strahlte eine Art Kugelblitz aus und steuerte ihn so lange, bis wir es töteten. Siebtens und letztens waren wir Zeugen, wie ein Graben zugeschüttet wurde – ein Grab, das voll von toten Einwohnern des Planeten war. Das ist alles. Berichtigt mich bitte oder vervollständigt meine Angaben, falls ich etwas ausgelassen oder mich geirrt haben sollte.«

»Im Grunde wäre das alles, beinahe alles ...«, sagte der Doktor. »Abgesehen davon, was vorgestern auf dem Raumschiff geschah ...«

»Stimmt. Du hattest übrigens recht, dieses Geschöpf war nackt. Vielleicht versuchte es, sich irgendwo zu verstecken, und kroch in seiner Panik in die erste beste Öffnung. Das war ausgerechnet der Tunnel, der in unsere Rakete führt.«

»Diese Hypothese ist ebenso verlockend wie riskant«, erwiderte der Doktor. »Wir sind Menschen, wir assoziieren und überlegen auf irdische Weise und können deshalb schwere Fehler begehen, wenn wir fremden Schein für unsere Wahrheit gelten lassen, das heißt, wenn wir gewisse Fakten in

Schemata pressen, die wir von der Erde mitgebracht haben. Ich bin mir völlig sicher, daß wir heute früh alle dasselbe gedacht haben, nämlich, daß wir auf ein Grab mit Opfern von Gewalttätigkeit gestoßen seien, ein Grab mit ermordeten Opfern, aber in Wirklichkeit weiß ich nicht, wissen wir nicht ...«

»Du wiederholst das, obwohl du selbst nicht daran glaubst«, begann der Ingenieur erregt.

»Es geht nicht um das, was ich glaube«, unterbrach ihn der Doktor. »Wenn Glauben irgendwo besonders fehl am Platze ist, dann hier auf Eden. Nehmen wir zum Beispiel die Hypothese vom ›Hetzen‹ des elektrischen Hundes ...«

»Wieso?«

»Du nennst das Hypothese? Das war doch eine Tatsache«, riefen Chemiker und Ingenieur fast gleichzeitig.

»Ihr irrt euch. Warum griff er uns an? Darüber wissen wir nichts. Möglich, daß wir ihn mit unserem Aussehen an hiesige Küchenschaben oder an Hasen erinnerten ... Und ihr habt, Verzeihung, wir haben dieses aggressive Verhalten mit dem in Zusammenhang gebracht, was wir zuvor gesehen hatten und was einen erschütternden Eindruck auf uns gemacht hatte, so daß wir die Fähigkeit, ruhig zu denken, einbüßten.«

»Aber hätten wir sie uns bewahrt und nicht sofort geschossen, wehte jetzt unsere Asche dort am Wäldchen, oder etwa nicht?« versetzte der Ingenieur ärgerlich. Der Koordinator schwieg. Seine Blicke wanderten von einem zum anderen. »Wir taten, was wir tun mußten, aber es ist durchaus möglich, daß ein Mißverständnis vorlag – auf beiden Seiten ... Glaubt ihr, daß jetzt schon alle Steinchen des Puzzlespiels geordnet sind? Und die Fabrik, die angeblich vor mehreren hundert Jahren verlassen wurde und außer Kontrolle geriet? Was ist damit? Wohin paßt dieses Steinchen?«

Sie schwiegen eine Weile.

»Ich bin der Meinung, daß viel Wahres an dem ist, was der Doktor sagt«, begann der Koordinator von neuem. »Wir wissen noch zu wenig. Die Situation ist insofern günstig, als daß sie, wie wir annehmen können, noch nichts von uns wissen. Wie ich glaube, hauptsächlich deshalb, weil keiner ihrer Wege, keine Furche in die Nähe dieses Ortes hier führt. Aber wir können kaum damit rechnen, daß das lange so bleibt. Ich möchte euch bitten, unsere Lage einmal von diesem Gesichtspunkt aus zu betrachten und eure Vorschläge dazu zu äußern.«

»Augenblicklich sind wir in unserem Wrack eigentlich wehrlos. Man braucht ja nur den Tunnel richtig zuzupunden, und wir ersticken wie die Mäuse. Deshalb ist größte Eile geboten, gerade mit Rücksicht darauf, daß wir jeden Moment entdeckt werden können. Und obwohl meine Hypothese von der Aggressivität der Doppelts angeblich nur meine irdische Einbildung ist«, sagte der Ingenieur leidenschaftlich, »schlage ich, da ich nicht anders denken kann, trotzdem vor, eigentlich fordere ich es, daß wir unverzüglich alle Vorrichtungen reparieren und die Aggregate in Betrieb nehmen.«

»Wieviel Zeit, schätzt du, werden wir dafür brauchen?« fragte der Doktor. Der Ingenieur zögerte mit der Antwort.

»Da siehst du ...«, versetzte der Doktor gelangweilt. »Warum sollen wir uns Illusionen machen? Sie entdecken uns, bevor wir fertig sind. Denn eines will ich euch sagen, wenn ich auch kein Fachmann bin, es werden lange Wochen vergehen, ehe ...«

»Das stimmt leider«, warf der Koordinator ein. »Außerdem werden wir unseren Wasservorrat ergänzen müssen, ganz zu schweigen von dem Ärger, den wir mit dem verseuchten

Wasser haben werden, das die untere Etage überflutet hat. Ebenso ist nicht bekannt, ob wir selbst alles tun können, was nötig ist, um die Schäden zu beheben.«

»Zweifellos wird ein weiterer Ausflug erforderlich sein«, räumte der Ingenieur ein. »Sogar noch mehr Ausflüge, aber die können nachts unternommen werden. Außerdem sollte ein Teil von uns, sagen wir die Hälfte oder zwei Mann, ständig bei der Rakete bleiben. Aber warum reden nur immer wir?« Er wandte sich unvermittelt an die drei anderen, die dem Streit stumm zugehört hatten.

»Eigentlich müßten wir so intensiv wie nur möglich in der Rakete arbeiten und zugleich die hiesige Zivilisation erforschen«, sagte der Physiker bedächtig. »Diese Aufgaben kollidieren erheblich miteinander. Die Anzahl der Unbekannten ist so groß, daß selbst eine strategische Rechnung nicht viel helfen würde. Eines unterliegt keinem Zweifel – ein Risiko, das an eine Katastrophe grenzt, werden wir trotz der erwählten Verfahrensweise nicht vermeiden können.«

»Ich sehe schon, worauf das hinausläuft.« Die tiefe Stimme des Doktors klang müde. »Ihr wollt euch selbst davon überzeugen, daß wir weitere Ausflüge unternehmen müssen, weil wir mächtige, das heißt atomare Schläge zu versetzen vermögen. Selbstverständlich zur eigenen Verteidigung. Und da das damit enden wird, daß wir den ganzen Planeten gegen uns haben, verspüre ich nicht die geringste Lust, mich an einem solchen Pyrrhusunternehmen zu beteiligen. Es bleibt selbst dann ein Pyrrhusunternehmen, wenn die hier keine Atomenergie kennen, was im übrigen noch gar nicht feststeht. Welche Art von Motor trieb denn das Rad an?«

»Das weiß ich nicht«, erwiderte der Ingenieur. »Jedenfalls kein atomarer. Dessen bin ich mir so gut wie sicher.«

»Dieses ›so gut wie‹ kann uns alles kosten.« Der Doktor lehnte sich zurück, schloß die Augen und legte den Kopf an den Rand des schräg hängenden Bibliothekschranks, womit er zu verstehen gab, daß er an der Diskussion nicht weiter teilzunehmen gedenke.

»Eine Quadratur des Kreises«, murmelte der Kybernetiker.

»Und wenn wir versuchten ... uns mit ihnen zu verständigen?« schlug der Chemiker zögernd vor. Der Doktor setzte sich auf. »Ich danke dir. Ich hatte schon befürchtet, daß niemand es sagen würde!«

»Sich mit ihnen verständigen wollen bedeutet doch sich ihnen ausliefern!« schrie der Kybernetiker und sprang auf.

»Wieso?« fragte der Doktor kühl. »Wir haben doch Waffen, sogar Atomwerfer. Aber wir werden uns nicht nachts an ihre Städte oder an ihre Fabriken heranschleichen.«

»Schon gut. Wie stellst du dir also einen solchen Verständigungsversuch vor?«

»Ja, bitte, sag es«, verlangte der Koordinator.

»Ich räume ein, daß wir ihn in diesem Augenblick nicht versuchen sollten«, erwiderte der Doktor. »Je mehr Geräte wir in der Rakete reparieren, um so besser. Wir sollten uns bewaffnen, wenn auch nicht unbedingt mit Atomwerfern ... Ein Teil von uns bleibt bei der Rakete, der andere Teil, sagen wir drei Mann, geht in die Stadt. Zwei halten sich zurück, um den dritten im Auge zu behalten, der versuchen wird, sich mit den Einwohnern zu verständigen.«

»Du weißt alles sehr genau. Du weißt natürlich auch, wer derjenige sein wird, der in die Stadt geht«, sagte der Ingenieur in einem Ton, der nichts Gutes verhieß.

»Ja. Ich weiß es.«

»Und ich werde dir nicht erlauben, Selbstmord vor meinen Augen zu begehen!« schrie der Ingenieur, sprang auf und trat an den Doktor heran, der nicht einmal aufsah. Der Ingenieur zitterte am ganzen Leib. So erregt hatten sie ihn noch nie gesehen. »Wenn wir diese Katastrophe alle überlebt haben, wenn es uns gelungen ist, uns aus diesem Grab, in das sich die Rakete verwandelte, zu befreien, wenn wir heil herausgekommen sind und das unberechenbare Risiko leichtsinniger Eskapaden auf uns genommen haben, als ob der Planet, ein fremder Planet, ein Gelände für Spaziergänge wäre, so nicht deshalb, damit durch irgendwelche verdammten Hirngespinste, durch Phantastereien...« Der Ärger würgte ihn in der Kehle. »Ich weiß, worauf es dir ankommt«, schrie er, die Fäuste ballend. »Die Sendung des Menschen! Der Mensch in den Sternen! Du bist ein Narr mit deinen Ideen, verstehst du! Niemand wollte uns heute töten! Kein Massengrab wurde zugeschüttet! Wie? Nicht wahr?« Er beugte sich über den Doktor. Der schaute ihn an, und der Ingenieur verstummte.

»Man wollte uns töten. Und es ist durchaus möglich, daß das ein Grab von Ermordeten war«, sagte der Doktor. Alle sahen, wie er sich zur Ruhe zwang. »Aber in die Stadt müssen wir gehen.«

»Nach alldem, was wir getan haben?« fragte der Koordinator.

Der Doktor zuckte mit den Schultern. »Ja, wir haben eine Leiche verbrannt... zugegeben. Tut, was ihr für richtig haltet. Faßt einen Entschluß. Ich werde mich fügen.«

Er stand auf, schob sich durch die waagerecht geöffnete Tür und schloß sie hinter sich. Sie starrten ihm eine Weile nach, als warteten sie darauf, daß er sich besinne und zurückkehre.

»Du hast dich unnötig so ereifert«, sagte der Koordinator leise zum Ingenieur.

»Du weißt sehr gut«, begann der Ingenieur, gab aber nach einem Blick in seine Augen zu: »Stimmt. Es war nicht nötig.«

»In einem hat der Doktor recht.« Der Koordinator zog den Verband hoch, der heruntergerutscht war. »Was wir im Norden entdeckt haben, ist nicht mit dem zu vereinbaren, was wir im Osten sahen. Grob geschätzt, befindet sich die Stadt so weit von uns entfernt wie die Fabrik – kaum mehr als dreißig bis fünfunddreißig Kilometer Luftlinie.«

»Mehr«, sagte der Physiker.

»Möglich. Aber ich bin der Ansicht, daß im Süden oder im Westen in gleicher Entfernung Elemente der Zivilisation zu finden sind. Daraus ginge nämlich hervor, daß wir in der Mitte einer örtlichen ›Zivilisationswüste‹, einer ›Zvilisationsleere‹ von sechzig Kilometer Durchmesser niedergegangen sind. Das wäre ein zu sonderbarer Zufall. Seid ihr der gleichen Meinung?«

»Ich ja«, sagte der Ingenieur, ohne jemanden anzusehen.

»Ich auch.« Der Chemiker nickte und fügte hinzu: »Wir hätten von Anfang an diese Sprache sprechen sollen.«

»Ich teile die Zweifel des Doktors«, fuhr der Koordinator fort, »aber ich halte seinen Vorschlag für naiv und in unserer Lage für unangebracht. Er wird der Situation nicht gerecht. Die Regeln bei der Kontaktaufnahme mit fremden Wesen sind uns allen bekannt. Sie sehen leider keine solche Situation vor wie die, in der wir uns befinden – als nahezu wehrlose Schiffbrüchige und als Bewohner eines im Sande steckenden Wracks. Selbstverständlich müssen wir die Schäden an der Rakete beheben. Gleichzeitig findet aber auch ein Wettlauf im Sammeln von Informationen zwischen uns und ihnen statt. Vorerst führen wir. Den, der uns angegriffen hat, haben wir vernichtet. Warum er uns angegriffen hat, wissen wir nicht. Vielleicht erinnern wir sie wirklich an gewisse Feinde, das muß ebenfalls nach Möglichkeit festgestellt werden. Da in nächster Zukunft nicht mit der Inbetriebnahme des Raumschiffes zu rechnen ist, müssen wir gegen alles gewappnet sein. Wenn die uns umgebende Zivilisation auf einer beachtlichen Höhe steht, und ich glaube, daß das der Fall ist, dann wird das, was ich, was wir getan haben, im besten Falle nur den Zeitpunkt verzögern, wo man uns findet. Unsere größten Anstrengungen müssen wir jetzt auf unsere Bewaffnung richten.«

»Darf ich dazu etwas sagen?« meldete sich der Physiker.

»Bitte.«

»Ich möchte auf den Gesichtspunkt des Doktors zurückkommen. Er ist, so möchte ich das bezeichnen, vor allen Dingen emotional, es stehen jedoch auch andere Argumente dahinter. Ihr alle kennt den Doktor recht gut. Ich weiß, daß er von dem, was ich zur Verteidigung seines Vorschlages vorbringen kann, nicht gerade begeistert wäre, aber ich will es sagen. Es ist nämlich durchaus nicht gleichgültig, in welcher Situation der erste Kontakt zwischen uns und ihnen stattfindet. Wenn sie zu uns kommen, folgen sie unseren Spuren. Dann wird es schwerfallen, an eine Verständigung zu denken. Zweifellos haben wir dann mit einem Angriff zu rechnen und werden gezwungen sein, um unser Leben zu kämpfen. Wenn aber wir ihnen entgegentreten, ist eine Verständigungschance, obwohl gering, so doch vorhanden. Vom taktischen Standpunkt aus ist es also besser, die Initiative und die Handlungsfreiheit zu behalten, ganz unabhängig davon, welche moralischen Ansichten man darüber haben mag ...«

»Nun gut, aber wie soll das in der Praxis aussehen?« hielt ihm der Ingenieur entgegen. »In der Praxis wird sich vorläufig nichts ändern. Wir müssen Waffen haben, und das auf schnellstem Wege. Es geht darum, daß wir, mit Waffen gerüstet, versuchen, Kontakt aufzunehmen, jedoch nicht auf dem bereits erforschten Gebiet.«

»Warum?« fragte der Koordinator.

»Weil wir dann höchstwahrscheinlich in einen Kampf verwickelt werden, bevor wir in die Stadt gelangen. Man kann sich nicht mit den Wesen verständigen, die in den Scheiben dahinsausen. Das wären die schwierigsten Umstände, die man sich denken kann.«

»Wie willst du wissen, daß wir woanders auf bessere stoßen?«

»Ich weiß es nicht, aber ich weiß, daß wir im Norden und Osten erst gar nichts zu suchen brauchen. Wenigstens vorläufig nicht.«

»Das können wir uns überlegen«, sagte der Koordinator.

»Was weiter?«

»Wir müssen den Beschützer in Betrieb nehmen«, schlug der Chemiker vor.

»In welcher Zeit ließe sich das bewerkstelligen?« Der Koordinator sah den Ingenieur an.

»Das kann ich nicht sagen. Ohne die Automaten kommen wir nicht einmal bis zum Beschützer durch. Er wiegt vierzehn Tonnen. Der Kybernetiker sollte sich dazu äußern.«

»Ich brauche zwei Tage, um ihn zu überprüfen. Wenigstens zwei.« Der Kybernetiker betonte die letzten Worte. »Zuerst müssen aber meine Automaten in Ordnung sein.«

»In dieser Zeit willst du sämtliche Automaten repariert haben?« Das Gesicht des Koordinators drückte Zweifel aus.

»Ach wo! Zwei Tage kostet mich allein der Beschützer, wenn ich einen Automaten in Ordnung habe. Den zu Reparaturzwecken. Und ich brauche noch einen, den Lastautomaten. Um den zu überprüfen, benötige ich weitere zwei Tage. Dabei weiß ich nicht, ob sie sich überhaupt instand setzen lassen.«

»Kann man nicht das Herz aus dem Beschützer herausmontieren und es hinter einem provisorischen Panzer aufstellen, hier oben, im Schutz des Raketenrumpfes?« Der Koordinator sah den Physiker an. Der schüttelte den Kopf.

»Nein. Jeder Pol des Herzens wiegt mehr als eine Tonne. Außerdem lassen sich die Pole nicht durch den Tunnel zwängen.«

»Man könnte den Tunnel erweitern.«

»Sie passen nicht durch den Eingang. Und die Lastklappe ist fünf Meter über dem Boden, außerdem vom Wasser aus dem geborstenen Heckbehälter überflutet, das weißt du doch.«

»Hast du den Verseuchungsgrad des Wassers untersucht?« fragte der Ingenieur.

»Ja. SStrontium, Kalzium, Zer. Alle Bariumisotope, alles, was du willst. Ablassen können wir das Wasser nicht. Es würde den Boden im Umkreis von vierhundert Metern vergiften. Und reinigen können wir es auch nicht, solange die Antiradiatoren keine leistungsfähigen Filter haben.«

»Und ich kann die Filter nicht ohne den Mikroautomaten reinigen«, fügte der Ingenieur hinzu.

Der Koordinator, dessen Blick während des Gesprächs von einem zum anderen gewandert war, sagte: »Die Liste unserer ›Unmöglichkeiten‹ ist ziemlich lang, aber das macht nichts. Gut, daß wir sie einmal von diesem Standpunkt aus durchgesprochen haben. Ich denke dabei an unsere Bewaffnung. So bleiben uns nur die Werfer?«

»Das sind ja keine Werfer«, entgegnete der Ingenieur mit einem Anflug von Gereiztheit. »Wir wollen uns doch nicht selbst betrügen. Der Doktor hat ihretwegen einen Lärm geschlagen, als wollten wir einen Atomkrieg entfachen. Natürlich, man kann aus ihnen eine angereicherte Lösung schleudern, aber die Schußweite beträgt höchstens siebenhundert Meter. Es sind Handspülwerfer, weiter nichts, obendrein sind sie für den Schießenden gefährlich, wenn er keinen Panzer trägt. Und ein Panzer wiegt hundertdreißig Kilo.«

»In der Tat, wir haben nur schwere Sachen an Deck.« Der Koordinator sagte das in einem Ton, daß niemand wußte, ob es Spott war oder nicht. »Du hast diese Berechnung gemacht, nicht wahr?« Er sah den Physiker an.

»Ja. Da ist noch eine Variante: Zwei Werfer, mindestens hundert Meter voneinander entfernt, schießen so konzentrisch, daß sich beide Strahlen im Ziel treffen. Aus beiden subkritischen Strahlen entsteht dann ein überkritisches Volumen, was eine Kettenreaktion zur Folge hat.«

»Das ist gut für ein Spiel auf dem Übungsplatz«, bemerkte der Chemiker. »Ich kann mir bei feldmäßigen Bedingungen eine solche Präzision nicht vorstellen.«

»Das heißt, daß wir überhaupt keine Atomwerfer besitzen?« Der Kybernetiker beugte sich erstaunt vor. Wut hatte ihn gepackt. »Wozu dann diese Diskussion, dieser Streit, ob wir mit schrecklicher Bewaffnung ausziehen sollen oder nicht? Wir bewegen uns im Kreis!«

»Ich gebe zu, daß wir vieles ohne Übersicht tun«, antwortete der Koordinator noch immer ruhig. »Ich räume ein, daß wir es bisher getan haben. Einen solchen Luxus können wir uns nicht mehr erlauben. Aber es ist nicht ganz so, wie du sagst.« Er sah den Kybernetiker an. »Es gibt nämlich noch die erste Variante des Einsatzes von Werfern, das Herausschleudern des halben Behältervolumens, was zu einer Explosion im Ziel führt. Man muß nur aus einem möglichst guten Versteck schießen und stets aus maximaler Entfernung.«

»Das bedeutet, daß man vor dem Eröffnen des Feuers einen Meter tief in die Erde kriechen muß, ja?«

»Mindestens anderthalb Meter, bei einer zwei Meter hohen Brustwehr«, warf der Physiker ein.

»Nun, im Stellungskrieg mag das gut sein. Auf Ausflügen wird das einfach lächerlich.« Der Chemiker verzog verächtlich die Lippen.

»Du vergißt die Lage, in der wir uns befinden«, entgegnete der Koordinator. »Wenn die Notwendigkeit eintritt, wird ein Mann mit einem Werfer den anderen die Umkehr ermöglichen.«

»Ach so! Also ohne daß dazu eine meterhohe Aufschüttung gegraben wurde?«

»Wenn keine Zeit dafür bleibt, ohne sie.«

Sie schweigen eine Weile.

»Wieviel Wasser haben wir noch?« fragte der Kybernetiker.

»Nicht ganz zwölfhundert Liter.«

»Das ist sehr wenig.«

»Sehr wenig.«

»Ich bitte jetzt um konkrete Vorschläge«, sagte der Koordinator. Auf seinem weißen Verband zeigte sich ein roter Fleck. »Unser Ziel ist, uns ... und die Bewohner des Planeten zu retten.«

In dem Augenblick der Stille, der folgte, erklang hinter der

Wand plötzlich gedämpfte Musik; sie lauschten ergriffen den langsamen Takten einer Melodie, die sie alle kannten.

»Der Apparat ist ganz geblieben«, flüsterte der Kybernetiker erstaunt. Keiner antwortete.

»Ich warte«, begann der Koordinator wieder. »Meldet sich keiner? Ich beschließe somit: Die Ausflüge werden fortgesetzt. Wenn es gelingen sollte, einen Kontakt unter günstigen Bedingungen herbeizuführen, werden wir alles nur Mögliche tun, um zu einer Verständigung zu kommen. Unser Wasservorrat ist äußerst knapp. Da uns Transportmittel fehlen, können wir ihn nur schwer ergänzen. Wir müssen uns deshalb aufteilen. Eine Hälfte der Besatzung wird ständig in der Rakete arbeiten, die andere erforscht die Umgebung. Morgen gehen wir an die Reparatur des Geländewagens und die Montage der Werfer. Wenn wir es schaffen, unternehmen wir schon abends einen Ausfall auf Rädern. Wer möchte dazu etwas sagen?«

»Ich.« Der Ingenieur, das Gesicht in den Händen, schien zwischen den Fingern hindurch den Fußboden zu betrachten. »Der Doktor soll bei der Rakete bleiben ...«

»Warum?« Der Kybernetiker tat verwundert. Die anderen hatten begriffen.

»Er ... wird nichts unternehmen. Wenn du das gemeint hast.«

Der Koordinator sprach langsam, sorgsam die Worte wählend. Der rote Fleck auf seinem Verband war etwas größer geworden. »Du irrst, wenn du ihn verurteilst.«

»Könnte man ihn nicht rufen? So möchte ich nicht ...«

»Sprich«, sagte der Kybernetiker.

»Ihr wißt, wie er bei der Fabrik gehandelt hat. Er hätte umkommen können.«

»Ja. Aber er allein hat mir geholfen, die verbrannte Leiche zu zertreten ...«

»Das stimmt.« Der Ingenieur nahm die Hände nicht vom Gesicht. »Dann will ich nichts gesagt haben.«

»Wer möchte das Wort ergreifen?« Der Koordinator richtete sich ein wenig auf, hob die Hand an den Kopf, berührte den Verband und sah auf die Finger. Die Musik hinter der Wand spielte noch.

»Hier oder dort im Gelände? Wer weiß, wo wir ihnen zuerst begegnen«, sagte der Physiker gedämpft zum Ingenieur.

»Werden wir losen?« fragte der Chemiker.

»Das geht nicht. Zurück bleiben immer die, die Arbeit in der Rakete haben, das heißt die Spezialisten.« Der Koordinator erhob sich langsam, mit einer gewissen Unsicherheit. Plötzlich taumelte er. Der Ingenieur sprang hinzu und stützte ihn. Er sah ihm ins Gesicht. Der Physiker stützte ihn von der anderen Seite. Sie hoben ihn hoch. Die anderen legten Kissen auf den Fußboden.

»Ich möchte nicht liegen«, sagte er. Er hatte die Augen geschlossen. »Helft mir – danke. Es ist nichts. Ich glaube, die Naht will aufgehen.«

»Gleich wird es still sein.« Der Chemiker wandte sich zur Tür. Der Koordinator riß die Augen auf. »Nein, nicht, er soll weiterspielen ...«

Sie riefen den Doktor. Er wechselte den Verband, legte zusätzlich ein paar Klammern an und gab dem Koordinator ein stärkendes Pulver. Dann legten sich alle in der Bibliothek schlafen. Gegen zwei Uhr nachts löschten sie schließlich das Licht, Stille befiel das Raumschiff.

6. Kapitel

Am Morgen ließen der Physiker und der Ingenieur vier Liter angereicherte Uransalzlösung von der Reserve der Atomsäule ab. Die schwere Flüssigkeit befand sich in dem mittlerweile gesäuberten Labor in einem Bleibehälter, dessen Deckel nur mit Manipulierzangen zu bewegen war. Die beiden Männer hatten blasenartig aufgeblähte Plastikschutzanzüge an und trugen unter den Kapuzen Sauerstoffmasken. Mit großer Sorgfalt maßen sie die Portionen der kostbaren Flüssigkeit in einem Meßglas und achteten darauf, daß kein Tropfen verschüttet wurde. Schon bei vier Kubikzentimeter Volumen konnte eine Kettenreaktion erfolgen. Besondere Kapillarröhrchen aus Bleiglas dienten als Ladevorrichtungen für die Werfer, die sie an Stativen auf dem Tisch befestigt hatten. Als die Arbeit beendet war, prüften sie mit dem Geigerzähler die Dichte der Behälterventile und drehten und wendeten jeden Werfer nach allen Seiten. Ein Leck war nicht vorhanden.

»Keine Beschleunigung, liegt in der Norm«, sagte voller Genugtuung der Physiker; die Maske entstellte seine Stimme.

Die Panzertür der radioaktiven Schatzkammer, ein bleierner Klotz, öffnete sich langsam, der Drehung der Kurbel folgend. Sie stellten das Gefäß mit Uran hinein. Als die Riegel zuschnappten, rissen sie die Kapuzen mit den Masken erleichtert von den verschwitzten Gesichtern.

Den Rest des Tages quälten sie sich mit dem Geländewagen

herum. Da die Lastklappe durch das verseuchte Wasser blokkiert war, mußten sie ihn zuerst in seine Bestandteile zerlegen, die sie dann durch den Tunnel nach oben trugen. An den beiden engsten Stellen mußte der Tunnel erweitert werden. Der Geländewagen bedurfte fast keiner Reparatur; er konnte sowieso bisher nicht benutzt werden, denn solange der Atomreaktor stillstand, hatten sie keine Radioisotopenmischung, die unmittelbar den Strom für seine Elektromotoren erzeugte. Das Fahrzeug war kaum größer als ein Feldbett. Vier Mann fanden darin Platz, den Fahrer mitgerechnet. Hinten hatte er ein Gepäckgitter für zweihundert Kilogramm Nutzlast. Am winzigsten waren seine Räder. Ihr Durchmesser ließ sich während der Fahrt regulieren, indem man Luft in die Reifen pumpte. Auf diese Weise konnten sie sogar eine Höhe von anderthalb Metern erreichen.

Die Zubereitung der Antriebsmischung währte sechs Stunden, doch dafür wurde nur ein Mann benötigt, der die Arbeit der Atomsäule überwachte. Der Ingenieur und der Koordinator krochen unterdessen auf allen vieren durch die Tunnel an Deck, verlegten und kontrollierten Leitungen auf einer Strecke von achtzig Metern zwischen dem Steuerraum an der Spitze und den Verteileraggregaten des Maschinenraums. Der Chemiker hatte sich draußen im Schutz der Rakete eine Art Höllenküche eingerichtet und siedete in hitzebeständigen Gefäßen einen Brei, der auf dem offenen Feuer wie ein Sumpfvulkan brodelte. Er zerließ, schmolz und mischte die durchgesiebten Stückchen der Plaststoffe, die er kübelweise aus dem Schiff getragen hatte. Nahebei warteten schon die Matrizen. Er wollte die zerschlagenen Schalttafelplatten des Steuerraums gießen. Mit ihm war nicht gut reden, er war wütend, denn die ersten Abgüsse hatten sich als brüchig erwiesen.

Der Koordinator, der Chemiker und der Doktor sollten um fünf Uhr, drei Stunden vor Einbruch der Dämmerung, einen Ausflug in Richtung Süden unternehmen. Wie gewöhnlich ließ sich der Termin nicht einhalten, erst gegen sechs war alles fertig und gepackt. Auf dem vierten Sitz fand ein Werfer Platz. Sie nahmen nur wenig Gepäck mit, dafür befestigten sie am Gepäckgitter einen Hundertliterkanister für Wasser. Ein größerer ließ sich nicht durch den Tunnel tragen.

Der Ingenieur wappnete sich nach dem Mittagessen mit einem großen Fernglas und kroch vorsichtig auf den Rumpf der schräg aus der Erde ragenden Rakete. Sie hatte sich zwar unter einem sehr kleinen Winkel in den Boden gebohrt, dank ihrer Länge erhob sich aber das Ende des Rumpfes mit den Ausstoßtüllen mehr als zwei Stockwerke hoch über die Ebene. Als er einen recht guten Sitzplatz zwischen der kegelförmig erweiterten Öffnung der oberen Tülle und der Einbuchtung des Hauptrumpfes gefunden hatte, blickte er den riesigen sonnenerhellten Rumpf entlang nach unten: Vor dem schwarzen Fleck des Tunnelausgangs standen die Männer, kaum größer als Käfer. Der Ingenieur hielt das Fernglas an die Augen und drückte die beiden Muscheln fest an die Jochbögen. Die Vergrößerung war beträchtlich, aber das Bild zitterte. Diese Haltung strengte die Arme an, er mußte die Ellenbogen auf die Knie stützen, und das war nicht leicht. Nichts einfacher, als hier herunterzufallen, dachte er. Die harte Keramitoberfläche war so glatt, daß sie geradezu schlüpfrig wirkte, als wäre sie mit einer dünnen Fettschicht versehen. Er stemmte sich mit der Profilgummisohle seines Schuhs gegen die abstehende Tülle und begann, mit dem Fernglas systematisch den Horizont abzusuchen.

Die Luft zitterte vor Hitze. Er empfand fast einen physischen Druck auf dem Gesicht, als er nach Süden in die Sonne schaute, übrigens ohne viel Hoffnung, dort etwas zu entdecken. Er war froh, daß der Doktor den Plan des Koordinators, der von allen gebilligt worden war, angenommen hatte. Er selbst hatte ihn dem Doktor vorgestellt. Der wollte nicht einmal etwas von Entschuldigung hören. Er machte einen Scherz daraus. Nur das Ende des Gesprächs verwunderte ihn, es hatte ihn sogar überrascht. Er war mit dem Doktor allein, und es schien, als hätten sie sich nichts weiter zu sagen, da berührte jener plötzlich wie zerstreut seine Brust. »Ich wollte dich um etwas fragen ... ach so. Weißt du, wie man die Rakete senkrecht aufstellen kann, wenn wir sie instand gesetzt haben?«

»Zuerst werden wir die Lastautomaten und den Bagger reparieren müssen«, begann er.

»Nein«, unterbrach ihn der Doktor, »in den technischen Einzelheiten kenne ich mich nicht aus, das weißt du doch. Sag mir nur, ob du – du selbst – es weißt, wie das zu machen geht?«

»Die zehntausend Tonnen erschrecken dich, nicht wahr? Archimedes war bereit, die Erde zu bewegen, wenn er einen Punkt der Anlehnung fände. Wir werden die Rakete unterhöhlen und ...«

»Verzeihung – nicht das. Nicht, ob du es theoretisch weißt, ob du die Methoden aus den Nachschlagewerken kennst, sondern ob du die Gewißheit hast, daß du es wirst tun können – warte! –, und ob du mir dein Wort geben kannst, daß du, wenn du ja sagst, auch das sagst, was du denkst.«

Hier hatte der Ingenieur gezögert. Es gab da ein paar ungeklärte Punkte in dem noch recht nebulösen Arbeitsprogramm, aber er sagte sich immer, wenn er die Nase in diese äußerst schwierige Phase steckte, müßte es schon irgendwie zu schaffen sein. Bevor er etwas erwidern konnte, hatte der Doktor seine Hand ergriffen und sie gedrückt. »Nein, nichts mehr, Henryk. Weißt du, weshalb du mich so angeschrien hast? Nicht doch, ich halte es dir ja nicht vor. Du bist nämlich genauso ein Schafskopf wie ich, du willst es nur nicht zugeben.« Lächelnd, so daß er plötzlich seinem Foto aus der Studienzeit ähnelte, das der Ingenieur bei ihm in der Schublade gesehen hatte, fügte er hinzu: »Credo, quia absurdum. Hast du Latein gelernt?«

»Ja, aber ich habe schon alles vergessen.«

Der Doktor blinzelte, ließ seine Hand los und ging. Der Ingenieur blieb zurück. Er fühlte, wie der Druck der Finger in seiner Hand allmählich schwand, und dachte, daß der Doktor etwas ganz anderes hatte sagen wollen, und wenn er überlegte, würde er erraten, worum es ihm in Wirklichkeit gegangen war. Statt sich jedoch zu konzentrieren, spürte er aus irgendeinem Grunde Verzweiflung und Angst. Der Koordinator hatte ihn dann in den Maschinenraum gerufen, wo zum Glück so viel Arbeit wartete, daß er keine Sekunde Zeit zum Nachdenken fand.

Jetzt erinnerte er sich an diese Szene und an dieses Gefühl, aber so, als ob ihm jemand das erzählte. Er war keinen Schritt weitergekommen. Das Fernglas zeigte die Ebene. Sie war bis hin an den himmelblauen Horizont in sanfte Buckel gefaltet und von Schattenstreifen gefurcht. Womit er am Abend zuvor gerechnet, was er aber für sich behalten hatte, nämlich, daß die anderen sie finden und es am Morgen vielleicht zum Kampf kommen würde, war nicht eingetreten. Schon oft hatte er sich vorgenommen, nichts auf solche Ahnungen zu geben, die ihn so häufig befielen und an die er mit Zuversicht glaubte. Er kniff die Augen zusammen, um besser sehen zu können. Durch die doppelten Gläser bemerkte er Ansammlungen jener schlanken grauen Kelche. Sie waren zeitweilig in Staub gehüllt, den der Wind aufwirbelte. Dort mußte eine ziemlich steife Brise wehen, obwohl er auf seinem Beobachtungspunkt nichts davon spürte. Am Horizont stieg das Gelände allmählich an, und noch weiter hinten – aber hier war er sich nicht mehr sicher, ob er nicht einfach bloß Wolken sah, die in zwölf bis fünfzehn Kilometer Entfernung über die Landschaft hinwegzogen – flimmerten längliche Verdichtungen von einer dunkleren Färbung. Von Zeit zu Zeit stieg dort etwas hoch und löste sich auf oder verschwand. Die Sicht war so schlecht, daß er nichts Genaues ausmachen konnte. Doch zeichnete sich in jener Erscheinung eine unbegreifliche Regelmäßigkeit ab. Er wußte nicht, was er sah, aber er konnte auf die Häufigkeit der Veränderung achten, und das tat er. Den Blick auf den Sekundenzeiger, zählte er zwischen dem ersten und zweiten Hervortreten sechsundachtzig Sekunden.

Er steckte das Fernglas ins Futteral und begann den Abstieg, die Sohlen immer mit der ganzen Fläche auf die Keramitplatten aufsetzend. Da hörte er hinter sich Schritte. Er drehte sich so ungestüm um, daß er das Gleichgewicht verlor, die Hände ausstreckte, schwankte und der Länge nach hinschlug. Bevor er den Kopf hob, vernahm er ganz deutlich den Widerhall des eigenen Sturzes. Vorsichtig richtete er sich etwas auf. Etwa neun Meter entfernt, am Rand der oberen Steuerungsdüse, saß etwas, klein wie eine Katze, und beobachtete ihn aufmerksam. Das Tierchen – der Eindruck, daß es ein Tier war, drängte sich ihm mit Selbstverständlichkeit auf – hatte ein blaßgraues, aufgeblähtes Bäuchlein, und da es wie ein Eichhörnchen Männchen machte, konnte er seine Pfoten auf dem Bauch sehen, alle vier, mit den possierlich in der Mitte zusammenlaufenden Krallen. Es umfaßte den Rand der Keramittülle mit etwas gelblich Glänzendem, das wie erstarrtes Gelee aussah und unten aus seinem Leib ragte. Der graue runde Katzenkopf hatte weder Augen noch Schnauze, war aber überall mit schwarzen blitzenden Glasperlen besetzt, wie ein Nadelkissen mit vielen Stecknadelköpfen. Der Ingenieur machte drei Schritte auf das Tier zu. Er war so verblüfft, daß er fast vergaß, wo er stand: Er hörte ein dreifaches Echo, wie vom Widerhall seiner Schritte. Er begriff, daß das Tierchen Laute nachahmen konnte. Langsam trat er noch näher und überlegte gerade, ob er nicht das Hemd ausziehen sollte, um es als Fangnetz zu benutzen. Auf einmal verwandelte sich das Tierchen.

Die Pfötchen auf dem trommelartigen kleinen Bauch zuckten, das glänzende Hinterteil wurde breiter und entfaltete sich wie ein großer Fächer, das Katzenköpfchen reckte sich auf dem langen nackten Hals steil auf, und das Tier flog davon, umgeben von einer schwach flimmernden Aureole. Eine Weile schwebte es unbeweglich über ihm, dann drehte es eine Spirale, gewann Höhe, zog noch einen Kreis und verschwand.

Der Ingenieur stieg hinunter und schilderte in allen Einzelheiten, was ihm widerfahren war.

»Das ist sogar gut. Ich habe mich schon gewundert, warum es hier keine fliegenden Tiere gibt«, meinte der Doktor. Der Chemiker erinnerte ihn an die »weißen Blüten« am Bach.

»Die sahen eher wie Insekten aus«, wandte der Doktor ein, »etwa wie Schmetterlinge. Die Luft ist hier überhaupt sehr schwach ›bevölkert‹. Wenn sich auf einem Planeten lebende Organismen entwickeln, entsteht ein biologischer Druck, durch den alle möglichen Milieus, die sogenannten ökologischen Nischen, besetzt werden müssen. Vögel haben mir hier sehr gefehlt.«

»Das Ding glich eher einer Fledermaus«, sagte der Ingenieur. »Es hatte ein Fell.«

»Möglich«, erwiderte der Doktor; es drängte ihn nicht sonderlich, sein Monopol an biologischem Wissen auszunutzen. Und wohl mehr aus Freundlichkeit als aus Interesse fügte er hinzu: »Du sagst, daß es den Widerhall von Schritten imitierte? Das ist merkwürdig. Nun, darin dürfte irgendeine zielgerichtete Anpassung liegen.«

»Eine längere Geländeprobe wäre vonnöten, aber es wird schon schiefgehen«, meinte der Koordinator und kroch unter dem Wagen hervor. Der Ingenieur war von der Gleichgültigkeit, mit der sie seine Entdeckung aufnahmen, enttäuscht. Er sagte sich aber, daß ihn hauptsächlich die besonderen Umstände der Begegnung überrascht hatten, weniger das fliegende Tierchen selbst.

Alle fürchteten sich ein wenig vor dem Augenblick der Trennung. Die Zurückbleibenden standen unter der Rakete und schauten zu, wie das komische Fahrzeug immer größere Kreise um sie zog, gelenkt von der sicheren Hand des Koordinators, der rittlings auf dem Vordersitz saß, vor sich die Scheibe, die ihn schützte. Der Doktor und der Chemiker hatten hinter ihm Platz genommen. Neben sich hatte er nur den Werfer mit dem dünnen Rohr. Auf einmal fuhr er dicht an die Rakete heran und rief: »Also, wir werden uns bemühen, bis Mitternacht zurück zu sein. Auf Wiedersehen!« Er beschleunigte abrupt die Geschwindigkeit, und nach einer Weile war nur noch eine goldene Staubwand zu sehen, die immer höher stieg und weiterglitt und sanft nach Westen abtrieb.

Der Geländewagen war eigentlich nichts weiter als ein Metallskelett, sein Boden war durchsichtig, damit der Fahrer die überwundenen Hindernisse bis zuletzt sehen konnte. Die Elektromotoren befanden sich in den Radnaben. Die beiden Reservereifen schwankten hinten über dem Wasserkanister. Solange das Terrain eben war, fuhren sie bis zu sechzig Kilometer in der Stunde. Sehr bald hatte der Doktor, der sich hin und wieder umsah, die letzte Spur der Rakete aus den Augen verloren. Die Motoren sangen leise, der Staub schlug in Wogen vom trockenen Boden hoch, lichtete sich und bog in die Steppenlandschaft ab.

Sie schwiegen längere Zeit. Übrigens schützte die Plastikscheibe nur den Fahrer vor dem Wind, den hinten Sitzenden blies er recht ungestüm ins Gesicht, so daß sie sich nur schreiend unterhalten konnten. Das Gelände stieg an, gleichzeitig wurde es welliger. Die letzten grauen Kelche waren verschwunden. Sie fuhren an weit im Raum verteilten, einzeln stehenden Spinnenbüschen vorbei. Hier und da ragten halbvertrocknete atmende Bäume auf mit träge herabhängenden Blättertrauben, die ab und zu in einem schwachen Wechselpuls zitterten. Vor ihnen in der Ferne tauchten, weit auseinandergezogen, die langen Furchen auf. Doch die wirbelnden Scheiben konnten sie nicht entdecken. Jedesmal wenn sie eine der Furchen überquerten, machte der Wagen einen Satz. Scharfkantige Felsen ragten aus dem Boden auf, weiß wie trockene Knochen und mit langen Geröllhalden zu ihren Füßen. Der scharfe Kies knirschte unter den bauchigen Rädern, wenn der Wagen über sie hinwegfuhr. Das Gefälle wurde größer, sie kamen nur noch ziemlich langsam voran, obwohl die Motoren schnellere Fahrt erlaubt hätten. Der Koordinator drosselte sie jedoch in dem schwierigen Terrain.

Weiter oben, zwischen den fahlbraunen Buckeln, glänzte vor ihnen irgend etwas – ein langes dünnes Band. Der Koordinator verringerte die Geschwindigkeit noch mehr. Quer zum Hang, dort, wo er in ein Hochplateau überging, über dem in weiter Ferne undeutliche Formen aufragten, spannte sich nach beiden Seiten, so weit das Auge reichte, ein glatt in den Boden eingefügter spiegelnder Gürtel. Der Geländewagen stoppte, als die Vorderräder seinen Rand berührten. Der Koordinator sprang vom Sitz, stieß mit dem Kolben des Elektrowerfers gegen die Spiegelfläche, schlug etwas kräftiger darauf und stampfte schließlich mit den Füßen auf ihr herum – nicht das leiseste Zittern.

»Wieviel Kilometer haben wir schon zurückgelegt?« fragte der Chemiker, als der Koordinator wieder einstieg.

»Vierundfünfzig«, erwiderte er und fuhr vorsichtig an. Der Geländewagen schaukelte sanft. Sie überquerten das Band. Es glich einem gleichmäßigen Kanal voll gefrorenen Quecksilbers. Mit steigender Geschwindigkeit ließen sie immer rascher die links und rechts heranfliegenden Masten mit den Säulen hinter sich. An ihren Spitzen zeigten sich oszillierende Wirbel. Dann bogen die langen Reihen der Masten in großem Bogen nach Osten ab. Die Kompaßnadel zeigte unablässig auf den Buchstaben S.

Die Hochebene bot ein düsteres Bild. Die Flora unterlag allmählich in dem Kampf mit den Sandmassen, die der glühendheiße Ostwind herantrug. Auf den niedrigen Dünen wuchsen schwärzliche Büsche, die dicht über dem Erdboden ein blasses Karminrot zeigten. Lederne Schoten fielen von ihnen ab. Hin und wieder raschelte etwas Aschfarbenes in dem trockenen Dickicht. Ein- oder zweimal jagte ein flüchtendes Tier vor den Rädern des Geländewagens davon, aber es stürzte mit solchem Ungestüm ins Dickicht, daß sie nicht einmal seine Umrisse erkennen konnten.

Der Koordinator lavierte, um den Dornbüschen auszuweichen. Einmal mußte er sogar umkehren, weil sie in eine schmale Schneise geraten waren, die inmitten der Sträucher mit einem Sandberg endete. Das Gelände wurde immer unübersichtlicher, es verriet Wassermangel. Die meisten Pflanzen waren von der Sonne verbrannt und raschelten tot, wie papieren, im heißen Wind. Der Geländewagen wand sich emsig zwischen den Wänden der überhängenden Äste hindurch. Aus den geplatzten Trauben rieselte gelblicher Staub auf die Frontscheibe, die Kleidung und die Gesichter. Angestaute Glut strömte ihnen aus den Sträuchern entgegen, das Atmen fiel schwer. Der Doktor erhob sich von seinem Sitz und beugte sich vor. Da quietschten die Bremsen, und sie hielten.

Das Hochplateau, bisher glatt wie ein Tisch, brach fünfzig Schritt vor ihnen ab. Das Buschwerk zog sich wie eine schwarze, gegen die Sonne bernsteingelb schimmernde Bürste bis zur Abbruchkante hin. In der Ferne türmten sich Berghänge auf, jenseits des Kessels, der ihnen noch verborgen blieb. Der Koordinator stieg aus und ging vor bis zum letzten Strauch, dessen lange Zweige sich sanft vor dem Hintergrund des Himmels wiegten.

»Wir fahren hinunter«, entschied er, als er zurückkam.

Der Wagen rollte vorsichtig nach vorn, plötzlich hob sich das Heck, als wollte er einen Purzelbaum schießen. Der Kanister schlug polternd gegen das Gepäckgitter, die Bremsen quietschten warnend. Der Koordinator schaltete die Pumpe ein. Die Räder wurden zusehends größer, gleich waren die Unebenheiten des Steilhanges weniger zu spüren. Sie glitten auf eine wollige Wolkenschicht zu, aus der von innen her eine walzenförmige, oben knollige Keule von braunem Rauch schlug. Der Rauch löste sich in der Luft fast gar nicht auf, er stieg hoch über die Gipfel der Berge hinaus. Diese gleichsam vulkanische Eruption dauerte ungefähr achtzig Sekunden, dann verflüchtigte sich die Rauchsäule sehr rasch, verkroch sich in den weißen Wolken, bis sie darin völlig verschwunden war, zurückgesaugt in den gigantischen Rachen, der sie zuvor hinausgeschleudert hatte.

Das ganze Tal teilte sich in zwei Geschosse, das obere lag unter sonnigem Himmel, das untere war unsichtbar, von einer Schicht undurchdringlicher Wolken verdeckt, auf die der Geländewagen schaukelnd und hüpfend und mit quietschenden Bremsen zurollte. Die Strahlen der tiefstehenden Sonne erhellten noch für einige Augenblicke die fernen Hänge auf der anderen Seite, wo aus dem Dickicht grauer und violetter Büsche niedrige Gebilde mit blanken Flächen leuchteten. Man konnte nur schwer erkennen, was es war, weil die Sonne sich darin spiegelte. Die weiße Wolkenschicht lag nun unmittelbar vor ihnen. Die von der gezahnten Linie des Buschwerks markierte Grenze des Plateaus war unterdessen schon hoch über ihnen. Sie verlangsamten die Fahrt immer mehr. Auf einmal waren sie von wehenden Schwaden umgeben. Sie verspürten eine würgende Feuchtigkeit. Es war fast dunkel geworden. Der Koordinator bremste noch mehr. Sie rollten nur noch mit Schrittgeschwindigkeit. Bald hatten sich ihre Augen an das milchige Zwielicht gewöhnt. Der Koordinator schaltete die Scheinwerfer an, löschte sie aber sofort wieder, weil sich ihr Schein machtlos im Nebel verfing. Doch auf einmal hörten die Schwaden auf. Es wurde kühler, Feuchtigkeit hing in der Luft. Sie befanden sich nun auf einer sanfteren

Neigung, dicht unter den tiefliegenden Wolken, die weit, bis an die grauen, schwärzlich fahlen Flecke unten im Tal reichten. Vor ihnen glänzte etwas in der Luft wie eine Schicht öliger Flüssigkeit. Ihnen war, als sähen sie plötzlich durch einen Schleier. Der Doktor und der Chemiker rieben sich die Augen, doch es nutzte nichts. Aus dem schillernden Dunst trat ein dunkler Punkt hervor, der geradewegs auf sie zukam. Der Wagen fuhr nun über ein nahezu ebenes Gelände. Es war so glatt, als sei es künstlich nivelliert und gehärtet worden. Der schwarze Punkt vor ihnen wuchs, sie sahen, daß er auf runden Ballons rollte. Es war ihr Geländewagen, sein Spiegelbild auf einer Fläche. Als das Bild so groß war, daß sie schon fast ihre Gesichter erkennen konnten, begann es sich aufzulösen und verschwand. Sie passierten die Stelle, an der sie den unsichtbaren Spiegel erwarteten, ohne auf ein Hindernis zu stoßen. Nur eine Woge fader Wärme streifte sie jählings, als durchbrächen sie eine unsichtbare heiße Schranke. Zugleich verschwand auch diese lästige Erscheinung, die ihnen eben noch den Blick getrübt und das Sehen erschwert hatte.

Die Reifen schmatzten laut. Der Wagen durchquerte einen flachen, sumpfigen Tümpel, eher eine Pfütze. Der Boden war mit trüben Wasserlachen bedeckt. Ein bitterer Geruch stieg von ihnen auf wie von Brandresten. Hier und da buckelten sich unregelmäßige Aufschüttungen aus hellerem Boden. Er schien von Wasser durchweicht zu sein, es sickerte in Rinnsalen heraus und sammelte sich zu Pfützen. Etwas weiter rechts hoben sich dunkel irgendwelche häßlichen Ruinen ab. Keine Trümmer, sondern gleichsam Reste von verschmutzten, faltigen Geweben, die durcheinander und übereinander getürmt mehrere Meter hoch aufragten oder dicht über dem Erdboden kauerten, mit unregelmäßigen leeren, schwarzen Öffnungen darin. Der Wagen fuhr an Gruben vorbei. Was sie enthielten, konnten sie nicht feststellen. Der Koordinator bremste, lenkte den Wagen dicht an den aufgeschütteten Lehmberg heran, bis das Vorderrad ihn berührte, stieg aus und kletterte hinauf. Er beugte sich über eine rechteckige Grube. Als die anderen sahen, wie sich seine Miene veränderte, sprangen sie von den Sitzen und kletterten auch hinaus. Dem Doktor rutschte ein Lehmklumpen unter dem Fuß weg, Schlamm spritzte auf. Der Chemiker hielt ihn fest.

In der Grube, deren senkrechte Wände von einer Maschine abgestoßen schienen, lag auf dem Rücken ein nackter Leichnam, das Gesicht im schmutzigen Wasser. Nur der obere Teil der dicken Brustmuskeln, aus denen ein kindlicher Torso hervorschaute, ragte über den schwarzen Wasserspiegel.

Die drei hoben den Kopf, sahen einander an und kehrten um. Wasser sickerte aus dem teigigen Lehm, wenn sie darauftraten.

»Sind denn nur Gräber auf diesem Planeten?« fragte der Chemiker. Sie standen am Geländewagen und schienen nicht zu wissen, was sie anfangen sollten. Der Koordinator wandte das blasse Gesicht ab und blickte sich um. Überall erhoben sich in unregelmäßigen Reihen solche Lehmhügel. Rechts waren wieder Teile jener lumpenartigen Ruinen zu erkennen. Dazwischen schlängelte sich eine weiß schimmernde Linie. Auf der anderen Seite, hinter den Flecken von aufgewühltem Lehm, glänzte eine schiefe Ebene, die sich nach oben zu verjüngte. Sie schien aus einem erdigen porösen Metall zu bestehen. Zu ihrer Basis führten gezahnte Streifen. In der Ferne, zwischen träge dahinziehenden Wolken, schimmerte etwas Senkrechtes, Schwarzes wie die Wand eines riesigen Kessels. Es konnte aber auch etwas anderes sein, denn durch die Risse im Nebel oder im Dampf waren nur Bruchstücke des Ganzen zu erkennen. Man fühlte lediglich, daß dort etwas stand, was so gewaltig war, als sei es aus einem Berg gehauen.

Der Koordinator wollte sich eben in den Wagen setzen, als ein tiefer, gewissermaßen unterirdischer Seufzer sie erreichte. Die weißen Nebelschleier auf der linken Seite, die bisher alles verdeckt hatten, lösten sich in einen mächtigen Hauch auf, im nächsten Augenblick waren die Männer von einem durchdringenden, bitteren Gestank umgeben. Sie erblickten den zu den Wolken aufschießenden Rumpf eines seltsam geformten Schornsteins. In einem umgekehrten Wasserfall schlug eine braune Säule von etwa hundert Meter Dicke daraus hervor, zerstieß die unstet wogende Milch der Wolken und verschwand darin. Das währte ungefähr eine Minute, dann trat Stille ein. Wieder ertönte das dumpfe Stöhnen, der Hauch, der ihr Haar flattern ließ, änderte die Richtung, und die Wolken sanken tiefer herab. Lange Federbüsche lösten sich von ihnen und umhüllten den schwarzen Schlot, bis er fast völlig in ihnen verschwand.

Auf ein Zeichen des Koordinators stiegen sie ein. Der Geländewagen holperte über Lehmklumpen bis zur nächsten Grube. Sie schauten hinein. Sie war leer, nur schwarzes Wasser stand darin. Wieder ließ sich von fern ein gedämpftes Rauschen vernehmen. Die Wolken blähten sich auf, aus dem Vulkanschornstein sprühte ein brauner Geysir, wieder folgte das Saugen. Sie achteten bald kaum noch auf diesen rhythmischen Wandel, auf das Sieden der Wolken und des Rauches im Talkessel, denn die Fahrt nahm sie jetzt voll in Anspruch. Bespritzt bis über beide Knie, sprangen sie zwischen die teigigen Klumpen, erklommen die glitschigen Hügel und schauten in die Gruben. Manchmal gluckste das Wasser unter ihren Füßen, und der Boden rutschte weg. Sie stiegen hinunter, setzten sich in den Wagen und fuhren weiter.

In sieben von achtzehn Gruben, die sie untersuchten, fanden sie Leichen. Aber seltsam, ihr Entsetzen, ihr Abscheu, ihr Schrecken wurden mit jedem neuen Fund geringer. Sie hatten die Fähigkeit zu beobachten wiedererlangt. So fiel ihnen auf, daß in den Gruben um so weniger Wasser war, je mehr sie sich, im Zickzack über den sumpfigen Boden fahrend, der Wand der Nebelschwaden näherten, die den schwarzen Koloß abwechselnd verhüllte und enthüllte. Als sie sich wieder über eine solche quadratische Grube beugten, deren Boden ein gekrümmter Leib bedeckte, bemerkten sie, daß sich der Leichnam in gewisser Hinsicht von den anderen unterschied. Er war blasser und schien anders geformt zu sein. Sie konnten diesen Eindruck nicht überprüfen. Sie fuhren weiter, stiegen aus, stießen auf zwei Gruben, die leer waren, und in der vierten, einer bereits ausgetrockneten, kaum hundert Schritt von der schaufelförmigen schiefen Ebene entfernt, entdeckten sie eine auf der Seite liegende Leiche, deren kleiner Torso die Hände ausgebreitet hielt. Eine Hand war am Ende in zwei dicke Fortsätze gespalten.

»Was ist das?« stammelte der Chemiker heiser und preßte die Schulter des Doktors. »Siehst du das?«

»Ja.«

»Der scheint anders zu sein. Die Finger fehlen.«

»Vielleicht ein Invalide«, murmelte der Koordinator. Es klang nicht sehr überzeugend.

Sie hielten noch einmal, an der letzten Grube vor der schiefen Ebene. Sie wirkte noch ganz frisch. Der Lehm brökkelte langsam von den Wänden, zitternd, als hätte sich der gewaltige Spaten erst vor einer Weile aus der viereckigen Gruft entfernt.

»Großer Gott«, krächzte der Chemiker und sprang, blaß wie der Tod, von dem Lehmhaufen herunter. Beinahe wäre er gestürzt.

Der Doktor sah den Koordinator fragend an. »Wirst du mir beim Herausklettern helfen?«

»Gut. Was hast du vor?«

Der Doktor kniete nieder, stützte sich auf den Rand der Gruft und ließ sich vorsichtig hinunter, bemüht, den großen Rumpf nicht mit den Füßen zu berühren. Er beugte sich über ihn und hielt instinktiv den Atem an. Von oben hatte es ausgesehen, als sei unterhalb der Brustmuskeln, dicht unterhalb der Stelle, wo sich der fleischige Torso aus den beiden Hautfalten hervorschob, ein Metallstab in die kraftlose Masse gestoßen worden.

Aus der Nähe stellte er fest, daß er sich geirrt hatte.

Ein graugrüner, dünnwandiger Nabelfortsatz ragte unter den Hautfalten aus dem Körper. Das Metallröhrchen, dessen langes, gebogenes Ende der Buckel des Toten verbarg, war damit verbunden. Der Doktor berührte es zuerst behutsam, dann zog er daran. Er beugte sich noch weiter vor und entdeckte, daß die Metallmündung, die durch die darübergezogene Haut hindurchschimmerte, mit ihr wie durch eine Naht von kleinen, nebeneinander glänzenden Perlen zusammengehalten wurde. Eine Weile überlegte er, ob er nicht das Röhrchen mit dem Fortsatz abschneiden sollte. Langsam griff er nach dem Messer in der Tasche, immer noch unentschlossen, aber als er sich aufrichtete, fiel sein Blick auf das flache Gesichtchen, das sich in unnatürlicher Haltung an die Grubenwand lehnte, und er stutzte.

Dort, wo bei dem Geschöpf, das er in der Rakete seziert hatte, die Nase saß, hatte dieses ein breit geöffnetes, blaues Auge, das ihn mit stummer Gewalt anzuschauen schien. Er hob den Blick. »Was gibt es da?« hörte er den Koordinator fragen, sah seinen Kopf, schwarz vor dem Hintergrund der Wolken, und begriff, weshalb sie das von oben nicht bemerkt hatten: Das Köpfchen war an die Wand gelehnt, und man mußte sich dort befinden, wo er stand, um es gerade anzuschauen.

»Hilf mir heraus«, sagte er und stellte sich auf die Zehenspitzen. Er ergriff die hingehaltene Hand des Koordinators, der ihn am Kragen seiner Kombination packte und mit Hilfe des Chemikers hochzog. Er sah die beiden aus zusammengekniffenen Augen an.

»Wir verstehen nichts davon«, sagte er. »Habt ihr gehört? Nichts. Gar nichts!« Leiser fügte er hinzu: »Ich konnte mir bisher überhaupt keine Situation vorstellen, in der ein Mensch gar nichts, aber auch wirklich gar nichts begreift.«

»Was hast du gefunden?« fragte der Chemiker.

»Sie unterscheiden sich tatsächlich voneinander«, sagte der Doktor, während sie zum Geländewagen gingen. »Die einen haben Finger, die anderen keine. Die einen haben eine Nase, dafür kein Auge, andere haben ein Auge und wiederum keine Nase. Die einen sind größer und dunkler, die anderen sind weißer und haben einen etwas kürzeren Rumpf. Die einen ...«

»Was macht das schon«, unterbrach ihn der Chemiker ungeduldig. »Auch die Menschen haben verschiedene Rassen, verschiedene Züge, eine unterschiedliche Hautfarbe. Und was gibt es hier, was du nicht begreifen kannst? Hier geht es um etwas anderes, nämlich darum, wer diese scheußlichen Schlächtereien anstellt und zu welchem Zweck.«

»Ich bin mir gar nicht so sicher, daß hier gemordet wurde«, erwiderte der Doktor leise, den Kopf gesenkt. Der Chemiker betrachtete ihn verblüfft. »Was soll das ... Was hast du?«

»Ich weiß nichts«, sagte der Doktor mit einiger Überwindung. Mechanisch wischte er sich mit dem Taschentuch den Lehm von den Händen. »Eins weiß ich aber bestimmt.« Er richtete sich plötzlich auf. »Erklären kann ich es nicht, aber diese Unterschiede sehen mir nicht wie Rassenunterschiede innerhalb einer Gattung aus. Augen und Nase, der Geruchs- und der Gesichtssinn sind dafür zu wichtig.«

»Es gibt auf der Erde Ameisen, die sich noch mehr spezialisiert haben. Die einen haben Augen, die anderen keine, die einen können fliegen, die anderen können nur laufen, die einen sind Näherinnen, die anderen sind Krieger. Wünschst du, daß ich dir Biologieunterricht erteile?«

Der Doktor zuckte mit den Schultern. »Für alles, was geschieht, hast du ein fertiges Schema, das du von der Erde mitgebracht hast. Wenn eine Einzelheit, eine Tatsache da nicht hineinpaßt, verwirfst du sie einfach. Ich kann dir das in diesem Augenblick nicht beweisen, aber ich weiß einfach, daß das weder mit Rassenmerkmalen noch mit spezialisierter Unterscheidung der Art etwas zu tun hat. Könnt ihr euch an das Bruchstück, an das Rohrende, an das Ende der Nadel erinnern, das ich bei der Sektion fand? Natürlich hatten wir alle geglaubt – auch ich –, daß man an jenem Geschöpf, was weiß ich, einen Mord begangen habe oder begehen wollte. Dabei ist das hier etwas ganz anderes. Der da hat einen Fortsatz, einen Sauger oder etwas in dieser Art, und das Röhrchen ist einfach dort eingesetzt, hineingeführt. Wie man einem Menschen bei der Tracheotomie ein Röhrchen in die Luftröhre einführt. Natürlich hat das nichts mit Tracheotomie zu tun, er hat ja an dieser Stelle keine Luftröhre. Ich weiß nicht, was das ist, und ich begreife nichts, aber das eine wenigstens weiß ich!«

Er bestieg den Geländewagen und fragte den Koordinator, der um den Wagen herumging, um auf seinen Platz zu gelangen: »Was meinst du dazu?«

»Daß wir weiterfahren müssen«, antwortete der und ergriff das Lenkrad.

7. Kapitel

Die Dämmerung brach herein. Sie umfuhren die schräge Fläche in weitem Bogen. Sie war nicht, wie sie angenommen hatten, ein architektonisches Gebilde, sondern der am weitesten vorgedrungene, zur Ebene hin abgeflachte Ausläufer eines Magmastromes, dessen Größe sie erst jetzt erfaßten. Sie stieg vom oberen Talgeschoß den Hang hinunter, zu Dutzenden zerklüfteter Brüche und Kaskaden erstarrt, und war in ihrem unteren Teil voller Buckel, wie metallische Schlacke. Nur oben, wo der Hang erheblich steiler war, ragten nackte Felsrippen aus der totenstarren Sintflut.

Auf der anderen Seite wurde der mehrere hundert Meter lange Paß mit seinem ausgetrockneten, von zickzackförmigen Rissen durchzogenen Lehmboden durch den Wall einer in den Wolken verschwindenden Bergkette verbarrikadiert. Sie war, soweit man das durch die Wolkenfenster sehen konnte, mit einem schwärzlichen Floragürtel bedeckt. Der geronnene Strom, sicherlich das Überbleibsel einer mächtigen vulkanischen Eruption, wirkte mit den leuchtenden Stirnen seiner starren Wellen wie ein großer Eisberg in dem bleiernen Abendlicht.

Das Tal war viel breiter, als es, von oben gesehen, den Anschein hatte. Hinter dem Gebirgspaß öffnete sich ein Seitenarm, der flach an den brotlaibförmigen Magmavorsprüngen entlangführte. Rechts stieg der nahezu kahle Boden in terrassenförmigen Schrägen bergan. Einzelne graue Wolkenfetzen trieben dort vorüber. Noch höher, genau vor ihnen, ließ sich alle paar Sekunden aus der Tiefe des oberen Talkessels der Geysir vernehmen, den augenblicklich die Felsstufe verdeckte. Dann erfüllte jedesmal ein lang anhaltendes, dumpfes Rauschen das Tal.

Die Umgebung verlor allmählich ihre Farben. Die Formen verschwammen, als würden sie von Wasser überflutet. In der Ferne zeichneten sich die rostbraunen Falten von Mauern oder Felshängen ab. Über ihrem Gewirr lag ein zarter Schimmer, wie von den Strahlen der untergehenden Sonne, obwohl die Sonne hinter den Wolken versteckt war.

Zu beiden Seiten des sich immer mehr erweiternden Gebirgspasses standen dunkle, keulenartige Ungetüme in einer regelmäßigen Doppelreihe. Sie ähnelten übermäßig hohen, schmalen Ballons. Als der Wagen unter den ersten von ihnen hindurchfuhr, verstärkten die Schatten der großen Gebilde die Dämmerung. Der Koordinator schaltete die Scheinwerfer ein, sofort wurde es außerhalb der Lichtkegel dunkel, als sei plötzlich die Nacht hereingebrochen.

Die Räder rollten über Dünen aus erstarrter Schlacke. Wie Glas klirrten die Schlackestückchen. Die Lichtkegel wanderten durch das Dunkel. Wenn sie die Wände der Behälter oder Ballons trafen, entflammten diese in allen Regenbogenfarben. Die letzten Spuren des Lehmbodens waren verschwunden. Sie fuhren auf einer sanft gewellten Fläche, die erstarrter Lava glich. In den Senken standen dunkle, flache Wasserpfützen, die klatschend unter den Rädern zerstoben. Vor der Wolkenwand war eine schwarze, einem Säulengang ähnelnde Konstruktion zu erkennen, zart wie ein Spinnwebennetz. Sie verband zwei etwa hundert Meter voneinander entfernte keulenförmige Bauten. Das Scheinwerferlicht erfaßte einige auf der Seite liegende Maschinen. In ihren gewölbten Böden waren lauter Öffnungen. Darin waren Zacken zu sehen, von denen verbrannte Fetzen herabhingen. Der Wagen hielt. Sie stellten fest, daß das Metall von Rost zerfressen war, die Maschinen mußten also schon lange da liegen.

Die Luft wurde immer feuchter. Wind kam auf, er brachte Brandgeruch mit. Der Koordinator drosselte das Tempo und bog zum Fußgestell des nächsten Keulenbaus ab. Sie überquerten eine glatte, an den Seiten da und dort abbröckelnde Platte, die durch schräge, mit einem Kerbensystem versehene Flächen eingefaßt war. Der untere Teil des Gebäudes war eine lange schwarze Linie, die sich verbreitete, vergrößerte und schließlich in einen Eingang verwandelte. Die Wand darüber wölbte sich zylindrisch. Ihre volle Größe war auf den ersten Blick nicht zu erfassen. Das dunkel gähnende, in eine unsichtbare Tiefe führende Loch wurde von einem pilzförmigen Dach überragt, das faltig überhing, als habe es der Baumeister vergessen und in dieser unvollendeten Form zurückgelassen.

Sie fuhren bereits unter das breite Dach. Der Koordinator nahm den Fuß vom Beschleuniger. Finster klaffte der geräumige Eingang. Die Scheinwerfer verloren sich hilflos darin. Links und rechts standen breite, konkav gewölbte Ruinen, die wie Windungen gewaltiger Spiralen hinanstiegen. Der Wagen bremste und rollte vorsichtig in die Rinne, die nach rechts führte.

Tiefe Finsternis umgab sie. In den Lichtkegeln tauchten über den Rändern der Rinne für Sekunden lange gefächerte Reihen schräger, teleskopartig sich herausschiebender Masten auf. Mit einemmal flackerte über ihnen etwas in vielfachem Leuchten. Als sie die Köpfe hoben, erblickten sie über sich einen Reigen weißlich schimmernder Gespenster. Der Koordinator schaltete den breitwinkligen Scheinwerfer neben dem Lenkrad ein und leuchtete mit ihm die Umgebung ab. Der Lichtstrahl glitt über weiße, käfigartige Gebilde wie über Leitersprossen nach oben. Aus der Finsternis gerissen, glühten sie in einem knöchernen Schein auf und verschwanden sofort wieder. Tausende Spiegelbilder stachen ihnen mit blendendem Flackern in die Augen.

»Das taugt nichts.« Die Stimme des Koordinators wurde durch das laute, blecherne Echo des geschlossenen Raumes verzerrt. »Moment, wir haben doch Blitzlichter!«

Er stieg aus. Im Scheinwerferlicht beugte er sich als schwarzer Schatten über den Rand der Rinne. Man hörte ein metallisches Klopfen, dann rief er: »Schaut nicht hierher, schaut nach oben!« Er sprang zurück. Fast im gleichen Augenblick entzündete sich die Magnesia mit fürchterlichem Zischen, ein gespenstisch flackernder Schein verdrängte die Dunkelheit im Nu nach den Seiten.

Die fünf Meter breite Rinne, in der sie standen, endete etwas höher in einem Bogen, der in einen durchsichtigen Gang oder vielmehr Schacht führte. Sie stieg steil an und drang als silberglänzendes Rohr in das entsetzliche glühende Dickicht der Blasen, die über ihnen hingen und wie das Zellengewimmel eines gläsernen Bienenstocks den ganzen kuppelförmigen Raum ausfüllten. Der Widerschein des Blitzlichts vervielfachte sich in den dünnen, durchsichtigen Wänden. Dahinter, im Innern der gläsernen Zellen, die eine gewölbte, gleichsam aufgeblähte Hülle aufwiesen, war eine ganze Galerie mißgestalteter Skelette zu sehen – schneeweiße, fast funkelnde, auf schaufelförmigen Fußgestellen ruhende Knochengerüste mit einem Fächer von Rippen, die strahlenförmig von einer oval verlängerten knöchernen Scheibe ausgingen. Jeder dieser vorn offenen Brustkörbe barg ein dünnes, ein wenig nach vorn geneigtes Skelett, das von einem Vogel oder einem Äffchen herrühren mochte und einen zahnlosen, kugelförmigen Schädel hatte. Ungezählte Spaliere schimmerten wie in gläserne Eier eingeschlossen und zogen sich spiralenförmig durch viele Etagen, immer weiter und immer höher. Tausende blasenartiger Wände vervielfachten und spalteten das Licht, so daß man die wirklichen Formen von ihren Spiegelbildern nicht zu unterscheiden vermochte.

Wie in Stein gehauen saßen sie mehrere Sekunden lang da, dann erloschen die Magnesiumflammen. Von dem letzten vergilbten Blitz zerrissen, in dem die Bäuche der blasigen Gläser noch einmal auffunkelten, brach die Finsternis herein. Etwa nach einer Minute merkten sie, daß die Scheinwerfer des Wagens noch brannten. Ihre Lichtkegel ruhten auf den Böden der gläsernen Blasen.

Der Koordinator fuhr dicht an den Eingang des Schachtes heran, in den die Rinne mit einer kegelförmigen Tülle mündete. Die Bremsen quietschten. Der Wagen drehte sich ein wenig, um quer zum Gefälle zu stehen, damit er nicht hinunterrollte, falls sich die Bremsen lockerten. Sie stiegen aus.

Der Tunnel führte mit seinem durchsichtigen Rohr steil hinauf, aber unter Zuhilfenahme der Arme würde die Schräge wahrscheinlich zu bewältigen sein. Sie lösten den Scheinwerfer aus der Kugelfassung und kletterten in den Schacht, die Kabelschnur hinter sich herziehend.

Wie sie nach ungefähr vierzig Metern feststellten, führte der Schacht durch das gesamte Innere der Kuppel. Die durchsichtigen Zellen lagen zu beiden Seiten dicht über dem konkav gewölbten Boden, auf dem sie weit vorgebeugt gehen mußten, was sehr ermüdend war. Bald jedoch ließ die Steigung nach. Jede Blase war dort, wo sie an die Wand der nächsten grenzte, abgeflacht und ragte mit ihrem rüsselförmigen Ende in den Tunnel. Das Ende war mit einem runden, genau in die Öffnung passenden linsenförmigen Deckel aus getrübtem Glas verschlossen. Sie gingen weiter. In dem beweglichen Licht zog der knöcherne Reigen vorüber. Die Gerippe hatten unterschiedliche Gestalt. Das erkannten sie jedoch erst nach geraumer Zeit, nachdem sie eine lange Reihe von Gerippen abgeschritten hatten. Um die Vielfalt der Formen zu erkennen, mußte man die Exemplare aus weit voneinander entfernten Käfigen vergleichen.

Je höher sie kamen, desto deutlicher war zu sehen, daß sich die Brustkörbe der Skelette schlossen. Die Fußgestelle wurden kleiner, als wären sie von der breiten Knochenscheibe verschlungen. Dafür hatten die Torsos größere Köpfe, die Schädel schwollen an den Seiten eigenartig an, die Schläfen rundeten sich, so daß manche gewissermaßen drei miteinander verschmolzene Schädelwölbungen besaßen, die große mittlere und zwei seitliche oberhalb der Ohröffnungen.

Die Männer hatten, hintereinander gehend, anderthalb Etagen der Spirale durchmessen, als ein plötzlicher Ruck sie innehalten ließ. Das Kabel, das den Scheinwerfer mit dem Geländewagen verband, war abgespult. Der Doktor wollte mit seiner Taschenlampe weitergehen, aber der Koordinator war dagegen. Vom Haupttunnel zweigten alle paar Meter andere ab, so daß man sich in diesem gleichsam aus Glas geblasenen Labyrinth leicht verlaufen konnte. Sie kehrten um. Unterwegs versuchten sie, einen der Deckel zu öffnen. Sie versuchten es bei einem zweiten, bei einem dritten, doch alle waren mit den Rändern der durchsichtigen Verschalung wie verschmolzen.

Der Boden in den Blasen war mit einer Schicht feinen, weißlichen Staubes bedeckt, in der sich durch die unterschiedliche Dichte sonderbare Figuren abzeichneten. Der Doktor, der als letzter ging, blieb alle paar Schritte vor den gewölbten Wänden stehen. Er kam nicht dahinter, wie das Skelett aufgehängt war, worauf es sich stützte. Er wollte eine der »Trauben« in einem Seitengang umgehen, aber der Koordinator drängte zur Eile. So mußte er auf eine Untersuchung verzichten, um so mehr, als der Chemiker, der den Scheinwerfer trug, sich entfernt hatte und ringsum Dunkelheit herrschte, voll von schimmernden Wänden.

Sie beeilten sich mit dem Abstieg. Endlich konnten sie erleichtert Luft schöpfen, die dort, wo der Geländewagen stand, viel frischer war als die abgestandene und überhitzte im Glastunnel.

»Kehren wir um?« fragte der Chemiker unentschlossen.

»Noch nicht«, erwiderte der Koordinator. Er wendete den Wagen in der Rinne, die Scheinwerfer beschrieben einen großen Bogen durch die blitzende Dunkelheit. Sie fuhren die gewundene Schräge hinunter und näherten sich dem Eingang, der, vom letzten Abendlicht ausgefüllt, wie ein Bildschirm wirkte.

Draußen beschloß der Koordinator, um das zylindrische Bauwerk herumzufahren. Das Fundament hatte einen kegelförmigen, gewölbten Kragen aus gegossenem Metall. Sie hatten noch nicht einmal die Hälfte umkreist, als im Scheinwerferlicht ineinander verkeilte längliche Blöcke mit rasierklingenscharfen Rändern auftauchten und ihnen den Weg versperrten.

Der Koordinator richtete den mittleren Scheinwerfer nach den Seiten. In der unheimlichen Beleuchtung zeigte sich im Hintergrund ein aufgetürmter schwarzer Lavafall. Das Magma stürzte aus der Höhe von einem im Dunkeln unsichtbaren Hang herab und hing als halbmondförmige Wand über der Umgebung, gestützt durch einen dichten Wald von Pfeilern, schräg eingewühlten Masten und Armen. Ein weiteres Vordringen war unmöglich. Das Gewirr dieser Konstruktionen mit den dunklen, sich im Scheinwerferlicht bewegenden Schatten drückte mit einem System miteinander verbundener dicker Schilde gegen die Stirn der erstarrten Lavawoge. An einigen Stellen waren große, oben matt und an den Bruchflächen wie frisches schwarzes Glas leuchtende Stücke hintergestürzt und hatten den metallenen Zaun mit Schutt überhäuft. Zugleich war die Magmafront angeschwollen, hatte mancherorts die Schilde auseinandergeschoben, war zwischen sie gedrungen und hatte die Masten verbogen, sie stellenweise aus ihren Verankerungen gerissen.

Dieses Bild des ohnmächtigen Ringens gegen die bergformenden Kräfte des Planeten entsetzte durch seine Zähigkeit, war aber den Männern so nah und vertraut, daß es ihnen irgendwie Mut machte. Der Geländewagen stieß zurück in den freien Raum zwischen den keulenförmigen Kolossen und fuhr in das Tal weiter.

Die seltsame Allee zog sich schnurgerade dahin. Plötzlich gerieten sie zwischen kornfeldähnliche Karrees der schlanken Kelche, die sie bereits von der Ebene bei der Rakete her kannten. In den Scheinwerferfingern zeigten schlangenartige Büsche rosafarbenes Fruchtfleisch unter dem Hautgrau der Oberfläche. Vom Licht getroffen, begannen sie zu schrumpfen, als wären sie aufgeschreckt, doch war diese Regung zu verschlafen, um sich in eine entschiedene Handlung zu verwandeln. Lediglich eine Woge kraftlosen Zitterns lief einige Meter vor dem Scheinwerferlicht her.

Am vorletzten zylindrischen Bau hielten sie noch einmal. Der Eingang war durch heruntergefallene Teile versperrt. Unter ihren Füßen knirschte es. Sie leuchteten hinein, aber der Schein der Taschenlampen war zu schwach. Sie mußten abermals den Scheinwerfer aus dem Wagen nehmen und betraten mit ihm das Innere.

Ein scharfer Gestank erfüllte die Dunkelheit mit dem darin umherirrenden Lichtfleck, ein Gestank wie von organischer Materie, die von Chemikalien zerfressen ist. Bereits bei den ersten Schritten blieben sie bis über die Knie in gläsernen Scherben stecken. Der Chemiker verfing sich in einem metallischen Netz. Als er sich davon befreite, sahen sie unter dem Schutt längliche, gelblichweiße Bruchstücke. Der Scheinwerfer zeigte in der Höhe ein klaffendes Loch im Gewölbe, aus dem angeschlagene gläserne Traubenbüschel hingen. Einige von ihnen waren offen und leer. Ringsum lagen Skelettreste. Sie kehrten zum Wagen zurück und fuhren weiter, vorbei an einer Ansammlung grauer, in einer Senke verborgener Ruinen. Der Scheinwerfer fegte über einen weiteren Hang und über die schrägen, oben trichterförmig erweiterten Konstruktionen, die mit hakenförmigen Greifern im Boden verankert waren und den Hang stützten. Der Wagen schaukelte und hüpfte nicht mehr, er jagte über die glatte, wie aus Beton gegossene Fläche. In den Lichtern, die weit vorn zu grauen Wölkchen zerstäubten, tauchte ein undeutliches Spalier auf und versperrte den Weg – eine lange Säulenreihe, dahinter noch eine, ein ganzer Wald, der ein Bogengewölbe stützte. Dieses eigenartige Kirchenschiff ohne Wände stand nach allen Seiten hin offen. Unterhalb der Stelle, wo die Bögen wie flugbereite Schwingen die Säule verließen, waren blattartig zusammengerollte, verklebte, behutsam sprießende

Ansätze neuer, möglicher, noch nicht entfalteter Bögen zu sehen.

Über eine Reihe von Stufen, fein wie Zähnchen, fuhr der Wagen zwischen die Säulen. Ihre Form war von besonderer Regelmäßigkeit, nicht geometrischer, eher pflanzenmäßiger Beschaffenheit. Obwohl alle einander glichen, gab es nicht zwei von derselben Art. Überall traten winzige Verschiebungen der Proportionen zutage, Verlegungen der knotenartigen Verdickungen, in denen sich die Keime der geflügelten Flächen bargen.

Der Wagen rollte lautlos über das steinerne Plateau. Die langen Reihen der Säulen schnellten nach hinten zurück, mit ihnen der Wald der sich drehenden flachen Schatten. Dann noch eine und noch eine Reihe, und das Gewölbe verschwand. Sie sahen nun freien Raum vor sich. In der Ferne glomm ein schwacher Schein.

Der Geländewagen rollte langsam über den gegossenen Felsen. Die Bremsen quietschten leise, der Wagen hielt einen Meter vor einem steinernen Hohlweg, dessen Böschung sich unverhofft vor ihnen auftat.

Unter ihnen zeichnete sich ein Gewirr von Mauern ab, die gleich alten Erdbefestigungen tief in den Boden eingelassen waren. Ihre Spitzen befanden sich in gleicher Höhe mit ihnen. Sie schauten wie aus der Vogelperspektive in das schwarze Innere der engen, krummen Gassen mit den senkrechten Wänden. In den Mauern konnte man dunklere, sich nach hinten neigende, schräg zum Himmel aufragende Reihen quadratischer Öffnungen mit abgerundeten Ecken erkennen. Die steinernen Konturen verschwammen, von keiner Lichtflamme erhellt, zu einer einheitlichen Masse. Weiter hinten, über den Buckeln der nächsten Mauern, wohin der Blick nicht mehr drang, schimmerte ein unregelmäßiger Widerschein. In noch größerer Entfernung wurden die Lichtflecken zahlreicher. Wie ein regloser, goldgelber Nebel bestäubten sie, zu einem einheitlichen Glanz verschmolzen, die steinernen Ränder.

Der Koordinator stand auf und richtete den Scheinwerfer in die Gasse unmittelbar unter ihnen. Das Lichtbündel erfaßte eine einsame spindelförmige Säule, die etwa hundert Schritt entfernt von ihnen zwischen bogenförmig zurückweichenden Wänden stand. An ihren Seiten rieselte Wasser herab, das lautlos zitterte und funkelte. Auf den dreieckigen Platten rings um die Säule lag etwas Flußsand. In der Nähe, am Rand der Helligkeit, ruhte ein umgestülptes flaches Gefäß. Sie spürten den Hauch des Nachtwindes, dem unten in den Gassen ein leises Rascheln antwortete, wie Halme, die über Steine schleifen.

»Das wird eine Siedlung sein«, sagte der Koordinator bedächtig und ließ im Stehen den Scheinwerfer immer weiter schweifen. Von einem kleinen Platz mit einem Brunnen zweigten schmale, von senkrechten Mauern gesäumte Straßen ab. Die Mauern sahen aus wie aneinandergefügte Schiffsschnäbel. Die Zwischenräume waren wie bei einer Festungswehr mit hohlen, rechteckigen Öffnungen nach hinten geneigt. Von diesen Öffnungen führten verwaschene schwärzliche Streifen nach oben, sie glichen den Rußspuren eines Brandes, der einst hier gewütet haben mochte. Der Scheinwerferstrahl huschte auf die andere Seite, glitt über die spitzen Mauern, prallte in die schwarze Höhle eines Kellereingangs und wanderte weiter durch die offenen Schlünde der Gassen.

»Licht aus!« rief der Doktor plötzlich.

Der Koordinator gehorchte. Erst in dem Dunkel, das hereinbrach, bemerkte er die Veränderung, die in dem Raum vor sich gegangen war.

Der gleichmäßige gespenstische Schein, der die Zinnen der entfernten Mauern mit den Silhouetten der Rohre oder Rauchabzüge davor umschloß, zerfiel zu einzelnen Inseln und wurde schwächer, eine von der Mitte her nach den Rändern zu rollende Woge der Dunkelheit löschte ihn aus. Eine Weile noch schimmerten einzelne Säulen, dann verschwanden auch sie. Die Nacht verschlang ein Stück der steinernen Hohlwege nach dem anderen, bis die letzte Spur von Licht erloschen war. Kein einziger Funken zuckte mehr in der toten Finsternis.

»Sie wissen, daß wir hier sind ...«, sagte der Chemiker.

»Möglich«, erwiderte der Doktor, »aber warum waren dort Lichter? Und habt ihr bemerkt, wie sie ausgegangen sind? Von der Mitte her.«

Keiner antwortete.

Der Koordinator setzte sich. Die Finsternis umschloß sie wie ein schwarzer Umhang.

»Wir können da nicht hinunterfahren. Wenn wir den Wagen hierlassen, muß jemand bei ihm bleiben«, sagte er. Sie schwiegen. Sie sahen nicht einmal ihre Gesichter. Sie hörten nur das schwache Rauschen des Windes irgendwo über sich. Dann drang von hinten, von dem Kirchenschiff ohne Wände her, ein leises Geräusch zu ihnen, als schritte jemand behutsam. Der Koordinator lauschte angestrengt, drehte langsam den erloschenen Scheinwerfer, zielte damit blind und schaltete ihn ein. Im Halbkreis der weißen Lichtflecke, der Säulen und der schwarzen Schatten lauerte unbewegliche Leere auf sie.

»Wer bleibt?« fragte er. Keine Antwort.

»Also dann ich«, entschied er. Er ergriff das Lenkrad. Der

Geländewagen fuhr mit brennenden Lichtern am Rand der Siedlung entlang. Etliche hundert Schritt weiter stießen sie auf eine nach unten führende, von steinernen Wällen eingefaßte Treppe mit schmalen, niedrigen Stufen.

»Ich bleibe hier«, sagte er.

»Wieviel Zeit haben wir?« fragte der Chemiker.

»Es ist neun. Ich gebe euch eine Stunde. Binnen einer Stunde müßt ihr wieder hier sein. Ihr könnt Schwierigkeiten mit dem Zurückfinden haben. In genau vierzig Minuten zünde ich ein Blitzlicht an. Zehn Minuten später das zweite, das nächste nach fünf Minuten. Seht zu, daß ihr zu diesem Zeitpunkt auf irgendeiner Erhebung steht, damit ihr mein Signal bemerkt. Wir vergleichen jetzt die Uhren.«

In der Stille, die sie umgab, waren nur die Laute des Windes zu hören. Die Luft wurde merklich kühler.

»Den großen Werfer laßt ihr hier. In dieser Enge kann man ihn sowieso nicht benutzen.« Der Koordinator senkte ebenso wie die beiden anderen beim Sprechen die Stimme. »Die Elektrowerfer müßten genügen. Übrigens sollen wir ja Kontakt aufnehmen. Aber nicht um jeden Preis. Das ist doch klar, nicht wahr?« Er sagte das zum Doktor, der bestätigend nickte. »Die Nacht ist dazu nicht die beste Zeit. Vielleicht versucht ihr euch nur im Gelände zu orientieren. Das wäre das Vernünftigste. Wir können ja noch hierher zurückkehren. Achtet darauf, daß ihr zusammenbleibt, deckt einander immer den Rücken und dringt nicht zu weit in irgendwelche Winkel vor.«

»Wie lange wirst du warten?« fragte der Chemiker.

Der Koordinator lächelte. In dem Widerschein der Lichter wirkte sein Gesicht aschfahl. »Bis sich der Erfolg einstellt. Geht jetzt.«

Der Chemiker hängte sich den Elektrowerfer um den Hals, damit er die Arme freibehielt. Die Waffe baumelte ihm vor der Brust. Er leuchtete mit der Taschenlampe auf die Treppenstufen. Der Doktor stieg bereits hinunter. Plötzlich erstrahlte weißes Licht von oben, der Koordinator erhellte ihnen den Weg. Die Unebenheiten der steinernen Fläche erschienen ins Riesenhafte gesteigert und waren voller Schatten. Sie schritten in den langen Lichtschächten die Wand entlang, bis sich an der gegenüberliegenden Ecke ein geräumiger Flur auftat. Er war an beiden Seiten von Säulen eingefaßt, die auf halber Höhe aus der Mauer traten, als wüchsen sie aus ihr hervor. Oben bedeckte eine traubenartige Skulptur die Türfassung. Das schwache Scheinwerferlicht des fernen Geländewagens fiel als halbrunder Fächer auf die schwarze Glasur des Flurs, dessen Schwelle wie von tausendfachen Schritten ausgehöhlt war. Sie gingen langsam hinein. Der Eingang war sehr groß, wie für Riesen errichtet. Die Innenwände zeigten keinerlei Fugen, als sei das Gebäude als Ganzes gegossen worden. Der Flur endete mit einer leicht nach innen gewölbten Wand. Zu beiden Seiten waren ganze Reihen von Nischen zu erkennen. Jede hatte tiefe Einbuchtungen am Boden, die wie Gebetsmulden aussahen. Darüber führte eine Art Rauchfang in die Mauer. Die Taschenlampen erhellten nur den untersten, dreieckigen Teil, der schwarze, von einer Glasur überzogene Wände hatte.

Sie traten ins Freie. Ein halbes Hundert Schritte weiter riß das sie begleitende Licht ab, weil die Mauer eine Biegung machte. An dieser Stelle zweigte, von einem regelmäßigen Hexaeder eingerahmt, eine Gasse ab. Kaum hatten sie diese Gasse betreten, da änderte sich unversehens etwas. Das steinerne Grau der Umgebung erlosch wie weggeblasen. Der

Chemiker schaute sich um. Finsternis umringte sie von allen Seiten. Der Koordinator hatte die Scheinwerfer gelöscht, deren letzter Schimmer noch bis an diesen Ort gedrungen war.

Der Chemiker hob den Blick. Den Himmel konnte er nicht sehen, er ahnte ihn nur, spürte seine ferne, kühle Gegenwart mit dem Gesicht.

Ihre Schritte hallten in der Stille laut wider. Der Stein antwortete gleichmäßig. Das Echo in dem Gäßchen klang kurz und dumpf. Wie auf Verabredung hoben beide die linke Hand und ließen sie im Gehen an der Mauer entlanggleiten. Der Stein war kalt und fast so glatt wie Glas.

Nach einer Weile knipste der Doktor die Taschenlampe an, denn er glaubte eine Verdichtung von dunklen Flecken zu sehen. Sie befanden sich auf einem kleinen Platz, der wie der Boden eines Brunnens von Mauern eingefaßt war. In den konkaven Wänden, die nur von den einmündenden Gassen unterbrochen wurden, befanden sich in einer Doppelreihe nach hinten geneigte, zum Himmel gerichtete und deshalb von unten fast unsichtbare Fenster. Sie leuchteten überall mit den Taschenlampen hinein. In der schmalsten Gasse entdeckten sie Stufen, die steil nach unten führten, darüber war ein waagerechter steinerner Balken glatt in die Mauern eingepaßt. Darunter hing ein dunkles Faß, das wie eine Wasseruhr an beiden Enden erweitert war. Sie wählten die breiteste Gasse. Sehr bald spürten sie, daß sich die Luft veränderte. Der nach oben gerichtete Taschenlampenstrahl zeigte ein Gewölbe, das wie ein Sieb durchlöchert war, als habe jemand in die wie eine Haut gespannte glatte Steinschicht dreieckige Öffnungen geschlagen.

Sie gingen lange, kamen durch Gassen, die mit Steinen gepflastert und geräumig waren wie Galerien, schritten unter

Gewölben dahin, von denen unförmige Glocken oder Fässer herabhingen. Spinnwebenartige Fetzen klebten an den mit reichen Pflanzenornamenten verzierten Supraporten. Sie schauten in leere breite Flure, deren faßartige Gewölbe große runde Öffnungen hatten. Aus diesen Öffnungen ragten Felsstücke wie Zapfen. An den Mauern liefen hin und wieder schräge Rinnen mit Querverdickungen nach oben, sie sahen aus wie die Reste von Leitern und schienen mit einer erstarrten Masse übergossen zu sein. Ab und zu traf ein warmer Luftzug ihr Gesicht. Einige hundert Schritte, bis zur nächsten Gabel, gingen sie auf nahezu weißen Platten. Sie wählten die Gasse, die abwärts führte. Die Mauern ruhten auf schweren Fundamenten, in denen sich mit welkem Laub gefüllte Nischen befanden. Sie stiegen über eine Schrägfläche mit fein gezahnten Stufen immer tiefer hinab. Staub wirbelte im Schein der Taschenlampen unter ihren Füßen auf. Links und rechts klafften Eingänge von Krypten, aus denen ihnen abgestandene, stickige Luft entgegenschlug. Die Strahlen ihrer Taschenlampen waren machtlos gegen die dort herrschende Finsternis und blieben an einem Chaos von unverständlichen Formen hängen, die seit langer Zeit sich selbst überlassen schienen. Der Weg führte wieder aufwärts. Sie schritten weiter, bis von oben der Hauch plötzlich enthüllter Höhen herabwehte.

Sie gingen durch Gassen, vorbei an einander kreuzenden Gangfluchten, überquerten Plätze. Das Licht schlug gegen die Mauern. Die Schatten schienen Flügel zu bekommen und in schwarzen Scharen vor ihren Füßen davonzustieben, sie ballten sich zusammen und verwirrten sich in den offenen Passagen. An deren Eingängen lauerten aus Mauern ragende Säulen, die sich einander zuneigten. Das bellende Echo der Schritte begleitete unablässig ihre Wanderung.

Zuweilen hatten sie den Eindruck, als wäre irgendein Lebewesen in ihrer Nähe. Dann löschten sie die Taschenlampen und lehnten sich an eine Wand. Ihre Herzen pochten. Etwas raschelte, schlurfte, Schrittgeräusche brachen sich in einem undeutlichen Echo, wurden schwächer, an den Mauern entlang ertönte leises Gemurmel, wie von unterirdischen Bächen, manchmal auch wie aus der Tiefe eines Brunnens. Aus einer steinernen Nische drang nicht enden wollendes Stöhnen inmitten muffiger Ausdünstungen. War das nun die Stimme eines Lebewesens, oder waren es Laute der zitternden Luft? Sie gingen weiter. In der Dunkelheit war ihnen, als schlichen Gestalten um sie herum. Einmal bemerkten sie, wie sich aus einer Seitengasse ein Gesichtchen vorschob, blaß im Licht, von tiefen Falten gezeichnet. Als sie an diese Stelle gelangten, war niemand da, nur ein Fetzen Goldfolie, dünn wie Papier, lag auf den Steinen.

Der Doktor schwieg. Er wußte, diese Wanderung mit ihren Gefahren war geradezu ein Wahnsinn unter diesen nächtlichen Bedingungen. Sie ging zu seinen Lasten, denn der Koordinator hatte dieses Risiko auf sich genommen, weil die Zeit drängte und er, der Doktor, am hartnäckigsten einen Verständigungsversuch gefordert hatte. Dutzende Male nahm er sich vor, nur noch bis zur nächsten Mauerbiegung zu gehen, bis zur nächsten Querstraße, um dann umzukehren – und er ging weiter. In einer hohen Galerie fiel eine traubenartige Schote wenige Schritt vor ihnen auf den Boden. Sie hoben sie auf. Sie war noch warm, als hätte eine Hand sie berührt.

Am meisten wunderten sie sich über die Dunkelheit, die kein Licht erhellte. Die Bewohner des Planeten hatten doch Augen, hatten einen Gesichtssinn. Sicherlich hatten sie ihre Ankunft bemerkt, also war damit zu rechnen, daß sie irgendwo Wachen begegneten. Die absolute Stille in diesem immerhin bewohnten Raum – davon zeugten die Lichter, die sie zuvor von oben gesehen hatten – überraschte sie.

Je länger die Wanderung dauerte, um so mehr glich sie einem Alptraum. Am meisten verlangte es sie nach Licht. Die Taschenlampen vermittelten nur eine Illusion davon, sie vertieften nur die Finsternis ringsum, aus der sie lediglich einzelne, aus dem Zusammenhang gelöste und deshalb unbegreifliche Teile herausrissen. Einmal hörten die beiden in ihrer Nähe ein deutliches Schlurfen. Als sie ihm nachliefen, wurde es hastiger. Das Getrappel der Flucht und der Jagd erfüllte die Gasse. Der Widerhall brach sich an den engen Mauern. Sie rannten mit brennenden Taschenlampen. Ein grauer Schein zu ihren Köpfen begleitete sie wie ein Gewölbe, fiel fast auf sie, wenn es sich senkte, schnellte dann wieder hoch. Die Decke des Scheins schwamm in Wellen, die schwarzen Schlünde der Quergassen flogen vorbei. Erschöpft von der unsinnigen Jagd ins Leere blieben sie stehen.

»Hör mal, vielleicht wollen sie uns damit nur locken«, sagte der Chemiker keuchend.

»Unsinn!« zischte der Doktor ärgerlich und leuchtete mit der Taschenlampe umher. Sie standen an einem ausgetrockneten Steinbrunnen. In den Mauern klafften schwarze Höhlen. In einer war für einen Augenblick ein blasses, flaches Gesichtchen zu sehen. Als sie den Lichtkegel dorthin richteten, war die Öffnung leer.

Sie gingen weiter. Daß sie von irgendwelchen Geschöpfen umgeben waren, war nun sicher. Es wurde unerträglich. Sie spürten sie von allen Seiten. Dem Doktor drängte sich sogar der Gedanke auf, daß selbst ein Angriff, ein Kampf in dieser Finsternis besser wäre als diese sinnlose Wanderung, die nirgends hinführte. Er blickte auf die Uhr. Schon fast eine halbe Stunde war vergangen, sie mußten gleich umkehren.

Der Chemiker, der ihm einige Schritte vorausging, hob die Taschenlampe. In einer Mauerbiegung klaffte ein Tor mit einem Spitzbogen darüber. Zu beiden Seiten der Schwelle standen zwei knollige Steinstümpfe. Als er an dem dunklen Eingang vorbeiging, richtete er die Taschenlampe darauf. Das Licht glitt über eine Reihe Wandnischen und fiel auf mehrere zusammengedrängte nackte Buckel, die kauernd erstarrt waren.

»Dort sind sie!« zischte er und wich instinktiv zurück. Der Doktor ging hinein. Der Chemiker leuchtete unterdessen. Die nackte Gruppe drängte sich wie versteinert an die Wand. Im ersten Augenblick glaubte er, daß sie nicht mehr lebten. Im Schein der Taschenlampe glänzten wässerige Tropfen auf ihren Rücken. Er stand eine Weile ratlos da.

»He!« sagte er leise, denn er spürte, daß in der ganzen Situation nicht eine Spur von Logik war. Draußen ertönte irgendwo in der Höhe ein durchdringendes, vibrierendes Pfeifen. Ein vielstimmiges Stöhnen stieg zum steinernen Gewölbe hinauf. Keiner der Kauernden rührte sich. Sie stöhnten nur mit kratzenden Stimmen. Dafür gab es jetzt Bewegung auf der Straße. Man hörte entferntes Stampfen, das in Galopp überging. Mehrere dunkle Gestalten huschten in mächtigen Sätzen vorüber, das Echo antwortete aus immer größerer Entfernung. Der Doktor schaute durch das Tor – nichts zu sehen. Seine Ratlosigkeit schlug in brennende Wut um. Er stand im Eingang und knipste die Taschenlampe aus, um besser zu hören. Aus der Dunkelheit erscholl nahendes Stampfen.

»Sie kommen!«

Der Doktor fühlte, daß der Chemiker die Waffe hochriß.

Er schlug von oben auf den Lauf und drückte ihn nach unten. »Nicht schießen!« schrie er. Die Straßenbiegung war plötzlich bevölkert. In den Lichtkegeln sahen sie Buckel auf und ab hüpfen, es wimmelte nur so davon. Sie hörten die großen weichen Körper zusammenprallen. Riesige, gleichsam geflügelte Schatten flogen im Hintergrund hin und her, zugleich hob ein Geschrei an, ein kratzendes Husten. Mehrere brüchige Stimmen begannen entsetzlich zu wimmern. Eine gewaltige Masse stürzte dem Chemiker vor die Füße und schlug ihm die Beine weg. Im Fallen sah er für den Bruchteil einer Sekunde ein Gesichtchen, das ihn mit weißen Augen anstarrte. Die Taschenlampe schlug auf die Steine, es wurde stockfinster. Der Chemiker suchte verzweifelt nach der Lampe und tastete wie ein Blinder das Pflaster ab.

»Doktor, Doktor!« schrie er. Seine Stimme ging in dem Durcheinander unter. Ringsum huschten Dutzende von Leibern vorüber. Die gewaltigen Rümpfe mit den kleinen Händchen stießen zusammen, schlugen aufeinander. Er bekam einen Metallzylinder zu fassen und richtete sich auf, da warf ihn ein mächtiger Schlag gegen die Wand. Von oben ertönte Pfeifen. Es schien von der Spitze der Mauer zu kommen. Alles erstarrte für einen Augenblick. Er spürte die Wärmewelle, die von den erhitzten Leibern ausging. Etwas stieß ihn an, er taumelte und schrie auf bei der ekelhaften glitschigen Berührung. Plötzlich war er ringsum von keuchenden Atemzügen umgeben.

Er schob den Kontakt an der Taschenlampe vor, sie flammte auf. Sekundenlang spannten sich vor ihm gewaltige bucklige Torsos in gewundener Linie. Von oben blinzelten ihn, so weit er sehen konnte, geblendete Augen an, die runzligen Köpfchen schwankten, dann stürzten die Nackten, von hinten gedrängt, auf ihn los. Er stieß einen Schrei aus. In dem wilden Durcheinander hörte er die eigene Stimme nicht mehr. Die Rippen wurden ihm gequetscht. Eingekeilt zwischen die feuchten, warmen Leiber, verlor er den Boden unter den Füßen. Er versuchte nicht einmal sich zu wehren, er spürte, daß er irgendwohin gestoßen, mitgeschleppt, gezogen wurde. Der scharfe Gestank würgte ihn. Krampfhaft hielt er die Taschenlampe umklammert, die gegen seine Brust gedrückt wurde. Sie erhellte einige der ihn umgebenden Gesichtchen. Sie starrten ihn verblüfft an und wichen zurück. Aber die Menge gab keinen Platz frei. Die Finsternis war erfüllt von dem Geheul heiserer Stimmen. Die kleinen Torsos, triefend von einer wässerigen Flüssigkeit, suchten Schutz in den Falten der Brustmuskeln. Plötzlich warf eine ungeheure Druckwelle die Gruppe, in der sich der Chemiker befand, zum Eingang hin. In dem Gedränge vermochte er noch durch das Dickicht der verschlungenen Hände und Rümpfe das aufblitzende Licht und das Gesicht des Doktors zu sehen, dessen im Schrei aufgerissenen Mund, dann war das Bild verschwunden. Er glaubte, an dem penetranten Gestank zu ersticken. Die Taschenlampe hüpfte mit dem Glas unter seinem Kinn, riß Gesichtchen ohne Augen, ohne Nase, ohne Mund aus dem Dunkel, flache, greisenhafte, herabhängende Gesichtchen, und alle waren wie mit Wasser übergossen. Er spürte die Schläge, die ihm die Buckel versetzten. Einen Augenblick lang war etwas Luft um ihn, dann wurde er wieder gepreßt, mit dem Rücken gegen die Wand geworfen. Er stieß mit dem Nacken gegen eine kleine Säule, hielt sich an ihr fest, versuchte sich an sie zu drücken. Die neuen Wogen der Herandrängenden warfen ihn zurück. Er stemmte sich mit aller Kraft dagegen, kämpfte nur darum, stehenzubleiben. Wenn er hinfiel, bedeutete das den Tod. Er ertastete eine steinerne Stufe, nein, es war ein Stück Felsen. Er kletterte hinauf und hob die Taschenlampe über den Kopf.

Das Bild, das sich ihm bot, war erschreckend. Ein Meer von Köpfen wogte von einer Wand zur anderen. Die vor der Nische standen, starrten ihn mit aufgerissenen Augen an. Er sah ihre verzweifelten Bemühungen, sich krampfhaft, wie von einem Schauder erfaßt, von ihm zu entfernen. Aber als Teil der nackten Masse wurden sie in die Gasse gedrängt, und wer sich an den Rändern befand, wurde an die Mauern gequetscht. Gräßlicher Lärm erfüllte den Platz. Da erblickte er den Doktor wieder. Er hatte keine Taschenlampe und bewegte sich, vielmehr schwamm in der Menge, bald vorwärts, bald zur Seite, wie verloren zwischen den großen Rümpfen, die ihn überragten. Irgendwelche Fetzen flatterten in der Luft. Der Chemiker wehrte sich nun gegen die Herandrängenden mit dem Elektrowerfer, den er am Kolben und am Magazin festhielt, so gut er konnte. Er spürte, wie ihm die Hände erlahmten. Die feuchten, schlüpfrigen Leiber stießen wie Sturmböcke gegen ihn vor, sprangen zurück, hetzten weiter. Die Menge lief allmählich auseinander, aber in der Dunkelheit strömten neue Scharen heran. Die Taschenlampe erlosch. Ein Hin und Her, ein Stammeln, ein Stöhnen inmitten undurchdringlicher Finsternis. Der Schweiß rann ihm in die Augen, er sog die Luft ein, die in den Lungen brannte, und war nahe daran, das Bewußtsein zu verlieren.

Er sank auf die steinerne Stufe, lehnte sich mit dem Rücken gegen die kalten Felsen, rang nach Atem. Er konnte nun einzelnes Stampfen unterscheiden, lange, klatschende Sätze. Der lamentierende Chor entfernte sich. Er stützte sich mit den Händen gegen die Wand und richtete sich auf. Seine Knie waren wie aus Watte. Er wollte den Doktor rufen, doch die Stimme versagte ihm. Plötzlich riß ein weißlicher Schein die Krone der gegenüberliegenden Mauer aus der Dunkelheit.

Es dauerte eine Weile, bis ihm klar wurde, daß das wohl der Koordinator war, der ihnen mit einem Magnesiumfeuer die Richtung für den Rückweg anzeigte.

Er bückte sich und suchte die Taschenlampe. Er wußte gar nicht mehr, wann sie ihm aus der Hand geschlagen worden war. Am Boden war die Luft voll scheußlichen faden Gestanks, den er nicht ertrug, er bekam Krämpfe davon. Er stand auf. In der Ferne hörte er einen Schrei – die Stimme eines Menschen.

»Hier, Doktor, hier!« brüllte er. Ein erneuter Schrei antwortete ihm, schon näher. Eine Lichtzunge tauchte zwischen den schwarzen Mauern auf. Der Doktor kam rasch auf ihn zu, schwankend, als sei er betrunken.

»Ach«, sagte er, »du bist hier, gut ...« Er packte den Chemiker am Arm. »Sie haben mich ein Stück mitgerissen, aber es gelang mir, mich in einen Flur zu verdrücken ... Hast du die Taschenlampe verloren?«

»Ja.«

Der Doktor hielt sich noch immer an seinem Arm fest.

»Nur ein Schwindelgefühl«, erklärte er in ruhigem Ton, aber noch etwas atemlos. »Das ist nichts, das geht gleich vorüber ...«

»Was war das?« flüsterte der Chemiker, als fragte er sich selbst.

Der andere antwortete nicht. Sie lauschten beide in die Finsternis. Wieder näherte sich fernes Stampfen, die Dunkelheit war voller Geräusche. Einige Male wehte ein gedämpftes Stöhnen zu ihnen heran. Wieder erhellte ein Leuchten die

Mauerkronen, zitterte, strömte mit gelblichem Schimmern abwärts wie ein kurzer Sonnenaufgang und Sonnenuntergang.

»Gehen wir«, sagten beide gleichzeitig.

Ohne diese Signale wären sie wohl kaum vor Tagesanbruch zurückgekehrt. So aber konnten sie, gelenkt von dem Schein, der noch zweimal wie eine Feuersbrunst das Dunkel der steinernen Hohlwege erhellte, die Marschrichtung einhalten. Unterwegs begegneten sie einigen Flüchtenden, die, vom Licht der Taschenlampe erschreckt, rasch das Weite suchten. An einer steilen Treppe stießen sie auf einen bereits erkalteten Leichnam. Sie übersprangen ihn wortlos. Wenige Minuten später fanden sie den kleinen Platz mit dem steinernen Brunnen wieder. Kaum fiel der Schein der Taschenlampe des Doktors darauf, flammten über ihnen die Scheinwerfer mit dreifacher Helligkeit auf.

Der Koordinator stand oben an der Treppe, die sie keuchend hinaufliefen. Langsam folgte er ihnen zum Wagen, wo sie sich auf die Trittbretter setzten. Er löschte die Lichter und schritt in der Dunkelheit auf und ab. Er wartete, bis sie sprechen konnten.

Als sie ihm alles berichtet hatten, sagte er nur: »Nun ja. Gut, daß das so geendet hat. Hier ist einer, wißt ihr ...«

Sie verstanden ihn nicht. Erst als er den seitlichen Scheinwerfer einschaltete und nach hinten drehte, sprangen sie auf: Ein Dutzend Schritte hinter dem Geländewagen lag bewegungslos ein Doppelt.

Der Doktor war als erster bei ihm. Das Licht des Scheinwerfers war so stark, daß man auf den Steinplatten selbst die geringste Vertiefung erkennen konnte.

Der Doppelt war nackt, die obere Hälfte seines großen Rumpfes war schräg aufgerichtet. Ein großes blaßblaues Auge starrte sie zwischen den klaffenden Brustmuskeln an. Sie konnten nur den Rand des platten Gesichtchens sehen, wie durch den Spalt einer angelehnten Tür.

»Wie kam er hierher?« fragte der Doktor leise.

»Er kam von unten, wenige Minuten vor euch. Als ich das Blitzlicht anzündete, floh er, dann kam er wieder.«

»Er kam wieder?«

»Ja, an diese Stelle.«

Sie standen da und wußten nicht, was sie anfangen sollten. Das Geschöpf atmete keuchend, wie nach einem langen Lauf. Der Doktor bückte sich und wollte es streicheln, ihm auf die Schulter klopfen. Es zitterte, auf seiner blassen Haut erschienen große, wässrige Tropfen.

»Er hat Angst vor uns«, sagte der Doktor leise. »Was tun?«

»Wir lassen ihn zurück und fahren ab«, schlug der Chemiker vor. »Es ist Zeit.«

»Wir fahren nirgends hin. Hört zu ...« Der Doktor zögerte. »Wißt ihr was ... Na, setzen wir uns erst einmal ...«

Der Doppelt rührte sich nicht. Wären nicht die gleichmäßigen Bewegungen seiner schildartig geweiteten Brust gewesen, man hätte meinen können, daß er nicht lebte. Dem Beispiel des Doktors folgend, setzten sie sich um den Doppelt herum auf die Steinfläche. Aus der Finsternis drang das ferne Rauschen des Geysirs. Hin und wieder raschelte der Wind in den unsichtbaren Büschen. Undurchdringliche Nacht deckte die Siedlung zu. Dünne Nebelschwaden schwammen durch die Luft. Nach etwa zehn Minuten, als sie schon die Hoffnung aufgeben wollten, lugte der Doppelt durch den Spalt seines inneren Verstecks. Eine unvorsichtige Bewegung des Chemikers genügte, daß sich die Muskeln wieder schlossen, aber diesmal nur für kurze Zeit.

Schließlich, nach etwa einer halben Stunde, richtete sich der Riese auf. Er war ungefähr zwei Meter groß, wäre aber noch größer gewesen, wenn er sich ganz aufgerichtet hätte. Beim Gehen veränderte sich der untere Teil seines unförmigen Körpers. Er sah aus, als könnte er beliebig die Beine einziehen und ausstrecken, doch das waren nur die Muskeln, die bei der Kontraktion stärker hervortraten.

Keiner wußte genau, wie der Doktor es fertiggebracht hatte – er selbst versicherte später, daß er es auch nicht wüßte –, jedenfalls ließ sich der Doppelt, der seinen beweglichen Torso aus dem inneren Nest hervorgeholt hatte, nach längerem Schulterklopfen, verschiedenen ermunternden Gesten und Einflüsterungen von dem Doktor an der dünnen Hand zum Geländewagen führen. Sein kleiner, nach vorn hängender Kopf betrachtete sie mit naivem Erstaunen, als sie in den Lichtkegel des Scheinwerfers traten.

»Und was jetzt?« fragte der Chemiker. »Hier wirst du dich mit ihm nicht verständigen.«

»Was heißt was jetzt?« erwiderte der Doktor. »Wir nehmen ihn mit.«

»Bist du noch bei Trost?«

»Wir hätten viel davon«, gab der Koordinator zu bedenken, »aber er wiegt sicherlich eine halbe Tonne!«

»Das macht nichts. Der Wagen ist für mehr berechnet.«

»Du bist gut! Wir sind drei, dazu die Ladung, das sind schon über dreihundert Kilo. Die Torsionsstäbe können brechen.«

»So?« sagte der Doktor. »Dann eben nicht. Soll er gehen.« Er stieß den Doppelt auf die Treppe zu. Im Licht des Scheinwerfers, das unmittelbar auf ihn fiel, sah es aus, als sei sein Kopf abgeschnitten und gegen einen anderen, fremden, zu kleinen, außerdem zu tief angesetzten ausgewechselt worden. Das große Geschöpf duckte sich plötzlich, als sackte es in sich zusammen. Seine Haut bedeckte sich im Nu mit opalisierenden Tropfen.

»Aber nein, zum Teufel ... Ich habe ja nur Spaß gemacht ...«, stammelte der Doktor. Die anderen waren über diese Reaktion ebenfalls verblüfft. Nur mit Mühe gelang es dem Doktor, den Doppelt zu beruhigen. Es war schwierig, für den neuen Passagier einen Sitzplatz zu finden. Der Koordinator ließ fast die ganze Luft aus den Reifen, so daß das Chassis beinahe aufsetzte. Im Licht des Handscheinwerfers demontierten sie die beiden hinteren Sitze und befestigten sie am Gepäckgitter. Ganz oben legten sie noch den Werfer darauf. Der Doppelt sträubte sich jedoch, in den Wagen zu steigen. Der Doktor tätschelte ihn, redete ihm gut zu, schubste ihn, setzte sich selbst hinein und sprang wieder heraus. Unter anderen Umständen wäre das sicherlich ein lustiges Schauspiel geworden. Es ging schon auf Mitternacht, und sie hatten bis zur Rakete noch mehr als hundert Kilometer bei Finsternis und auf schwierigem, zumeist steil ansteigendem Gelände zurückzulegen. Schließlich riß dem Doktor die Geduld. Er ergriff eine Hand des Torsos und rief: »Gebt ihm mal von hinten einen Stoß!«

Der Chemiker zögerte, aber der Koordinator stützte mit dem Arm den Buckel des Doppelt, der gab einen winselnden Laut von sich, schwankte und war mit einem Satz im Wagen. Nun ging alles schnell. Der Koordinator ließ Luft in die Reifen, und der Wagen fuhr gehorsam an trotz des einseitigen Übergewichts. Der Doktor setzte sich vor den neuen Passagier. Der Chemiker nahm die Unbequemlichkeit in Kauf und stellte sich hinter den Koordinator.

Sie fuhren in dem dreifachen Strahl der Scheinwerfer durch die Säulengänge, dann die glatten Flächen entlang zur »Keulenallee«. Der Wagen entwickelte auf dem ebenen Boden eine beträchtliche Geschwindigkeit, erst unterhalb des Magmaüberhanges mußten sie wieder langsamer fahren. Nach wenigen Minuten waren sie bei den Lehmhügeln und den Gruben mit ihrem schrecklichen Inhalt.

Eine Zeitlang fuhren sie durch dichten, schauderhaft schmatzenden Morast, dann fanden sie ihre eigenen Reifenspuren im Lehm und folgten ihnen. Der Wagen schleuderte unter seinen Rädern Wasser- und Schlammfontänen hoch und lavierte geschickt zwischen den Lehmhügeln hindurch, die links oder rechts in dem dreifachen Lichtstreifen auftauchten. In der Ferne zuckte ein verschwommenes Flämmchen, kam auf sie zu und wurde mit jedem Augenblick größer. Bald konnten sie drei verschiedene Lichter unterscheiden. Der Koordinator verlangsamte die Fahrt nicht, er wußte, es war ihr eigenes Spiegelbild. Der Doppelt wurde unruhig, er bewegte sich, räusperte sich, rückte sogar gefährlich in die Ecke, so daß sich der Wagen noch stärker nach links neigte. Der Doktor versuchte ihn mit Worten zu beruhigen – ohne spürbaren Erfolg. Als er sich wieder einmal nach ihm umsah, fiel ihm auf, daß die blasse Silhouette einem oben abgerundeten Zuckerhut ähnelte: Der Doppelt hatte seinen Torso eingezogen und schien kaum noch zu atmen. Erst als ihnen die heiße Welle und das Verschwinden des Spiegelbildes verrieten, daß sie die rätselhafte Linie überschritten hatten, beruhigte sich der gewichtige Passagier. Er rührte sich nicht und zeigte keine Erregung mehr während der nächtlichen Fahrt, obwohl der Wagen sich mühsam die Berge hinaufquälte, heftig schaukelte und schwankte. Die Räder scheuerten zuweilen an der Karosserie, sie mußten immer langsamer fahren. Das laute, angestrengte Summen der Motoren übertönte das Prasseln der Reifen. Ein paarmal hob sich der Vorderteil des Wagens gefährlich. Sie kamen kaum noch voran. Plötzlich rutschte der Wagen nach hinten ab. Eine Sandbank glitt unter ihnen hinweg. Der Koordinator riß das Lenkrad herum. Sie standen.

Er wendete vorsichtig und fuhr schräg zum Hang ins Tal zurück.

»Wohin?« rief der Chemiker. Der kühle Nachtwind trieb ihnen feine Tröpfchen ins Gesicht, obwohl es nicht regnete.

»Wir versuchen es an einer anderen Stelle«, schrie der Koordinator zurück.

Wieder hielten sie an. Der Strahl des beweglichen Scheinwerfers kroch nach oben, verblaßte immer mehr in der Ferne. Sie strengten ihre Augen an, konnten aber wenig sehen. So fuhren sie auf gut Glück weiter bergan. Der Hang wurde bald genauso steil wie der, wo sie abgerutscht waren, aber der Boden war trocken, und der Wagen zog tüchtig. Sooft der Koordinator jedoch versuchte, ihn wieder nach Norden zu lenken, bockte er gefährlich, stellte sich nahezu auf die Hinterräder. So waren sie gezwungen, mit zunehmender westlicher Abweichung zu fahren. Das war ungünstig, weil sie damit rechnen mußten, in ein Dickicht von Sträuchern zu geraten. Der Koordinator erinnerte sich, daß fast der ganze Rand des Hochplateaus, dem sie entgegenfuhren, mit Büschen bewachsen war. Aber sie hatten keine andere Wahl. Die Scheinwerfer trafen im Dunkeln auf eine Reihe weißer Gestalten, die sich bewegten. Es waren Nebelschwaden. Plötzlich gerieten sie in eine Wolke. Es wurde dunkler. Das Atmen fiel schwer. Es war auch kühler geworden. An der Frontscheibe und an den Nickelrohren der Lehnen sammelte sich

Kondenswasser und tropfte herunter. An ein zielgerichtetes Lenken des Wagens war nicht zu denken. Der Koordinator fuhr blind und bemühte sich lediglich, möglichst steil bergan zu fahren.

Auf einmal drangen die Scheinwerfer wieder durch, die milchigen Ballen zerflossen, blieben hinter ihnen zurück. In den hellen Streifen erblickten sie den aufgetürmten Buckel des Hanges und darüber den schwarzen Himmel. Sie fühlten sich alle etwas wohler.

»Wie geht es unserem Passagier?« erkundigte sich der Koordinator, ohne sich umzuwenden.

»Gut. Er scheint zu schlafen«, antwortete der Doktor. Der Hang, den sie hinauffuhren, wurde immer steiler. Der Wagen schwankte unangenehm. Die Vorderräder gehorchten dem Lenkrad immer weniger. Der Schwerpunkt hatte sich nach hinten verschoben.

Plötzlich begann der Wagen fast auf der Stelle zu tanzen, er ging vorne hoch und rutschte dann mehrere Meter seitlich ab.

»Hör mal, vielleicht setze ich mich vorn zwischen die Scheinwerfer auf die Stoßstange, wie?« rief der Doktor beunruhigt.

»Noch nicht«, erwiderte der Koordinator. Er ließ etwas Luft aus den Reifen. Der Wagen sackte nach unten und fuhr eine Weile besser. In den hüpfenden Lichtstreifen sahen sie bereits hoch oben die gezackte Linie der Sträucher. Sie hatten die große kahle Lehmfläche hinter sich gelassen. Die Sträucher kamen immer näher, wie eine schwarze Bürste säumten sie den lehmigen Bruch. Von Durchkommen konnte keine Rede sein, doch abzubiegen und eine bessere Stelle zu suchen war auch nicht möglich. Sie fuhren also immer weiter aufwärts, bis der Wagen ein Dutzend Schritt vor einer zwei

Meter dicken Wand hielt. Das heftige Zupacken der Bremsen ging wie ein Ruck durch den Wagen. In dem starken Lichtschein leuchtete gelber Lehm, der von fadenartigen Wurzeln durchzogen war.

»Da wären wir ja«, rief der Chemiker.

»Gib mal den Spaten.« Der Koordinator stieg aus, schnitt mit dem Spaten ein paar Lehmziegel aus, schob sie unter die Hinterräder des Wagens und kehrte zum Bruch zurück. Er kletterte hinauf. Der Chemiker folgte ihm eilig. Der Doktor hörte, wie sie sich einen Weg durch das trockene Dickicht bahnten. Äste knackten, die Taschenlampe des Koordinators blitzte auf, verlosch, flammte an anderer Stelle wieder auf.

»Scheußlich!« hörte er den Chemiker knurren. Etwas raschelte. Der Lichtfleck schwankte im Dunkeln auf und ab, blieb dann unbeweglich stehen.

»Eine riskante Sache«, vernahm er wieder die Stimme des Chemikers.

»Die Astronautik hat es eben in sich«, erwiderte der Koordinator und rief: »Doktor! Wir müssen ein Stück abgraben, hier am Rand. Ich denke, daß wir dann durchfahren können. Gib acht auf den Passagier, daß er nicht erschrickt!«

»In Ordnung!« Der Doktor drehte sich zu dem Doppelt um, der geduckt und unbeweglich dasaß. Irgendwo rieselte raschelnd Lehm herab.

»Noch einmal!« rief der Koordinator stöhnend. Bäche von Lehmbrocken rutschten über den Abhang. Plötzlich barst etwas mit dumpfem Knall, und ein großer Klumpen kollerte dicht am Wagen vorbei in die Tiefe. Erdkrümel prasselten gegen die Frontscheibe. Unten verhallte das Geräusch des ausrollenden Klumpens. Eine Weile noch rieselte der Boden die Wand hinab. Der Doktor beugte sich vor – den Doppelt berührte das Geschehen überhaupt nicht – und richtete den beweglichen Scheinwerfer nach der Seite. In dem lehmigen Überhang war ein breiter, trichterförmiger Einbruch entstanden. Der Koordinator grub darin energisch mit dem Spaten. Mitternacht war vorüber, als sie die Schleppspule, die kleinen Anker und Haken hervorholten, ein Ende der Leine am Wagen zwischen den Scheinwerfern befestigten und das andere durch die Bresche nach oben in das Dickicht zogen, wo sie es doppelt verankerten. Dann schaltete der Koordinator die Motoren aller Räder und den der vorderen Trommel ein. Die Leine wickelte sich auf und zog den Wagen Schritt für Schritt in den lehmigen Schlund hinauf. Sie mußten die Durchfahrt noch einmal erweitern, eine halbe Stunde später aber waren Anker und Leine verstaut, der Wagen bahnte sich mit entsetzlichem Rasseln und Krachen seinen Weg durch das Gebüsch. Eine Zeitlang kamen sie sehr langsam voran. Erst als das Dickicht, das zum Glück trocken und brüchig war und deshalb keinen allzu großen Widerstand bot, aufhörte, konnten sie das Tempo beschleunigen.

»Die Hälfte des Weges!« rief der Chemiker dem Doktor zu. Er beobachtete aufmerksam den Kilometerzähler über dem Arm des Koordinators. Der Koordinator überlegte sich, daß sie wohl noch nicht einmal die Hälfte zurückgelegt hatten. Er schätzte den Umweg, zu der die Kletterfahrt über den Hang sie gezwungen hatte, auf ein Dutzend Kilometer. Vorgebeugt, das Gesicht dicht an der Scheibe, beobachtete er den Weg oder vielmehr das weglose Gelände, versuchte größeren Hindernissen auszuweichen und die kleineren zwischen die Räder zu nehmen. Trotzdem schleuderte und holperte der Wagen, daß der Blechkanister rasselte. Bei kleineren Löchern sprang der Wagen hoch und landete mit zischenden Stoßdämpfern auf allen vier Rädern. Aber die Sicht war nicht schlecht. Vorläufig gab es keine Überraschungen. Vorn, wo sich die Bündel der Scheinwerfer zu grauem Nebel zerstäubten, huschte etwas vorüber, ein hoher Strich, ein zweiter, ein dritter, ein vierter. Es waren die Masten, deren Reihe sie kreuzten. Der Doktor versuchte vor dem Hintergrund des Himmels zu beobachten, ob die Spitzen der Masten ständig von zitternder Luft umgeben seien, doch dazu war es zu dunkel. Die Sterne blinzelten ruhig. Der Doppelt hinter ihm rührte sich nicht. Nur einmal rückte er etwas zur Seite, als sei er durch die Haltung ermüdet. Diese so menschliche Regung berührte den Doktor eigenartig.

Die Reifen sprangen über Querfurchen. Sie fuhren nunmehr über eine längs gewellte Ebene talabwärts. Der Koordinator drosselte die Fahrt ein wenig. Hinter einer vorspringenden Kalkaufschüttung sah er bereits im Lichtkegel die nächsten Furchen. Von links vernahm er lauter werdendes Pfeifen, ein entsetzliches dumpfes Rauschen. Dann kreuzte eine wogende Masse ihren Weg, glänzte mit ihrer ungeheuer großen Form im Scheinwerferlicht auf und verschwand. Die Bremsen quietschten heftig. Ein Ruck. Auf ihren Gesichtern spürten sie einen heißen, bitteren Hauch. Ein neues Pfeifen nahte. Der Koordinator schaltete die Scheinwerfer aus. Dunkelheit brach herein, darin flogen posaunenartige Gebilde wenige Schritte vor ihnen vorbei, eines nach dem anderen. Phosphoreszierende Gondeln rasten hoch über dem Boden dahin, umweht von unsichtbaren Wirbelscheiben. Sie neigten sich ein wenig, als sie eine nach der anderen in eine Kurve bogen. Die Männer zählten: acht, neun, zehn ... Nach der fünfzehnten folgte eine Pause, sie konnten weiterfahren. Der Doktor sagte: »So vielen sind wir noch nie begegnet.«

Wieder war etwas zu hören. Ein neuer, unbekannter Laut, viel tiefer. Er nahte langsamer. Der Koordinator schaltete den Rückwärtsgang ein und stieß ein Stück zurück, hangwärts. Die Reifen schepperten über den Kalkboden, als der Wagen bremste. In der Finsternis glitt ein Gebilde von undefinierbarer Form vorüber, begleitet von tiefem Baßgetöse, das den Wagen erbeben ließ. Das Licht der Sterne hoch über den Bäumen wurde dunkler, und der Boden schwankte, als wälze sich eine Lawine darüber hinweg. Wie ein riesiger Käfer zog brummend die nächste Erscheinung vorbei, dann noch eine. Die Gondel war nicht zu sehen, nur der unregelmäßige, an den sternartigen Enden zugespitzte Umriß eines Gegenstandes, der rötlich glomm und sich entgegengesetzt zur Bewegungsrichtung langsam drehte.

Wieder herrschte Stille. In der Ferne verhallte leises an- und abschwellendes Rauschen.

»Das waren Kolosse! Habt ihr die gesehen?« rief der Chemiker.

Der Koordinator wartete noch eine Weile, dann schaltete er die Scheinwerfer wieder ein und löste die Bremsen. Der Wagen rollte durch sein Eigengewicht von allein abwärts. Zwar war es bequemer, in den Furchen zu fahren, weil sie den größeren Unebenheiten auswichen, aber er wollte nichts riskieren. Eines der durchsichtigen Ungeheuer könnte von hinten auf sie auffahren. Durch leichtes Drehen des Lenkrads versuchte er die Fahrtrichtung der Vehikel einzuhalten, die ihren Weg gekreuzt hatten. Sie waren von Nordwesten gekommen und hatten sich nach Osten hin entfernt. Doch was hieß das schon. Sie machten Kurven, und sie konnten mehrere solcher Kurven gemacht haben. Er sagte nichts, doch er war unruhig.

Es war schon zwei Uhr durch, als vor ihnen das spiegelnde Band im Scheinwerferlicht aufglänzte. Der Doppelt hatte sich nicht gerührt, als sie den eigenartigen Gebilden begegnet waren. Nun aber betrachtete er schon seit einer Weile die Umgebung, nachdem er seinen Kopf herausgeschoben hatte. Als sie den Spiegelgürtel erreichten, hustete er plötzlich und schnaufte, begann sich stöhnend aufzurichten und drängte nach der einen Seite, als wollte er aus dem Wagen springen.

»Halt! Halt!« schrie der Doktor. Der Koordinator bremste. Sie blieben einen Meter vor dem Spiegelband stehen.

»Was ist los?«

»Er will fliehen!«

»Warum?«

»Keine Ahnung, vielleicht deswegen hier. Schalte die Scheinwerfer aus!«

Der Koordinator gehorchte. Kaum war es dunkel, sackte der Doppelt auf seinen Sitz zurück. Sie fuhren mit gelöschten Lichtern weiter. Eine Sekunde lang spiegelten sich zu beiden Seiten des Wagens die Sterne in den schwarzen Platten. Nun rollte der Wagen wieder über Sandboden. Die Scheinwerfer strahlten von neuem in die Nacht. Sie befanden sich auf der Ebene. Der Wagen raste nun dahin, daß alles an ihm vibrierte. Die kleinen Kalkfelsen und ihre sich im Sand wie um eine senkrechte Achse drehenden großen Schatten flogen nach hinten. Sand spritzte unter den Reifen hervor. Die kalte Luft, die ihnen ins Gesicht schlug, biß beim Atmen geradezu. Der Antrieb summte, rauschte. Steine klirrten gegen das Fahrgestell. Der Chemiker duckte sich, um mit dem Kopf, so gut es ging, hinter der Windschutzscheibe Deckung zu suchen. Sie fuhren über ebenen Boden. Das Tempo nahm ständig zu. Jeden Augenblick hofften sie, die Rakete zu erblicken.

Sie hatten verabredet, daß die Zurückbleibenden eine Laterne am Heck der Rakete aufhängen sollten. Sie suchten dieses flimmernde Licht, jedoch die Minuten verrannen. Der Wagen verlangsamte etwas die Fahrt, zog eine Kurve. Sie fuhren nun in nordöstlicher Richtung, doch ringsum herrschte gleichmäßige Finsternis. Seit geraumer Zeit fuhren sie schon mit kleinem Licht. Nun schaltete der Koordinator auch das noch aus und nahm damit das Risiko in Kauf, mit einem Hindernis zusammenzustoßen. Einmal gewahrten sie ein kleines flimmerndes Licht und rasten mit größter Geschwindigkeit darauf zu, doch schon nach wenigen Minuten mußten sie sich davon überzeugen, daß es einfach ein tiefstehender Stern war. Die Uhr zeigte zwanzig nach zwei.

»Vielleicht ist die Laterne kaputt«, meinte der Chemiker. Er bekam keine Antwort. Nach fünf Kilometern machten sie wieder eine Kurve. Der Doktor erhob sich von seinem Sitz und starrte in die Dunkelheit. Plötzlich machte der Wagen einen Satz, zuerst mit den Vorder-, dann mit den Hinterrädern. Sie hatten einen Graben überquert. »Fahr links«, sagte der Doktor.

Der Wagen bog ab. Sandbuckel zeigten sich im Schein des inzwischen wieder eingeschalteten kleinen Lichtes. Sie übersprangen eine zweite Furche, die etwa einen halben Meter tief war. Nun entdeckten alle auf einmal einen verschwommenen Schein und davor einen länglichen, schrägen Schatten, dessen Gipfel eine Sekunde lang von einer Aureole umgeben war. Als sie verschwand, verloren sie ihn aus den Augen. Der Wagen fuhr mit voller Fahrt darauf zu. Ein neues Aufblitzen der Laterne am Heck des Raumschiffes ließ drei winzige Gestalten erkennen. Der Koordinator schaltete die Scheinwerfer ein. Die drei rannten ihnen mit erhobenen Händen entgegen.

Der Koordinator bremste und hielt, als die Ankommenden den Weg freigaben, wenige Meter hinter ihnen an.

»Seid ihr da? Alle drei?« rief der Ingenieur und trat an den Wagen heran, wich aber erschrocken zurück, als er die vierte, kopflose Gestalt erblickte, die sich unruhig bewegte.

Der Koordinator legte die eine Hand dem Ingenieur, die andere dem Physiker auf die Schulter, als wollte er sich auf sie stützen. Sie traten in das Licht des seitlichen Scheinwerfers, der Doktor redete leise auf den Doppelt ein.

»Bei uns ist alles in Ordnung«, sagte der Chemiker. »Und bei euch?«

»Wie man's nimmt«, antwortete der Kybernetiker. Sie sahen einander eine Weile an. Keiner sprach.

»Wollen wir berichten, oder gehen wir schlafen?« fragte der Chemiker.

»Du kannst schlafen? Das ist ja großartig!« rief der Physiker. »Schlafen! Du lieber Gott! Sie waren hier, wißt ihr das?«

»Ich hatte es mir gedacht«, sagte der Koordinator. »Ist es zu einem Kampf gekommen?« – »Nein. Und bei euch?«

»Auch nicht. Ich glaube, der Umstand, daß sie die Rakete entdeckt haben, kann wichtiger sein als das, was wir gesehen haben. Erzählt! Vielleicht machst du den Anfang, Henryk ...«

»Habt ihr ihn gefangen ...?« fragte der Ingenieur.

»Eigentlich hat er uns gefangen. Das heißt, er ließ sich freiwillig mitnehmen. Aber das ist eine lange Geschichte. Kompliziert, obwohl wir leider nichts davon begreifen.«

»Bei uns ist es genauso!« sagte der Kybernetiker. »Sie kamen etwa eine Stunde, nachdem ihr abgefahren wart. Ich dachte schon, das wäre das Ende«, gestand er leise.

»Habt ihr keinen Hunger?« fragte der Ingenieur.

»Mir scheint, wir haben das völlig vergessen, Doktor!« rief der Koordinator. »Bitte kommt!«

»Eine Beratung?« Der Doktor gesellte sich zu ihnen, behielt aber den Doppelt weiter im Auge, der unvermittelt mit einer seltsam beschwingten Bewegung aus dem Wagen sprang und langsam zu den Männern schlurfte. Kaum hatte er die Grenze des Lichtkreises erreicht, wich er zurück und blieb stehen. Sie schauten ihn stumm an. Das große Geschöpf sackte zusammen und lagerte sich auf dem Boden. Eine Sekunde lang sahen sie seinen Kopf, dann schlossen sich die Muskeln und ließen nur einen Spalt frei. Im Licht der Scheinwerfer konnten sie feststellen, daß sein blaues Auge auf ihnen ruhte.

»Sie sind also hiergewesen?« Der Doktor war in diesem Augenblick der einzige, der den Doppelt nicht anstarrte.

»Ja. Sie sind gekommen. Fünfundzwanzig wirbelnde Scheiben, die gleichen wie die eine, die wir erobert hatten. Dazu vier größere Maschinen, keine senkrechten Scheiben, sondern eher durchsichtige Brummkreisel.«

»Wir sind ihnen begegnet!« rief der Chemiker.

»Wann? Wo?«

»Ungefähr vor einer Stunde, auf der Rückfahrt! Fast wären wir mit ihnen zusammengestoßen. Was haben sie hier gemacht?«

»Nicht viel«, begann der Ingenieur. »Sie kamen in einer Reihe an, woher, wissen wir nicht, denn als wir nach oben stiegen – der Zufall wollte es, daß wir uns alle in der Rakete befanden, buchstäblich nur fünf Minuten –, da trafen sie schon nacheinander ein und umkreisten die Rakete. Näher heran kamen sie nicht. Wir glaubten schon, es sei ein Spähtrupp, eine Patrouille. Wir stellten also den Werfer unter die

Rakete und warteten. Aber sie umkreisten uns nur, immer in der gleichen Richtung und der gleichen Entfernung. Das dauerte wohl anderthalb Stunden. Dann erschienen die größeren, die Brummkreisel, jeder dreißig Meter hoch! Wahre Kolosse! Aber viel langsamer. Offenbar können sie nur in den Furchen fahren, die von den anderen gezogen werden. Die wirbelnden Scheiben machten ihnen in ihrem Kreis Platz, so daß immer abwechselnd eine größere Maschine auf eine kleinere folgte. Sie umkreisten uns weiter, mal schneller, mal langsamer, einmal wären beinahe zwei zusammengestoßen. Sie berührten sich eigentlich nur mit den Rändern. Es gab ein gewaltiges Krachen, aber es geschah ihnen nichts, sie wirbelten weiter.«

»Und ihr?«

»Wir? Wir schwitzten am Werfer. Angenehm war das nicht.«

»Das glaube ich«, sagte der Doktor feierlich. »Und was weiter?«

»Weiter? Anfangs dachte ich, sie würden uns jeden Augenblick angreifen, dann, daß sie uns nur unter Beobachtung hielten. Aber ihre strenge Ordnung versetzte mich in Erstaunen, ebenso der Umstand, daß sie keinen Augenblick anhielten, dabei wissen wir doch, daß so eine Scheibe auf der Stelle wirbeln kann. Es war schon sieben Uhr durch, da schickte ich den Physiker, die Blinklampe holen. Wir sollten sie ja für euch aufhängen. Aber ihr hättet durch diese Mauer nicht durchdringen können. Erst da kam ich auf den Gedanken, daß das eine Blockade sein könnte. Nun, dachte ich, auf jeden Fall muß man erst nach Verständigung trachten, solange das möglich ist. Wir hockten nach wie vor am Werfer und fingen an, mit der Laterne Zeichen zu geben, serienweise, zuerst zwei Blitze, dann drei, dann vier.«

»Nach Pythagoras?« fragte der Doktor. Der Ingenieur versuchte im Schein der Lampe vergebens zu erkennen, ob der Doktor ihn verspotten wollte oder nicht. »Nein«, sagte er schließlich, »ganz gewöhnliche Zahlenserien.«

»Und was haben sie getan?« Der Chemiker blickte ihn gespannt an.

»Wie soll ich dir das beschreiben ... Eigentlich nichts.«

»Was heißt ›eigentlich‹? Und ›uneigentlich‹?«

»Das heißt, sie haben verschiedenes getan, die ganze Zeit, bevor wir mit dem Blinken anfingen, währenddessen und hinterher, aber sie haben nichts getan, was wie der Versuch einer Antwort oder einer Kontaktaufnahme ausgesehen hätte.«

»Was haben sie denn getan?«

»Sie kreisten entweder schneller oder langsamer, näherten sich einander und entfernten sich wieder. In den Gondeln bewegte sich irgend etwas.«

»Haben die großen Brummkreisel auch Gondeln?«

»Du sagtest doch, ihr hättet sie gesehen?«

»Es war dunkel, als wir ihnen begegneten.«

»Sie haben keine Gondeln. Mittendrin ist überhaupt nichts. Sie sind einfach leer. Dafür läuft, besser, schwimmt an der Peripherie ein großer Behälter, außen gewölbt, innen eingebuchtet, und der kann verschiedene Stellungen einnehmen. An den Seiten hat er eine Reihe Hörner, kegelartige Verdickungen. Völlig sinnlos, natürlich von mir aus gesehen. Also was sagte ich, ach ja, diese Brummkreisel verließen manchmal den Kreis und wechselten mit den kleineren Scheiben die Plätze.«

»Wie oft?«

»Das war verschieden. Jedenfalls konnten wir daraus keine

Zahlenregel ableiten. Ich sage euch, ich habe alles registriert, was irgendeinen Zusammenhang mit ihren Bewegungen haben konnte, denn ich erwartete ja Antwort. Sie vollführten sogar einen komplizierten Wechsel. Zum Beispiel wurden in der zweiten Stunde die großen so langsam, daß sie fast stillstanden. Vor jedem Brummkreisel war eine kleinere Scheibe, die allmählich auf uns zukam. Aber sie bewegte sich vielleicht nur fünfzehn Meter in dieser Richtung, gefolgt von dem großen Brummkreisel, dann begannen sie wieder Kreise zu ziehen. Inzwischen waren es schon zwei, ein innerer, in dem vier große und vier kleinere kreisten, und ein äußerer mit dem Rest der flachen Scheiben. Ich hatte schon vor, etwas zu unternehmen, um euch die Rückkehr zu ermöglichen, doch da bildeten sie plötzlich eine lange Reihe und zogen ab, anfangs in einer Spirale, dann geradeaus nach Süden.«

»Um welche Zeit mag das gewesen sein?«

»Einige Minuten nach elf.«

»Das bedeutet, daß wir anderen begegnet sein müssen«, sagte der Chemiker zum Koordinator.

»Nicht unbedingt. Sie können ja irgendwo gehalten haben.«

»Jetzt erzählt ihr«, sagte der Physiker.

»Mag der Doktor berichten.« Der Koordinator nickte ihm zu.

»Gut. Also ...« Der Doktor schilderte in kurzen Zügen den Verlauf der Expedition und fuhr dann fort: »Beachtet bitte, daß alles, was hier geschieht, uns teilweise an verschiedene Dinge erinnert, die uns von der Erde bekannt sind, aber nur teilweise. Es fehlen immer ein paar Steinchen in dem Mosaik. Das ist sehr bezeichnend. Ihre Fahrzeuge sind hier in Schlachtordnung erschienen. Vielleicht war das ihr Spähtrupp, vielleicht die Spitze einer Armee, vielleicht auch der Beginn einer Blockade. Sozusagen von allem etwas, aber am Ende ist nichts daraus geworden, und wir wissen nicht weiter. Diese Lehmgruben, natürlich, sie waren gräßlich. Aber was haben sie eigentlich zu bedeuten? Sind es Gräber? Es sah so aus. Dann die Siedlung oder wie man sie bezeichnen soll. Völlig unwahrscheinlich! Ein Alptraum. Und die Skelette? Ein Museum? Ein Schlachthaus? Eine Kapelle? Eine Fabrik biologischer Exponate? Ein Gefängnis? Alles möglich, selbst ein Konzentrationslager! Aber wir trafen dort niemanden an, der uns angehalten hätte oder Kontakt mit uns knüpfen wollte! Das ist das Unbegreiflichste, jedenfalls für mich. Die Zivilisation ist auf diesem Planeten zweifellos hoch. Die Architektur ist technisch sehr entwickelt. Der Bau solcher Kuppeln, wie wir sie gesehen haben, wirft schwierige Probleme auf. Und daneben die steinerne Siedlung, die an eine mittelalterliche Stadt erinnert. Eine erstaunliche Mischung von Zivilisationsstufen! Dabei müssen sie über ausgezeichnete Kommunikationen verfügen, wenn sie die Lichter in ihrer alten Stadt buchstäblich eine Minute nach unserer Ankunft löschen können. Wir sind sehr schnell gefahren und unterwegs niemandem begegnet ... Zweifellos sind sie mit Intelligenz begabt, aber die Menge, die uns überfallen hat, verhielt sich in ihrer Panik wie eine Herde Schafe. Keine Spur von Organisation ... Anfangs schienen sie vor uns zu fliehen, dann umringten sie uns, preßten uns, ein unbeschreibliches Chaos entstand. All das hatte keinen Sinn, es wirkte geradezu irrsinnig! So war es mit allem. Das Exemplar, das wir getötet haben, war mit einer Silberfolie beklebt. Die dort waren nackt. Nur wenige trugen irgendwelche Geflechte oder Lumpen. Die Leiche in der Grube hatte ein

Röhrchen, das in einen Hautfortsatz eingeführt war, und was noch merkwürdiger ist, sie hatte ein Auge wie der Doppelt, den ihr hier seht. Andere hatten keine Augen, dafür eine Nase und umgekehrt. Wenn ich daran denke, befürchte ich, daß selbst der, den wir mitgebracht haben, uns nicht viel helfen wird. Natürlich werden wir versuchen, uns mit ihm zu verständigen, aber ich glaube kaum, daß uns das gelingt ...«

»Wir müssen das bisher gesammelte Informationsmaterial aufschreiben und katalogisieren«, schlug der Kybernetiker vor, »sonst verlieren wir uns darin. Ich muß sagen ... Sicherlich hat der Doktor recht, aber ... Waren diese Skelette wirklich Skelette? Und diese Geschichte mit der Menge auf der Straße, die euch zuerst umringte und dann flüchtete ...«

»Die Skelette sah ich genauso, wie ich dich hier sehe. Das ist kaum zu glauben, aber es ist die Wahrheit. Na, und die Menge ...« Der Doktor winkte ratlos ab.

»Das war kompletter Wahnsinn«, warf der Chemiker ein.

»Vielleicht hattet ihr die Siedlung geweckt, und sie waren überrascht. Stell dir auf der Erde ein Hotel vor, in das plötzlich solch eine wirbelnde Scheibe fährt. Klar, daß da Panik entsteht!«

Der Chemiker schüttelte den Kopf. Der Doktor lächelte. »Du bist nicht dabeigewesen, deshalb fällt es schwer, dir das zu erklären. Eine Panik – warum nicht. Aber wenn sich dann alle Menschen versteckt haben und geflohen sind, fährt die Scheibe auf die Straße, und einer der Flüchtenden rennt angstschlotternd, nackt, als wäre er gerade aus dem Bett gesprungen, hinter ihr her und gibt dem Kommandanten zu verstehen, daß er mitfahren will. Nun?«

»Na, gebeten hat er euch ja nicht ...«

»Nicht gebeten? Frag sie, wenn du mir nicht glaubst. Sie können dir sagen, was passierte, als ich so tat, als wollte ich ihn zurückstoßen, damit er zu den Seinen zurückkehre. Übrigens – ein Hotel und ein Stückchen weiter Gräber, offene Gräber, voll von Leichen?«

»Liebe Leute, es ist drei Viertel vier«, sagte der Koordinator, »und morgen, das heißt heute schon, können sie uns neue Besuche abstatten. Überhaupt kann hier jeden Augenblick alles mögliche geschehen. Mich wundert nichts mehr! Was habt ihr in der Rakete gemacht?« wandte er sich an den Ingenieur.

»Wenig, wir haben ja vier Stunden am Werfer zugebracht! Ein Elektrohirn vom Typ ›Mikro‹ ist überprüft, die Radioapparatur steht kurz vor der Inbetriebnahme. Der Kybernetiker wird es dir genauer sagen. Leider viel Bruch darunter.«

»Mir fehlen sechzehn Niob-Tantal-Dioden«, sagte der Kybernetiker. »Die Krytrone sind heil, aber ohne die Dioden kann ich mit dem Hirn nichts anfangen.«

»Kannst du sie nicht von den anderen nehmen?«

»Habe ich, eine Menge, über siebenhundert.«

»Mehr sind nicht da?«

»Vielleicht noch im Beschützer, aber bis zu ihm konnte ich nicht vordringen. Er liegt ganz unten.«

»Wollen wir etwa die ganze Nacht hier draußen stehenbleiben?«

»Richtig, gehen wir. Einen Augenblick: Was geschieht mit dem Doppelt?«

»Und der Geländewagen?«

»Ich muß euch etwas Unangenehmes sagen: Ab sofort müssen wir einen Posten aufstellen.« Der Koordinator sah alle der Reihe nach an. »Es war heller Wahnsinn, daß wir das bisher nicht getan haben. Wer meldet sich für die ersten zwei Stunden bis zum Morgengrauen?«

»Meinetwegen ich.« Der Doktor hob die Hand.

»Du? Niemals, nur einer von uns«, sagte der Ingenieur. »Wir waren wenigstens hier.«

»Und ich habe im Geländewagen gesessen; ich bin nicht mehr erschöpft als du.«

»Genug. Zuerst der Ingenieur, dann der Doktor«, entschied der Koordinator. Er reckte sich, rieb sich die kalt gewordenen Hände, trat an den Wagen, schaltete die Scheinwerfer aus und rollte ihn langsam unter den Rumpf der Rakete.

»Hört mal.« Der Kybernetiker stand vor dem unbeweglichen liegenden Doppelt. »Was wird mit ihm?«

»Er bleibt am besten hier. Sicherlich schläft er. Fliehen wird er nicht. Wozu ist er sonst mitgekommen?« meinte der Physiker.

»Aber so geht das nicht, man muß ihn irgendwie sichern«, wandte der Chemiker ein. Doch die anderen betraten bereits nacheinander den Tunnel. Er blickte sich um, zuckte ärgerlich mit den Schultern und folgte ihnen. Der Ingenieur legte ein paar Luftkissen auf den Boden neben den Werfer und setzte sich darauf, aber als er spürte, wie sich der Schlaf seiner bemächtigen wollte, erhob er sich wieder und begann gleichmäßig auf und ab zu schreiten.

Der Sand knirschte leise unter seinen Sohlen. Im Osten stand das erste Grau, die Sterne hörten allmählich auf zu zittern und verblaßten. Kalte, reine Luft füllte die Lungen. Der Ingenieur versuchte jenen fremden Geruch herauszuspüren, an den er sich noch vom ersten Betreten der Oberfläche des Planeten erinnerte, doch es gelang ihm nicht. Die Flanke des Doppelt hob und senkte sich gleichmäßig. Plötzlich erblickte der Ingenieur lange, dünne Taster, die aus der Brust des Geschöpfes krochen und ihn am Bein packten.

Er zerrte verzweifelt, stolperte, wäre beinahe hingefallen – und riß die Augen auf. Er war im Gehen eingeschlafen. Es wurde heller. Flockige Wölkchen hatten im Osten eine schräge Linie gebildet. Ihr Ende begann allmählich zu glühen. Das verschwommene Grau des Himmels mischte sich mit Blau, in dem der letzte Stern verschwand. Die graubraunen Wolken verwandelten sich in braungoldene, Feuer brandete an ihren Rändern. Ein rosafarbener Streifen, vermischt mit untadeligem Weiß, durchschnitt den Himmel. Der flache, wie ausgebrannte Rand des Planeten sank plötzlich unter der Berührung der schweren roten Scheibe in sich zusammen. Das hätte auch die Erde sein können.

Der Ingenieur empfand eine unaussprechliche, bohrende Verzweiflung.

»Wachablösung!« rief eine laute Stimme hinter seinem Rücken. Er zuckte zusammen. Lächelnd sah ihn der Doktor an. Der Ingenieur wollte ihm für etwas danken, wollte ihm sagen, daß – er wußte es selbst nicht, was; es war von unermeßlicher Bedeutung, aber er fand nicht die richtigen Worte. Er schüttelte den Kopf, antwortete mit einem Lächeln und verschwand in dem dunklen Tunnel.

8. Kapitel

Um die Mittagszeit ruhten fünf halbnackte Männer mit braungebrannten Nacken und Gesichtern im Schatten unter dem weißen Bauch der Rakete, umgeben von allerlei Gefäßen und Geräteteilen. Auf der Zeltplane lagen die Kombinationen, die Schuhe und die Handtücher. Einer geöffneten Thermosflasche entstieg der Duft frischgebrühten Kaffees. Wolkenschatten krochen über die weite Ebene. Es herrschte Ruhe, und wäre nicht das nackte Geschöpf gewesen, das einige Schritt von ihnen entfernt reglos unter dem Rumpf hockte, hätte die Szene ein irdisches Biwak darstellen können.

»Wo steckt eigentlich der Ingenieur?« Der Physiker richtete sich träge mit den Ellenbogen auf und starrte vor sich hin. In seiner dunklen Brille spiegelte sich eine Schäfchenwolke.

»Er schreibt sein Buch.«

»Was für ein Buch? Ach so, die Aufstellung der Reparaturen.«

»Ja, es wird ein dickes Buch werden und interessant, sage ich dir.«

Der Physiker sah den Sprechenden an. »Du hast gute Laune. Das ist viel wert. Deine Wunde ist schon fast verheilt, was? Auf der Erde hätte sie sich nicht so rasch geschlossen.«

Der Koordinator befühlte die Stelle an der Stirn und hob die Brauen. »Kann sein. Das Raumschiff war steril, und die

Bakterien hier sind für uns unschädlich. Insekten scheint es hier überhaupt nicht zu geben. Ich hab noch keine gesehen. Und ihr?«

»Die weißen Schmetterlinge des Doktors«, murmelte der Physiker; bei Hitze fiel ihm sogar das Sprechen schwer.

»Nun, das ist nur eine Hypothese.«

»Und was ist hier keine Hypothese?« Der Doktor sah ihn an.

»Unsere Anwesenheit«, erwiderte der Chemiker und wälzte sich auf den Rücken. »Ich hätte Lust, die Gegend zu wechseln ...«

»Ich auch«, bemerkte der Doktor.

»Ist dir aufgefallen, wie rot seine Haut wurde, als er ein paar Minuten in der Sonne gesessen hatte?« fragte der Koordinator.

Der Doktor nickte. »Ja. Das bedeutet, daß er entweder bisher noch nicht in der Sonne war oder daß er ein Kleidungsstück hatte, eine Kopfbedeckung oder ...«

»Was oder?«

»Oder noch etwas anderes, was ich nicht weiß ...«

»Die Sache steht nicht schlecht.« Der Kybernetiker hob den Blick von einem beschriebenen Blatt Papier. »Henryk versprach mir, die Dioden aus dem Beschützer auszubauen. Wenn ich morgen mit der Durchsicht fertig bin und alles in Schuß ist, können wir schon morgen den ersten Automaten in Betrieb nehmen. Dem unterstelle ich dann den ganzen Rest. Wenn er nur drei Stück zusammenbaut, kommt alles vom Fleck. Wir setzen die Lastautomaten und die Bagger instand, die Rakete wird hochgestellt und ...« Er brach ab.

»Was«, rief der Chemiker, »du glaubst also, wir setzen uns einfach so hinein und fliegen davon?«

Der Doktor lachte. »Die Astronautik ist eine reine, untadelige Frucht der menschlichen Neugier. Habt ihr es gehört? Der Chemiker will nicht mehr von hier fort!«

»Keine Scherze, Doktor, was ist mit dem Doppelt? Du hast den ganzen Tag bei ihm gesessen!«

»Habe ich.«

»Was ist? Tu nicht so geheimnisvoll! Wir haben genug Geheimnisse um uns herum ...«

»Ich tue gar nicht so geheimnisvoll. Wozu auch. Er benimmt sich wie ein Kind. Wie ein geistig unterentwickeltes Kind. Er erkennt mich. Wenn ich ihn rufe, kommt er. Wenn ich ihn anstoße, setzt er sich hin – auf seine Art.«

»Du hast ihn in den Maschinenraum mitgenommen. Wie hat er sich dort angestellt?«

»Wie ein Säugling. Keinerlei Interesse. Als ich mich hinter dem Generator bückte und er mich nicht mehr sah, schwitzte er vor Angst. Wenn es Schweiß ist und wenn das Angst bedeutet ...«

»Spricht er etwas? Einmal hörte ich, wie er dich angluckste.«

»Artikulierte Laute gibt er nicht von sich. Ich habe Bandaufnahmen gemacht und die Frequenzen analysiert. Die Stimme hört er, jedenfalls reagiert er darauf. Ich habe für all das einfach keinen Platz in meinem Kopf ... Ängstlich wie 'ne Kuh ist er und schüchtern. Und aus solchen Exemplaren setzt sich diese ganze Gesellschaft zusammen. Es sei denn, daß er allein ... Aber ein solcher Zufall ...«

»Vielleicht ist er noch jung? Vielleicht sind sie gleich so groß.«

»O nein, er ist nicht jung. Das erkennt man schon an der Haut, an den Runzeln. Das sind allgemeine biologische Gesetzmäßigkeiten. Außerdem sind die Sohlen, die Verdickungen, auf denen er geht, ganz fest und mit Hornhaut verhärtet. Ein Kind in unserem Sinne ist er jedenfalls nicht. Übrigens hat er in der Nacht im Wagen, als wir zurückkehrten, auf gewisse Dinge früher als wir und auf seine Art reagiert, zum Beispiel auf die Luftspiegelung, von der ich euch erzählt habe. Er fürchtete sich davor. Seine Siedlung schien er ebenfalls zu fürchten. Warum wäre er sonst von da geflohen?«

»Vielleicht könnten wir ihm etwas beibringen? Schließlich haben sie ja Fabriken und die wirbelnden Scheiben gebaut. Intelligent müssen sie also sein«, gab der Physiker zu bedenken.

»Der hier ist es nicht.«

»Warte. Weißt du, was mir eingefallen ist?« Der Chemiker stemmte sich mit den Armen hoch, setzte sich auf und wischte die Sandkörnchen ab, die an seinen Ellenbogen klebten. »Vielleicht ist das ein Schwachsinniger? Ein Unterentwickelter? Oder...«

»Ach so, du meinst, da wäre dort ein Asyl für Schwachsinnige?« Der Doktor setzte sich ebenfalls auf. »Du spottest wohl?«

»Warum sollte ich spotten? Vielleicht war das ein isolierter Winkel, in dem sie ihre Kranken halten.«

»Um Experimente an ihnen vorzunehmen«, warf der Chemiker ein.

»Du bezeichnest das, was du gesehen hast, als Experimente?« mischte sich der Koordinator in das Gespräch.

»Ich bewerte das nicht von der moralischen Seite. Wie könnte ich? Wir wissen ja nichts«, erwiderte der Chemiker. »Der Doktor entdeckte dort in einem der Doppelts ein Röhrchen, das dem gleicht, das er im Körper des Sezierten fand...«

»Ach so, das heißt also, daß der, der in die Rakete gekrochen war, auch von dort stammte? Er war geflohen und in der Nacht hierhergelangt?«

»Warum nicht? Ist das unmöglich?«

»Und die Skelette?« Des Physikers Miene verriet, daß er die Ausführungen des Chemikers sehr skeptisch aufnahm.

»Nun ... ich weiß es nicht. Vielleicht ist das eine Art von Konservierung, oder vielleicht werden sie geheilt, indem man ihnen das zeigt. Ich meine so etwas wie psychische Schocks.«

»Natürlich. Auch sie haben ihren Freud«, sagte der Doktor. »Laß das lieber. Und erzähl mir nicht, das wäre zur Unterhaltung oder sei ein Gespensterschloß. Es ist irgendeine gewaltige Einrichtung. Man braucht eine ganze Masse Chemie, um die Skelette in diese Glasblöcke einzuschmelzen.«

»Der Umstand, daß du aus diesem Doppelt nichts herausbekommen kannst, will noch nichts besagen«, meinte der Physiker. »Du solltest mal versuchen, von dem Pförtner an meiner Universität etwas über die irdische Zivilisation zu erfahren.«

»Ein unterentwickelter Pförtner also«, meinte der Chemiker. Alle lachten, verstummten jedoch sofort. Der Doppelt stand vor ihnen. Er bewegte die knotigen Fingerchen in der Luft, sein flaches Gesichtchen, das am Halse herabhing, zitterte.

»Was ist?« fragte der Chemiker.

»Er lacht«, sagte der Koordinator.

Der Torso hatte eine Art Schluckauf, er schien sich vor Heiterkeit zu schütteln. Die unförmigen großen Füße trippelten auf der Stelle. Angesichts der fünf Augenpaare, die ihn anstarrten, wurde er allmählich ruhiger. Er ließ seinen himmelblauen Blick von einem zum anderen wandern, zog plötzlich den Torso, die Händchen und den Kopf ein, lugte noch einmal durch den Spalt der Muskeln und stapfte an seinen Platz zurück, wo er sich mit leisem Schnaufen niederließ.

»Wenn das Lachen ist«, flüsterte der Physiker.

»Auch das hätte noch nichts zu bedeuten. Selbst Affen können lachen.«

»Moment«, sagte der Koordinator. Die Augen in seinem hageren, sonnenverbrannten Gesicht leuchteten. »Nehmen wir mal an, daß es bei ihnen eine erheblich größere Diskrepanz in den biologisch angeborenen Fähigkeiten gibt als bei uns. Daß es mit einem Wort Schichten oder Gruppen gibt, Kasten schöpferisch Arbeitender, Konstruierender, und daneben eine große Menge anderer, die zu keiner Arbeit taugen. Und daß in diesem Zusammenhang die Unbrauchbaren ...«

» ... getötet werden. Man macht Versuche an ihnen. Sie werden aufgefressen«, spann der Doktor den Gedanken weiter. »Keine Angst, sag ruhig alles, was dir in den Sinn kommt. Niemand wird dich auslachen, weil alles möglich ist. Leider ist der Mensch nicht imstande, alles, was möglich ist, zu verstehen.«

»Halt. Was meinst du zu dem, was ich gesagt habe?«

»Und die Skelette?« wandte der Chemiker ein.

»Nach dem Mittagessen sind sie eben Lehrmittel«, erklärte der Kybernetiker bissig.

»Wenn ich dir sämtliche Theorien schildern sollte, die mir seit gestern durch den Kopf gehen, wann immer ich daran denke«, sagte der Doktor, »dann gäbe das ein Buch, das fünfmal dicker wäre als das, an dem Henryk jetzt schreibt, wenn auch nicht ganz so logisch. Als Junge lernte ich mal einen Kosmonauten kennen. Der hatte mehr Planeten gesehen, als er Haare auf dem Kopfe hatte, und er hatte keine Glatze. Er hatte die beste Absicht, mir die Landschaft auf einem Mond zu schildern, ich weiß nicht mehr, auf welchem. Da gibt es solche, und da haben sie solche, und das ist dort so, und der Himmel, der ist anders als bei uns, anders, und zwar so ... Er wiederholte das so lange, bis er schließlich selbst lachte und abwinkte. Man kann einem, der nie im Weltraum war, nicht sagen, wie es ist, wenn man im Vakuum schwebt und die Sterne unter den Füßen hat. Und das sind nur die veränderten physikalischen Bedingungen! Hier haben wir eine Zivilisation vor uns, die sich mindestens durch fünfzig Jahrhunderte hindurch entwickelt hat. Mindestens, sage ich. Und wir wollen sie nach wenigen Tagen begreifen?«

»Wir müssen uns sehr bemühen, denn der Preis, den wir zu zahlen hätten, falls wir sie nicht begreifen, könnte zu hoch sein.« Der Koordinator schwieg einen Augenblick, wandte sich dann an den Doktor: »Was sollten wir also deiner Ansicht nach tun?«

»Was wir bisher getan haben! Aber ich fürchte, die Chancen sind gering, etwa wie eins ... na, sagen wir zu der Anzahl von Jahren, die die Zivilisation auf Eden existiert.«

Der Ingenieur erschien im Tunnelausgang. Als er die Freunde in dem breiten Schatten wie an einem Strand ruhen sah, warf er die Kombination ab und setzte sich zu ihnen.

»Wie steht's mit der Arbeit?« fragte der Koordinator.

»Nicht schlecht, drei Viertel habe ich bereits geschafft ... Übrigens habe ich schon lange nicht mehr daran gearbeitet. Ich habe inzwischen versucht, unsere vorherige Ansicht zu revidieren, nämlich daß die erste Fabrik, die im Norden, so funktioniert, weil sie außer Kontrolle und aus ihrem Arbeitsrhythmus geraten ist ... Was ist los? Was findet ihr daran komisch? Warum lacht ihr?«

»Ich will euch was sagen«, erklärte der Doktor, der als einziger ernst geblieben war. »Sobald das Schiff startklar ist, wird es einen Aufruhr geben. Keiner wird mehr fliegen wollen, bis er nicht erfahren hat ... Wenn wir nämlich jetzt schon, statt im Schweiße unseres Angesichts Schrauben einzudrehen ...« Er winkte ratlos ab.

»Ach so, ihr habt euch damit befaßt? Und zu welchem Schluß seid ihr gekommen?«

»Zu keinem. Und du?«

»Zu dem gleichen wie ihr. Aber ich habe gewisse allgemeine und zugleich allen Erscheinungen gemeinsame Züge ausgesucht, und dabei fiel mir auf, daß die Fabrik, die automatische, ihr wißt schon, nicht nur im Kreise produzierte, sondern es auch nachlässig tat. Die einzelnen ›Fertigprodukte‹ unterschieden sich voneinander. Erinnert ihr euch?«

Er vernahm ein zustimmendes Knurren.

»Na, und gestern machte uns der Doktor darauf aufmerksam, daß sich die einzelnen Doppelts auf eigenartige Weise voneinander unterscheiden. Die einen haben kein Auge, die anderen keine Nase, auch die Anzahl der Finger ist unterschiedlich, ebenso die Hautfarbe. All das schwankt innerhalb gewisser Grenzen. Und das scheint sozusagen die Folge einer gewissen Ungenauigkeit des Prozesses der ›organischen‹ Technologie zu sein, hier wie dort ...«

»Das ist aber wirklich interessant!« rief der Physiker, der ihm aufmerksam zugehört hatte.

»Ja, endlich etwas Wesentliches«, meinte der Doktor. »Aber was weiter?«

Der Ingenieur schüttelte verwirrt den Kopf. »Wirklich, ich

habe nicht den Mut, es zu sagen. Wenn man so allein sitzt, kommen einem so allerhand Dinge in den Sinn ...«

»So sprich doch!« schrie der Chemiker entrüstet.

»Wenn du schon einmal angefangen hast«, ermunterte ihn der Kybernetiker.

»Ich habe mir folgendes überlegt: Wir hatten dort einen kreisförmigen Prozeß von Produktion, Destruktion und erneuter Produktion vor uns. Und gestern habt ihr etwas entdeckt, was auch wie eine Fabrik aussah. Wenn das eine Fabrik war, so muß sie etwas produzieren.«

»Nein, dort war nichts«, sagte der Chemiker. »Nichts, nur Skelette ... Wir haben zwar nicht überall gesucht«, fügte er zögernd hinzu.

»Und wenn diese Fabrik ... Doppelts erzeugt?« fragte der Ingenieur leise und fuhr, da alle schwiegen, fort: »Das Produktionssystem wäre analog: eine Serienproduktion, eine Massenproduktion, mit Abweichungen, zu denen es, sagen wir, nicht durch die fehlende Kontrolle kam, sondern durch die Eigenart der Prozesse, und die so kompliziert sind, daß in ihnen bestimmte Schwankungen, bestimmte Abweichungen von der geplanten Norm auftraten und sich nicht mehr steuern ließen. Auch die Skelette wiesen Unterschiede auf.«

»Und du glaubst ... sie töten die ›schlecht Produzierten‹?« fragte der Chemiker mit rauher Stimme.

»Keineswegs! Ich meine die Leiber, die ihr gefunden habt, haben überhaupt nie gelebt! Die Synthese war so weit geglückt, daß muskulöse Organismen erzeugt wurden, die mit allen inneren Organen ausgestattet waren, aber sie wichen von der Norm stark ab, sie waren funktionsuntüchtig, sie lebten überhaupt nicht und wurden daher entfernt, aus dem Produktionszyklus ausgeschieden ...«

»Und der Graben vor der Stadt, was war damit? Auch ›Ausschuß‹?« fragte der Kybernetiker.

»Ich weiß es nicht, aber auch das ist nicht ausgeschlossen ...«

»Nein, ausgeschlossen ist das nicht.« Der Doktor betrachtete den bläulich getrübten Rand des Horizonts. »An dem, was du sagst, ist etwas dran ... jenes abgebrochene Röhrchen, das eine und das andere ...«

»Vielleicht haben sie damit irgendwelche belebenden Substanzen während der Synthese eingeführt.«

»Das würde zum Teil auch erklären, weshalb der Doppelt, den ihr mitgebracht habt, gewissermaßen geistig unterentwickelt ist«, fügte der Kybernetiker hinzu. »Er wurde gleich ›erwachsen‹ erschaffen, er spricht nicht, ihm fehlen Erfahrungen ...«

»Nein«, entgegnete der Chemiker. »Unser Doppelt weiß immerhin einiges. Er fürchtete sich nicht nur, in jenes steinerne Asyl zurückzukehren, was schließlich irgendwie begreiflich ist, er hatte auch vor dem Spiegelgürtel Angst. Außerdem wußte er auch etwas von jener Luftspiegelung, von der unsichtbaren Grenze, die wir überqueren ...«

»Wenn wir Henryks Hypothese fortsetzen wollten, entstünde ein Bild, das wir schwerlich akzeptieren können.« Der Koordinator starrte in den Sand. »Die erste Fabrik erzeugt Teile, die nicht gebraucht werden. Und die zweite? Etwa Lebewesen? Wozu? Glaubst du, daß auch sie ... in einen Kreisprozeß eingeführt werden?«

»Du großer Gott!« Der Kybernetiker schüttelte sich. »Das ist doch wohl nicht dein Ernst?«

»Einen Augenblick.« Der Chemiker setzte sich. »Wenn die Lebenden in die Retorte zurückkehrten, wäre die Beseitigung unvollkommener Geschöpfe, die sich nicht beleben ließen, völlig überflüssig. Übrigens haben wir keine Spuren eines solchen Prozesses gesehen ...«

In der Stille, die nun eintrat, stand der Doktor auf und ließ den Blick über seine Freunde schweifen.

»Wißt ihr«, begann er, »ich kann mir nicht helfen ... Ich muß es sagen. Wir haben uns alle durch das, was der Ingenieur entdeckt zu haben glaubt, beeinflussen lassen und bemühen uns jetzt, die Tatsachen dieser ›Produktionshypothese‹ anzupassen. Aus alledem geht nur eins unwiderlegbar hervor, nämlich, daß wir kreuzbrave und naive Menschen sind ...«

Sie sahen ihn mit wachsendem Erstaunen an, als er fortfuhr: »Vor einer Weile habt ihr versucht, euch die schrecklichsten Dinge auszudenken, zu denen ihr fähig seid, und ihr seid zu einem Bild gelangt, wie es sich ein Kind machen könnte. Eine Fabrik, die Lebewesen erzeugt, um sie zu zermahlen ... Liebe Leute, die Wirklichkeit kann schlimmer sein.«

»Na, weißt du!« platzte der Kybernetiker heraus.

»Moment. Laß ihn doch ausreden«, sagte der Ingenieur.

»Je länger ich über unser Erlebnis in jener Siedlung nachdenke, desto fester wird in mir die Gewißheit, daß wir etwas ganz anderes gesehen haben, als wir zu sehen glaubten.«

»Drück dich bitte klarer aus. Also was geschah dort?« drängte der Physiker.

»Was geschah, weiß ich nicht. Dagegen weiß ich, und dessen bin ich mir sicher, was nicht geschah.«

»Bitte! Vielleicht läßt du das jetzt mit den Rätseln.«

»Ich will nur so viel sagen: Nach längerer Wanderung in jenem unterirdischen Labyrinth wurden wir unvermittelt von einer Menge überfallen, die uns in dem Gedränge ein wenig belästigte, dann jedoch auseinanderstob und flüchtete. Da wir bei der Annäherung an die Siedlung beobachteten, wie darin die Lichter erloschen, glaubten wir natürlich, daß das mit unserer Ankunft zusammenhinge und die Bewohner sich vor uns versteckten. Ich habe mir diese ganze Folge von Ereignissen noch einmal vergegenwärtigt, alles, was mit uns und um uns geschah, und ich sage euch: Das war etwas ganz anderes, etwas, wogegen sich der Verstand sträubt wie gegen etwas Wahnwitziges.«

»Du wolltest ohne alle Umschweife reden«, erinnerte der Physiker.

»Ich rede geradeheraus. Ich bitte euch, folgende Situation zu überlegen: Auf einem Planeten, der von intelligenten Geschöpfen bewohnt ist, landen Wesen von den Sternen. Welche Reaktionen der Bewohner sind möglich?«

Da keiner antwortete, fuhr der Doktor fort: »Selbst wenn die Bewohner dieses Planeten in Retorten hergestellt sein sollten oder unter noch unheimlicheren Bedingungen auf die Welt gekommen sind, sehe ich nur drei mögliche Verhaltensweisen: den Versuch, mit den Ankömmlingen Kontakt aufzunehmen, den Versuch, sie anzugreifen, oder Panik. Es hat sich erwiesen, daß noch eine vierte möglich ist, nämlich völlige Gleichgültigkeit!«

»Du hast doch selbst erzählt, daß sie euch fast die Rippen gebrochen haben, und das nennst du Gleichgültigkeit!« rief der Kybernetiker. Der Chemiker machte bei den Ausführungen des Doktors große Augen. Seine Gedanken schienen ihm irgendwie einzuleuchten.

»Wenn du einer Viehherde im Wege stehst, die vor einem Brand flieht, kann dir noch Schlimmeres passieren, dann heißt das aber noch lange nicht, daß die Herde dich beachtet«, fuhr der Doktor fort. »Ich sage euch, die Menge, in die wir gerieten, hat uns überhaupt nicht gesehen! Sie hat sich für uns gar nicht interessiert. Zugegeben, sie war in Panik, aber nicht unsertwegen. Wir waren ganz zufällig hineingeraten. Natürlich glaubten wir fest, daß wir die Ursache waren für das Hereinbrechen der Dunkelheit und für das Chaos, für alles, was wir dort sahen. Aber es stimmt nicht. Es war nicht so.«

»Beweise!« rief der Ingenieur.

»Zuerst möchte ich hören, was mein Begleiter dazu meint.« Der Doktor sah den Chemiker an. Der saß da und bewegte lautlos die Lippen, als spräche er mit sich selbst. Plötzlich zuckte er zusammen.

»Ja«, sagte er. »So wird es wohl gewesen sein. Sicherlich. Die ganze Zeit hindurch hat mich bei dieser Sache etwas gequält, es ließ mir keine Ruhe. Ich hatte das Gefühl, daß es sich um eine Verschiebung, ein Mißverständnis handelte, oder, wie soll ich sagen, es war so, als ob ich einen wirren Text lese und komme nicht dahinter, wo die Sätze umgestellt wurden. Jetzt ist alles klar. So muß es gewesen sein. Ich fürchte nur, wir können das nicht beweisen, das läßt sich nicht beweisen. Man muß eben selber dort in dieser Menge gewesen sein. Sie haben uns einfach nicht gesehen. Natürlich, mit Ausnahme derjenigen, die uns am nächsten standen, aber gerade die, die mich umgaben, waren nicht von der allgemeinen Panik erfaßt. Im Gegenteil, möchte ich behaupten, mein Anblick wirkte ernüchternd auf sie. Solange sie mich ansahen, waren sie einfach die verblüfften, über die Maßen überraschten Bewohner des Planeten, die unbekannte Geschöpfe erblickten. Sie wollten mir überhaupt nichts Böses antun. Ich erinnere mich, daß sie mir in gewisser Weise sogar halfen, mich aus dem Gedränge zu befreien, soweit das freilich möglich war ...«

»Und wenn jemand die Menge auf euch gehetzt hat? Wenn das nur eine Treibjagd sein sollte?« warf der Ingenieur ein.

Der Chemiker schüttelte den Kopf. »Da war nichts dergleichen, keine wirbelnden Scheiben, keine bewaffneten Wächter, keine Organisation. Es war völliges Chaos, nichts weiter. Stimmt«, fügte er hinzu, »ich wundere mich wirklich, daß ich das erst jetzt begreife. Diejenigen, die mich aus der Nähe sahen, schienen zur Besinnung zu kommen. Der Rest benahm sich eben wie rasend!«

»Wenn das so war, wie ihr schildert«, sagte der Koordinator, »dann wäre das ein recht merkwürdiger Zufall. Warum wurden die Lichter gerade in dem Augenblick gelöscht, als wir dort ankamen?«

»Ach so, die Wahrscheinlichkeitsrechnung«, murmelte der Doktor, und lauter fügte er hinzu: »Ich würde darin nichts Ungewöhnliches sehen, ausgenommen die nicht begründete Annahme, daß solche Zustände ziemlich häufig auftreten.«

»Was für Zustände?«

»Die der allgemeinen Panik.«

»Und was mag sie auslösen?«

»Möglicherweise der rückläufige Zivilisationsprozeß auf dem Planeten«, meinte der Kybernetiker nach einem Augenblick des Schweigens. »Eine Periode der Rückentwicklung, einfacher ausgedrückt: Die Zivilisation wird von einer Art ... gesellschaftlichem Krebs zerfressen.«

»Das ist sehr verschwommen«, meinte der Koordinator. »Die Erde ist bekanntlich ein ganz durchschnittlicher Planet. Es hat dort Epochen der Involution gegeben, ganze Zivilisationen entstanden und vergingen wieder, überblicken wir aber die Jahrtausende, so erhalten wir ein Bild zunehmender Kompliziertheit des Lebens und seines wachsenden Schutzes. Wir bezeichnen das als Fortschritt. Der Fortschritt erfolgt auf durchschnittlichen Planeten. Aber es gibt auch, gemäß dem Gesetz der großen Zahl, statistische Abweichungen vom Durchschnitt, positive wie negative. Man braucht sich gar nicht auf Hypothesen von einer periodischen Degeneration, von einer Rückentwicklung, zu berufen. Es ist doch möglich, daß die schädlichen Begleitumstände bei der Entstehung der Zivilisation hier größer sind und größer waren als anderswo. Vielleicht sind wir gerade während eines Prozesses der negativen Abweichung gelandet ...«

»Mathematischer Dämonismus«, sagte der Ingenieur.

»Die Fabrik existiert«, bemerkte der Physiker.

»Zugegeben, die erste, die Existenz der zweiten ist eine Hypothese, die sich nicht halten läßt.«

»Mit einem Wort, eine neue Expedition ist notwendig«, schloß der Chemiker.

»In dieser Hinsicht hatte und habe ich nicht die geringsten Zweifel.«

Der Ingenieur schaute sich um. Die Sonne neigte sich bereits deutlich dem Horizont zu, die Schatten auf dem Sand wurden länger. Ein schwacher Wind wehte.

»Heute noch ...?« Der Ingenieur sah den Koordinator fragend an.

»Heute sollten wir nach Wasser fahren, sonst nichts.«

Der Ingenieur stand auf. »Eine sehr interessante Diskussion«, sagte er mit einer Miene, als dächte er an etwas anderes.

Er hob seine Kombination auf und ließ sie gleich wieder fallen, so heiß war sie von der Sonne. »Ich denke, gegen

Abend werden wir einen Ausfall auf Rädern zum Bach machen. Wir lassen uns durch nichts von unserem Plan abbringen, es sei denn, wir werden unmittelbar bedroht.«

Er kehrte zu den im Sand Sitzenden zurück, betrachtete sie eine Weile und fügte dann zögernd hinzu: »Ich muß euch gestehen, daß ich etwas ... unruhig bin.«

»Warum?«

»Mir gefällt nicht, daß sie uns in Ruhe lassen, nach diesem Besuch vor zwei Tagen. So verhält sich keine Gesellschaft, in die ein bemanntes Raumschiff vom Himmel fällt.«

»Das würde in gewisser Weise meine Annahme stützen«, bemerkte der Kybernetiker.

»Die mit dem ›Krebs‹, der Eden auffrißt? Nun, von unserem Standpunkt aus wäre das nicht das Schlimmste, nur ...«

»Was?«

»Nichts. Hört zu, wir müssen uns endlich den Beschützer vornehmen. Das Gerümpel darüber wird weggeräumt, die Dioden darin sind sicherlich unversehrt.«

9. Kapitel

Etwa zwei Stunden lang wurde schwer gearbeitet. Sie trugen aus der unteren Kammer die zertrümmerten Automatenstücke heraus, die ineinandergebohrten, kaum noch voneinander zu lösenden Teile, die der Zusammenprall aus den Fassungen gerissen und auf die Lafette des Beschützers geworfen hatte. Die größten Lasten räumten sie mit dem Scherenkran weg, und alles, was sich nicht durch die Tür zwängen ließ, montierten der Ingenieur und der Koordinator auseinander. Zwei Panzerplatten, die zwischen dem Turm des Beschützers und einer Kiste mit Bleiziegeln eingekeilt waren, zerschnitten sie mit Hilfe des Lichtbogens, nachdem sie ein Kabel von der Schalttafel des Reaktors aus dem Maschinenraum nach unten gelegt hatten. Der Kybernetiker und der Physiker sortierten alles, was von den entsetzlich knirschenden Wrackteilen freigelegt war. Was sich nicht reparieren ließ, warfen sie zum Schrott. Der Chemiker seinerseits sortierte den Schrott nach Materialarten. Sobald ein besonders massives Konstruktionselement herausgehievt werden mußte, warfen alle die Arbeit hin und eilten den Trägern zu Hilfe. Kurz vor sechs war der Zugang zu dem abgeflachten Kopf des Beschützers so weit frei, daß sie seine obere Klappe abschrauben konnten.

Der Kybernetiker sprang als erster in das dunkle Innere. Bald darauf bat er um eine Lampe. Sie ließen sie ihm an einem

Kabel hinab. Auf einmal hörten sie einen unterdrückten, triumphierenden Schrei, wie aus der Tiefe eines Brunnens. »Sie sind da!«

Er steckte für einen Augenblick den Kopf heraus. »Wir brauchen uns nur hineinzusetzen und zu fahren! Die gesamte Installation ist intakt!«

»Na klar, der Beschützer ist doch dazu da, daß er einen Puff verträgt.« Der Ingenieur strahlte, obwohl seine Unterarme vom Schleppen der Kisten mit den Reserveventilsätzen zerschrammt und blutig waren.

»Leute, es ist sechs. Wenn wir Wasser holen wollen, müssen wir das gleich tun«, rief der Koordinator. »Der Kybernetiker und der Ingenieur haben alle Hände voll zu tun. Ich denke, wir fahren in der gleichen Zusammensetzung wie gestern.«

»Damit bin ich nicht einverstanden!«

»Du begreifst doch ...«, hob der Koordinator an, doch der Ingenieur fiel ihm ins Wort: »Du verstehst davon genausoviel wie ich. Diesmal bleibst du hier.«

Sie stritten sich eine Weile, schließlich gab der Koordinator nach. Zur Expeditionsmannschaft gehörten der Ingenieur, der Physiker und der Doktor. Beim Doktor war mit Überredung nichts zu machen, er bestand darauf mitzufahren.

»Es ist noch gar nicht raus, wo es sicherer ist, ob hier oder da, falls es darum gehen sollte«, sagte er, verärgert über die Einwände des Ingenieurs, und stieg die stählerne Leiter nach oben.

»Die Behälter sind schon vorbereitet«, rief der Koordinator ihnen nach. »Bis zum Bach sind es nicht mehr als zwanzig Kilometer. Kommt gleich mit dem Wasser zurück, verstanden!«

»Wenn wir es schaffen, fahren wir gleich noch einmal«, sagte der Ingenieur. »Dann hätten wir vierhundert Liter.«

»Wie das mit dem Nocheinmalfahren wird, werden wir nachher sehen.«

Der Chemiker und der Kybernetiker wollten sie hinausbegleiten, doch der Ingenieur versperrte ihnen den Weg. »Keinen großen Abschied, das hat keinen Sinn. Also, bis nachher. Einer muß oben bleiben. Der kann mitkommen.«

»Eben, das will ich ja«, sagte der Chemiker. »Du siehst doch, daß ich keine Arbeit habe.«

Die Sonne stand schon tief am Himmel. Der Ingenieur überprüfte die Befestigung der Kanister, das Lenkrad und den Vorrat an Isotopenmischung und setzte sich dann vorn in den Wagen. Kaum war der Doktor eingestiegen, richtete sich der Doppelt, der unter der Rakete gelegen hatte, in seiner ganzen Größe auf und schlurfte auf sie zu. Der Geländewagen fuhr an. Das große Geschöpf stöhnte auf und lief hinter ihnen her, mit einer Geschwindigkeit, die den Chemiker verblüffte. Der Doktor rief dem Ingenieur etwas zu, der Wagen hielt.

»Was willst du denn«, murrte der Ingenieur, »du wirst ihn doch nicht mitnehmen?«

Der Doktor war verwirrt und wußte nicht, was er tun sollte. Er sah den Riesen an, der auf ihn herabschaute, von einem Bein aufs andere trat und krächzende Laute ausstieß.

»Schließ ihn in der Rakete ein, sonst folgt er uns«, riet der Ingenieur.

»Oder schläfere ihn ein«, meinte der Physiker. »Wenn er nämlich hinter uns herläuft, kann er noch einen von uns aus dem Wagen ziehen.«

Das leuchtete ihnen ein. Der Ingenieur fuhr langsam an die Rakete heran. Der Doppelt hüpfte mit seltsamen Sprüngen hinter ihnen her. Der Doktor lockte den Riesen in den Tunnel. Das Durchkommen war beschwerlich. Eine Viertelstunde darauf kehrte der Doktor verärgert und nervös zurück. »Ich habe ihn im Vorzimmer des Verbandsaals eingeschlossen. Da gibt es weder Glas noch scharfe Gegenstände. Aber ich fürchte, er wird toben.«

»Na, na«, meinte der Ingenieur, »mach dich nicht lächerlich.«

Der Doktor wollte etwas entgegnen, schwieg aber. Sie fuhren einen großen Bogen um die Rakete. Der Chemiker winkte ihnen nach, selbst als er nur noch einen hohen Staubschweif sah. Dann nahm er seine Wache bei dem flach eingegrabenen Werfer wieder auf.

Ungefähr zwei Stunden später sah er zwischen den schlanken Kelchen, die lange Schatten warfen, ein Staubwölkchen auftauchen. Die eiförmige, rot angeschwollene Sonnenscheibe berührte gerade den Horizont. Von Norden drängten blaue Wolken heran. Die sonst um diese Zeit eintretende Kühle blieb diesmal aus, die Luft war noch immer stickig. Der Chemiker trat aus dem Schatten der Rakete und beobachtete, wie der Wagen über die Furchen hüpfte, die die wirbelnden Scheiben aufgewühlt hatten.

Er stürzte zum Wagen, als der noch rollte. Er brauchte nicht nach dem Erfolg des Ausflugs zu fragen. Der Wagen saß schwer auf den breitgedrückten Reifen. In allen Kanistern gluckste Wasser. Selbst auf dem freien Sitz plätscherte ein voller Behälter.

»Wie war's?« fragte der Chemiker. Der Ingenieur nahm seine dunkle Brille ab und wischte sich mit dem Taschentuch den Schweiß und den Staub vom Gesicht.

»Sehr angenehm«, sagte er.

»Seid ihr jemand begegnet?«

»Wie gewöhnlich, die Scheiben waren da, aber wir sahen sie nur von weitem. Wir fuhren von der anderen Seite heran, dort wo die Schonung mit der Schlucht ist, weißt du. Dort sind fast gar keine Furchen. Schwierigkeiten hatten wir mit dem Füllen der Kanister. Uns fehlte eine kleine Pumpe.«

»Wir fahren noch einmal«, fügte der Physiker hinzu.

»Zuerst müßt ihr das Wasser umgießen ...«

»Lohnt nicht«, erwiderte der Physiker. »Hier liegen so viele leere Behälter herum, wir nehmen davon welche mit. Dann können wir alles auf einmal umschütten. Recht so?«

Er sah dem Ingenieur in die Augen, als hätte er dabei einen Hintergedanken. Der Chemiker bemerkte es nicht. Er wunderte sich nur über ihre unnötige Eile. Sie luden die Kanister mit einer Hast ab, als gelte es, irgendwo einen Brand zu löschen. Kaum hatten sie die neuen auf dem Gepäckgitter befestigt – übrigens weniger als das erstemal –, sprangen sie wieder in den Wagen und fuhren davon, eine riesige Staubfahne hinter sich herziehend. Als der Koordinator nach oben kam, sank die Staubwand, vom Licht der untergehenden Sonne purpurn übergossen, gerade auf die Ebene.

»Sie sind noch nicht da?« fragte er.

»Sie waren schon hier, haben die Behälter ausgewechselt und sind noch einmal gefahren.«

Der Koordinator war mehr erstaunt als verärgert. »Wieso, sie sind also gleich wieder abgefahren?«

Bevor er in die Rakete zurückging, versprach er dem Chemiker, ihn gleich ablösen zu lassen. Der Kybernetiker arbeitete gerade am Universalautomaten. Es wäre schwierig gewesen, mit ihm eine Unterhaltung anzufangen, er hatte ungefähr zwanzig Transistoren im Mund, die er nacheinander wie

Kerne in die Hand spuckte. Auf seiner Brust baumelten mehrere hundert aus ihren Porzelithüllen hervorgezogene Leitungen, die er mit einer Fixigkeit zusammenknüpfte, daß die Finger nur so durcheinanderwirbelten. Manchmal hielt er inne und starrte minutenlang wie in Trance auf das große Schema, das vor seinen Augen hing.

Der Koordinator ging deswegen wieder hinauf und löste selber den Chemiker auf seinem Posten ab, damit der das Abendbrot zubereiten konnte. Er setzte sich an den Werfer und vertrieb sich die Langeweile, indem er einige Beobachtungen in das vom Ingenieur angelegte Montagebuch eintrug.

Seit zwei Tagen zerbrachen sie sich darüber den Kopf, was sie mit den neunzigtausend Litern radioaktiv verseuchten Wassers anfangen sollten, das den Raum über dem Lasteneingang überflutet hatte. Das war einer der Teufelskreise, auf die sie ständig stießen. Um das Wasser zu reinigen, brauchten sie die Filter, aber zu dem Stromkabel, das sie versorgte, gelangte man eben nur durch den überfluteten Raum. Sie hatten zwar einen Taucheranzug an Bord, aber sie benötigten einen, der auch vor Strahlung schützte. Es lohnte jedoch nicht, ihn eigens dafür herzurichten, ihn mit Blei zu panzern. Dann konnten sie auch warten, bis die in Betrieb genommenen Automaten in das Wasser tauchten.

Der Koordinator saß unter dem Heck der Rakete, an dem seit Anbruch der Dämmerung alle drei Sekunden die Lampe aufflammte, und beeilte sich, im kurzen Lichtschein alles niederzuschreiben, was ihm in den Sinn kam. Er lachte hinterher selbst darüber, als er sein Geschreibsel betrachtete. Ein Blick auf die Uhr: Es war kurz vor zehn.

Er erhob sich, begann auf und ab zu schreiten und hielt nach den Lichtern des Geländewagens Ausschau. Doch es war nichts zu sehen. Allerdings erschwerte die Signallampe die Beobachtung. Deshalb entfernte er sich ein Stück von der Rakete in der Richtung, aus der der Wagen zurückkehren mußte.

Wie gewöhnlich, wenn er allein war, schaute er zu den Sternen hinauf. Die Milchstraße ragte steil in die Finsternis. Sein Blick schweifte vom Skorpion nach links hinüber, auf einmal hielt er verblüfft inne. Die hellsten Sterne des Widders waren kaum zu erkennen. Sie gingen in einem blassen Schein unter, als hätte sich die Milchstraße ausgedehnt und sie verschlungen; dabei lagen sie außerhalb ihrer Grenzen. Plötzlich begriff er. Das war eine Feuersbrunst, eben dort, über dem östlichen Horizont. Sein Herz begann langsam und kräftig zu schlagen. Er spürte ein Würgen im Hals, das aber gleich verging. Er preßte die Kiefer zusammen und schritt weiter. Der weißliche Schein der Feuersbrunst hing tief über dem Horizont und flackerte ungleichmäßig. Er schloß die Augen und lauschte mit größter Konzentration in die Stille, hörte aber nur das Rauschen seines Blutes. Nun waren die Sternbilder fast gar nicht mehr zu sehen. Er stand reglos da, starrte zum Himmel, der sich mit einem trüben Schimmer überzog.

Anfangs wollte er zur Rakete zurückkehren und die anderen nach oben holen. Sie konnten ja mit dem Werfer dorthin gehen. Zu Fuß hätten sie mindestens drei Stunden gebraucht. Sie hatten außer dem Geländewagen noch einen kleinen Hubschrauber, aber der steckte eingekeilt zwischen Kisten, im Zwischendeck, das vom Wasser überflutet war. Sie hatten nur die Spitze herausragen sehen. Eine der beiden Luftschrauben war bei der Katastrophe zerbrochen, die Kabine sah wahrscheinlich schlimm aus. Blieb nur der Beschützer. Der Koordinator überlegte: Vielleicht setzten sie sich einfach hinein und öffneten die Lastenklappe, deren Schalttafel im Maschinenraum war, durch Fernsteuerung. Sobald die Klappe aufging, würde das Wasser ablaufen. Im Beschützer wären sie vor Radioaktivität sicher. Unklar war jedoch, ob sich die Klappe überhaupt öffnen würde, ebenso, was sie danach tun sollten, wenn sich der Boden rund um die Rakete in einen einzigen radioaktiven Fleck verwandelt hatte. Dennoch: Wenn er nur die Gewißheit hätte, daß die Klappe nachgeben würde ...

Er beschloß, noch zehn Minuten zu warten. Wenn er bis dahin die Lichter des Wagens nicht entdeckte, würden sie fahren. Es war dreizehn Minuten nach zehn. Er ließ die Hand mit der Uhr sinken. Der Feuerschein – ja, er irrte sich nicht – glitt langsam am Horizont entlang, erreichte bereits den Alpha Phönix und bewegte sich mit einem Streifen, der oben rötlich, unten weißlich trüb war, nach Norden. Wieder schaute er auf die Uhr: Es fehlten noch vier Minuten. Da erblickte er die Scheinwerfer. Zunächst waren sie nur ein blinkendes Irrlicht, ein Sternchen, das im schnellen Rhythmus zitterte, dann teilten sie sich in zwei Lichter, sprangen nach oben und nach unten, begannen schließlich immer stärker zu blenden. Er hörte bereits das Rauschen der Räder. Sie fuhren wohl schnell, doch er wußte, daß man aus dem Wagen mehr herausholen konnte. Das beruhigte ihn. Dennoch spürte er wie immer unter solchen Umständen wachsenden Ärger.

Ohne es zu merken, hatte er sich mindestens dreihundert Schritt von der Rakete entfernt. Der Geländewagen bremste scharf. Der Doktor rief: »Steig ein!«

Er lief hinzu und sprang von der Seite her auf den freien Sitz. Als er den Behälter beiseite schob, spürte er, daß er leer war. Er sah die drei an. Dem Augenschein nach war ihnen nichts zugestoßen. Er beugte sich vor, berührte das Rohr des Werfers – es war kalt.

Der Physiker beantwortete seinen Blick mit einem nichtssagenden Ausdruck in den Augen. Der Koordinator wartete deshalb schweigend, bis sie die Rakete erreicht hatten. Der Ingenieur bog scharf ein, die Fliehkraft drückte den Koordinator in den Sitz. Die leeren Kanister polterten, der Wagen hielt vor dem Tunneleingang.

»Ist das Wasser ausgetrocknet?« fragte der Koordinator in gleichgültigem Ton.

»Wir konnten kein Wasser schöpfen.« Der Ingenieur drehte sich auf seinem Sitz zu ihm um. »Wir kamen nicht durch bis zum Bach.« Er deutete mit der Hand nach Osten.

Keiner rührte sich von seinem Platz. Der Koordinator sah zuerst den Physiker, dann den Ingenieur prüfend an.

»Wir hatten schon beim erstenmal entdeckt, daß sich dort etwas verändert hatte«, gestand der Physiker. »Aber wir wußten nicht, was es war, und wollten uns vergewissern.«

»Und wenn es sich so gründlich verändert hätte, daß ihr nicht zurückgekommen wäret, was hätte uns dann diese Umsicht genutzt?« Der Koordinator verbarg seinen Ärger nicht mehr. »Also bitte, erzählt alles, aber ohne Tropfenmesser!«

»Sie machen dort etwas am Bach, davor und dahinter, rings um die Hügel, in allen Talkesseln, die größeren Furchen entlang, und das auf mehreren Kilometern Länge«, begann der Doktor. Der Ingenieur nickte.

»Beim erstenmal, als es noch hell war, hatten wir nur ganze Scharen von diesen Brummkreiseln bemerkt. Sie fuhren alle in V-Formation und warfen Erde heraus, als führten sie Ausgrabungen durch. Wir entdeckten sie erst auf dem Rückweg vom Hügel aus. Sie wollten mir nicht gefallen.«

»Und was wollte dir an ihnen nicht gefallen?« fragte der Koordinator sanft.

»Daß sie sich dreieckig formierten und daß die Spitzen der Dreiecke in unsere Richtung zeigten.«

»Wunderbar. Und ohne uns auch nur ein Wort davon zu sagen, seid ihr noch einmal hingefahren? Weißt du, wie man so etwas nennt?«

»Vielleicht haben wir eine Dummheit gemacht«, sagte der Ingenieur. »Bestimmt sogar, aber wir dachten uns, ehe wir erst wieder lange beratschlagen, ob wir ein zweites Mal fahren sollen, und dann von neuem der Streit losgeht, wer sein unschätzbares Leben aufs Spiel setzen darf und wer nicht, da wollten wir lieber die Sache selbst rasch erledigen. Ich rechnete damit, daß sie das Arbeitsgelände bei Dunkelheit irgendwie beleuchten würden.«

»Haben sie euch bemerkt?«

»Offenbar nicht. Jedenfalls habe ich keine Anzeichen dafür beobachtet. Sie haben uns nicht angegriffen.«

»Wie seid ihr jetzt gefahren?«

»Fast die ganze Zeit über die Hügelrücken, nicht auf dem Kamm, sondern etwas darunter, damit sie uns nicht vor dem Hintergrund des Himmels erkennen konnten. Natürlich ohne Licht. Deshalb hat es so lange gedauert.«

»Das heißt, ihr seid überhaupt nicht mit der Absicht gefahren, Wasser zu tanken, und die Kanister habt ihr nur mitgenommen, um den Chemiker zu täuschen?«

»Nein, so war es nicht«, widersprach der Doktor. Sie saßen noch immer im Wagen, im Schein der gleichmäßig aufflammenden Lampe. »Wir hatten vor, den Bach weiter hinten zu erreichen, von der anderen Seite her, aber es ging nicht.«

»Warum?«

»Sie führen dort die gleichen Arbeiten durch. Jetzt, das heißt seit Anbruch der Dunkelheit, gießen sie eine leuchtende Flüssigkeit in die Gräben. Sie gibt so viel Licht, daß man ausgezeichnet sieht.«

»Was war das?« Der Koordinator sah den Ingenieur an. Der zuckte mit den Schultern. »Vielleicht gießen sie dort etwas. Obwohl mir das Material für geschmolzenes Metall zu dünnflüssig vorkam.«

»Womit wurde das herangeschafft?«

»Gar nicht. Sie legten etwas in die Furchen. Ich nehme an, es war eine Rohrleitung, aber mit Bestimmtheit kann ich das nicht sagen.«

»Sie preßten flüssiges Metall durch eine Rohrleitung?«

»Ich sage dir nur, was ich in der Dunkelheit durch das Fernglas gesehen habe, bei sehr schlechten Lichtverhältnissen. In der Mitte leuchtet jeder Graben wie ein Quecksilberbrenner, ringsherum ist alles dunkel. Wir kamen übrigens nirgends näher als siebenhundert Meter heran.« Die Signallampe verlosch, minutenlang saßen sie da, ohne einander zu sehen, dann flammte sie wieder auf.

»Ich denke, wir werden sie entfernen müssen«, sagte der Koordinator mit einem Blick nach oben. »Und das sofort ... Was ist?« Er sah in die Dunkelheit, wo der Chemiker gerade aus dem Tunnel trat. Sie wechselten ein paar Worte miteinander, der Ingenieur ging unterdessen nach unten und schaltete die Stromzufuhr im Maschinenraum aus. Die Lampe blitzte zum letztenmal auf, dann umgab sie völlige Finsternis. Um so deutlicher war der Schein am Horizont zu sehen. Er hatte sich inzwischen mehr nach Süden verzogen.

»Es wimmelt dort von ihnen – wie Sand am Meer«, sagte der Ingenieur, der zurückgekehrt war. Seine Gesichtszüge wirkten in dem unbeweglichen Widerschein der Feuersbrunst wie grau gezeichnet.

»Die großen Brummkreisel?«

»Nein, die Doppelts. Man konnte ihre Gestalten im Licht des leuchtenden Breis erkennen. Sie hatten es sehr eilig, offenbar erkaltete er und wurde dick. Sie stellten irgendwelche Gitter auf, hinten und an den Seiten. Der uns zugewandte Teil blieb frei.«

»Was nun? Werden wir mit den Händen im Schoß dasitzen und abwarten?« fragte der Chemiker laut.

»Keineswegs«, erwiderte der Koordinator. »Wir werden sofort die Bordsysteme des Beschützers überprüfen.«

Sie schwiegen eine Weile und betrachteten den Schein am Horizont. Einige Male leuchtete er stärker auf.

»Willst du das Wasser ablassen?« fragte der Ingenieur düster.

»Damit warten wir so lange wie möglich. Ich hatte schon daran gedacht. Wir wollen versuchen, die Klappe zu öffnen. Wenn die Kontrollämpchen anzeigen, daß der Schloßmechanismus in Ordnung ist, schlagen wir sie wieder zu und warten ab. Die Klappe wird sich bei dem Versuch nur millimeterweit öffnen, schlimmstenfalls fließt ein halbes Hundert Liter Wasser heraus. Ein so kleiner radioaktiver Fleck ist kein Problem, damit werden wir schon fertig. Dafür haben wir dann die Gewißheit, daß wir jederzeit mit dem Beschützer herausfahren können und Manövrierfreiheit haben.«

»Schlimmstenfalls bleibt ein Fleck zurück, aber von uns«, sagte der Chemiker. »Ich bin gespannt, was du dir von diesen Experimenten versprichst, falls ein Atomangriff erfolgt?«

»Keramit hält eine Explosion bis zu dreihundert Meter vom Punkt Null aus.«

»Und wenn sie nur hundert Meter weg ist?«

»Der Beschützer hält auch auf hundert Meter Entfernung eine Explosion aus.«

»Ja, wenn er eingegraben ist«, berichtigte ihn der Physiker.

»Nun gut. Notfalls graben wir uns ein.«

»Selbst wenn die Explosion vierhundert Meter entfernt erfolgen sollte, verklemmt sich die Klappe thermisch, und du kannst nicht rausfahren. Dann kochen wir drinnen wie die Krebse.«

»Das hat alles keinen Sinn. Vorläufig fliegen keine Bomben, und übrigens, verflixt noch mal, das müssen wir uns schließlich eingestehen – verlassen werden wir die Rakete nicht ... Wenn sie die Rakete zerstören, woraus willst du dann eine zweite bauen? Kannst du mir das verraten?«

Eine Weile herrschte Schweigen.

»Moment.« Dem Physiker war etwas eingefallen. »Der Beschützer ist doch nicht komplett! Der Kybernetiker hat die Dioden herausgenommen.«

»Nur aus dem Zielautomaten. Man kann auch ohne den Automaten zielen. Außerdem weißt du ja: Wenn mit Antiprotonen geschossen wird, kann man ruhig danebentreffen. Die Wirkung bleibt die gleiche.«

»Hört mal, ich hab da eine Frage«, sagte der Doktor. Alle wandten sich ihm zu.

»Was denn?«

»Ach, nichts Besonderes. Ich hätte nur gern gewußt, was unser Doppelt macht ...«

Eine Sekunde lang herrschte Schweigen, dann barsten alle vor Lachen.

»Das ist schön!« rief der Ingenieur. Die Stimmung besserte sich, als wäre die Gefahr auf einmal gebannt.

»Er schläft«, sagte der Koordinator. »Wenigstens schlief er um acht, als ich nach ihm sah. Er ist überhaupt imstande, beinahe pausenlos zu schlafen. Ob er was ißt?« Die Frage galt dem Doktor.

»Er will bei uns nichts essen. Ich weiß nicht, was er ißt. Von den Speisen, die ich ihm hinhielt, hat er nichts angerührt.«

»Ja, jeder hat eben seine Sorgen«, seufzte der Ingenieur und lächelte im Dunkeln.

»Achtung!« Von unten ertönte eine Stimme. »Achtung! Achtung!« Sie drehten sich ungestüm um. Ein großes dunkles Gebilde kroch aus dem Tunnel, rasselte leise über den Boden und blieb stehen. Hinter ihm tauchte der Kybernetiker auf, eine brennende Taschenlampe auf der Brust.

»Unser erster Universalautomat!« rief er triumphierend. »Was ist ...?« Er blickte in die Gesichter der Kameraden. »Was ist geschehen?«

»Vorläufig noch nichts«, antwortete der Chemiker. »Aber es kann mehr geschehen, als wir uns wünschen.«

»Wieso das? Wir haben doch einen Automaten«, versetzte der Kybernetiker ratlos.

»So? Na dann sag ihm, daß er gleich anfangen kann.«

»Womit?«

»Gräber schaufeln!« schrie der Chemiker, stieß die Gefährten beiseite und schritt geradeaus in die Dunkelheit. Der Koordinator stand eine Weile starr da und schaute ihm nach, dann folgte er ihm.

»Was hat er?« fragte der Kybernetiker verblüfft.

»Ein Schock«, erwiderte der Ingenieur. »Sie bereiten dort in den kleinen Tälern im Osten etwas gegen uns vor. Wir haben das bei unserem Ausflug festgestellt. Wahrscheinlich werden sie uns angreifen, aber wir wissen noch nicht, wie.«

»Angreifen ...?«

Der Kybernetiker stand noch immer im Banne seiner erfolgreichen Arbeit. Was der Ingenieur sagte, schien gar nicht in sein Bewußtsein zu dringen. Er sah die anderen mit großen Augen an, dann drehte er sich um: Hinter ihm stand der Automat, der die Menschen überragte, unbeweglich, wie aus einem Felsen gehauen.

»Man muß etwas unternehmen ...«, flüsterte der Kybernetiker.

»Wir wollen den Beschützer in Betrieb nehmen«, sagte der Physiker. »Ganz gleich, ob das was nützt oder nicht, jedenfalls müssen wir uns an die Arbeit machen. Sag dem Koordinator, er soll uns den Chemiker schicken, wir gehen nach unten. Wir müssen die Filter reparieren. Der Automat wird das Kabel anschließen. Komm«, er nickte dem Kybernetiker zu. »Das schlimmste ist, mit verschränkten Armen zu warten.«

Sie gingen in den Tunnel. Der Automat machte auf der Stelle kehrt und folgte ihnen.

»Sieh einer an, er hat mit ihm schon Rückkopplung«, sagte voll Bewunderung der Ingenieur zum Doktor. »Das wird sich gleich als nützlich für uns erweisen. Wir lassen den Schwarzen unter Wasser tauchen. Einem Untergetauchten könnte man mit der Stimme keine Befehle erteilen.«

»Wie dann? Durch Funk?« fragte der Doktor zerstreut, als sagte er nur etwas, um die Unterhaltung nicht abbrechen zu lassen. Er verfolgte die beiden Silhouetten vor dem Schein am Horizont. Sie waren umgekehrt. Sie sahen aus wie nächtliche Spaziergänger unter den Sternen.

»Mit einem Mikrosender, das weißt du doch«, erklärte der Ingenieur. Mit den Augen folgte er dem Blick des Doktors und fuhr dann in dem gleichen Ton fort: »Das ist deshalb, weil er schon überzeugt war, es würde uns gelingen ...«

»Ja.« Der Doktor nickte. »Darum weigerte er sich heute früh so heftig, Eden zu verlassen ...«

»Das macht nichts ...« Der Ingenieur wandte sich wieder dem Tunneleingang zu. »Ich kenne ihn. Sobald es richtig losgeht, ist er darüber hinweg.«

»Ja, dann vergeht alles«, pflichtete der Doktor ihm bei. Der Ingenieur hielt inne und versuchte ihm im Dunkeln ins Gesicht zu schauen, da er unsicher war, ob sich nicht Spott hinter den Worten verbarg. Doch er bemerkte nichts, denn es war zu dunkel.

Nach einer guten Viertelstunde kamen der Koordinator und der Chemiker in die Rakete hinunter. Inzwischen hatte der Schwarze oben einen zwei Meter hohen Wall rings um den Tunnelausgang aufgeschichtet, ihn festgestampft und abgestützt und dann die oben zurückgelassenen Sachen nach unten transportiert. Außer dem eingegrabenen Werfer blieb nur der Geländewagen oben zurück. Sie wollten sich die Zeit sparen, die sie gebraucht hätten, ihn auseinanderzunehmen, und auf die Hilfe des Automaten wollten sie auch nicht verzichten.

Um Mitternacht legten sie sich tüchtig ins Zeug. Der Kybernetiker überprüfte die gesamte innere Installation des Beschützers. Der Physiker und der Ingenieur regulierten die kleine Batterie der Radioaktivitätsfilter, und der Koordinator stand im Schutzanzug über der Öffnung des Geschosses unter dem Maschinenraum. Der Automat war auf den Boden getaucht und arbeitete an den Kabelverzweigungen zwei Meter tief unter Wasser.

Die Filter wiesen auch nach der Reparatur eine verminderte Durchlässigkeit auf, weil ein paar Sektionen ausgefallen waren. Sie halfen sich, indem sie die Zirkulation des Wassers beschleunigten. Seine Reinigung vollzog sich unter ziemlich primitiven Bedingungen. Der Chemiker entnahm alle zehn Minuten Proben aus dem Behälter und untersuchte den Grad der radioaktiven Verseuchung. Der selbsttätige Anzeiger arbeitete nicht, und sie hätten viel Zeit zu seiner Instandsetzung benötigt.

Gegen drei Uhr früh war das Wasser gereinigt. Der Behälter, aus dem es ausgelaufen war, hatte drei Lecks. Sein Beharrungsvermögen hatte ihn aus der Lagerung gerissen. Er war mit der Vorderseite gegen einen Hauptspanten des Panzers geprallt. Statt ihn zu schweißen, pumpten sie in der Eile das Wasser einfach in den oberen leeren Behälter. Unter normalen Bedingungen wäre eine solche asymmetrische Verteilung der Ladung undenkbar gewesen, aber die Rakete war ja vorläufig nicht startbereit. Nachdem das Wasser ausgepumpt war, bliesen sie die Bodenräume mit flüssiger Luft durch. An den Wänden blieb etwas radioaktiver Niederschlag zurück, aber dem maßen sie keine Bedeutung bei. Vorläufig beabsichtigte niemand, dort hineinzugehen. Nun kam das Wichtigste – das Öffnen der Lastenklappe. Die Kontrollichter zeigten die volle Leistungsfähigkeit des Schloßmechanismus an, dennoch wollte er sich beim ersten Versuch nicht öffnen. Sie schwankten einen Augenblick, ob sie den Druck in den hydraulischen Vorrichtungen nicht verstärken sollten, aber der Ingenieur entschied, daß es besser sei, wenn sie die Klappe von außen untersuchten, und so gingen sie nach oben.

Es war nicht leicht, an die Klappe zu gelangen. Sie befand sich unten am Rumpf, vier Meter über der Erde. Sie errichteten aus den Metallbruchstücken ein provisorisches Gerüst. Das dauerte nicht lange. Der Automat schweißte die stählernen Fragmente zu einem unförmigen, aber haltbaren Laufsteg zusammen, und die Besichtigung im Lichte der Taschenlampen und des Scheinwerfers auf dem Ständer konnte beginnen.

Der Himmel war im Osten grau geworden, der Feuerschein war nicht mehr zu sehen. Die Sterne verblaßten allmählich, und von den Keramitplatten des Rumpfes tropfte dicker Tau.

»Komisch«, sagte der Physiker, »der Mechanismus ist in Ordnung, die Klappe sieht wie Gold aus und hat nur den einen Fehler, daß sie sich nicht öffnen läßt.«

»Ich liebe keine Wunder«, versetzte der Kybernetiker und schlug mit dem Feilengriff gegen das Metall.

Der Ingenieur schwieg. Er war wütend.

»Moment«, sagte der Koordinator, »vielleicht versuchen wir es einmal mit der alten, durch Generationen erprobten Methode...«

Er griff nach dem Achtkilohammer, der auf dem Gerüst vor seinen Füßen lag.

»Man kann den Rand abklopfen, aber nur einmal«, warnte der Ingenieur nach einigem Zögern. Er schätzte solche Methoden nicht.

Der Koordinator schielte zu dem schwarzen Automaten hinüber, der sich wie ein kantiges Denkmal im Morgengrauen abzeichnete, wie er so den Laufsteg mit der Brust stützte, wog dann den Hammer in den Händen, holte aus und schlug zu. Er schlug gleichmäßig. Ohne weit auszuholen, setzte er einen Schlag neben den anderen, jeden ein paar Zentimeter weiter. Der Panzer antwortete mit einem kurzen, vollen Laut. Es war unbequem, nach oben auszuholen, aber die physische

Anstrengung tat dem Koordinator gut. Plötzlich mischte sich in das gleichmäßige Hämmern ein anderer Laut – ein tiefes Stöhnen, als hätte sich der Boden unter ihnen selbst gemeldet.

Der Koordinator hielt mit dem Hämmern inne. Sie vernahmen ein durchdringendes Pfeifen in der Höhe, dann ein dumpfes Krachen. Das Gerüst erzitterte.

»Runter!« schrie der Physiker. Sie sprangen nacheinander vom Gerüst. Nur der Automat rührte sich nicht. Es war schon ziemlich hell. Die Ebene und der Himmel hatten die Farbe von Asche angenommen. Ein zweites brummendes Stöhnen ertönte. Das durchdringende Pfeifen schien auf sie zu zielen. Sie duckten sich instinktiv, zogen die Köpfe ein. Noch standen sie im Schutz des großen Raketenrumpfes. Einige hundert Meter weiter spritzte der Boden in einem senkrechten Geysir hoch. Der Laut, der damit verbunden war, klang eigenartig schwach, wie gedämpft.

Sie liefen zum Tunnel. Der Automat folgte ihnen. Der Koordinator und der Ingenieur blieben eine Weile im Schutz der Brustwehr stehen. Der ganze Horizont im Osten stöhnte von unterirdischem Donner. Ein Tosen rollte über die Ebene, das Pfeifen schwoll an, wurde machtvoller, schon waren keine einzelnen Töne mehr zu unterscheiden. Der Himmel spielte Orgel, es war, als stürzten Rudel von Überschalljägern vom Zenit auf sie herab. Das ganze Vorfeld war übersät von kleinen Sandfontänen, sie zeichneten sich schwarz vor dem bleiernen Hintergrund des Himmels ab. Der Boden erbebte immer von neuem. Von der Brustwehr rollten kleine Brocken in den Tunnel.

»Eine völlig normale Zivilisation«, meldete sich die Stimme des Physikers aus der Tiefe. »Nicht wahr?«

»Entweder zu kurz oder zu weit gezielt«, murmelte der

Ingenieur. Der Koordinator verstand ihn nicht, denn in der Luft zischte es ununterbrochen. Der Sand spritzte, aber die Fontänen näherten sich der Rakete nicht. So standen sie, bis über die Schultern verdeckt, mehrere lange Minuten. Es änderte sich nichts. Der grollende Donner am Horizont war in ein lang anhaltendes, baßtiefes, fast gleichmäßiges Tosen übergegangen, doch man hörte keine Explosionen. Die Geschosse gingen fast lautlos nieder. Der hochgeschleuderte Sand sank zurück auf die Erde. Es war bereits so hell, daß sie die kleinen Erhebungen der Einschußstellen sehen konnten. Sie glichen Maulwurfshügeln.

»Reicht mir mal das Fernglas«, rief der Koordinator in den Tunnel. Wenig später hielt er es in der Hand. Er sagte nichts, doch sein Staunen wuchs immer mehr. Anfangs hatte er angenommen, die angreifende Artillerie wolle sich einschießen. Er suchte mit dem Fernglas den ganzen Horizont ab und sah auf allen Seiten Treffer einschlagen, bald näher, bald weiter, aber keiner näher als zweihundert Meter.

»Also was ist? Nichts Atomares, wie?« drang es gedämpft aus dem Tunnel.

»Nein!« schrie der Koordinator zurück.

»Siehst du? Lauter Blindgänger!« flüsterte ihm der Ingenieur ins Ohr.

»Ich sehe!«

»Sie kreisen uns von allen Seiten ein.«

Er nickte. Jetzt beobachtete der Ingenieur mit dem Fernglas das Vorfeld.

Jeden Augenblick konnte die Sonne aufgehen. Wäßriges Blau füllte den blassen Himmel, der wie leergewaschen aussah. Auf der Ebene rührte sich nichts, abgesehen von den Federbüschen der Einschläge, die den Hügel, in dem die

Rakete steckte, mit einem buschigen, immer wieder in sich zusammenfallenden Kreis wie mit einer seltsam flimmernden Hecke umgab.

Der Koordinator faßte einen Entschluß. Er kroch aus dem Tunnel und war mit drei Sätzen auf der Hügelspitze. Dort warf er sich flach auf den Boden und schaute in die Richtung, die er vom Tunnel aus nicht sehen konnte. Das Bild, das sich ihm von dort aus bot, war ähnlich: Ringsum wuchs eine breite Sichel von Einschlägen mit staubenden und spritzenden Explosionsfontänen aus dem dürren Boden.

Jemand warf sich mit Schwung neben ihn in den trockenen Sand. Es war der Ingenieur. Sie lagen dicht nebeneinander und beobachteten das Geschehen. Schon hörten sie den ununterbrochenen Donner kaum noch, der vom Horizont in eisernen Wogen heranströmte. Bisweilen schien er sich zu entfernen, das lag jedoch an dem Wind, den die ersten Sonnenstrahlen geweckt hatten.

»Das sind gar keine Blindgänger!« rief der Ingenieur.

»Was dann?«

»Ich weiß es nicht. Warten wir ab ...«

»Gehen wir in die Rakete!«

Sie liefen den Hang hinunter. Nacheinander sprangen sie in den Tunnel. Den Automaten ließen sie zurück. Sie begaben sich in die Bibliothek. Dort war kaum etwas zu hören. Sogar von dem Beben des Bodens spürte man fast nichts.

»Was nun? Wollen die uns etwa weiter so belagern? Um uns auszuhungern?« fragte der Physiker erstaunt, nachdem alle berichtet hatten, was ihnen aufgefallen war.

»Weiß der Teufel. Ich möchte mir so ein Geschoß mal aus der Nähe ansehen«, sagte der Ingenieur. »Wenn die eine Pause machen, lohnt es sich vielleicht, mal nach oben zu gehen.«

»Der Automat wird es tun«, entschied der Koordinator kühl.

»Der Automat?« Der Kybernetiker unterdrückte ein Stöhnen.

»Ihm wird nichts geschehen, keine Bange.«

Sie fühlten, wie der Rumpf auf einmal erbebte, aber anders als sonst. Sie sahen einander an.

»Ein Treffer!« schrie der Chemiker und sprang auf.

»Sollten sie das Feuer verlegt haben ...?« Der Koordinator eilte zum Tunnel. Oben hatte sich anscheinend nichts verändert. Der Horizont toste, unter dem Heck der Rakete lag jedoch auf dem sonnenhellen Sand etwas Schwarzes, ähnlich einem geplatzten Sack Schrott. Der Koordinator versuchte die Stelle zu finden, wo das seltsame Geschoß am Panzer zerschellt war. Das Keramit zeigte jedoch nicht die geringsten Spuren. Bevor die anderen ihn zurückhalten konnten, lief er hin und stopfte mit beiden Händen einige der zersplitterten, noch warmen Teilchen in das leere Fernglasfutteral.

Als er mit der Beute zurückkehrte, fielen alle über ihn her, der Chemiker am lautesten. »Du mußt wohl nicht bei Sinnen sein, weißt du! Das kann radioaktiv sein!«

Sie stürzten in die Rakete. Die Teilchen sahen sehr seltsam aus, waren aber nicht radioaktiv. Der Geigerzähler schwieg, als sie ihn daranhielten. Keine Spur von einem Panzer oder einer Geschoßhülle. Nichts weiter als eine Unmenge feinster Krümel, die zwischen den Fingern in grobkörnige, fett glänzende Metallspäne zerfielen.

Der Physiker nahm das Pulver unter die Lupe, hob die Augenbrauen, holte ein Mikroskop aus dem Schrank, schaute hinein und stieß einen Schrei der Verwunderung aus. Sie rissen ihm fast mit Gewalt den Kopf von der Optik weg.

»Sie schicken uns Uhren ...«, sagte der Chemiker leise, nachdem er in das Mikroskop geschaut hatte.

Auf dem Objektträger lagen Röllchen und Kettchen, Dutzende, ja Hunderte kleiner Zahnräder, Exzenter, Sprungfedern und verbogener kleiner Achsen. Sie schoben den Objektträger hin und her, schütteten neue Proben unter das Objektiv und sahen immer wieder dasselbe.

»Was kann das sein?« rief der Ingenieur. Der Physiker rannte in der Bibliothek hin und her, raufte sich die Haare, blieb stehen, sah die Kameraden mit wirrem Blick an und lief weiter.

»Ein unerhört komplizierter Mechanismus, geradezu ungeheuerlich.« Der Ingenieur hielt wägend ein Häufchen des metallischen Staubs in der Hand. »Darin sind Milliarden, wenn nicht gar Billionen dieser verdammten Rädchen! Gehen wir nach oben«, sagte er in einem plötzlichen Entschluß. »Sehen wir nach, was da los ist.«

Die Kanonade dauerte unverändert an. Der Automat hatte seit der Übernahme des Postens bereits elfhundertneun Einschläge gezählt. »Versuchen wir es jetzt mit der Klappe«, riet der Chemiker, nachdem sie zur Rakete zurückgekehrt waren. Der Kybernetiker blickte ins Mikroskop und schwieg sich aus.

Es war in der Tat schwierig, dazusitzen und nichts zu tun. Sie begaben sich also in den Maschinenraum. Die Kontrolllichter des Schloßmechanismus brannten noch immer. Der Ingenieur bewegte nur den Griff, und der Zeiger zitterte gehorsam. Die Klappe bewegte sich. Er schloß sie gleich wieder und sagte: »Wir können jederzeit mit dem Beschützer rausfahren.«

»Die Klappe wird in der Luft hängen«, bemerkte der Physiker.

»Schadet nichts, höchstens anderthalb Meter über der Erde. Für den Beschützer ein Kinderspiel. Das überspringt er.«

Vorläufig bestand jedoch keine dringende Notwendigkeit zur Ausfahrt, also kehrten sie in die Bibliothek zurück. Der Kybernetiker saß noch immer über das Mikroskop gebeugt. Er war wie in Trance.

»Laßt ihn, vielleicht fällt ihm etwas ein«, sagte der Doktor. »Aber jetzt müssen wir etwas tun. Ich schlage vor, wir setzen die Reparatur des Raumschiffes fort ...«

Schwerfällig erhoben sie sich von ihren Plätzen. Was blieb ihnen auch weiter übrig? Alle fünf stiegen sie in den Steuerraum hinunter, in dem die Zerstörung am größten war. Der Regler erforderte viel mühselige Uhrmacherarbeit. Sie überprüften zuerst jeden Stromkreis mit gelockerten Sicherungen, dann unter Spannung. Alle Augenblicke lief der Koordinator nach oben und kehrte schweigend zurück. Keiner fragte ihn. Im Steuerraum, fünfzehn Meter unter der Erde, spürte man ein schwaches Schwanken des Bodens. So wurde es Mittag. Sie kamen mit der Arbeit trotz allem voran. Mit Hilfe des Automaten wäre es viel schneller gegangen, aber der Beobachtungsposten war notwendig. Bis um eins hatte er mehr als achttausend Einschläge registriert.

Obwohl keiner Hunger verspürte, bereiteten sie sich wie alle Tage ein Mittagessen, zur Stärkung und wegen der Gesundheit, wie der Doktor erklärte. Das Geschirr brauchten sie nun nicht mehr abzuwaschen, das erledigte der Spüler für sie. Zwölf Minuten nach zwei hörte das Beben plötzlich auf. Sofort ließen sie die Arbeit liegen und rannten durch den Tunnel nach oben. Eine kleine, golden brennende Wolke verdeckte die Sonne. Die Ebene lag ruhig da in der Hitze. Der feine Staub, den die Explosionen aufgewirbelt hatten, legte sich langsam. Totenstille herrschte.

»Schluß ...?« fragte zögernd der Physiker. Seine Stimme klang merkwürdig laut. Sie hatten sich in den langen Stunden an das unablässige Dröhnen gewöhnt. Der letzte Einschlag, den der Automat registriert hatte, war der neuntausendsechshundertvierte.

Einer nach dem andern verließen sie den Tunnel. Nichts geschah. In zweihundertfünfzig bis dreihundert Meter Entfernung zog sich ein Gürtel durchwühlten, zermahlenen Sandbodens rings um die Rakete. An manchen Stellen hatten sich die einzelnen Trichter zu Gräben vereinigt.

Der Doktor kletterte auf die Brustwehr.

»Noch nicht.« Der Ingenieur hielt ihn zurück. »Warten wir ab.«

»Wie lange?«

»Wenigstens eine halbe Stunde, besser eine ganze.«

»Spätzünder? Das waren doch keine explosiven Ladungen!«

»Man kann nie wissen!«

Die Wolke war von der Sonne gewichen, es wurde heller. Sie standen da und schauten sich um. Der Wind hatte sich fast gelegt, es wurde heißer. Der Koordinator vernahm als erster ein Geräusch. »Was ist das?« fragte er flüsternd.

Sie spitzten die Ohren. Auch die anderen glaubten etwas zu hören. Es raschelte, als bewegte der Wind die Blätter an irgendwelchen Sträuchern. In ihrem Blickfeld befanden sich jedoch weder Sträucher noch Blätter, da war nichts außer einem aufgewühlten Kreis aus Sand. Die erhitzte Luft wurde totenstarr, in der Ferne, über den Dünen, flimmerte sie vor Glut. Das Rascheln hielt an.

»Ob das von da kommt?«

»Ja.«

Sie unterhielten sich flüsternd. Das Geräusch kam gleichmäßig aus allen Richtungen.

»Es weht kein Wind ...«, sagte leise der Chemiker.

»Nein, das ist nicht der Wind. Das ist dort, wo die Geschosse niedergingen ...«

»Ich sehe nach.«

»Bist du wahnsinnig! Und wenn das Zeitzünder sind?«

Der Chemiker erblaßte. Er wich zurück, als wollte er sich im Tunnel verkriechen. Aber es war so hell, alles schien so friedlich – sie standen alle da, er biß die Zähne zusammen, ballte die Fäuste und blieb. Das Rascheln dauerte an, gleichmäßig, mit einer erstaunlichen Emsigkeit, es schien von allen Seiten zu kommen. Sie standen gebückt, mit gespannten Muskeln, ohne zu zittern, wie in unbewußter Erwartung eines Hiebes. Das war tausendmal schlimmer als die Kanonade! Die Sonne hing am Zenit, Schatten flauschiger Wolken zogen langsam über die Ebene. Die Wolken hatten sich aufgetürmt, waren unten flach, sahen aus wie weiße Inseln.

Am Horizont bewegte sich nichts. Überall war es öde und leer. Sogar die grauen Kelche, deren Striche sich zuvor unscharf von den fernen Dünen abgehoben hatten, waren verschwunden! Das fiel ihnen erst jetzt auf.

»Da!« Der Physiker wies mit ausgestreckter Hand auf den Sand vor sich. Es geschah auf allen Seiten gleichzeitig. Wo sie auch hinsahen, überall der gleiche Anblick. Der aufgewühlte Boden erbebte, bewegte sich. Etwas funkelte in der Sonne, schob sich daraus hervor, dort, wo die Geschosse eingeschlagen waren. Eine nahezu regelmäßige kammartige Linie von glänzenden Keimen, in vier, in fünf, manchmal auch in sechs

Reihen. Da wuchs etwas aus der Erde, so schnell, daß man, wenn man genau hinsah, fast das Wachsen beobachten konnte.

Jemand stürzte aus dem Tunnel und rannte, ohne auf sie zu achten, zu der neuen Erscheinung. Der Kybernetiker. Sie schrien und liefen ihm nach.

»Ich weiß es!« rief er. »Ich weiß es!«

Er fiel vor der gläsernen Reihe der Keime auf die Knie. Sie ragten bereits eine Fingerlänge aus dem Boden, am Ansatz dick wie eine Faust. In der Tiefe zitterte etwas fieberhaft, arbeitete, rührte sich geschäftig. Es war, als hörte man das gleichzeitige Umschütten von Milliarden feinster Sandkörnchen.

»Mechanischer Samen!« Der Kybernetiker versuchte den Boden rings um einen Keim mit den Händen wegzuräumen. Es wollte ihm nicht recht gelingen. Der Sand war heiß. Der Kybernetiker hob die Hände. Einer lief die Spaten holen. Sie begannen zu graben, daß die Erde nur so flog. Lange, gegliederte, wie Wurzeln miteinander verflochtene Sehnen der Spiegelmasse blitzten in der Erde auf. Die Masse war hart, unter den Schlägen des Spatens klang sie wie Metall. Als die Grube einen Meter tief war, versuchten die Männer das seltsame Gebilde herauszureißen. Es rührte sich nicht, so fest war es mit der Masse verwachsen.

»Schwarzer!« riefen sie im Chor wie ein Mann. Der Automat eilte herbei, der Sand spritzte unter seinen Füßen auf.

»Reiß das heraus!«

Die Greifzangen schlossen sich um die Spiegelsehnen, die dick wie Männerarme waren. Der stählerne Rumpf spannte sich. Sie sahen, wie seine Füße langsam im Boden versanken. Ein leises Summen wie bei einer bis zum äußersten gespannten Saite drang aus dem Rumpf. Der Automat richtete sich auf und versank noch tiefer.

»Laß los!« rief der Ingenieur. Der Schwarze befreite sich aus dem Sand und erstarrte.

Sie standen ebenfalls wie erstarrt da. Der Spiegelzaun hatte schon nahezu einen halben Meter Höhe. Unten, dicht über dem Erdboden, nahm er langsam eine etwas dunklere, milchblaue Farbe an, und oben wuchs er ständig.

»Das ist es also«, sagte der Koordinator ruhig.

»Ja.«

»Einschließen wollen sie uns?«

Sie schwiegen eine Weile.

»Aber das ist doch reichlich primitiv. Schließlich könnten wir jetzt hinausgehen«, sagte der Chemiker.

»Und die Rakete zurücklassen«, erwiderte der Koordinator. »Der Spähtrupp muß sich alles gut angesehen haben! Schaut nur, sie haben sich ziemlich genau auf die von ihren Scheiben aufgewühlte Furche eingeschossen!«

»Tatsächlich!«

»Anorganische Keime.« Der Kybernetiker hatte sich wieder beruhigt. Er säuberte seine Hände vom Sand. »Anorganische Keime! Samen! Begreift ihr? Sie haben sie mit ihrer Artillerie eingepflanzt!«

»Das ist kein Metall«, sagte der Chemiker. »Das hätte der Schwarze verbogen. Wahrscheinlich ist das so etwas wie Supranit oder Keramit, mit Härtebearbeitung.«

»Nicht doch, es ist einfach Sand!« rief der Kybernetiker. »Begreifst du nicht? Anorganischer Stoffwechsel! Sie verwandeln katalytisch den Sand in eine hochmolekulare Ableitung von Silizium und schaffen daraus diese Sehnen, ähnlich wie die Pflanzen die Salze dem Boden entnehmen.«

»Meinst du wirklich?« Der Chemiker kniete nieder, berührte die glänzende Oberfläche, hob dann den Kopf.

»Und wären sie auf anderen Boden gestoßen?«

»Sie hätten sich ihm angepaßt. Davon bin ich überzeugt! Deshalb sind sie auch so verteufelt kompliziert. Ihre Aufgabe ist es, aus dem, was sie zur Verfügung haben, immer die härteste, widerstandsfähigste Substanz von allen möglichen zu erzeugen.«

»Wenn es weiter nichts wäre. Der Beschützer beißt sich überall durch. Und er wird sich nicht die Zähne daran zerbrechen«, sagte der Ingenieur lächelnd.

»War das nun wirklich ein Angriff?« fragte der Doktor leise. Die anderen sahen ihn erstaunt an.

»Was sonst, wenn kein Angriff?«

»Ich würde eher sagen – der Versuch einer Verteidigung. Sie wollen uns isolieren.«

»Also was ist nun? Sollen wir hier hocken und warten, bis wir wie die Würmer unter der Käseglocke stecken?«

»Und wozu wollt ihr den Beschützer?«

Eine Weile schwiegen alle.

»Wasser brauchen wir nicht mehr. Die Rakete werden wir wahrscheinlich binnen einer Woche repariert haben. Sagen wir: in zehn Tagen. Die Atomsynthetisatoren sind in den nächsten Stunden soweit. Ich nehme nicht an, daß das eine Käseglocke werden soll. Eher eine hohe Mauer. Ein Hindernis, das sie nicht überwinden können, und sie glauben, uns würde es ebenso ergehen. Dank den Synthetisatoren werden wir Nahrung haben. Wir benötigen von ihnen nichts, und sie konnten uns wirklich kaum deutlicher zu verstehen geben, daß sie von uns nichts wünschen...«

Sie hörten ihn mit finsterer Miene an. Der Ingenieur sah

sich um. Die Spitzen der Keimlinge reichten ihm schon bis an die Knie, verflachten sich, wuchsen zusammen. Das Geräusch war mittlerweile so stark wie das Summen Hunderter unsichtbarer Bienenstöcke unter der Erde. Die bläulichen Wurzeln am Boden schwollen an, sie waren schon fast so dick wie Baumstämme.

»Bitte, führ den Doppelt hierher«, sagte der Koordinator unvermittelt. Der Doktor sah ihn an, als hätte er nicht recht verstanden. »Jetzt? Hierher? Wozu?«

»Ich weiß nicht ... Das heißt ... Ich möchte einfach, daß du ihn hierherführst. Kapiert?«

Der Doktor nickte und entfernte sich. Sie standen schweigend in der Sonne. Nach einer Weile kroch der nackte Riese mit Mühe hinter dem Doktor aus dem Tunnel und sprang über den Erdwall. Er schien munter und zufrieden zu sein, hielt sich immer in der Nähe des Doktors auf und gluckste leise. Auf einmal spannte sich sein flaches Gesichtchen, das blaue Auge starrte vor sich hin, er schnaufte, drehte sich mit dem ganzen Rumpf herum und begann entsetzlich zu winseln. Mit ein paar Sätzen stürzte er auf den ständig höher werdenden Spiegelzaun, als wollte er sich darauf werfen, lief torkelnd an ihm entlang und stöhnte in einem fort. Dann hustete er eigenartig dröhnend, rannte zum Doktor, fummelte mit den knotigen Fingerchen an seiner Kombination herum, kratzte an dem elastischen Stoff, schaute dem Doktor in die Augen. Schweiß tropfte von seinem Körper. Er stieß den Doktor an, sprang zurück, blickte sich noch einmal um und verschwand, nachdem er mit einem kratzenden Laut den Torso eingezogen hatte, in der schwarzen Tunnelöffnung.

Alle schwiegen. Nach einer Weile fragte der Doktor den Koordinator: »Hattest du das erwartet?«

»Nein ... Ich glaube kaum ... Wirklich ... Ich hatte nur gedacht, daß ihm das vielleicht nicht fremd wäre. Irgendeine Reaktion habe ich erwartet. Eine unverständliche, sagen wir. Aber keine dieser Art ...«

»Soll das bedeuten, daß sie verständlich ist?« fragte der Physiker.

»In gewissem Sinne ja«, antwortete der Doktor. »Er kennt das. Auf jeden Fall kennt er etwas Ähnliches, und davor hat er Angst. Für ihn ist das eine schreckliche, sicherlich mit Todesgefahr verbundene Erscheinung.«

»Eine Exekution à la Eden etwa?« fragte der Chemiker leise.

»Ich weiß es nicht. Auf jeden Fall deutet es darauf hin, daß sie diese ›lebende Mauer‹ nicht nur gegenüber planetaren Gästen anwenden. Man kann sie sicherlich auch ohne Artillerie anlegen.«

»Vielleicht fürchtet er einfach alles, was glänzt«, sagte der Physiker. »Eine einfache Assoziation. Das würde auch die Geschichte mit dem Spiegelgürtel erklären.«

»Nein, ich habe ihm einen Spiegel gezeigt. Er hatte keine Angst davor, es berührte ihn überhaupt nicht«, entgegnete der Doktor.

»Also ist er gar nicht so dumm und so unterentwickelt«, warf der Physiker ein und trat an den spiegelnden Glasverhau, der ihm schon bis an den Gürtel reichte.

»Gebranntes Kind scheut das Feuer.«

»Hört mal her!« Der Koordinator hob die Hand. »Mir scheint, wir sind an einem toten Punkt angelangt. Was weiter? Die Instandsetzung ist eine Sache, natürlich, aber ich möchte ...«

»Eine neue Expedition?« fragte der Doktor.

Der Ingenieur lachte bitter. »Ich gehe immer mit. Wohin? In die Stadt?«

»Das würde gewiß Kampf bedeuten«, gab der Doktor zu bedenken. »Denn anders als mit dem Beschützer kommen wir nicht durch. Und auf der Stufe der Zivilisation, die wir in gemeinsamer Anstrengung zu erreichen vermochten – immerhin steht uns ein Antiprotonenwerfer zur Verfügung –, haben wir eins, zwei, drei zu schießen angefangen. Wir sollten um jeden Preis einen Kampf vermeiden. Der Krieg ist die schlechteste Methode, Kenntnisse über eine fremde Kultur zu sammeln.«

»Ich habe gar nicht an Krieg gedacht«, erwiderte der Koordinator. »Der Beschützer ist eben ein ausgezeichnetes Versteck, weil er soviel aushält. Alle Anzeichen scheinen darauf hinzuweisen, daß die Bevölkerung Edens aus verschiedenen Schichten besteht und daß wir mit der Schicht, die vernünftige Handlungen vollführt, bisher noch keinen Kontakt anknüpfen konnten. Ich verstehe, daß sie einen Ausfall in Richtung Stadt als einen Gegenschlag auslegen könnten. Uns jedoch bleibt die westliche Richtung, die wir überhaupt noch nicht erforscht haben. Zwei Mann genügen zur Bedienung des Wagens vollauf, die anderen bleiben hier und arbeiten in der Rakete.«

»Du und der Ingenieur?«

»Nicht unbedingt. Ich kann natürlich mit Henryk fahren.«

»In diesem Fall brauche ich noch einen Mann, der mit dem Beschützer vertraut ist«, sagte der Ingenieur.

»Wer möchte fahren?«

Alle wollten. Der Koordinator mußte unwillkürlich lächeln. »Kaum hat der Kanonendonner aufgehört, frißt euch das Gift der Neugier auf.«

»Also, dann fahren wir«, erklärte der Ingenieur. »Der Doktor will natürlich als Vertreter der Vernunft und der Sanftmut mitkommen. Ausgezeichnet. Gut, daß du bleibst«, wandte er sich an den Koordinator. »Du kennst die Reihenfolge der Arbeiten. Am besten, ihr stellt den Schwarzen gleich bei einem Lastautomaten an, beginnt aber nicht mit den Grabungen unter der Rakete, bevor wir zurückgekehrt sind. Ich will noch die statischen Berechnungen überprüfen.«

»Als Vertreter der Vernunft möchte ich mich nach dem Ziel dieses Ausflugs erkundigen«, sagte der Doktor. »Dadurch, daß wir uns den Weg bahnen, treten wir, ob wir wollen oder nicht, in eine Konfliktphase ein.«

»Dann mach bitte einen Gegenvorschlag«, erwiderte der Ingenieur. Um sie herum rauschte leise, fast melodisch die wachsende Hecke, die stellenweise schon Mannshöhe erreicht hatte. In ihren sehnigen Verflechtungen brach sich mit weißen, irisierenden Funken die Sonne.

»Ich habe keinen«, gestand der Doktor. »Die Ereignisse kommen uns immer zuvor, bisher haben alle unsere Pläne nicht hingehauen. Vielleicht wäre es am vernünftigsten, überhaupt keine Ausflüge mehr zu unternehmen. In wenigen Tagen ist die Rakete startklar. Wenn wir den Planeten in geringer Höhe umkreisen, können wir vielleicht ohne Behinderung mehr als jetzt erfahren.«

»Das glaubst du doch selbst nicht«, widersprach der Ingenieur.

»Wir erfahren ja schon jetzt nichts, wo wir die Dinge aus der Nähe untersuchen, was kann uns dann ein Flug außerhalb der Atmosphäre geben? Und von wegen vernünftig, du lieber Himmel ... Wären die Menschen vernünftig, hätten wir uns hier nie eingefunden! Was ist an Raketen vernünftig, die zu den Sternen fliegen?«

»Das ist Demagogie«, brummte der Doktor und schritt langsam an dem Glaszaun entlang. »Ich habe ja gewußt, daß ich euch nicht überzeugen werde.«

Die anderen kehrten zur Rakete zurück.

»Rechne nicht mit sensationellen Entdeckungen! Ich nehme an, daß sich nach dem Westen hin ein ähnliches Terrain erstreckt wie hier«, sagte der Koordinator zum Ingenieur.

»Woher willst du das wissen?«

»Wir können doch nicht mitten in einem Wüstenfleck niedergegangen sein. Im Norden die Fabrik, im Osten die Stadt, im Süden die Hügelkette mit der ›Siedlung‹ im Talkessel. Wahrscheinlich sitzen wir am Rande einer Wüstenzunge, die sich nach Westen ausweitet.«

»Möglich, wir werden ja sehen.«

10. Kapitel

Wenige Minuten nach vier erbebte die Lastenklappe, senkte sich langsam, wie der Kiefer eines Nußknackers, und blieb wie eine Zugbrücke schräg in der Luft hängen – bis zum Boden fehlte mehr als ein Meter.

Sie standen unter der Rakete zu beiden Seiten des Eingangs und blickten nach oben. Breite Raupenketten erschienen in der klaffenden Öffnung und schoben sich mit wachsendem Brummen vor, als wollte die mächtige Maschine in die Luft springen. Einige Sekunden lang sahen sie noch ihren graugelben Boden, dann schwankte der Riese über ihren Köpfen, neigte sich nach unten, schlug mit beiden Raupenketten auf die Brücke, daß es dröhnte, und fuhr darauf hinunter. Sie überschritt die meterhohe Lücke, packte den Boden vorn mit den Raupenketten. Für den Bruchteil einer Sekunde sah es so aus, als würden sich die beiden langsam mahlenden Bänder mit den Profilklappen nicht weiterbewegen, doch dann ruckte der Beschützer an, hob seinen abgeflachten Kopf in die Horizontale, fuhr ein Dutzend Meter über ebenen Boden und kam mit melodischem Brummen zum Stehen.

»So, und jetzt, liebe Leute«, rief der Ingenieur, dessen Kopf aus der hinteren Einstiegsluke herausragte, »versteckt euch in der Rakete, es wird nämlich heiß, und laßt euch frühestens in einer halben Stunde wieder sehen. Am besten, ihr schickt den

Schwarzen vorher hinaus, damit er den Boden auf restliche Radioaktivität untersucht.«

Die Klappe schloß sich. Die drei Männer verschwanden in dem Tunnel und nahmen den Automaten mit. Den Tunneleingang sicherten sie von innen mit einem luftdicht schließenden Schild. Der Beschützer stand regungslos da. Der Ingenieur wischte die Bildschirme ab und überprüfte die Armaturen. Schließlich sagte er ruhig: »Wir fangen an.«

Der kurze, dünne, mit einer ringförmigen Wulst versehene Rüssel des Beschützers schob sich langsam vor. Der Ingenieur richtete das schwarze Fadenkreuz auf das massive Glas der Hecke, blickte zur Seite, um die Lage der drei kleinen Scheiben, der weißen, roten und blauen, festzustellen, und drückte auf das Pedal.

Der Bildschirm war für den Bruchteil einer Sekunde schwarz, wie mit Ruß überschüttet. Der Beschützer schwankte, als wäre ein mächtiger Brecher auf ihn niedergegangen, und gab einen Ton von sich, als hätte ein Riese in der Erde »umpf« gesagt. Der Bildschirm wurde wieder hell.

Eine flammende, kugelförmige Wolke dehnte sich nach allen Seiten aus, die Luft wogte wie flüssiges Glas. Die Spiegelhecke war in einer Breite von zehn Metern verschwunden. Aus einer Senke mit gewundenen, kirschrot glühenden Rändern wirbelte Dampf auf. Wenige Schritte vor dem Beschützer sah der Boden wie verglast aus und funkelte in der Sonne. Weiße Asche rieselte auf den Beschützer herab.

Ich habe etwas zuviel gegeben, überlegte der Ingenieur, sagte aber nur: »Alles in Ordnung, wir fahren.« Der untersetzte Rumpf erbebte, rollte seltsam leicht auf die Bresche zu und schaukelte sanft, als sie hindurchfuhren. Am Boden erstarrte eine flammende Flüssigkeit – geschmolzene Kieselerde.

Eigentlich sind wir Barbaren, ging es dem Doktor durch den Sinn. Was habe ich hier zu suchen ...?

Der Ingenieur korrigierte den Kurs und beschleunigte das Tempo. Der Beschützer flitzte wie über eine Autobahn dahin. Es schmatzte leise, wenn die elastischen Innenflächen der Kettenglieder über die Gleitrollen liefen. Sie fuhren fast sechzig, ohne es zu spüren.

»Kann man aufmachen?« fragte der Doktor aus der Tiefe des kleinen Sessels. Der gewölbte Bildschirm über seiner Schulter glich einem Bullauge.

»Natürlich können wir, aber ...« Der Ingenieur betätigte den Kompressor. Vom Turmkranz spritzte nadelscharf eine farblose Flüssigkeit über den Panzer und spülte die Reste der radioaktiven Asche herunter. Dann wurde es hell, der gepanzerte Kopf öffnete sich, sein Deckel glitt nach hinten, die Seiten versanken im Rumpf. Nun waren sie nur noch durch eine dicke, gebogene Scheibe geschützt, die rings um die Sitze verlief. Von oben blies der Wind herein und zauste den drei Männern das Haar.

»Mir scheint, der Koordinator hat recht«, murmelte der Chemiker nach einer Weile. Die Landschaft veränderte sich nicht, sie schwammen durch ein Meer von Sand. Das schwere Fahrzeug wiegte sich sanft beim Überqueren der flossenartigen, buckligen Dünen. Als der Ingenieur die Geschwindigkeit erhöhte, wurden sie hin und her geworfen, die Raupenketten pfiffen entsetzlich, das Vorderteil sprang von einer Düne zur andern, wühlte sich in sie hinein, warf dicke Staubwolken hoch und überschüttete sie ein paarmal mit Sand.

Der Ingenieur verminderte die Geschwindigkeit. Das übermäßige Schaukeln ließ nach. So fuhren sie volle zwei Stunden.

»Vielleicht hat er recht gehabt«, sagte der Ingenieur und änderte den Kurs kaum merklich von West auf Westsüdwest.

Eine Stunde darauf änderte er den Kurs noch einmal. Nun fuhren sie eindeutig nach Südwesten. Bisher hatten sie hundertvierzig Kilometer zurückgelegt.

Der weiße, lose Sand, der wie ein Zopf hinter ihnen hochwirbelte, wurde allmählich schwerer und nahm eine rötliche Färbung an. Er staubte nicht mehr so sehr. Wenn ihn die Raupenketten hochschleuderten, fiel er sogleich wieder nieder. Auch die Dünen traten nicht mehr so häufig und in dieser Höhe auf. Bisweilen spießten die Spitzen zugewehter Sträucher aus dem Sand. Undeutliche kleine Flecke erschienen in der Ferne, etwas seitlich zur Fahrtrichtung. Der Ingenieur bog zu ihnen ab. Rasch wurden sie größer, schon wenige Minuten später sahen sie drei Platten senkrecht aus dem Boden ragen. Sie glichen den Resten von Mauern oder Wänden. Der Ingenieur drosselte die Geschwindigkeit, als sie in einen schmalen Durchgang fuhren. Die Mauerpfosten links und rechts waren von der Erosion zerfressen. In der Mitte versperrte ihnen ein großer steinerner Klotz den Weg. Der Beschützer hob den Kopf und nahm das Hindernis mühelos. Sie befanden sich in einer engen Gasse. Durch den Spalt zwischen den nicht ganz schließenden Platten bemerkten sie weitere Ruinenteile. Auch hier hatte die Erosion ihr Vernichtungswerk getan. Von einer Trümmerfläche aus gelangten sie in einen freien Raum. Wieder überquerten sie Dünen, diesmal waren sie aber fest, wie gestampft, kein Staub wirbelte von ihnen auf. Das Gelände neigte sich allmählich. Sie fuhren einen sanften Hang hinunter. Etwas tiefer sahen sie stumpfe, keulenartige kleine Felsen und weißliche Umrisse von Ruinen. Der Hang war zu Ende. Sie überquerten die Talsohle, die von fleckigen Felsen übersät war, und fuhren den Gegenhang hinauf, der sich bis zum Horizont hin erstreckte. Die Raupenketten sanken kaum noch ein, denn der Boden war hart. Die ersten teigartigen Haufen der Traubenbüsche tauchten auf, sie waren fast schwarz, nur gegen die tiefstehende Sonne leuchteten sie kirschrot, als wären die Laubbläschen mit Blut gefüllt. Nach Südwesten hin wurden die Büsche größer. Da und dort versperrten sie ihnen den Weg. Der Beschützer überwand sie spielend. Wohl sank er mit den Ketten etwas ein, verlor jedoch dabei kaum an Fahrt. Allerdings gab es jedesmal ein unangenehmes dumpfes Krachen von den Tausenden von platzenden Bläschen. Dunkle, klebrige Schmiere spritzte aus ihnen auf die Keramitplatten. Bald war der Rumpf bis an den Turm wie mit rostbrauner Farbe bekleistert.

Sie hatten den zweihundertsten Kilometer zurückgelegt. Die Sonne berührte bereits den westlichen Horizont. Der lange, ins Riesenhafte gewachsene Schatten des Beschützers wogte, bog und streckte sich immer mehr. Plötzlich knirschte es entsetzlich unter den Ketten, das Fahrzeug schien einen Augenblick lang zu schweben, dann versank es mit ohrenbetäubendem Rasseln in etwas Zersplitterndem. Der Ingenieur bremste, sie rollten noch ein Paar Dutzend Meter, ehe der Wagen hielt. In der breiten, im Dickicht ausgewalzten Fahrrinne hinter sich erblickten sie die Trümmer einer rostigen Konstruktion.

Die Last des Beschützers hatte sie zermalmt. Sie setzten die Fahrt fort, wieder rollte der Panzer, diesmal nur mit einer Raupenkette, über Gitterteile, verbogene Pfeiler und Fetzen löchriger Bleche, die völlig unter warzenartigen Sträuchern verborgen waren. Er brach alles kurz und klein und preßte es mit der Schmiere aus den platzenden Trauben zu einem knirschenden Teig zusammen. Nach einiger Zeit wurde die Mauer der Büsche noch höher. Das scheußliche Kratzen und Kreischen des rostigen Schrotts hatte nachgelassen. Auf einmal liefen die schwärzlichen, gegen den Panzer schlagenden Stengel mit ihren warzenartigen Verdickungen nach beiden Seiten auseinander. Sie standen auf einer Schneise von einigen Metern Breite. Vor ihnen türmte sich eine dunkle Mauer aus Gestrüpp, ähnlich der, durch die sie sich soeben hindurchgekämpft hatten. Der Ingenieur bog in die Schneise ein und fuhr auf ihr wie auf einem Waldweg den sanft geneigten Hang hinab. Der lehmige Grund war fest. Schlammkrusten zeugten davon, daß es hier bisweilen Wasser gab.

Die Schneise verlief nicht gerade. Bald stand die scharlachrot glühende Sonnenscheibe genau vor ihnen und blendete sie, bald versteckte sie sich in den Kurven und zerriß nur mit blutigen Strahlen das tintenblaue, zwei bis drei Meter hohe Dickicht. Der Weg verengte sich, zugleich wurde der Abhang steiler. Plötzlich hatten sie die ganze Scheibe der untergehenden Sonne unmittelbar vor sich. Zwischen ihnen und der Sonnenscheibe erstreckte sich, mehrere hundert Meter unter ihnen, eine in vielen Farben schillernde Ebene. Dahinter leuchtete eine Wasserfläche, die das Rot der Sonne widerspiegelte. Das ungleichmäßige Ufer des Sees war mit Flecken von dunklem Gebüsch bedeckt, da und dort konnten sie künstliche Befestigungen und Maschinen mit gespreizten Füßen erkennen. Etwas näher, zu Füßen des Hangs, an dessen Rand der Beschützer scharf gebremst hatte, erstreckten sich in unregelmäßigem Mosaik irgendwelche Bauwerke an hellen Streifen entlang, ganze Reihen hell glänzender Masten, nicht größer als Streichhölzer. Unten herrschte lebhafter Verkehr.

Kolonnen grauer, weißer und brauner Pünktchen krochen in verschiedene Richtungen dahin. Sie vermischten sich miteinander, bildeten an manchen Stellen Ansammlungen und liefen wieder in langgezogenen Schnürchen auseinander. In dem dicht besiedelten Gelände blitzten unausgesetzt feine Funken auf, als ob die Bewohner in Dutzenden von Häusern unermüdlich die im Glanz der Abendsonne blinkenden Fenster öffneten und schlossen.

Der Doktor stieß einen Ruf der Bewunderung aus. »Henryk, das ist dir wirklich gelungen! Endlich etwas Normales, das gewöhnliche Leben, und was für ein herrlicher Beobachtungspunkt!« Er schob sich, die Beine voran, aus dem offenen Turm heraus. Der Ingenieur hielt ihn zurück. »Warte, siehst du die Sonne? In fünf Minuten geht sie unter, dann bekommen wir nichts zu sehen. Wir müssen das ganze Panorama filmen, und das so schnell wie möglich, sonst schaffen wir es nicht.«

Der Chemiker holte bereits die Kamera unter den Sitzen hervor. Sie halfen ihm rasch, das größte Teleobjektiv aufzusetzen, das dem Rohr einer alten Muskete glich. Da sie es eilig hatten, warfen sie die Stative hinaus. Der Ingenieur rollte unterdessen eine Nylonleine auseinander, befestigte sie am Rand des Turmes, schleuderte die beiden Enden über den Beschützer hinweg nach vorn und sprang hinunter.

Seine Gefährten hoben unterdessen die Stative auf und liefen an den Rand des Hanges. Der Ingenieur holte sie mit den beiden Enden der Leine ein und befestigte sie bei jedem am Karabinerhaken.

»Ihr würdet in eurem Eifer noch hinunterfallen«, sagte er. Die Sonnenscheibe begann bereits in dem flammenden Wasser des Sees zu versinken, als sie die Kamera aufstellten. Der

Mechanismus surrte, das große Objektiv blickte nach unten. Der Doktor kniete nieder, er hielt die beiden Vorderfüße des Stativs, damit sie nicht in den Abgrund stürzten. Der Chemiker drückte ein Auge an die Zielvorrichtung und schnitt eine Grimasse. »Die Blenden her!«

Der Ingenieur rannte zurück und brachte die größte, die sie hatten. Sie drehten in großer Eile weiter. Die Sonnenscheibe war schon bis zur Hälfte im See verschwunden. Der Ingenieur hielt mit beiden Händen die Laufschiene und lenkte die Kamera gleichmäßig nach links und nach rechts. Der Chemiker bremste zuweilen diese Bewegung und richtete das Objektiv auf die Stellen, wo eine dichtere Zirkulation von Fleckchen und Formen in der Zielvorrichtung zu beobachten war. Er bewegte die Blendeneinstellung, veränderte die Brennweite. Der Doktor kniete noch immer. Die Kamera surrte leise, das Band rollte von den Trommeln. Das erste war abgelaufen. Sie wechselten hastig die Spulen. Schon lief das zweite. Als sich das Objektiv auf die Stelle richtete, wo die größte Verkehrsdichte war, ragte nur noch ein kleines Stück der Sonnenscheibe über das immer dunkler werdende Wasser. Der Doktor beugte sich weit vor, gehalten von der gespannten Leine – anders ließ sich die Aufnahme nicht machen. Unter sich erblickte er die steil hinabführenden rostbraunen Falten der lehmigen Wand, die in immer blasserem Rot schimmerten. Bei den letzten Metern der zweiten Spule erlosch die rote Scheibe. Der Himmel war noch voller Lichtreflexe, aber über der Ebene und dem See lagen schon graublaue Schatten. Außer dem Funkeln der kleinen Lichter war dort nichts mehr zu erkennen.

Der Doktor richtete sich mit Hilfe der Leine wieder auf. Zu dritt trugen sie die Kamera behutsam wie einen Schatz zurück.

»Glaubst du, daß die Aufnahmen gelungen sind?« fragte der Chemiker den Ingenieur.

»Nicht alles. Ein Teil wird überbelichtet sein. Wir werden's ja sehen. Schließlich kann man noch immer hierher zurückkehren.«

Sie verstauten die Kamera, die Spulen und die Stative und traten dann noch einmal an den Rand des Hanges. Erst da bemerkten sie, daß sich das Seeufer im Osten steil auftürmte und im Hintergrund in eine zerklüftete Felsmauer überging, deren Gipfel im letzten rosafarbenen Schimmer der untergegangenen Sonne lagen. Darüber stieg eine braune, pilzförmige Rauchsäule in den Himmel, an dem sich die ersten Sterne zeigten. Sie stand eine Weile, ohne sich zu verändern, dann versank sie hinter der Gebirgsschranke und verschwand aus dem Blickfeld.

»Aha, dort ist also das Tal!« rief der Chemiker dem Doktor zu. Wieder schauten sie nach unten. Lange Reihen weißer und grüner Lichter krochen in verschiedener Richtung langsam das Seeufer entlang, wendeten, bildeten ungleichmäßig rinnende Bächlein. Stellenweise erloschen sie, andere, größere tauchten auf. Allmählich wurde es immer dunkler, die Anzahl der Lichter nahm zu. Hinter den drei Männern rauschte friedlich das hohe nachtschwarze Dickicht. Die Aussicht war so schön, daß sie sich von ihr nur schwer trennen konnten. Das Bild des Sees mit den sich darin spiegelnden milchigen Sternen würden sie nicht so bald vergessen.

Während sie über den schlammigen Boden der Schneise schritten, fragte der Doktor den Chemiker: »Was hast du gesehen?«

Der lächelte verwirrt. »Nichts. Ich habe überhaupt nicht an das gedacht, was ich sah, ich habe mich nur die ganze Zeit um die richtige Bildschärfe bemüht, außerdem werkte Henryk so rasch mit dem Objektiv in der Gegend herum, daß ich mich gar nicht orientieren konnte.«

»Schadet nichts«, sagte der Ingenieur und lehnte sich an den abgekühlten Panzer des Beschützers. »Wir haben zweihundert Aufnahmen in der Sekunde gemacht. Alles, was dort war, werden wir sehen, wenn der Film entwickelt ist. Jetzt fahren wir zurück!«

»Ein idyllischer Ausflug«, murmelte der Doktor. Sie erklommen den Hang. Der Ingenieur drehte die Sehschlitze des Telebildschirms nach hinten und schaltete den Rückwärtsgang ein. Sie fuhren eine Zeitlang rückwärts, weiter oben wendeten sie an einer breiteren Stelle, dann ging es in hohem Tempo geradewegs nach Norden.

»Wir nehmen nicht denselben Weg wie auf der Hinfahrt«, sagte der Ingenieur. »Das wären hundert Kilometer mehr. Solange es geht, fahre ich die Schneise entlang. In zwei Stunden sind wir an Ort und Stelle.«

11. Kapitel

Die Strecke führte durch weniger gewelltes Gelände als auf der Hinfahrt. Ab und zu mußte sich der Beschützer den Weg durch dichtes Dickicht bahnen. Sie hörten die Äste gegen die dicke, gebogene Scheibe peitschen. Von Zeit zu Zeit fiel eine Traubenschote dem Chemiker oder dem Doktor auf die Knie. Der Doktor hob ein Büschel an die Nase und staunte. »Das riecht ja sehr angenehm.«

Sie waren in ausgezeichneter Stimmung. Der flimmernde Himmel wurde klarer und höher. Die Schlange der Galaxis stand über ihnen als klumpiges, glimmendes Gebilde. Windböen kämmten leise raschelnd das Dickicht. Der Beschützer rollte weich und mit kaum hörbarem melodischem Brummen dahin.

»Interessant, daß es auf Eden keinerlei Greifarme gibt«, bemerkte der Doktor. »In allen Büchern, die ich bisher gelesen habe, gibt es auf anderen Planeten lauter schlingende, würgende Greifarme.«

»Und ihre Bewohner haben sechs Finger«, fügte der Chemiker hinzu. »Fast immer sechs. Kannst du mir zufällig sagen, warum?«

»Sechs ist eine mystische Zahl«, erwiderte der Doktor. »Zweimal drei ist sechs, und dreimal darfst du raten.«

»Hör auf zu schwafeln, ich komme sonst noch von der Richtung ab«, sagte der Ingenieur, der etwas höher saß. Er konnte sich noch immer nicht entschließen, die Lichter einzuschalten, obwohl er fast nichts mehr sah. Die Nacht war ungewöhnlich schön, und er wußte, daß dieser Eindruck schwinden würde, sobald er die Scheinwerfer einschaltete. Mit Radar wollte er auch nicht fahren, denn dann müßte er zuvor den Turm schließen. Er konnte kaum die eigenen Hände am Lenkrad sehen. Nur die Zeiger und Geräte auf den Armaturenbrettern vor ihm, weiter unten und hinten im Fahrzeug schimmerten blaßgrün und rosa, und die Zeiger der Atommeßuhren zitterten schwach wie orangerote Sternchen.

»Kannst du Verbindung mit der Rakete aufnehmen?« fragte der Doktor.

»Nein«, erwiderte der Ingenieur. »Hier gibt es keine E–Schicht, das heißt, es gibt wohl eine, aber sie ist löchrig wie ein Sieb. Von einer Verbindung über Kurzwelle kann keine Rede sein, und für die Einrichtung eines anderen Senders hatten wir keine Zeit. Das weißt du ja.«

Bald darauf rasselten die Raupenketten laut, der Wagen schwankte. Der Ingenieur schaltete die Lichter für eine Weile ein und sah, daß sie über weiße, rund geschliffene Felsen rollten. Hoch über den Büschen schimmerten phantastische Formen von Kalknadeln. Sie fuhren durch einen trockenen Hohlweg.

Dem Ingenieur gefiel das nicht, er hatte keine Ahnung, wohin der Weg führte, und so steile Wände würde nicht einmal der Beschützer nehmen können. Sie fuhren weiter. Immer mehr Steine lagen herum, die Büsche standen in Haufen und hoben sich schwarz im Licht der Scheinwerfer ab. Der Weg wand sich zunächst aufwärts, bis er über eine fast ebene Fläche führte. Die Felsen wurden auf der einen Seite niedriger, schließlich verschwanden sie ganz. Der Beschützer erreichte eine sanft geneigte Wiese. Sie war oben von Kalkstufen begrenzt, kleine Geröllrinnen liefen von ihnen herab. Zwischen den Felsen wanden sich lange krumme Stiele am Boden entlang. Sie glänzten silbergrün im Licht des Scheinwerfers.

Seit einer Viertelstunde fuhren sie bereits mit starker Nordostabweichung, es war an der Zeit, wieder den richtigen Kurs einzuschlagen, aber die Kalkfurche, in die der Beschützer geraten war, ließ das nicht zu.

»Wir hatten Glück«, sagte der Chemiker unvermittelt. »Wir hätten in den See stürzen oder auf Felsen stoßen können, und ich zweifle, ob wir da herausgekommen wären.«

»Stimmt.« Der Ingenieur stutzte. »Moment mal ...«

Etwas Zottiges versperrte ihnen den Weg. Es glich einem Netz mit langen haarigen Fransen. Der Beschützer rollte langsam an dieses Hindernis heran, stieß mit dem Bug dagegen. Der Ingenieur drückte sanft auf den Beschleuniger. Mit einem leisen Ruck riß das sonderbare Netz und verschwand, von den Raupenketten in den Boden gedrückt. Die Lichter fingen hohe schwarze Gestalten aus der Dunkelheit, einen ganzen Wald davon, es war wie ein versteinertes Heer in entfalteter Gefechtsordnung. Ein spitzes Postament tauchte vor dem Wagen auf, fast wären sie dagegengefahren. Der große Mittelscheinwerfer flammte auf, beleckte die schwarze Säule, fuhr an ihr hoch.

Es war eine überlebensgroße Skulptur, in der man mit einiger Mühe einen Doppeltorso erkennen konnte – nur den kleinen Torso, riesenhaft vergrößert. Er hielt die Hände gekreuzt und hoch erhoben und hatte ein flaches, fast eingefallenes Gesicht mit vier gleichförmigen Höhlen, sah also anders aus als jene, die sie kannten. Und er neigte sich zur Seite, als schaue er aus der Höhe aus vierfachen Augenhöhlen auf sie herab.

Der Eindruck war so stark, daß eine Weile keiner sich rührte oder etwas zu sagen wagte. Dann ließ die Zunge des Scheinwerfers von dem Denkmal ab, glitt in die Finsternis und stieß auf andere Postamente. Die einen waren hoch und schmal, andere niedrig. Schwarze, fleckige Torsos thronten auf ihnen. Hin und wieder stand auch ein milchigweißer da, der aus Knochen gemeißelt schien. Alle Gesichter hatten vier Augen, einige waren seltsam entstellt, wie angeschwollen, besaßen eine hohe Stirn. Noch weiter weg, ungefähr zweihundert Meter entfernt, verlief eine Mauer, aus der gespreizte, geflochtene oder gekreuzte Hände von übernatürlicher Größe herausragten. Sie schienen die verschiedenen Richtungen des gestirnten Himmels anzuzeigen.

»Wird wohl ein Friedhof sein«, flüsterte der Chemiker.

Der Doktor kletterte bereits vom Heck des Panzers herunter, der Chemiker folgte ihm, während der Ingenieur den Scheinwerferkegel nach der anderen Seite richtete, dorthin, wo sich zuvor die Kalkbarriere erhoben hatte. Jetzt erblickte er dort ein dünnes Spalier von Figuren mit verwaschenen, gleichsam ausgespülten Zügen, verworrene Geflechte von Formen, in denen sich der Blick hilflos verlor. Kaum glaubte er etwas Bekanntes wahrzunehmen, entglitt das Ganze schon wieder seinem Verständnis.

Der Chemiker und der Doktor schritten unterdessen langsam zwischen den Denkmälern dahin. Der Ingenieur leuchtete ihnen vom Beschützer aus. Eine ganze Weile schon glaubte er aus der Ferne ein weinerliches Jammern zu hören, da ihn jedoch der ungewöhnliche Anblick gefangenhielt, achtete er nicht auf die Laute, die so schwach und so undeutlich waren, daß er nicht einmal erraten konnte, woher sie kamen.

Der Lichtkegel schwebte über den Köpfen der beiden Männer und holte neue Figuren aus der Dunkelheit. Plötzlich hörten sie in der Nähe ein giftiges Zischen. Zwischen dem Spalier der Denkmäler schwammen langsam zerfließende graue Wolken. Eine Schar Doppelts hetzte mit lang anhaltendem Stöhnen, Husten und Wimmern durch sie hindurch. Irgendwelche Lumpen und Fetzen flatterten über ihnen, während sie blindlings dahinstürmten, einander rempelten und umrissen.

Der Ingenieur drehte sich auf seinem Sitz herum, griff nach dem Hebel und wollte instinktiv seinen Gefährten nachfahren. Etwa hundert Schritt vor sich, am Ende der kleinen Allee, sah er die blassen Gesichter des Doktors und des Chemikers, die verblüfft den hastenden Gestalten nachstarrten. Er konnte jedoch nicht anfahren, denn die Flüchtenden stürzten, ohne auf das Fahrzeug zu achten, dicht an ihm vorbei. Mehrere große Körper brachen zusammen. Das entsetzliche Zischen war ganz nahe, es schien aus der Erde zu dringen.

Zwischen den nächsten, von den Scheinwerfern des Beschützers erhellten Postamenten kroch ein biegsames Rohr mehrere Zentimeter hoch über den Boden dahin, daraus spritzte ein Strahl kochenden Schaums, der die Erde bedeckte, heftig dampfte und die Umgebung in nebliges Grau hüllte.

Als die ersten Schwaden den Turm umwehten, hatte der Ingenieur das Gefühl, als zerrissen ihm Tausende von Stacheln die Lunge. Tränen stürzten ihm aus den Augen, er stieß einen dumpfen Schrei aus und drückte, würgend und vor

Schmerz schluchzend, ungestüm auf den Beschleuniger. Der Beschützer schoß nach vorn, stürzte das schwarze Denkmal um und rollte brüllend über die Trümmer hinweg. Der Ingenieur bekam kaum noch Luft, doch er schloß den Turm nicht, denn vorher mußten die anderen noch herein. Er fuhr weiter, ohne dabei mit den tränenden Augen wahrzunehmen, wie der Beschützer auch die anderen Denkmäler niederwalzte. Die Luft wurde reiner. Er hörte es eher, als daß er es sah, wie der Chemiker und der Doktor aus dem Dickicht schnellten und den Panzer erklommen. Er wollte »Einsteigen!« rufen, aber nur ein Krächzen entrang sich seiner verbrannten Kehle. Die beiden sprangen hustend herein. Blindlings drückte er auf den Hebel. Die Metallkuppel schloß sich, doch der Nebel, der ihnen in der Kehle würgte, füllte noch den Innenraum. Der Ingenieur stöhnte und öffnete mit letzter Kraft den Hahn an einer Stahlrohrleitung. Sauerstoff schoß unter hohem Druck aus dem Reduktor. Er fühlte seinen Schlag im Gesicht. Das Gas war so stark komprimiert, daß es ihn wie eine Faust zwischen die Augen traf.

Es scherte ihn wenig. Der belebende Zustrom half. Die beiden anderen hingen ihm keuchend über den Schultern. Die Filter arbeiteten. Der Sauerstoff vertrieb den giftigen Schwaden. Sie konnten wieder sehen, aber sie atmeten noch immer schwer. In der Brust spürten sie einen bohrenden Schmerz, als striche bei jedem Atemzug jemand über offene Wunden in der Luftröhre. Aber das gab sich bald. Nach ein paar Sekunden konnte der Ingenieur wieder gut sehen. Er schaltete den Bildschirm ein.

In der Seitenallee, an die er nicht herangekommen war, zuckten zwischen den Postamenten der dreieckigen Denkmäler noch ein paar Körper. Die meisten rührten sich nicht mehr. Händchen, kleine Torsos, Köpfe, alles miteinander vermengt, verschwand hinter den träge dahinfließenden grauen Schwaden und tauchte wieder daraus hervor. Der Ingenieur schaltete das Außenhörgerät ein. Ein schwächer werdendes fernes Hüsteln und Heulen drang an ihr Ohr. Hinter ihnen stampfte etwas. Noch einmal wehte ein Chor brüchiger Laute aus der Richtung der miteinander verflochtenen weißen Figuren heran, doch außer dem Wogen des grauen Nebels war dort nichts mehr zu sehen. Der Ingenieur vergewisserte sich, daß der Turm hermetisch abgeschlossen war, und betätigte dann mit zusammengebissenen Zähnen einige Hebel. Der Beschützer drehte sich langsam auf der Stelle, seine Ketten knirschten auf den steinernen Trümmern. Die drei Scheinwerferbündel versuchten die Wolke zu durchstoßen. Er fuhr an den zertrümmerten Denkmälern vorbei und suchte nach dem zischenden Rohr, dessen Versteck er etwa zehn Meter weiter vermutete, dort, wo der Schlamm in die Höhe spritzte. Die schwankende Dampfwoge reichte nun bereits bis an die hoch erhobenen Hände der nächsten Figur.

»Nein!« rief der Doktor. »Nicht schießen! Dort können Lebende sein!«

Zu spät. Der Bildschirm verfinsterte sich für den Bruchteil einer Sekunde. Der Beschützer sprang hoch, wie von einer gewaltigen Faust getroffen, und sackte mit entsetzlichem Knirschen ein. Kaum hatte sich der Wellenstrahl von der Spitze des im Rüssel verborgenen Generators gelöst, war er auch schon im Ziel, das heißt dort, wo der zischende Schaum ausgestoßen wurde. Die Antiprotonenladung hatte sich mit der gleichwertigen Menge Materie verbunden. Als der Bildschirm wieder aufblitzte, klaffte zwischen den weit auseinandergeworfenen Trümmern der Postamente ein feuriger Krater.

Der Ingenieur sah nicht hin. Er bemühte sich herauszufinden, was mit dem Rest der Leitung geschehen und wohin sie verschwunden war. Wieder wendete er den Beschützer auf der Stelle um neunzig Grad und fuhr dann langsam die Reihe der umgestürzten Denkmäler entlang. Der graue Nebel löste sich allmählich auf. Sie fuhren an drei oder vier in Lumpen gehüllten Leibern vorbei. Der Ingenieur mußte aufpassen, daß er sie nicht zermalmte. Weiter entfernt war ein großes, unbewegliches Gebilde zu erkennen. Dort öffnete sich eine längliche Lichtung, in deren Hintergrund silbrige Gestalten in den Scheinwerferkegeln aufblitzten. Sie flüchteten in die Büsche. Statt der weißen kleinen Torsos hatten sie unheimlich lange, schmale Hüllen oder Helme, die an den Seiten abgeflacht waren und oben in einer Spitze endeten.

Etwas prallte dumpf gegen den Bug des Panzers. Der Bildschirm verdunkelte sich und wurde wieder hell. Der linke Scheinwerfer war erloschen.

Der Ingenieur ließ den beweglichen Mittelscheinwerfer über den dunklen Rand der Schonung schweifen und zauberte aus dem Dunkel zwischen den Ästen verschiedene silbern glänzende Flecke hervor, hinter denen etwas immer schneller zu wirbeln begann. Äste flogen nach allen Seiten, Stücke zerfetzter Sträucher, eine große, wirbelnde Masse mahlte im Licht der Scheinwerfer die Luft. Der Ingenieur richtete den Rüssel mitten in die größte Betriebsamkeit und drückte auf das Pedal. Ein dumpfes, machtvolles »Umpf« erschütterte den Turm. Als der Bildschirm wieder aufflammte, drehte der Ingenieur den Turm herum.

Ihnen war, als sei die Sonne aufgegangen. Der Beschützer stand beinahe mitten auf der Lichtung. Weiter unten, wo vorher die Schonung gewesen war, hatte sich der Horizont in ein weißes Feuermeer verwandelt. Die Sterne waren verschwunden, die Luft zitterte. Vor dieser schmutzigen Rauchwand rollte eine pralle, im feurigen Schein funkelnde Kugel auf den Beschützer zu. Der Ingenieur hörte nur das Tosen des Brandes. Der Beschützer wirkte wie ein am Boden kauernder Zwerg angesichts der ungeheuren Ausmaße der Kugel, die sich nun in einen haushohen, durch eine schwarze Zickzacklinie in der Mitte unterteilten Strudel verwandelte. Schon hatte der Ingenieur die Kugel in dem Fadenkreuz, als er mehrere hundert Schritt weiter flüchtende blasse Gestalten erblickte.

»Haltet euch fest!« brüllte er und glaubte zu spüren, wie ihm Nägel in die Kehle drangen.

Ein höllisches Knirschen und Krachen, der Beschützer schien zu bersten – sie waren zusammengestoßen.

Eine Sekunde lang glaubte er, der Turm breche ein. Der Beschützer stöhnte, seine Stoßdämpfer quietschten, der Panzer dröhnte wie eine Glocke. Der Bildschirm verdunkelte sich sekundenlang, flammte dann wieder auf. Das Krachen ließ nicht nach, es war, als hämmerten hundert höllische Hämmer wie versessen gegen die Deckenpanzerung. Dann flaute der ohrenbetäubende Lärm etwas ab, die Schläge fielen in immer größeren Abständen, einigemal zerschnitt noch ein kantiger Arm pfeifend die Luft. Plötzlich scheuerte niederstürzendes Eisen dumpf rasselnd am Panzer entlang, und mehrere armartige Gebilde, träge die spinnenartigen Glieder zusammenkrampfend und wieder geradebiegend, fielen vor dem Beschützer nieder. Eines davon trommelte noch ein paarmal rhythmisch auf den Panzer, als wollte es ihn streicheln. Aber auch diese Bewegung wurde immer schwächer und hörte schließlich ganz auf. Der Ingenieur versuchte anzufahren, doch die Ketten gehorchten den Lenkbewegungen nur unvollkommen und verklemmten sich knirschend. Er schaltete den Rückwärtsgang ein. Nun ging es. Wie ein Krebs schlängelte und wühlte sich das Fahrzeug aus den Trümmern. Plötzlich ließ der Druck nach, ein metallisches Klirren, die Maschine sprang befreit nach hinten.

Das Wrack sah vor der feurigen Wand der brennenden Schonung aus wie eine dreißig Meter hohe zertretene Spinne. Ein Armstumpf stocherte noch fieberhaft im Boden. Zwischen den langen, spitzen Beinen war eine kantige Kuppel zu erkennen, silbrig schimmernde Gestalten sprangen aus ihr heraus.

Der Ingenieur überprüfte instinktiv, ob die Schußlinie frei war, und drückte aufs Pedal.

Abermals zerriß eine Sonne donnernd die Lichtung. Die Wrackteile flogen heulend und pfeifend nach allen Seiten. In der Mitte fuhr eine Säule aus siedendem Lehm und Sand in die Höhe. Große Rußflocken segelten durch die Luft. Plötzlich überkam den Ingenieur ein Schwächegefühl. Er spürte: Noch einen Augenblick, und er würde sich in Krämpfen winden. Eiskalter Schweiß rann ihm in den Nacken. Er legte gerade die verkrampfte Hand auf den Hebel, als er den Doktor schreien hörte: »Kehr um, hörst du! Kehr um!«

Rot leuchtender Rauch schlug aus der brennenden Grube hoch, als habe sich dort, wo zuvor die Schonung gestanden hatte, ein Vulkan geöffnet. Siedende Schlacke floß den Hang hinab und setzte die Reste des niedergewalzten, zermalmten Dickichts in Flammen.

»Ich bin ja schon dabei«, sagte der Ingenieur. »Ich kehre um.« Aber er rührte sich nicht. Schweißtropfen rannen ihm übers Gesicht.

»Was hast du?« Wie aus weiter Ferne hörte er die Stimme des Doktors, dann erblickte er über sich sein Gesicht. Er schüttelte den Kopf, riß die Augen auf.

»Wie? Nein, nichts«, stammelte er. Der Doktor zwängte sich wieder nach hinten.

Der Ingenieur schaltete den Motor ein. Der Beschützer erbebte, drehte sich auf der Stelle. Sie hörten nichts. Alle Laute wurden von dem Rauschen des riesigen Brandes verschlungen. Sie fuhren denselben Weg zurück, den sie gekommen waren.

Der Strahl des einzigen Scheinwerfers – den mittleren hatten sie beim Zusammenstoß verloren – huschte über Leichname und Denkmalstrümmer. Über allem lag ein metallischer grauer Niederschlag. Sie fuhren zwischen den Bruchstücken zweier weißer Figuren hindurch und bogen nach Norden ab. Wie ein Schiff, das ins Wasser gleitet, zerschnitt der Beschützer das Dickicht. Ein paar weiße Gestalten flüchteten in Panik aus dem Bereich des Lichts. Der Beschützer brauste mit wachsender Geschwindigkeit weiter und schüttelte seine Insassen mächtig durcheinander. Der Ingenieur atmete schwer und preßte die Kiefer zusammen, um nicht schwach zu werden. Er hatte noch immer die wirbelnden Rußflecken vor Augen – das war alles, was von den herausspringenden, silbrig schimmernden Gestalten übriggeblieben war. Er riß die Augen auf. Gelber Lehm zeigte sich jetzt im Licht, ein schräger, buckliger Hang. Der Beschützer hob die Nase und stürmte hinauf. Zweige peitschten gegen den Panzer. Die Ketten rollten knirschend über etwas Unsichtbares. Der Beschützer jagte immer schneller dahin, mal aufwärts, mal abwärts. Das Gelände wurde ab und zu von kleinen Schluchten durchschnitten. Sie tauchten in gewundene Hohlwege und brachen baumartiges Gestrüpp nieder. Wie ein Sturmbock brauste der Wagen durch eine Schonung spinnenartiger Bäume. Ihre stachligen Insektenleiber bombardierten den Panzer mit kraftlosen, weichen Schlägen. Das Krachen und Zischen der zermahlenen Stengel und Äste hörte sich entsetzlich an. Auf den hinteren Bildschirmen flammte noch die Feuersbrunst. Allmählich wurde sie trüber. Schließlich herrschte ringsum gleichmäßige Dunkelheit.

12. Kapitel

Eine Stunde lang rasten sie bereits über die Ebene. Die Nacht war sternklar. Immer seltener flogen Sträucher an der rhythmisch heulenden Maschine vorüber. Schließlich verschwanden auch die letzten. Nichts war mehr da außer den langen sanften Buckeln, die im Scheinwerferlicht aufzuleben und zu wogen schienen. Der Beschützer nahm sie mit einem Schwung, als wollte er sich in die Luft schwingen. Die Sitze federten weich. Das gleichmäßige Kreischen der Raupenketten erinnerte an den verbissenen Laut eines Bohrers, der sich in Metall frißt. Die Instrumente leuchteten rosa, orangerot und grün. Im Bildschirm suchte der Ingenieur das Signallicht der Rakete.

Was sie vorher gedankenlos hingenommen hatten – daß sie ohne Funkverbindung aufgebrochen waren –, hielt er jetzt für Wahnsinn. Sie hatten sich beeilt, als wären die zum Aufbau eines Senders erforderlichen zwei Stunden zu kostbar dafür gewesen. Er fürchtete schon, die Rakete im Dunkeln verfehlt zu haben und zu weit nach Norden gefahren zu sein. Doch da erblickte er sie. Sie sah aus wie eine eigenartig zerfließende Lichtblase. Er drosselte die Geschwindigkeit. Es war jedesmal ein ungewöhnlicher Anblick, wenn das Signallicht der Rakete aufleuchtete und den mehrstöckigen Rumpf in unzählige flammende Regenbögen tauchte. Der Widerschein erhellte weithin den Sand.

Da der Ingenieur nicht noch einmal schießen wollte, richtete er die stumpfe Panzernase auf die Stelle, wo sie bei der Abfahrt die Spiegelmauer durchbrochen hatten. Die Lücke in der gläsernen Mauer war von beiden Seiten her wieder zugewachsen. Als einzige Spur ihres ersten Durchbruchs war ein Brocken in Schlacke verwandelten Sandes zurückgeblieben.

Der Beschützer stürmte mit der ganzen Masse seiner sechzehn Tonnen gegen die Mauer an. Die Wand hielt stand.

Der Ingenieur stieß etwa zweihundert Meter zurück, zielte mit dem Fadenkreuz so tief wie möglich und drückte in dem Augenblick, als die Lichtglocke aus dem Dunkel tauchte, auf das Pedal.

Ohne erst abzuwarten, bis die siedenden Ränder der Bresche wieder erstarrt waren, fuhr er los. Der Turm stieß oben an, doch das erweichte Material gab nach. Der einäugige Beschützer brach in den leeren Kreis ein und rollte mit ersterbendem Brummen an die Rakete heran.

Nur der Schwarze begrüßte sie, aber auch er verschwand sofort. Sie spülten den radioaktiven Belag von der Panzerhaut des Beschützers und prüften die Strahlungsintensität der Umgebung, erst dann konnten sie den engen Innenraum der Maschine verlassen.

Die Lampe flammte auf. Der Koordinator trat als erster aus dem Tunnel. Mit einem Blick erfaßte er die schwarzen Flecke auf dem Bug des Beschützers, die demolierten Scheinwerfer und die eingefallenen, blassen Gesichter der Rückkehrer. Dann sagte er: »Ihr habt gekämpft.«

»Ja«, antwortete der Doktor.

»Ihr könnt aussteigen. Es sind nur noch 0,9 Röntgen pro Minute. Der Schwarze wird hierbleiben.«

Die anderen schwiegen. Sie stiegen durch den Tunnel in die Rakete hinunter. Der Ingenieur bemerkte einen zweiten, kleineren Automaten, der im Durchgang zum Maschinenraum die Leitungen flickte, aber er hielt sich nicht bei ihm auf. In der Bibliothek brannte Licht. Der kleine Tisch war gedeckt: Aluminiumteller, Besteck, eine Flasche Wein. Der Koordinator sagte: »Das sollte eine kleine Feier werden, denn die Automaten haben den gravimetrischen Regler überprüft. Er ist heil ... Die Hauptsäule ist in Betrieb. Wenn wir es fertigbringen, die Rakete aufzurichten, können wir starten. Jetzt habt ihr das Wort.«

Eine Weile herrschte Schweigen. Der Doktor sah den Ingenieur an, begriff plötzlich und sagte: »Du hattest recht. Im Westen erstreckt sich wirklich eine Wüste. Wir sind etwa zweihundert Kilometer gefahren mit einem großen Bogen in südlicher Richtung.«

Er schilderte, wie sie an die bewohnte Ebene am See gelangt waren und sie gefilmt hatten und auf dem Rückweg auf die Ansammlung von Denkmälern gestoßen waren – dann stockte er.

»Es sah wirklich wie ein Friedhof aus oder wie eine Kultstätte. Was nachher geschah, läßt sich schwer beschreiben, ich kann nämlich nicht mit Gewißheit sagen, was es bedeutete – aber das Lied kennt ihr ja schon. Eine Schar Doppelts flüchtete in Panik. Es sah so aus, als hätten sie sich versteckt gehalten und seien durch eine Treibjagd aufgescheucht und zwischen die Denkmäler gehetzt worden. Ich sage, es sah so aus, mehr weiß ich nicht. Einige hundert Meter tiefer, denn das geschah alles auf einem Hang, befand sich eine kleine Schonung. Dort hielten sich andere Doppelts versteckt, solche wie der silberne, den wir getötet haben. Hinter ihnen stand, wahrscheinlich getarnt, einer von den großen Brummkreiseln. Aber den hatten wir da noch gar nicht bemerkt –

auch nicht, daß die Doppelts, die sich in der Schonung versteckt hielten, eine biegsame Leitung am Boden verlegt hatten, eine Art Blasrohr, aus dem eine giftige Substanz unter Druck ausströmte, ein Schaum, der sich in eine Emulsion oder in ein Gas verwandelte. Man wird ihn untersuchen können, er muß sich ja in den Filtern abgesetzt haben, nicht wahr?« Er wandte sich an den Ingenieur, der ihm zunickte.

»Ich bin mit dem Chemiker ausgestiegen, weil wir uns die Denkmäler ansehen wollten, der Turm stand offen. Wir wären beinahe erstickt. Am schlimmsten war es mit Henryk, denn die erste Gaswelle traf den Beschützer. Als wir wieder drinnen waren und den Innenraum mit Sauerstoff durchgeblasen hatten, schoß Henryk auf die Leitung, vielmehr auf die Stelle, wo er sie vorher gesehen hatte, denn wir standen bereits in einer dichten Wolke.«

»Mit Antimaterie?« fragte der Koordinator.

»Ja.«

»Konntest du nicht den kleinen Werfer benutzen?«

»Konnte ich, aber ich habe ihn nicht benutzt.«

»Wir waren alle ...«, der Doktor suchte eine Weile nach einem passenden Wort, »... wir waren entrüstet. Wir sahen die Niederstürzenden. Diese Doppelts waren nicht nackt. Sie hatten Lumpen an. Ich hatte den Eindruck, als ob sie im Kampf zerfetzt worden wären, aber ich bin mir dessen nicht sicher. Vor unseren Augen kamen sie alle oder fast alle um. Beinahe wären wir selbst vergiftet worden. So war das. Dann versuchte Henryk den Rest der Leitung zu finden, wenn ich mich recht entsinne. Nicht wahr?«

Der Ingenieur nickte.

»Wir fuhren dann hinunter, in die Schonung, und dort entdeckten wir die Silbernen. Sie hatten Masken um. Ich nehme an, um die Luft zu filtern. Sie beschossen uns, womit, weiß ich nicht. Wir verloren einen Scheinwerfer. Gleichzeitig fuhr der große Brummkreisel los. Er wollte uns von der Seite her angreifen. Er kam von den Sträuchern her. Da feuerte Henryk eine ganze Serie ab.«

»In der Schonung?«

»Ja.«

»Auf die Silbernen?«

»Ja.«

»Und auf den Brummkreisel?«

»Nein. Der fuhr uns auf und zerschellte am Beschützer. Natürlich entstand dabei ein Brand. Die Sträucher waren von dem thermischen Schlag bei der Explosion ausgetrocknet, sie brannten wie Papier.«

»Versuchten sie keinen Gegenangriff?«

»Nein.«

»Verfolgten sie euch?«

»Das weiß ich nicht. Wohl kaum. Die wirbelnden Scheiben hätten uns sicherlich einholen können.«

»Nicht auf dem Gelände. Es gibt dort eine Menge Hohlwege und Schluchten, ähnlich wie in unserem Juragebirge, Kalkfelsen, Stufen, Geröllhaufen«, erläuterte der Ingenieur.

»Ach so. Und dann seid ihr geradenwegs hierhergefahren?«

»Nicht ganz, wir hatten eine östliche Abweichung.«

Sie saßen eine Weile schweigend da. Der Koordinator hob den Kopf. »Habt ihr viele getötet?«

Der Doktor sah den Ingenieur an. Als er merkte, daß der mit der Antwort zögerte, sagte er: »Es war dunkel. Sie waren im Dickicht versteckt. Ich glaube, ich habe mindestens zwanzig Schimmer auf einmal gesehen. Aber tiefer im Gebüsch blinkte auch noch etwas. Es können mehr gewesen sein.«

»Waren es bestimmt Doppelts, die auf euch geschossen haben? Oder andere?«

»Ich sagte schon, sie hatten Masken auf, helmähnliche Bedeckungen. Aber nach der Gestalt, nach der Größe und nach der Art ihrer Bewegungen zu urteilen, waren es Doppelts.«

»Womit haben sie euch beschossen?«

Der Doktor schwieg.

»Wahrscheinlich waren es nichtmetallische Geschosse«, sagte der Ingenieur. »Ich kann das natürlich nur nach dem Gefühl beurteilen. Ich habe die getroffenen Stellen nicht untersucht, habe sie mir nicht einmal angesehen. Geringe Durchschlagskraft, das war mein Eindruck.«

»Ja, sehr gering.« Der Physiker stimmte zu. »Ich habe mir die Scheinwerfer flüchtig angesehen. Sie sind eher eingedrückt als durchschossen.«

»Der eine ging beim Zusammenprall mit dem Brummkreisel zu Bruch«, erklärte der Chemiker.

»Und jetzt die Denkmäler. Wie sahen sie aus?«

Der Doktor beschrieb sie, so gut er konnte. Als die weißen Figuren an die Reihe kamen, brach er ab. Nach einer Weile fügte er mit blassem Lächeln hinzu: »Hier kann man leider nur mit Gesten schildern ...«

»Vier Augen? Erhabene Stirnen?« wiederholte der Koordinator langsam.

»Ja.«

»Waren es Skulpturen? Stein? Metall? Eisenguß?«

»Das kann ich nicht sagen. Guß sicherlich nicht. Die Größe war übernatürlich, wenn dich das interessiert. Auch eine gewisse Deformation war festzustellen, eine Veränderung der Proportionen.« Er zögerte.

»Was?«

»Ein gewisses Bemühen um Erhabenheit«, sagte der Doktor verlegen. »Das ist aber nur so ein Eindruck. Übrigens hatten wir keine Zeit, sie lange zu betrachten, denn danach geschah noch sehr viel ... Natürlich bietet sich jetzt wieder viel Raum zu simplen Analogien. Der Friedhof. Die unglücklichen Verfolgten. Eine Polizeijagd. Eine Motorpumpe mit Giftgas. Die Polizei mit Gasmasken. Ich gebrauche absichtlich diese Bezeichnungen, es könnte nämlich tatsächlich sein, daß es so war, aber wir wissen es nicht. Die einen töteten vor unseren Augen andere. Das ist eine unumstrittene Tatsache. Aber wer wen und ob es genau die gleichen Wesen oder andere waren, die sich von ihnen unterschieden, das weiß ich nicht.«

»Und wenn sie sich unterschieden, wäre dann schon alles klar?« fragte der Kybernetiker.

»Das nicht. Aber ich habe auch diese Möglichkeit erwogen. Ich räume ein, sie ist von unserem Standpunkt aus makaber. Bekanntlich verurteilt der Mensch den Kannibalismus aufs strengste. Doch einen Affenbraten zu verspeisen gilt in den Augen unserer Moralisten im allgemeinen nicht mehr als schlimm. Was aber, wenn die biologische Evolution hier so verlaufen ist, daß die äußeren Unterschiede zwischen Wesen mit einer Intelligenz wie der menschlichen und solchen, die auf einer tierischen Entwicklungsstufe stehengeblieben sind, weit geringer sind als die zwischen dem Menschen und den Primaten? In dem Falle sind wir möglicherweise Zeugen einer Jagd gewesen.«

»Und der Graben vor der Stadt?« warf der Ingenieur ein. »Waren das auch Jagdtrophäen? Ich bewundere deine Ausflüchte, Doktor, sie würden einem Winkeladvokaten gut anstehen.«

»Solange wir nicht die Gewißheit haben ...«

»Wir haben noch den Film«, unterbrach ihn der Chemiker. »Ich weiß nicht, wie es kommt, daß es uns bisher noch nicht gelungen ist, das normale, das gewöhnliche Leben auf diesem Planeten zu beobachten. Diese Aufnahmen bedeuten eben den Durchschnitt, sie zeigen etwas Alltägliches, wenigstens habe ich diesen Eindruck gewonnen ...«

»Was, ihr habt nichts gesehen?« fragte der Physiker verwundert.

»Nein, wir mußten uns beeilen, um das letzte Licht auszunutzen. Die Entfernung war ziemlich groß, mindestens achthundert Meter, vielleicht noch mehr, aber wir haben zwei Filme gedreht – mit dem Teleobjektiv. Wie spät ist es? Noch nicht zwölf. Wir können sie gleich entwickeln.«

»Gib sie dem Schwarzen«, sagte der Koordinator. »Wißt ihr, der zweite Automat. Doktor, Henryk, ich sehe, es hat euch sehr mitgenommen. Stimmt, wir stecken verdammt tief in alldem drin, aber ...«

»Müssen Kontakte zwischen hochentwickelten Zivilisationen immer so enden?« sagte der Doktor. »Ich hätte gern einmal eine Antwort auf diese Frage ...«

Der Koordinator schüttelte den Kopf, stand auf und nahm die Flasche vom Tisch. »Wir bewahren sie für eine andere Gelegenheit auf.«

Der Ingenieur und der Physiker gingen hinaus, um sich den Beschützer anzusehen, der Chemiker wollte beim Entwickeln des Films auf alle Fälle dabeisein. Als sie allein geblieben waren, faßte der Koordinator den Doktor am Arm, trat mit ihm an die schiefstehenden Bücherregale heran und sagte leise: »Hör zu, ist es nicht möglich, daß ihr diese panische Flucht durch euer unerwartetes Erscheinen verursacht habt und daß man nur euch, nicht aber die Flüchtenden anzugreifen versuchte?«

Der Doktor sah ihn erstaunt an. »Das ist mir noch gar nicht in den Sinn gekommen.« Er schwieg eine Weile nachdenklich. »Ich weiß es nicht«, sagte er schließlich. »Wohl kaum ... Höchstens, daß es ein mißlungener Angriff war, der sich gleich gegen einige von ihnen selbst kehrte ... Natürlich«, fügte er hinzu und richtete sich auf, »man kann das alles völlig anders auslegen. Ja, jetzt sehe ich es deutlich. Sagen wir: Wir sind auf ein bewachtes Gebiet gestoßen. Angenommen, die Flüchtenden waren eine Pilgergruppe, was weiß ich. Der Posten, der diesen Ort bewachte, führte die Waffe – jene bewußte Leitung – in dem Augenblick an die Denkmäler heran, als der Beschützer hielt. Ja, aber die erste Gaswelle hat zuerst jene erfaßt und nicht uns ... Gut, nehmen wir an, daß das von ihrem Standpunkt ein Unglücksfall war. Dann ja, dann mag es so gewesen sein.«

»Ausschließen kannst du es also nicht?«

»Nein, das kann ich nicht. Und weißt du, je länger ich darüber nachdenke, um so mehr scheint mir auch diese Auslegung berechtigt zu sein. Es wäre ja möglich, daß sie mehrere Wachen in der Umgebung aufgestellt haben, als sich die Nachricht von uns verbreitete. Als wir in dem Tal waren, wußten sie noch nichts, und deshalb trafen wir dort keine Bewaffneten an ... An jenem Abend erschienen die wirbelnden Scheiben zum erstenmal bei der Rakete.«

»Unser Pech ist, daß wir bis jetzt auf keinerlei Spuren ihres Informationsnetzes gestoßen sind«, rief der Kybernetiker von hinten aus der Kajüte. »Telegraf, Radio, Schrift, Dokumente, Dinge dieser Art ... Jede Zivilisation schafft solche technischen Mittel und fixiert mit ihrer Hilfe ihre Geschichte und ihre Erfahrung. Diese sicherlich auch. Ja, wenn wir in die Stadt gelangen könnten!«

»Mit dem Beschützer gewiß«, antwortete der Koordinator. »Aber dann gäbe es eine Schlacht, deren Verlauf und deren Ergebnisse wir nicht absehen können. Darüber bist du dir wohl im klaren.«

»Wenn wir mit einem ihrer vernunftbegabten Fachleute, mit einem Techniker aus ihren Reihen zusammenkommen könnten.«

»Wie sollten wir das bewerkstelligen? Uns auf die Jagd begeben?« fragte der Doktor.

»Wenn ich nur wüßte, wie! Es mutet alles so einfach an: Man erscheint mit einem ganzen Armvoll Interkommunikatoren und übersetzenden Elektronenhirnen auf dem Planeten, zeichnet die Dreiecke des Pythagoras in den Sand, tauscht Geschenke aus.«

»Bitte, laß das Märchenerzählen, ja!« Der Ingenieur stand auf der Schwelle. »Kommt, der Film ist entwickelt.«

Sie beschlossen, ihn gleich im Labor vorzuführen. Als sie es betraten, befand sich der Film gerade zum Trocknen in der Trommel. Der Koordinator setzte sich hinter den Apparat, um ihn jeden Augenblick anhalten oder notfalls auch zurückdrehen zu können. Alle nahmen Platz, der Automat löschte das Licht.

Die ersten Meter waren völlig schwarz. Einigemal flimmerten Fragmente des Sees auf, dann zeigte sich sein Ufer. Es war befestigt. An einigen Stellen fielen lange Schrägen zum Wasser hinab, über denen sich breitbeinige, mit durchsichtigen Bändern verbundene Türme erhoben. Das Bild wurde ein paar Sekunden lang unscharf. Als wieder Einzelheiten zu erkennen waren, sahen sie, daß jeder Turm an der Spitze zwei fünfschaulige Propeller hatte, die sich in entgegengesetzter Richtung drehten. Sie kreisten sehr langsam, weil die Aufnahme mit überhöhter Geschwindigkeit gedreht worden war. Auf den zum See hin abfallenden Schrägen bewegten sich Gegenstände, die anscheinend im See versenkt wurden. Man konnte ihre Umrisse nicht erkennen. Außerdem spielte sich alles unerhört langsam ab. Der Koordinator spulte ein Dutzend Meter zurück und ließ den Apparat etwas schneller laufen. Die Gegenstände, die an schmalen, verschwommenen Streifen wie an dicken, zitternden Saiten hinabgelassen wurden, rutschten jetzt rasch hinunter und stürzten ins Wasser. Auf der Oberfläche bildeten sich Kreise. Am Ufer stand, mit dem Rücken zum Beschauer, ein Doppelt. Der obere Teil seines großen Rumpfes trat aus einer faßähnlichen Vorrichtung hervor, über der eine dünne, in einem verwaschenen Fleck endende Peitsche aufragte.

Das Ufer verschwand. Jetzt glitten flache, schachtelähnliche Gebilde über die Leinwand, die an durchsichtigen Pfosten angebracht waren. Darüber standen zahlreiche faßähnliche Gebilde, ähnlich dem, in dem der Doppelt an der Anlegestelle steckte. Alle waren leer, einige bewegten sich träge zu zweit oder zu dritt in der gleichen Richtung, hielten an und fuhren zurück.

Das Bild glitt weiter. Blitze zuckten, recht häufig, man sah sie als schwarze Flecke. Der Film war überbelichtet. Obendrein waren die Flecke von trüben Ringen umgeben. Hinter diesen verschwommenen Kreisen schimmerten kleine Gestalten, man sah sie von oben und deshalb verkürzt. Doppelts gingen paarweise in verschiedene Richtungen. Ihre kleinen Torsos waren in etwas Flauschiges gehüllt, nur das Köpfchen ragte daraus hervor. Das Bild war jedoch nicht so deutlich, daß sich die Gesichtszüge erkennen ließen.

Nun schwamm eine große Masse über die Bildfläche, sie hob und senkte sich gleichmäßig und floß wie schäumender Sirup zur unteren Ecke der Leinwand ab. Dutzende von Doppelts schritten auf elliptischen Unterlagen darauf herum. Sie schienen in ihren Händchen etwas zu halten, und sie berührten diese Masse, glätteten sie oder schöpften daraus. Von Zeit zu Zeit türmte sie sich zu einem oben zugespitzten Hügel auf. Daraus spritzte etwas, was einem grauen Kelch glich. Das Bild glitt weiter, aber die bewegliche Masse füllte es noch immer aus. Die Einzelheiten traten nun sehr klar hervor. In der Mitte bildete sich eine Anhäufung schlanker Kelche, so als wüchse sie im Zusehen. Vor jedem standen zwei oder drei Doppelts und beugten sich mit ihren Gesichtern darüber. Eine Weile verharrten sie davor, dann zogen sie ihre Gesichter zurück. Das wiederholte sich mehrmals. Der Koordinator spulte das Band zurück und ließ es schneller ablaufen. Jetzt schienen die Doppelts das Innere der Kelche zu küssen. Andere, die sich im Hintergrund aufhielten und die sie zuvor nicht beachtet hatten, standen mit halb eingezogenem kleinem Torso da und schienen das Tun zu beobachten.

Das Bild glitt weiter. Man sah jetzt den Rand der Masse, die von einer dunklen Linie eingefaßt war. Dicht daneben fuhren wirbelnde Scheiben vorüber. Sie waren viel kleiner als die, die sie kannten. Ihr Wirbeln war träge und schien sich sprungweise zu vollziehen. Man konnte das Schwingen der durchsichtigen Flügel beobachten. Das war ein filmischer Effekt, der die Rotation in Einzelbewegungen auflöste.

Die Leinwand füllte sich allmählich mit immer lebhafterer Bewegung, sie vollzog sich jedoch wegen der Verlangsamung wie in einem sehr dichten, luftreinen Medium. Nun erschien auf der Leinwand die Gegend, die alle drei Ausflügler für die

Stadtmitte gehalten hatten. Es war ein dichtes Netz von kleinen Gräben, in denen einzelne, an einer Seite abgeschrägte, an der anderen abgerundete, faßähnliche Gebilde in verschiedenen Richtungen fuhren. Auf jedem standen Doppeltgestalten eng beieinander, jeweils zwei bis fünf. Meist fuhren sie zu dritt. Es sah aus, als ob ihre kleinen Torsos mit irgend etwas festgeschnallt seien. Das konnte aber auch der Widerschein sein. Die Schatten der untergehenden Sonne waren sehr lang und erschwerten es, die einzelnen Bildelemente auseinanderzuhalten. Über die grabenartigen Arterien spannten sich kleine luftige Brücken in anmutigen Formen. Auf einigen dieser Brücken standen große Brummkreisel, die auf der Stelle wirbelten, und wieder zerfiel dieses Wirbeln auf der Leinwand in Serien komplizierter kreisend-stützender Bewegungen, so als fischten die gliedmaßähnlichen Extremitäten etwas Unsichtbares aus der Luft. Ein Brummkreisel blieb stehen, Gestalten stiegen aus, die mit einer stark glänzenden Substanz bedeckt waren. Da es ein Schwarzweißfilm war, konnten sie nicht entscheiden, ob sie silbern leuchtete. Als der dritte Doppelt ausstieg, der etwas Verschwommenes hinter sich herzog, glitt das Bild weiter. Eine dicke Leine lief durch die Mitte. Sie befand sich dem Objektiv viel näher als das, was im Hintergrund war. Diese Leine – oder war es eine Rohrleitung? – schaukelte, an ihr hing eine Zigarre, aus der etwas Flimmerndes rieselte, wie eine Wolke von Laub. Die herausfallenden kleinen Gegenstände waren offenbar jedoch schwerer als Blätter, sie flatterten nämlich nicht, sondern fielen wie Gewichte herab. Dort standen Doppelts in mehreren Reihen auf einer konkaven Fläche, aus ihren Händchen sprühten unausgesetzt feine Funken zu Boden. Das Bild war überhaupt nicht zu verstehen, denn die Wolke der herabfallenden Gegenstände schien zu verschwinden, ohne die darunter Stehenden zu treffen. Das Bild glitt langsam weiter. Dicht am Rand lagen reglos zwei Doppelts, ein dritter näherte sich ihnen. Da erhoben sich die beiden langsam. Einer von ihnen taumelte hin und her. Er wirkte mit dem versteckten kleinen Torso wie ein Zuckerhut. Der Koordinator spulte den Film zurück und ließ ihn noch einmal laufen. Als die liegenden Leiber erschienen, hielt er ihn an. Er versuchte das Bild schärfer einzustellen und trat dann mit einem Vergrößerungsglas vor die Leinwand.

Durch das Glas sah er nur große zerfließende Flecke.

Es wurde dunkel, der erste Film war zu Ende. Der Anfang des zweiten zeigte das gleiche Bild, nur ein wenig verschoben und etwas dunkler. Offenbar war das Licht schwächer geworden, was sich durch das völlige Öffnen des Objektivs nicht kompensieren ließ. Die beiden Doppelts entfernten sich langsam, der dritte lag halb auf dem Boden. Über die Leinwand zogen flatternde Streifen. Das Objektiv bewegte sich jedoch so schnell, daß nichts zu sehen war. Dann kam ein großes Netz mit fünfeckigen Maschen ins Blickfeld. In jeder Masche stand ein Doppelt, in einigen auch zwei. Unter diesem Netz zitterte ein verschwommenes zweites Netz. Sie begriffen nicht sofort, daß das erste echt und das zweite sein Schatten war. Der Boden war glatt, wie mit einer betonähnlichen Substanz überzogen. Die in den Maschen des Netzes hängenden Gestalten hatten dunkle bauschige Kleidung, die sie dicker und breiter machte. Sie führten fast alle die gleichen Bewegungen aus. Ihre kleinen Torsos, von einem durchsichtigen Stoff umhüllt, neigten sich langsam zur Seite. Diese eigenartige Gymnastik ging äußerst langsam vonstatten. Das Bild zitterte, es war verwackelt. Eine Weile konnte man kaum etwas erkennen. Obendrein wurde es immer dunkler. Der

Rand des mit Seilen bespannten Netzes wurde sichtbar. Ein Seil endete an einer schräg stehenden großen Scheibe. Weiter hinten spielte sich der gleiche »Straßenverkehr« ab, den sie schon einmal gesehen hatten. Faßähnliche Gebilde voller Doppelts fuhren in verschiedene Richtungen.

Die Kamera stieß wieder auf das Netz, diesmal von der anderen Seite. Es war abgerückt, Fußgänger tauchten auf, gefilmt mit starker Verkürzung von oben. Sie watschelten wie Enten in Paaren, dann tauchte eine Menge auf, die durch eine lange schmale Gasse in der Mitte in zwei Teile geteilt war. Mitten durch die Gasse führte über undeutlich zu sehende Rädchen eine Leine, die über den Rand des Bildes hinauslief. Sie zog einen langen Gegenstand, von dem grelle Blitze ausgingen. Er ähnelte einem länglichen, kantigen Kristall oder einem mit Spiegeln bedeckten Klotz, schwankte von einer Seite zur anderen und warf auf die Stehenden einen flakkernden Lichtschein. Plötzlich hielt er für einen kurzen Augenblick an und wurde durchsichtig. Eine liegende Gestalt war in ihm eingeschlossen. Jemand stieß einen unterdrückten Schrei aus. Der Koordinator spulte das Band zurück und arretierte das Bild, als der längliche Gegenstand nach jenem bewußten Schwanken seinen Inhalt zeigte. Sie traten alle vor die Leinwand. Zwischen einem Spalier von Doppelts lag dort mitten auf der Straße ein Mensch.

Totenstille herrschte.

»Mir scheint, wir verlieren noch den Verstand«, sagte jemand im Dunkeln.

»Das sehen wir uns erst bis zu Ende an.« Der Koordinator kehrte auf seinen Platz zurück. Die anderen folgten ihm. Das Band surrte, das Bild zitterte, es belebte sich. Inmitten der Menge zogen hintereinander längliche, sargähnliche Quader die Gasse entlang. Sie waren mit einem hellen Stoff zugedeckt, der so lang war, daß er über dem Boden schleifte. Das Bild glitt weiter, es zeigte eine Einöde, sie war auf einer Seite von einer schrägen Mauer eingefaßt, davor standen einige Büsche. Ein einsamer Doppelt schritt eine Furche entlang, die über den ganzen Bildschirm lief. Plötzlich sprang er erschrocken zur Seite und segelte in einem verlangsamten gewaltigen Satz durch die Luft. Ein Brummkreisel glitt die Furche entlang, etwas blitzte heftig. Nebel schien sich vor das Bild zu schieben. Als er sich verzogen hatte, lag der Doppelt ausgestreckt auf der Seite, sein Körper war schwarz. Alles war mittlerweile in Dämmerlicht getaucht. Es hatte den Anschein, daß sich der Doppelt rührte und zu kriechen begann. Auf der Leinwand zeigten sich dunkle Streifen, dann blendete grelles Weiß. Der Film war zu Ende. Als das Licht aufleuchtete, nahm der Chemiker die Spulen und ging damit in die Dunkelkammer, um von den ausgewählten Szenen Vergrößerungen anzufertigen. Die anderen blieben im Labor zurück.

»So, und jetzt die Interpretationsmangel«, sagte der Doktor. »Ich habe gleich zwei oder drei verschiedene Auslegungen parat.«

»Willst du uns unbedingt zur Verzweiflung treiben?« rief der Ingenieur gereizt. »Hättest du die Physiologie des Doppelts gründlich studiert, vor allem die Physiologie der Sinne, dann wüßten wir heute schon viel mehr!«

»Wann sollte ich das denn machen?« fragte der Doktor.

»Kollegen!« Der Koordinator hob die Stimme. »Es fängt genauso an wie eine Sitzung im kosmologischen Institut! Natürlich hat uns diese menschliche Gestalt alle schockiert. Zweifellos war das eine Figur, ein starres Abbild, anscheinend aus einer Masse geschmolzen. Durchaus möglich, daß sie unsere Konterfeis durch ihr Informationsnetz an alle Siedlungen des Planeten ausgesandt haben, wo in Anlehnung an die darin enthaltene Beschreibung Puppen in Menschengestalt angefertigt wurden.«

»Woher sollten sie unsere Konterfeis haben?« fragte der Doktor.

»Sie kreisten doch vor zwei Tagen mehrere Stunden lang um die Rakete, dabei können sie uns sogar bis ins einzelne beobachtet haben.«

»Und wozu sollten sie diese ›Porträts‹ benötigen?«

»Für wissenschaftliche oder religiöse Zwecke. Das können wir allerdings auch in der längsten Diskussion nicht entscheiden. Jedenfalls ist das kein unerklärliches Phänomen. Wir haben wohl eher ein kleineres Zentrum gesehen, in dem schöpferische Arbeiten ausgeführt werden. Vielleicht haben wir auch ihre Spiele und Unterhaltungen beobachtet und gesehen, wie ihre ›Kunst‹ funktioniert. Oder einen normalen ›Straßenverkehr‹. Ferner Arbeiten an einer Anlegestelle und bei jenen fallenden Gegenständen, die uns unverständlich vorkommen.«

»Das ist eine prima Definition«, warf der Doktor sarkastisch ein.

»Da waren wohl auch noch ›Szenen aus dem Soldatenleben‹. Wahrscheinlich sind die mit den silbernen Hüllen Militärs. Die Szene am Ende ist unklar. Das konnte natürlich die Bestrafung eines Individuums sein: Es hatte gegen die herrschende Ordnung verstoßen, indem es eine Strecke entlangging, die für Brummkreisel bestimmt ist.«

»Findest du nicht, daß die sofortige Exekution als Strafe für das unbefugte Betreten eines Bahndamms etwas zu hart ist?« fragte der Doktor.

»Warum versuchst du alles ins Lächerliche zu ziehen?«

»Weil ich weiterhin behaupte, daß wir gerade so viel gesehen haben, wie Blinde sehen können.«

»Hat noch jemand etwas zu sagen«, fragte der Koordinator, »abgesehen von Bekenntnissen zum Agnostizismus?«

»Ich«, meldete sich der Physiker. »Es sieht aus, daß sich die Doppelts nur in Ausnahmefällen zu Fuß bewegen, worauf übrigens schon das Mißverhältnis zwischen der Größe der Extremitäten und der Körpermasse hinweist. Mir scheint, es wäre höchst aufschlußreich, wenn wir den möglichen Entwicklungsbaum zu skizzieren versuchten, der so geartete Individuen hervorgebracht hat. Ist euch ihre lebhafte Gestikulation aufgefallen? Aber keiner hat mit den Händchen ein Gewicht gehoben, etwas gezogen oder geschleppt. In einer Stadt auf der Erde sind solche Bilder doch an der Tagesordnung. Vielleicht dienen ihnen die Hände zu anderen Zwecken.«

»Zu welchen?« fragte der Doktor interessiert.

»Ich weiß es nicht. Das ist dein Gebiet. Hier ist jedenfalls noch viel aufzuholen. Vielleicht hatten wir es zu eilig damit, gleich den Aufbau ihrer Gesellschaft begreifen zu wollen, wir hätten lieber darangehen sollen, ihre einzelnen Bausteine zu untersuchen.«

»Das ist richtig«, sagte der Doktor. »Die Hände – stimmt, das ist sicherlich ein wichtiges Problem. Der Entwicklungsbaum auch. Wir wissen nicht einmal, ob sie Säuger sind. Ich würde es auf mich nehmen, solche Fragen binnen weniger Tage zu beantworten, aber das, was mich an diesem Schauspiel am meisten beeindruckt hat, fürchte ich, werde ich nicht beantworten können.«

»Und das ist?«

»Der Umstand, daß ich keinen einzigen einsamen Fußgänger gesehen habe. Keinen einzigen. Ist euch das nicht aufgefallen?«

»Doch, da war einer – ganz am Schluß«, sagte der Physiker.

»Ja, eben.«

Sie schwiegen alle eine Zeitlang.

»Wir müssen uns den Film noch einmal ansehen«, sagte der Koordinator zögernd. »Ich glaube, der Doktor hat recht. Einsame Fußgänger hat es nicht gegeben, sie haben sich zumindest paarweise bewegt. Obschon am Anfang einer da war. Er hat am Hafen gestanden.«

»Er saß in dem kegelförmigen Apparat«, sagte der Doktor. »In den Scheiben sitzen sie auch einzeln. Ich habe von Fußgängern gesprochen. Nur von Fußgängern.«

»Viele waren es nicht.«

»Mehrere hundert bestimmt. Stell dir die Straße einer Stadt auf der Erde aus der Vogelperspektive vor. Der Prozentsatz an einsamen Fußgängern wird bestimmt groß sein. Zu gewissen Zeiten bilden sie sogar die Mehrheit, und hier fehlen sie ganz.«

»Was hat das zu bedeuten?« fragte der Ingenieur.

»Leider weiß ich es nicht.« Der Doktor schüttelte den Kopf. »Das frage ich mich auch.«

»Ein einzelner kam doch mit euch mit«, sagte der Ingenieur.

»Ja, aber kennst du die Umstände, die dazu geführt haben?«

Der Ingenieur antwortete nicht.

»Hört«, begann der Koordinator. »Solch eine Diskussion artet leicht in einen unfruchtbaren Streit aus. Wir haben keine systematischen Untersuchungen durchgeführt, weil wir keine

Forschungsexpedition sind. Wir hatten andere Sorgen, Sorgen vom Typ Kampf ums Dasein. Wir müssen jetzt weitere Pläne festlegen. Morgen wird der Bagger in Betrieb genommen, das steht schon fest. Dann werden wir zwei Automaten, zwei Halbautomaten, einen Bagger und den Beschützer haben, der unter Einhaltung der entsprechenden Vorsichtsmaßnahmen ebenfalls beim Aufrichten der Rakete helfen kann. Ich weiß nicht, ob euch der Plan bekannt ist, den ich mit dem Ingenieur ausgearbeitet habe. Unsere ursprüngliche Konzeption war, daß wir die Rakete in die Horizontale herunterlassen und dann durch Anschütten des Bodens den Rumpf allmählich aufrichten. Diese Methode haben schon die Erbauer der Pyramiden angewendet. Jetzt wollen wir unsere gläserne Mauer in Stücke von geeigneter Größe schneiden und Gerüste daraus bauen. Material werden wir genug haben, wir wissen jetzt auch, daß sich diese Substanz bei hoher Temperatur schmelzen und schweißen läßt. Durch die Verwendung dieses Baustoffs, den uns die Edenbewohner so verschwenderisch geliefert haben, sind wir in der Lage, den ganzen Prozeß radikal zu verkürzen. Es ist nicht ausgeschlossen, daß wir in drei Tagen starten können ... Moment!« Er hob die Hand, als er die Bewegung unter den Anwesenden beobachtete. »Ich wollte euch also bei dieser Gelegenheit fragen, ob wir starten werden.«

»Ja«, sagte der Physiker.

»Nein«, rief der Chemiker fast gleichzeitig.

»Noch nicht«, antwortete der Kybernetiker.

Eine Pause trat ein. Der Ingenieur und der Doktor hatten sich noch nicht geäußert.

»Ich denke, wir sollten fliegen«, sagte der Ingenieur schließlich. Alle sahen ihn verblüfft an.

Als das Schweigen andauerte – als erwarteten alle eine Erklärung von ihm –, sagte er: »Vorher war ich anderer Meinung. Aber es geht um den Preis. Ganz einfach um den Preis. Zweifellos könnten wir noch viel erfahren, aber der Preis dafür könnte zu hoch sein. Für beide Seiten. Nach allem, was geschehen ist, halte ich die friedlichen Versuche einer Verständigung, einer Anknüpfung von Kontakten für irreal. Abgesehen von dem, was wir uns hier gesagt haben, hat wohl jeder, ganz gleich, ob er es wollte oder nicht, eine eigene Auffassung von dieser Welt. Auch ich hatte eine. Mir schien, daß hier ungeheuerliche Dinge geschehen und daß wir deshalb eingreifen sollten. Solange wir Robinsone waren und jedes Stückchen Erde mit der Hand bewegen mußten, habe ich nichts davon gesagt. Ich wollte warten, bis ich mehr erfahre und wir unsere technischen Mittel zur Verfügung haben. Jetzt muß ich bekennen, daß ich keinen überzeugenden Anlaß sehe, meine Ansichten über Eden zu ändern. Und jede Intervention im Dienste dessen, was wir für gut und richtig halten, jeder Versuch dieser Art würde höchstwahrscheinlich genauso enden wie unser heutiger Ausflug. Mit dem Gebrauch des Annihilators. Natürlich werden wir immer die Rechtfertigung finden, daß es Notwehr gewesen sei und so weiter, aber anstatt Hilfe werden wir Vernichtung bringen. So, das wäre alles.«

»Wenn wir nur einen besseren Einblick in das bekämen, was hier wirklich geschieht!«

Der Ingenieur schüttelte den Kopf. »Dann wird sich herausstellen, daß jede Seite ›ihre Gründe‹ hatte...«

»Was macht das schon, daß Mörder ›ihre Gründe‹ haben?« warf der Chemiker ein. »Nicht ihre Gründe werden uns interessieren, sondern unsere Rettung.«

»Aber was können wir ihnen außer dem Annihilator des Beschützers anbieten? Nehmen wir an, wir äschern den halben Planeten ein, um diese Ausrottungsaktionen, diese unbegreifliche ›Produktion‹, diese Jagden und Vergiftungen einzudämmen – was dann?«

»Wir könnten diese Frage beantworten, wenn wir mehr Kenntnisse besäßen«, beharrte der Chemiker.

»Das ist nicht so einfach«, entgegnete der Koordinator.

»Alles, was hier geschieht, ist ein Glied in der Kette eines langwierigen historischen Prozesses. Der Gedanke an Hilfe resultierte aus der Annahme, die Gesellschaft teile sich in ›Gute‹ und in ›Böse‹.«

»Stopp!« rief der Chemiker. »Sag lieber: in Verfolgte und Verfolger. Das ist nicht dasselbe.«

»Einverstanden ... Stell dir vor, zum Zeitpunkt der Religionskriege, vor mehreren hundert Jahren, sei eine hochentwickelte Rasse auf die Erde gekommen und habe sich in den Konflikt auf der Seite der Schwachen einmischen wollen. Gestützt auf ihre Macht, verbieten sie das Verbrennen von Ketzern, verbieten sie die Verfolgung der Andersgläubigen und so weiter. Glaubst du, sie hätten ihren Rationalismus auf der Erde verbreiten können? Damals war doch fast die ganze Menschheit gläubig, sie hätten sie nach und nach bis zum letzten Menschen ausrotten müssen und wären mit ihren rationalen Ideen allein geblieben!«

»Was dann, glaubst du wirklich, daß keine Hilfe möglich ist?« rief der Chemiker entrüstet.

Der Koordinator sah ihn lange an, ehe er antwortete: »Hilfe, mein Gott, was bedeutet Hilfe? Das, was hier geschieht, was wir hier sehen, ist das Ergebnis eines bestimmten gesellschaftlichen Aufbaus. Man müßte ihn umstürzen und müßte einen neuen, besseren schaffen. Wie sollen wir das machen? Es sind doch Wesen mit einer anderen Physiologie, mit einer anderen Psychologie, sie haben eine andere Geschichte als wir. Du kannst hier nicht das Modell unserer Zivilisation einführen. Du müßtest den Plan einer anderen entwerfen, die auch noch nach unserem Abflug funktionierte. Natürlich habe ich seit längerer Zeit angenommen, daß sich einige von euch mit solchen Gedanken herumtragen, wie sie der Ingenieur und der Chemiker äußerten. Ich glaube, daß auch der Doktor dieser Meinung war und deshalb Wasser auf das Feuer verschiedener von der Erde herrührender Analogien goß – stimmt's?«

»Stimmt«, sagte der Doktor. »Ich befürchtete, ihr würdet in einem Anfall von Edelmut hier ›Ordnung‹ machen wollen, was, in die Praxis übertragen, Terror bedeutet hätte.«

»Und vielleicht wissen die Verfolgten, wie sie leben wollen, und sind nur zu schwach, sich durchzusetzen, sagte der Chemiker. »Wenn wir nur das Leben einer Gruppe von Verurteilten retteten, wäre das schon viel ...«

»Wir haben ja schon einen gerettet«, warf der Koordinator ein. »Vielleicht weißt du, was wir weiter mit ihm tun sollen.«

Er erhielt keine Antwort.

»Wenn ich mich nicht irre, ist der Doktor ebenfalls für den Start«, sagte der Koordinator. »Gut. Da ich ihn auch befürworte, bedeutet das die Mehrheit ...« Er verstummte. Seine Augen – er saß mit dem Blick zur Tür – weiteten sich. Durch die Stille drang nur das schwache Plätschern von Wasser irgendwoher aus der Finsternis. Alle wandten sich um.

In der offenen Tür stand ein Doppelt.

»Wie kommt der ...« Dem Physiker erstarben die Worte auf den Lippen. Er erkannte seinen Irrtum. Das war nicht ihr Doppelt. Der saß eingeschlossen im Verbandsaal. Auf der

Schwelle stand ein großes braunhäutiges Individuum mit einem tief gebeugten kleinen Torso und einem Kopf, der fast den Türrahmen berührte. Er war in einen erdfarbenen Stoff gehüllt, der von oben glatt herunterhing und wie ein Kragen den kleinen Torso umgab. Der Kragen war mit einem grünen Drahtgeflecht umwickelt. Durch einen Schlitz an der Seite des Umhangs war ein breiter, metallisch leuchtender Gürtel zu erkennen, der sich fest um den Körper schlang. Der Doppelt stand reglos da. Ein durchsichtiger, trichterförmiger Schleier verhüllte das runzlige, flache Gesicht mit den zwei großen blauen Augen. Graue, dünne Streifen hingen davon herab und umschlangen den kleinen Torso mehrfach, sie waren vorn über Kreuz geschnürt und bildeten dort eine Art Nest, in dem die ebenso geschnürten Hände ruhten. Nur die knotigen Finger ragten heraus und berührten einander mit den Spitzen. Die Männer waren von diesem Anblick völlig überrascht. Der Doppelt beugte sich noch mehr vor, räusperte sich umständlich und trat langsam nach vorn.

»Wie ist er hereingekommen ...? Der Schwarze ist im Tunnel ... «, flüsterte der Chemiker.

Der Doppelt wich zurück, er ging hinaus und stand eine Weile im Halbdämmer des Flurs, dann kam er zum zweitenmal herein, richtiger: Er steckte nur den Kopf durch die Tür.

»Er fragt, ob er hereinkommen darf ...« flüsterte der Ingenieur und platzte heraus: »Bitte, kommen Sie, kommen Sie nur!«

Er stand auf und stellte sich an die Wand. Die anderen folgten seinem Beispiel. Der Doppelt schaute ausdruckslos auf die leer gewordene Mitte der Kajüte. Er trat ein und sah sich langsam um.

Der Koordinator ging zur Leinwand, zog an dem Stab, an

dem sie aufgespannt war, und sagte, als sich der Stoff surrend zusammenrollte und die Tafel freigab: »Macht bitte Platz.«

Er nahm ein Stück Kreide in die Hand, zeichnete eine Ellipse und in ihre rechte Hälfte einen kleinen Kreis und drei weitere dazu. Dann trat er an den Riesen heran, der in der Mitte stand, und steckte ihm die Kreide zwischen die knotigen Finger.

Der Doppelt sah sie an, blickte auf die Tafel und schritt langsam auf sie zu. Er mußte sich mit dem kleinen Torso bücken, der schräg aus dem Kragen herausragte, um mit der verbundenen Hand die Tafel berühren zu können. Alle schauten atemlos zu. Er wählte den von der Mitte aus gesehen dritten Kreis in der Ellipse und klopfte ungeschickt einigemal darauf, dann beschmierte er ihn noch, so daß er fast ganz mit Kreide ausgefüllt war.

Der Koordinator nickte. Alle atmeten auf. »Eden«, er zeigte auf den Kreidekreis. »Eden«, wiederholte er.

Der Doppelt betrachtete seinen Mund mit sichtlichem Interesse. Er hustete.

»Eden«, sagte der Koordinator besonders deutlich und langsam. Der Doppelt hustete mehreremal.

»Er spricht nicht«, sagte der Koordinator zu seinen Gefährten. »Das steht fest.«

Sie sahen einander an, ohne zu wissen, was sie tun sollten. Der Doppelt machte eine Bewegung und ließ die Kreide los, die laut auf den Fußboden fiel. Es gab ein Knacken, als würde ein Schloß geöffnet. Der erdfarbene Stoff ging auf wie bei einem Reißverschluß, sie erblickten den breiten, golden glänzenden Gurt an seinem Leib. Das Gurtende rollte sich auf, es raschelte wie eine Metallfolie. Der kleine Torso beugte sich weit vor, als wollte er aus dem Körper springen, krümmte sich in der Mitte und ergriff mit den kleinen Fingern das Ende der Folie. Sie rollte sich zu einem langen Bogen auseinander, den er ihnen hinzuhalten schien. Der Koordinator und der Ingenieur streckten gleichzeitig die Hand danach aus. Beide zuckten zusammen. Der Ingenieur stieß einen leisen Schrei aus. Der Doppelt schien überrascht zu sein, er hustete mehrmals. Der Schleier vor seinem Gesicht blähte sich.

»Eine elektrische Ladung, aber nur schwach«, sagte der Koordinator und berührte zum zweitenmal den Rand der Folie. Der Doppelt ließ sie los. Sie sahen sich die goldglänzende Fläche im Licht genau an. Sie war glatt und leer. Der Koordinator berührte auf gut Glück mit dem Finger wieder eine Stelle und spürte abermals einen leichten elektrischen Schlag.

»Was ist das?« Der Physiker trat näher und strich mit der Hand vorsichtig über die Folie. Elektrische Ladungen schlugen in seine Finger, daß die Sehnen zuckten. »Graphitpulver her!« rief er. »Es steht auf dem Schrank!«

Er breitete die Folie auf dem Tisch aus, ohne darauf zu achten, daß die Muskeln seiner Hände unangenehm zitterten. Er beschüttete den Bogen sorgfältig mit dem Pulver, das ihm der Kybernetiker reichte, und blies weg, was zuviel war.

Winzige schwarze Punkte blieben auf der goldglänzenden Fläche zurück, scheinbar ohne irgendeine erkennbare Ordnung.

»Lacerta!« rief plötzlich der Koordinator.

»Alpha Cygni!«

»Die Leier!«

»Cepheus!«

Sie wandten sich zum Doppelt um, der sie ruhig betrachtete. Ihre Augen leuchteten triumphierend.

»Eine Sternkarte!« konstatierte der Ingenieur.

»Natürlich!«

»Na, dann wären wir ja zu Hause.« Der Koordinator lächelte breit. Der Doppelt hustete.

»Sie haben eine elektrische Schrift.«

»Es scheint so.«

»Wie sind die Ladungen fixiert?«

»Ich habe keine Ahnung. Vielleicht ist das Elektrim. Sie müssen einen elektrischen Sinn haben!«

»Möglich.«

»Liebe Kollegen, ich bitte um Ruhe! Wir müssen systematisch vorgehen«, sagte der Koordinator. »Womit beginnen wir?«

»Zeichne ihm auf, woher wir kommen.«

»Richtig.«

Der Koordinator wischte rasch die Tafel sauber. Er zeichnete das Sternbild des Zentauren, zögerte dann aber, weil er die Projektion aus dem Gedächtnis malen mußte, so wie sich die Gegend der Milchstraße von Eden aus darstellte. Er machte einen dicken Punkt, der den Sirius verkörpern sollte, fügte ein Dutzend kleinerer Sterne hinzu und setzte in den Raum vor dem Großen Bären ein Kreuzchen, das die Sonne bedeutete. Danach berührte er nacheinander seine Brust und die der Gefährten, deutete mit der Hand auf den Raum und klopfte mit der Kreide auf das Kreuzchen.

Der Doppelt hustete. Er nahm von ihm die Kreide, schob angestrengt den Torso dicht an die Tafel und vervollständigte die Zeichnung des Koordinators durch eine Projektion des Alphasterns im Sternbild des Adlers und des doppelten Protionsystems.

»Ein Astronom!« rief der Physiker, und leiser fügte er hinzu: »Ein Kollege ...«

»Durchaus möglich!« meinte der Koordinator. »Jetzt geht's weiter!«

Ein großes Zeichnen hob an. Der Planet Eden und die Bahn des Raumschiffes. Das Eindringen in den Gasschweif. Die Karambolage – dabei war nicht klar, ob die Zeichnung deutlich genug die Katastrophe schilderte, vorerst jedoch wußten sie sich nicht besser zu helfen. Das Eindringen der Rakete in den Boden – die Zeichnung stellte einen Querschnitt des Hügels mit der darin steckenden Rakete dar. Die Fortsetzung der Bildergeschichte wurde schwierig, sie hielten inne.

Der Doppelt sah sich die Zeichnungen an und hustete. Er schob wieder den Torso dicht an die Tafel und zog ihn zurück. Dann trat er an den Tisch, holte ein dünnes, biegsames Drähtchen aus dem grünen Kragengeflecht, beugte sich vor und begann es mit ungewöhnlicher Geschwindigkeit über die goldglänzende Folie zu bewegen. Das währte eine ganze Weile. Schließlich trat er von dem Tisch wieder zurück. Sie beschütteten die Folie mit Graphit. Es zeigte sich etwas sehr Seltsames. Noch während sie das überflüssige Pulver wegbliesen, begannen sich die immer deutlicher werdenden Umrisse zu bewegen. Als erstes erkannten sie eine große Halbkugel mit einer schiefstehenden Säule darin. Dann erschien ein kleiner Fleck, der auf die Halbkugel zukroch. Er wurde immer größer. Sie erkannten die Silhouette des schematisch und ungenau gezeichneten Beschützers. Ein Stück aus dem Kreisbogen der Halbkugel verschwand. Durch die entstandene Öffnung fuhr der Beschützer herein. Das Bild wurde gelöscht. Die Folie war wieder gleichmäßig mit Graphitpulver bedeckt. Vor ihrem Hintergrund erschien, mit langen Strichen gezeichnet, die Gestalt des Doppelts. Der Doppelt hinter ihrem Rücken hustete.

»Das soll er sein«, sagte der Koordinator.

Die Karte verschwand, nur der Doppelt blieb. Dann verschwanden auch seine Umrisse, aber die Karte erschien von neuem. Das wiederholte sich viermal. Abermals ordnete sich das Graphitpulver, wie von einem unsichtbaren Hauch gelenkt, zu den Umrissen der Halbkugel mit der Lücke im Halbbogen. Die kleine Gestalt des Doppelts näherte sich kriechend dieser Lücke und drang durch sie hinein. Die Halbkugel zerplatzte. Die schiefstehende Säule – die Rakete – wurde größer. Vorn, unter dem Rumpf, war ein Vorsprung zu erkennen. Der Doppelt richtete sich darunter auf, stieg in die dort befindliche Öffnung und verschwand in der Rakete. Das Graphitpulver zerstreute sich zu chaotischen Häufchen. Das war das Ende der Information.

»So ist der also zu uns gelangt – durch die Lastenklappe!« Der Ingenieur schüttelte den Kopf. »Wir sind aber wirklich Trottel, daß wir sie offengelassen haben!«

»Moment, mir fällt da gerade was ein«, sagte der Doktor. »Vielleicht wollten sie uns gar nicht einschließen mit dieser Mauer, sondern nur ihre Gelehrten davon abhalten, Kontakt mit uns aufzunehmen!«

»Durchaus möglich.«

Sie wandten sich an den Doppelt. Er hustete.

»So, genug davon«, sagte der Koordinator. »Ist ja recht angenehm, so ein geselliges Beisammensein, aber uns schweben wichtigere Dinge vor! Das Handeln auf eigene Faust hört jetzt auf! Wir müssen an die Dinge systematisch herangehen. Fangen wir mit der Mathematik an. Damit wird sich der Physiker befassen. Mathematik – natürlich auch die Mathematik. Dann die Theorie der Materie, Atomistik, Energetik. Weiter – Informationstheorie, Informationsnetze. Methoden der Übermittlung und Fixierung. Nicht zu vergessen die satzbildenden Faktoren, die Satzfunktionen. Das grammatische Skelett, die Semantik. Die Zuordnung der Begriffe. Die Arten der angewandten Logiken. Sprache. Wortschatz. Das alles ist dein Gebiet« – er sah den Kybernetiker an –, »und wenn wir dann diese Brücke haben, kommt das übrige an die Reihe: der Stoffwechsel, die Ernährungsweise, die Produktionsweisen, die Formen der Gruppenbeziehungen, die Reaktionen, die Gewohnheiten, die Klassifizierung, die Gruppenkonflikte und so weiter. Damit brauchen wir uns nicht mehr so zu beeilen. Vorläufig« – er wandte sich an den Kybernetiker und an den Physiker – »beginnt ihr. Man wird den Kalkulator dazu vorbereiten müssen. Natürlich habt ihr die Filme zu eurer Unterstützung und die Bibliothek. Nehmt alles, was euch nutzen kann.«

»Zu Beginn könnte man ihm das Raumschiff zeigen«, sagte der Ingenieur. »Was meinst du? Das kann ihm so manches sagen, außerdem wird er sehen, daß wir nichts vor ihm verbergen.«

Der Koordinator stimmte zu. »Vor allem ist das zweite wichtig. Aber wenn wir uns nicht mit ihm verständigen können, dürft ihr ihn nicht in den Verbandssaal lassen. Es könnte ein Mißverständnis geben. Gehen wir jetzt mit ihm durch das Raumschiff. Wie spät ist es?«

Es war drei Uhr nachts.

13. Kapitel

Die Führung durch die Rakete dauerte ziemlich lange. Der Doppelt zeigte vor allem für die Atomsäule und für die Automaten Interesse. Der Ingenieur entwarf für ihn eine Menge Skizzen auf Blöcken, von denen allein vier im Maschinenraum draufgingen. Der Automat weckte die uneingeschränkte Bewunderung des Gastes. Er schaute sich genau das Mikronetz an und wunderte sich maßlos, als er sah, daß es in einen Behälter getaucht war, der mit flüssigem Helium gekühlt wurde. Das war ein Krytrionenhirn für besonders schnelle Reaktionen. Offenbar hatte er den Zweck begriffen, dem die Kühlung diente, denn er hustete ziemlich lange und studierte mit großer Anerkennung die Skizzen, die ihm der Kybernetiker zeichnete. Über die elektrischen Verbindungen verständigten sie sich offenbar schneller als darüber, mit welcher Geste oder mit welchem Symbol die einfachsten Begriffe zu kennzeichnen seien.

Gegen fünf Uhr morgens legten sich der Chemiker, der Koordinator und der Ingenieur schlafen. Der Schwarze bezog den Posten im Tunnel, nachdem sie die Lastenklappe geschlossen hatten. Die drei anderen begaben sich mit dem Doppelt in die Bibliothek.

»Einen Augenblick«, sagte der Physiker, als sie am Labor vorbeigingen. »Wir zeigen ihm noch die Mendelejew-Tabelle. Dort sind die schematischen Zeichnungen der Atome.«

Sie gingen hinein. Der Physiker wühlte in einem Stoß Papiere unter den Regalen. Plötzlich begann etwas zu ticken. Der Physiker hörte es nicht, da das Papier zu laut raschelte, aber der Doktor spitzte die Ohren. »Was ist das?«

Der Physiker richtete sich auf und vernahm nun ebenfalls das Ticken. Er musterte sie nacheinander. In seinen Augen malte sich Entsetzen. »Das ist der Geigerzähler ... Halt! Ein Leck ...« Er sprang zum Zähler. Der Doppelt stand bisher unbeweglich da und ließ seinen Blick über die Apparate schweifen. Als er sich jedoch dem Tisch näherte, rasselte der Zähler in langen Serien, wie ein Trommler, der einen langen Wirbel schlägt.

»Er ist es!« rief der Physiker, ergriff den Geigerzähler mit beiden Händen und richtete ihn auf den Riesen. Das Gerät schnarrte.

»Er ist radioaktiv? Was bedeutet das?« fragte der Kybernetiker entsetzt.

Der Doktor erblaßte. Er trat an den Tisch, sah den zitternden Zeiger an, nahm dem Physiker das Gerät aus der Hand und bewegte es um den Doppelt herum. Das Trommeln wurde schwächer, je höher er ihn hielt. Als er ihn an die dicken, unförmigen Beine des Ankömmlings führte, schnarrte die Membran. Ein rotes Feuerchen flammte auf der Scheibe des Gerätes auf.

»Radioaktive Verseuchung ...«, murmelte der Physiker. Der Doppelt ließ erstaunt die Augen von einem zum anderen wandern, war aber offensichtlich nicht beunruhigt durch das für ihn unbegreifliche Benehmen der beiden.

»Er ist durch die Bresche gekommen, die der Beschützer geschlagen hat«, sagte der Doktor leise. »Dort ist eine radioaktive Stelle. Da ist er durchgegangen ...«

»Komm nicht zu nah an ihn heran!« rief der Physiker. »Er strahlt mindestens ein Milliröntgen pro Sekunde aus! Warte, wir müssen ihn ... Wenn wir ihn mit Keramitfolie umwickeln, kann man es riskieren ...«

»Es geht hier ja gar nicht um uns!« sagte der Doktor. »Es geht um ihn! Wie lange kann er auf der Stelle gewesen sein? Wieviel Röntgen hat er abbekommen?«

»Keine Ahnung. Woher soll ich das wissen? ...« Der Physiker starrte nach wie vor auf den tickenden Zähler. »Du mußt etwas unternehmen! Ein essigsaures Bad, Hautabrasion – da, sieh mal, er begreift das nicht!«

Der Doktor rannte wortlos aus dem Labor. Nach einer Weile kehrte er mit einer Kassette für Erste Hilfe bei radioaktiven Verseuchungen zurück. Der Doppelt wollte sich anfangs gegen die unverständlichen Maßnahmen wehren, ließ jedoch dann alles mit sich geschehen.

»Zieh die Handschuhe an!« schrie der Physiker, weil der Doktor die Haut des liegenden Doppelts mit bloßen Händen angefaßt hatte.

»Sollen wir die anderen wecken?« überlegte der Kybernetiker laut. Er stand ratlos an der Wand.

Der Doktor streifte die dicken Handschuhe über. »Wozu?« Er bückte sich tief. »Vorläufig nichts zu sehen ... Eine Rötung wird erst in zehn bis zwölf Stunden auftreten, sofern ...«

»Wenn wir uns mit ihm verständigen könnten«, murmelte der Physiker.

»Eine Bluttransfusion? Aber wie? Woher das Blut nehmen?« Der Doktor starrte blicklos vor sich hin.

»Der andere!« rief er plötzlich. Er überlegte. »Nein«, fügte er leiser hinzu. »Das geht nicht. Man müßte zuerst das Blut beider untersuchen, um festzustellen, ob es gerinnt. Sie können verschiedene Gruppen haben.«

»Hör zu.« Der Physiker zog ihn beiseite. »Das ist eine schlimme Sache. Ich befürchte ... Verstehst du? Er muß über die Stelle gegangen sein, als die Temperatur gerade nachgelassen hatte. Am Rand einer kleinen Annihilationsreaktion entstehen immer verschiedene Radioisotope. Rubidium, Strontium, Yttrium und all die anderen. Seltene Erden. Vorläufig spürt er noch nichts, frühestens morgen, so denke ich. Hat er weiße Blutkörperchen?«

»Ja, aber sie sehen ganz anders aus als beim Menschen.«

»Alle sich stark vermehrenden Zellen sind stets auf die gleiche Weise betroffen, ganz gleich, wie die Gattung ist. Er müßte eine etwas größere Widerstandskraft haben als der Mensch, aber ...«

»Woher willst du das wissen?«

»Weil hier die normale Radioaktivität des Bodens fast zweimal so hoch ist wie auf der Erde. In gewisser Weise sind sie also angepaßt. Deine Antibiotika werden wahrscheinlich nichts taugen?«

»Natürlich nicht. Es muß hier ganz andere Bakterien geben ...«

»Das habe ich mir auch gedacht. Weißt du was? Wir müßten uns mit ihm vor allem auf einer allgemeineren Basis verständigen. Die Wirkung tritt frühestens in einigen Stunden ein.«

»Ach so!« Der Doktor sah ihn rasch an und senkte den Blick. Sie standen fünf Schritt von dem auf der Seite liegenden Doppelt entfernt, er beobachtete sie aus seinen blaßblauen Augen. »Um soviel wie möglich von ihm zu erfahren, eh's mit ihm zu Ende geht?«

»So habe ich das nicht gemeint«, erwiderte der Physiker gereizt. »Ich nehme an, daß er sich ähnlich wie ein Mensch verhalten wird. Seine psychische Leistungsfähigkeit wird er sich vielleicht noch ein paar Stunden bewahren, dann folgt Apathie. Du weißt doch, jeder von uns würde an seiner Stelle vor allem an die Erfüllung der Aufgabe denken.«

Der Doktor zuckte mit den Schultern, sah ihn schief an und mußte unwillkürlich lächeln. »Jeder von uns, sagst du? Ja, möglich, wenn er wüßte, was geschehen ist. Aber er wurde ja durch uns verseucht. Durch unsere Schuld!«

»Also was? Möchtest du Sühne leisten? Mach dich nicht lächerlich!« Rote Flecke traten auf sein Gesicht.

»Nein«, sagte der Doktor. »Ich bin nicht einverstanden. Begreifst du nicht? Das da ist ein Kranker« – er deutete auf den Doppelt – »und das« – er schlug sich an die Brust – »ein Arzt. Außer dem Arzt hat jetzt hier niemand etwas zu suchen.«

»Meinst du?« erwiderte der Physiker dumpf. »Das ist doch unsere einzige Chance. Wir tun ihm ja nichts Böses. Es ist nicht unsere Schuld, daß er ...«

»Das stimmt nicht! Er wurde verseucht, weil er der Spur des Beschützers gefolgt ist! Und nun genug. Ich muß ihm Blut abnehmen.«

Der Doktor trat mit der Spritze an den Doppelt heran, stand eine Weile zögernd vor ihm, ging dann zum Tisch, um eine zweite Spritze zu holen. In beide setzte er Nadeln, die er dem Gamma-Sterilisator entnommen hatte.

»Assistiere mir«, sagte er zum Kybernetiker. Er näherte sich dem Doppelt und entblößte den Arm vor seinen Augen. Der Kybernetiker führte ihm die Nadel in die Vene, entnahm ihr etwas Blut und trat zurück. Der Doktor ergriff die zweite

Spritze, berührte damit die Haut des Liegenden, suchte das Gefäß heraus, schaute ihm in die Augen und stach dann die Nadel hinein. Der Kybernetiker sah ihm zu. Der Doppelt hatte nicht einmal gezuckt. Sein hellrubinrotes Blut lief in den gläsernen Zylinder. Der Doktor zog geschickt die Nadel heraus, drückte etwas Watte auf die blutende Wunde und ging mit hoch erhobener Spritze hinaus.

Die beiden anderen wechselten einen Blick miteinander. Der Kybernetiker hielt noch die Spritze mit dem Blut des Doktors in der Hand. Er legte sie auf den Tisch.

»Was nun?« fragte der Kybernetiker.

»Er könnte uns alles sagen!« Der Physiker war wie im Fieber. »Aber der ... der ...« Er sah dem Kybernetiker in die Augen.

»Sollte man sie vielleicht doch wecken?« fragte der Kybernetiker.

»Das führt zu nichts. Der Doktor wird ihnen dasselbe sagen wie mir. Es gibt nur eine Möglichkeit. Er muß selbst entscheiden. Wenn er es wollte, kann sich der Doktor ihm nicht widersetzen.«

»Er?« Der Kybernetiker sah ihn plötzlich verblüfft an. »Nun gut, aber wie soll er denn entscheiden? Er weiß doch nichts. Und wir können es ihm nicht sagen!«

»Doch, wir können.« Der Physiker betrachtete noch immer den gläsernen Zylinder mit dem Blut, der neben dem Sterilisator lag. »Wir haben fünfzehn Minuten Zeit, bis der Doktor seine Blutkörperchen gezählt hat. Gib mal die Tafel her!«

»Aber das hat doch keinen Sinn ...«

»Gib die Tafel her!« rief der Physiker und sammelte die herumliegenden Kreidestückchen.

Der Kybernetiker nahm die Tafel von der Wand. Sie stellten sie gegenüber dem Doppelt auf.

»Zuwenig Kreide! Bring die bunte aus der Bibliothek!«

Als der Kybernetiker hinausging, nahm der Physiker das erste Stückchen Kreide und zeichnete damit rasch die große Halbkugel, in der sich die Rakete befand. Er fühlte den blaßblauen unbeweglichen Blick auf sich ruhen und zeichnete immer schneller. Als er fertig war, wandte er sich zu dem Doppelt um, blickte ihm fest in die Augen, klopfte mit dem Finger an die Tafel, wischte sie mit dem Schwamm ab und zeichnete weiter. Die Wand der Halbkugel, noch unversehrt. Die Wand, und davor der Beschützer. Der Rüssel des Beschützers und das herausfliegende Geschoß. Er suchte ein Stück lila Kreide, beschmierte damit einen Teil der Wand vor dem Beschützer, zerrieb die Kreide mit dem Finger, so daß darin eine Öffnung entstand. Die Gestalt des Doppelt. Er trat an den liegenden Doppelt heran, berührte seinen Rumpf, kehrte zur Tafel zurück, klopfte mit der Kreide auf den gezeichneten Doppelt, wischte alles so vehement ab, daß Wasser auf den Fußboden spritzte, malte rasch noch einmal die Bresche in der Wand, dick mit lila Farbe umgeben, und in der Öffnung den Doppelt. Dann wischte er alles ringsherum weg. Auf der Tafel blieben nur die Umrisse der großen Gestalt übrig. Der Physiker stellte sich so, daß der Doppelt jede seiner Bewegungen sehen konnte, und begann langsam die zu Pulver zerriebene lila Kreide in die Beine der aufgerichteten Gestalt einzureiben. Er drehte sich um. Der kleine Torso des Doppelt, der vorher an dem vom Doktor aufgeblasenen Gummikissen gelehnt hatte, streckte sich langsam. Sein Gesicht, das gerunzelt war und affenartig wirkte, wandte die vernünftig blickenden Augen von der Tafel ab und richtete sie fragend auf den Physiker.

Der Physiker nickte, ergriff eine Blechbüchse und ein paar Schutzhandschuhe und rannte aus dem Labor. Im Tunnel wäre er fast mit dem Automaten zusammengestoßen, der ihm Platz machte, als er ihn erkannte. Er lief nach oben, zog im Laufen die Handschuhe an und stürmte in die Richtung, wo sich die vom Beschützer ausgebrannte Bresche befand. Vor dem flachen Trichter stürzte er auf die Knie und riß in größter Eile Stücke des von der Glut erstarrten, verglasten Sandes aus der Erde und warf sie in die Büchse. Dann sprang er auf und lief zur Rakete zurück. Im Labor stand jemand. Der Physiker blinzelte geblendet. Es war der Kybernetiker.

»Wo ist der Doktor?« rief er.

»Er ist noch nicht zurück.«

»Geh mir aus dem Weg. Am besten setz dich dorthin, an die Wand.«

Wie vermutet, zeigte der glasige Sand eine blaßlila Farbe. Der Physiker hatte absichtlich ein Stück Kreide von dieser Farbe gewählt. Der Doppelt wandte ihm das Gesicht zu, offenbar hatte er auf ihn gewartet.

Der Physiker schüttete den Inhalt der Büchse vor der Tafel auf den Fußboden.

»Bist du verrückt!« rief der Kybernetiker und sprang von seinem Platz auf. Der Zähler am anderen Tischende war erwacht und begann rasch zu ticken.

»Sei still! Stör mich bitte nicht!«

In der Stimme des Physikers schwang solche Wut mit, daß der Kybernetiker wie angewurzelt an der Wand stehenblieb.

Der Physiker warf einen Blick auf die Uhr. Zwölf Minuten waren vergangen. Gleich konnte der Doktor zurückkehren. Er bückte sich, deutete auf die trüben, lilafarbenen Brocken des halbgeschmolzenen Sandes. Er hob eine Handvoll davon auf, drückte sie mit der offenen Hand an die Stelle, wo die Beine des Stehenden mit lila Kreide angedeutet waren, zerrieb ein paar Sandkrümel auf der Zeichnung und blickte dem Doppelt in die Augen. Dann schüttete er den Rest des Staubs auf den Fußboden, trat ein paar Schritt zurück und ging dann mit entschlossenen Schritten nach vorn, als ob er weit gehen wollte, trat in die Mitte des lila Flecks, stand eine Weile so, schloß die Augen und ließ sich langsam mit gelockerten Muskeln fallen. Dumpf schlug sein Körper auf den Fußboden. So lag er ein paar Sekunden, dann sprang er auf, rannte zum Tisch, ergriff den Geigerzähler, trug ihn wie einen Scheinwerfer vor sich her und trat an die Tafel. Kaum hatte sich die Mündung des schwarzen Zylinders den mit Kreide gezeichneten Beinen genähert, ließ sich ein heftiger Wirbel vernehmen. Der Physiker schob mehreremal den Zähler an die Tafel und zog ihn zurück, um den Effekt vor dem unbewegt zuschauenden Doppelt zu wiederholen, dann wandte er sich ihm zu und schob die Mündung des Geigerzählers langsam an seine entblößten Sohlen heran.

Der Zähler schnurrte.

Der Doppelt stieß einen schwachen Laut aus, als hätte er sich verschluckt. Ein paar Sekunden lang – dem Physiker kamen sie wie eine Ewigkeit vor – sah er ihm in die Augen, mit einem blassen, forschenden Blick. Dem Physiker traten die Schweißtropfen auf die Stirn. Da lockerte der Doppelt plötzlich den Torso, schloß die Augen und ließ sich ohnmächtig auf die Kissen sinken; die knotigen Fingerchen beider Hände spannten sich seltsam. So ruhte er eine Weile wie ein Toter. Plötzlich schlug er die Augen auf, setzte sich auf und starrte dem Physiker ins Gesicht.

Der nickte, stellte den Apparat auf den Tisch, stieß mit

dem Fuß an die Tafel und sagte dumpf zum Kybernetiker: »Er hat begriffen.«

»Was hat er begriffen?« stammelte der Kybernetiker, der die Szene entgeistert verfolgt hatte.

»Daß er sterben muß.«

Der Doktor trat ein, sah die Tafel, die glasigen Krümel auf dem Boden, blickte sie an. »Was ist hier los? Was bedeutet das?«

»Nichts Besonderes. Du hast mittlerweile schon zwei Patienten.« Der Physiker nahm, als der Doktor ihn verblüfft anstarrte, gleichgültig den Zähler vom Tisch und hielt die Mündung an seinen Körper. Der radioaktive Staub war in den Stoff der Kombination gedrungen. Der Geigerzähler ratterte schreckenerregend.

Das Gesicht des Doktors lief rot an. Er stand eine Weile reglos da, es sah so aus, als würde er die Spritze, die er in der Hand hielt, auf den Fußboden werfen. Langsam wich das Blut aus seinem Gesicht.

»So?« sagte er. »Also gut. Komm mit.«

Kaum hatten die beiden das Labor verlassen, warf sich der Kybernetiker den Schutzmantel über, holte den Reinigungshalbautomaten aus der Wandnische hervor und ließ ihn auf die restlichen glasigen Krümel los. Der Doppelt lag da, ohne sich zu rühren, und sah der Geschäftigkeit zu. Einige Male hustete er schwach. Nach zehn Minuten kam der Physiker mit dem Doktor zurück. Er trug einen weißen Leinenanzug. Hals und Hände waren mit dicken Bandagen bedeckt.

»In Ordnung«, sagte er fast fröhlich zum Kybernetiker. »Nichts Besonderes. Erster Grad, oder nicht mal das.«

Der Doktor und der Kybernetiker bemühten sich, dem Doppelt hochzuhelfen. Der hatte begriffen, worum es ging, stand auf und verließ folgsam das Labor.

»Und wozu das alles?« Der Kybernetiker schritt nervös im Raum auf und ab und steckte das schwarze Maul des Geigerzählers in alle Ritzen und Winkel. Von Zeit zu Zeit wurde das Ticken etwas schneller.

»Du wirst sehen«, sagte der Physiker ruhig. »Wenn er den Kopf auf dem richtigen Fleck hat, wirst du sehen.«

»Warum hast du nicht den Schutzanzug angezogen? Hat dir die eine Minute leid getan?«

»Ich mußte ihm das ganz einfach zeigen«, antwortete der Physiker. »So natürlich wie möglich, ohne Getue, verstehst du?«

Sie verstummten. Der Zeiger der Wanduhr glitt langsam weiter. Schläfrigkeit befiel den Kybernetiker. Der Physiker fummelte ungeschickt mit den Fingern, die aus den Bandagen hervorsahen, um sich eine Zigarette anzustecken. Der Doktor stürzte mit befleckter Schürze herein. Wütend ging er auf den Physiker zu. »Du bist es gewesen, du! Was hast du mit ihm angestellt?«

»Was ist denn los?« Der Physiker hob den Kopf.

»Er will nicht liegen! Ließ sich kaum verbinden, schon steht er auf und geht zur Tür. Da hast du ihn ...«, fügte er etwas leiser hinzu.

Der Doppelt kam herein. Er hinkte unbeholfen. Das Ende einer aufgerollten Mullbinde schleifte auf dem Fußboden hinter ihm her.

»Du kannst ihn nicht gegen seinen Willen behandeln«, entgegnete der Physiker kühl. Er warf die Zigarette auf den Fußboden, erhob sich und trat sie mit dem Fuß aus. »Wir werden wohl den Kalkulator aus dem Navigationsraum nehmen, wie? Er hat den größten Extrapolationsbereich«, wandte er sich an den Kybernetiker. Der zuckte zusammen, sprang hoch, blickte schlaftrunken vor sich hin und ging rasch hinaus. Die Tür ließ er offen. Der Doktor stand mitten im Labor und stemmte die Fäuste in die Taschen seiner Schürze. Er sah den Riesen an, der langsam näher kam, und atmete auf.

»Du weißt es schon?« fragte er. »Du weißt es, nicht wahr?«

Der Doppelt hustete.

Die drei anderen schliefen den ganzen Tag über. Als sie aufwachten, brach bereits die Abenddämmerung herein. Sie kamen in die Bibliothek. Ein erschreckender Anblick bot sich ihnen. Die Tische, der Fußboden, alle freien Sessel waren mit Stößen von Büchern, Atlanten, aufgeschlagenen Alben bedeckt. Hunderte vollgezeichneter Bogen lagen verstreut auf dem Boden, Teile von Apparaten, vermischt mit Büchern, bunte Stiche, Konservendosen, Teller, optische Gläser, Arhythometer, Spulen. Die Tafel lehnte an der Wand, kreidiges Wasser lief an ihr herunter. Finger, Ärmel und Knie der drei Männer waren mit Kreide beschmiert. Sie saßen dem Doppelt gegenüber, unrasiert, mit geröteten Augen, und tranken Kaffee aus großen Tassen. In der Mitte, wo zuvor der Tisch gestanden hatte, spreizte sich der große Elektronenrechner.

»Wie geht es?« fragte der Koordinator auf der Schwelle.

»Ausgezeichnet. Wir haben schon sechzehnhundert Begriffe fixiert«, antwortete der Kybernetiker. Der Doktor erhob sich. Er hatte noch seine weiße Schürze um. »Sie haben mich dazu gezwungen, obwohl er radioaktiv verseucht ist.« Er deutete auf den Doppelt.

»Verseucht!« Der Koordinator zog die Tür hinter sich zu. »Was soll das heißen?«

»Er ist durch den radioaktiven Fleck in der Mauerbresche gekommen«, erklärte der Physiker, stellte die Kaffeetasse weg und kniete vor dem Apparat nieder.

»Er hat schon zehn Prozent weiße Blutkörperchen weniger als vor sieben Stunden«, informierte der Doktor. »Hyalindegeneration – das gleiche wie beim Menschen. Ich wollte ihn isolieren, er braucht Ruhe, aber er läßt sich nicht behandeln. Der Physiker hat ihm nämlich gesagt, daß das sowieso nicht helfen wird!«

»Stimmt das?« Der Koordinator wandte sich an den Physiker. Der nickte, ohne sich von dem pfeifenden Apparat zu trennen.

»Und er ist ... nicht mehr zu retten?« fragte der Ingenieur.

Der Doktor zuckte mit den Schultern.

»Ich weiß es nicht! Wäre er ein Mensch, würde ich sagen, seine Chancen stünden dreißig zu hundert. Aber er ist ja kein Mensch. Er ist etwas apathisch. Aber das kann auch Erschöpfung sein, weil er nicht geschlafen hat. Wenn ich ihn isolieren könnte!«

»Was willst du denn noch? Du tust ja sowieso mit ihm alles, was du willst?« sagte der Physiker und wandte nicht einmal den Kopf nach ihm um. Er manipulierte ununterbrochen mit seinen verbundenen Händen an dem Gerät.

»Und was ist dir zugestoßen?« erkundigte sich der Koordinator.

»Ich habe ihm erklärt, auf welche Weise er sich radioaktiv verseucht hat.«

»So genau hast du ihm das erklärt?« schrie der Ingenieur.

»Ich mußte es.«

Sie schwiegen eine Weile.

»Geschehenes läßt sich nicht ungeschehen machen«, entschied der Koordinator langsam. »Ob gut oder schlecht, es ist nun einmal geschehen. Was nun? Was habt ihr bisher erfahren?«

»Eine ganze Menge«, berichtete der Kybernetiker. »Er beherrscht schon eine ganze Masse von unseren Symbolen, vor allem die mathematischen. Die Informationstheorie hätten wir eigentlich bewältigt. Am schlimmsten ist es mit seiner elektrischen Schrift. Ohne ein besonderes Gerät können wir sie nicht lernen, und uns fehlt das Gerät und auch die Zeit, es zu bauen. Erinnert ihr euch an die in den Körper eingeführten Teile? Das sind einfach nur Vorrichtungen zum Schreiben. Wenn ein Doppelt auf die Welt kommt, wird ihm gleich ein solches Röhrchen eingepflanzt, so wie man früher bei uns den Mädchen die Ohrläppchen durchbohrte ... Sie haben zu beiden Seiten des großen Körpers elektrische Organe. Deshalb ist der Leib auch so groß! Das ist gewissermaßen das Hirn und zugleich eine Plasmabatterie. Sie gibt die Ladungen unmittelbar an die ›schreibende Leitung‹ weiter. Bei ihm hier endet sie in diesen Drähten am Kragen, doch das ist bei jedem anders. Schreiben müssen sie natürlich lernen. Diese Operation zum Einsetzen des Drahtes, seit Jahrtausenden praktiziert, ist nur ein vorbereitender Schritt.«

»Also kann er wirklich nicht sprechen?« fragte der Chemiker.

»O doch! Dieses Husten, das ihr gehört habt, ist seine Sprache. Ein einmaliges Husten ist ein ganzer, mit großer Beschleunigung gesprochener Satz. Wir haben ihn auf Band aufgenommen. Er zerfällt in eine Frequenzskala.«

»Ach so! Also eine Sprache, die auf dem Prinzip der modulierten Frequenz von Klangschwingungen beruht?«

»Eher von Geräuschen. Sie ist klanglos. Mit Tönen drücken sie ausschließlich Gefühle, emotionale Zustände aus.«

»Und die elektrischen Organe? Sind sie ihre Waffe?«

»Das weiß ich nicht. Aber wir können ihn fragen.«

Er bückte sich, holte eine große Platte zwischen den Papieren hervor, auf der ein schematischer senkrechter Querschnitt des Doppelts zu sehen war, zeigte auf die beiden segmentierten länglichen Gebilde in seinem Inneren, führte den Mund zum Mikrophon und sagte: »Waffen?«

Der Lautsprecher, der gegenüber dem Liegenden auf der anderen Seite angebracht war, krächzte. Der Doppelt, der den kleinen Torso ein wenig angehoben hatte, als die anderen hereinkamen, hielt eine Weile inne, dann hustete er.

»Waffen – nein«, schnarrte der Lautsprecher. »Zahlreiche planetare Bewegungen – einst – Waffe.«

Der Doppelt hustete abermals.

»Rudimentärorgan – biologische Evolution – sekundäre Anpassung – Zivilisation«, knarrte der Lautsprecher ohne jede Intonation.

»Sieh an«, murmelte der Ingenieur. Der Chemiker lauschte, die Augen zusammenkneifend.

»Nicht zu glauben!« entfuhr es dem Koordinator. »Und wie sieht es mit ihrer Wissenschaft aus?«

»Von unserem Standpunkt aus gesehen recht eigenartig.« Der Physiker erhob sich aus seiner knienden Haltung. »Ich kriege dieses verdammte Schnarren nicht weg«, bemerkte er, zum Kybernetiker gewandt. »Große Kenntnisse auf dem Gebiet der klassischen Physik«, fuhr er fort. »Optik. Elektrizität. Mechanik in spezifischer Verbindung mit der Chemie – so etwas wie Mechanochemie. Da haben sie interessante Errungenschaften.«

»So?« Der Chemiker trat näher.

»Einzelheiten später. Wir haben alles fixiert, keine Angst. In der anderen Richtung sind sie von diesen Ausgangspositionen zur Informationstheorie gelangt. Jedoch ist bei ihnen das

Studium außerhalb besonderer Einrichtungen verboten. Schlecht ist es um ihre Atomistik bestellt, vor allem um die Kernchemie.«

»Moment, wieso verboten?« fragte der Ingenieur erstaunt.

»Sie dürfen einfach keine Forschungen dieser Art betreiben.«

»Wer verbietet das?«

»Das ist sehr kompliziert, und wir wissen bisher kaum etwas darüber«, warf der Doktor ein. »Mit ihrer gesellschaftlichen Dynamik sind wir noch am wenigsten vertraut.«

»Wie mir scheint, hat ihnen der Ansporn zur Kernforschung gefehlt«, sagte der Physiker. »Sie haben keinen Mangel an Energie.«

»Kommen wir erst mit der einen Sache zum Schluß! Wie ist das mit der verbotenen Forschung?«

»Setzt euch, wir werden ihn weiter fragen«, sagte der Kybernetiker. Der Koordinator wollte ins Mikrophon sprechen, doch der Kybernetiker zog ihn zurück. »Warte. Die Schwierigkeit ist die, daß der Kalkulator um so weniger mit der Grammatik zurechtkommt, je komplizierter die Satzkonstruktion wird. Außerdem scheint der Analysator der Laute zu wenig selektiv zu sein. Oft erhalten wir Worträtsel. Ihr werdet es ja selbst sehen.«

»Ihr seid viele auf dem Planeten«, sagte der Physiker deutlich und langsam. »Wie ist die dynamische Struktur – von euch vielen – auf diesem Planeten?«

Der Lautsprecher kläffte zweimal. Der Doppelt zögerte ziemlich lange mit der Antwort. Dann hustete er heiser.

»Die dynamische Struktur – doppelt. Die Beziehungen – doppelt«, brummte der Lautsprecher. »Die Gesellschaft – gesteuert – zentral ganzer Planet.«

»Ausgezeichnet!« rief der Ingenieur. Er war ebenso wie die beiden anderen Hinzugekommen sehr erregt. Die anderen drei saßen, vielleicht vor Müdigkeit, unbewegt und mit gleichgültigen Mienen. »Wer regiert die Gesellschaft? Wer steht an der Spitze? Ein Individuum oder eine Gruppe?« fragte der Koordinator ins Mikrophon. Der Lautsprecher schnarrte, ein lang anhaltendes Brummen ertönte, auf dem Schirm des Apparats leuchtete mehreremal ein roter Zeiger auf.

»So kann man nicht fragen«, beeilte sich der Kybernetiker zu erklären. »Wenn du ›an der Spitze‹ sagst, so ist das im übertragenen Sinne gemeint, und es gibt dafür im Wortschatz des Kalkulators keine Entsprechung. Warte, ich werde es versuchen.«

Er beugte sich vor. »Wie viele seid ihr am Steuer der Gesellschaft? Einer? Mehrere? Eine große Zahl?«

Der Lautsprecher stieß einige Krächzer aus.

»Und ist ›Steuer‹ kein Wort in übertragenem Sinne?« fragte der Koordinator. Der Kybernetiker schüttelte den Kopf.

»Ein Begriff aus der Informationstheorie«, konnte er gerade noch antworten, da ließ sich der Doppelt vernehmen, und der Lautsprecher erläuterte rhythmisch abgehackt: »Ein – mehrere – viele – Steuer – nicht bekannt. Nicht – bekannt«, wiederholte er.

»Wieso nicht bekannt? Was soll das bedeuten?« fragte der Koordinator überrascht.

»Gleich werden wir es erfahren. Dir unbekannt oder keinem – auf dem Planeten – bekannt?« sagte er ins Mikrophon. Der Doppelt antwortete, und der Kalkulator dolmetschte durch den Lautsprecher: »Beziehung – dynamisch – doppelt. Bekannt – eins – ist. Bekannt – zweites – nicht ist.«

»Ich verstehe gar nichts!« Der Koordinator sah die anderen an. »Und ihr?«

»Moment«, sagte der Kybernetiker. Der Doppelt hielt noch einmal das Gesicht an sein Mikrophon und hustete mehrere Male.

Der Kalkulator übersetzte: »Viele Umdrehungen des Planeten – einst – zentrale Steuerung verteilt. Pause. Ein Doppelt – ein Steuer. Pause. Hundertdreizehn Umdrehungen des Planeten ist es so. Pause. Hundertelfte Umdrehung des Planeten ein Doppelt – Steuer – Tod. Hundertzwölfte Umdrehung des Planeten – ein Doppelt – Steuer – Tod. Pause. Ein anderer – Steuer – Tod. Pause. Ein – ein – Tod. Pause. Dann – ein Doppelt Steuer – nicht bekannt – wer. Nicht bekannt – wer – Steuer. Bekannt – zentral – Steuer. Pause. Nicht bekannt – wer – Steuer. Pause.«

»Ja, das ist tatsächlich ein Rätsel«, sagte der Koordinator. »Und was macht ihr damit?«

»Das ist gar kein Rätsel«, erwiderte der Kybernetiker. »Er hat gesagt, daß sie bis zum Jahre hundertdreizehn, von heute an rückwärts gerechnet, eine zentrale Mehrpersonenregierung hatten. ›Zentrale Steuerung verteilt.‹ Dann folgten Regierungen einzelner Individuen. Ich nehme an, in der Art einer Monarchie oder einer Tyrannei. In den Jahren hundertzwölf und hundertelf – sie rechnen vom gegenwärtigen Augenblick an, jetzt ist das Jahr Null – hat es gewaltsame Palastrevolutionen gegeben. Vier Herrscher wechselten einander innerhalb von zwei Jahren ab und besiegelten ihre Herrschaft mit dem Tod. Offensichtlich nicht mit einem natürlichen Tod. Dann erschien ein neuer Herrscher, und es ist nicht bekannt, wer es war. Es war bekannt, daß er existierte, aber es war nicht bekannt, wer er war.«

»Was denn, ein anonymer Herrscher?« fragte der Ingenieur verwundert.

»Offenbar. Wir wollen uns bemühen, mehr zu erfahren.« Er wandte sich an das Mikrophon. »Jetzt ist bekannt, daß ein Individuum am Steuer der Gesellschaft ist, es ist aber nicht bekannt, wer es ist? Stimmt das?« fragte er. Der Kalkulator räusperte sich undeutlich, der Doppelt hustete zurück, schien zu zögern, hustete erneut mehreremal, und der Lautsprecher antwortete: »Nein. So nicht. Pause. Sechzig Umdrehungen des Planeten – bekannt, ein Doppelt zentrales Steuer. Pause. Dann bekannt, keiner. Pause. Niemand. Niemand zentrales Steuer. So bekannt. Niemand Steuer. Pause.«

»Jetzt verstehe ich das auch nicht«, gestand der Physiker.

Der Kybernetiker saß gebeugt vor dem Apparat. Er bückte sich, kaute an den Lippen. »Moment. Die allgemeine Information ist so, daß es keine zentrale Gewalt gibt? Ja?« sagte er ins Mikrophon. »Und die Wirklichkeit ist so, daß es eine zentrale Gewalt gibt. Ja?« Der Kalkulator verständigte sich mit dem Doppelt durch krächzende Laute. Sie warteten, den Kopf dem Lautsprecher zugewandt. »So ist die Wahrheit. Ja. Pause. Wer Information – ist zentrales Steuer, der – ist, ist nicht. Wer so Information – der ist, ist nicht. Der ist einst, dann ist nicht.«

Sie sahen sich schweigend an.

»Wer sagt, daß eine Obrigkeit existiert, hört selber auf zu sein. Hat er so gesagt?« Der Kybernetiker nickte.

»Aber das ist doch unmöglich!« rief der Ingenieur. »Die Obrigkeit hat doch ihren Sitz, sie muß Verfügungen, muß Gesetze erlassen, ausführende Organe müssen vorhanden sein, die niedriger in der Hierarchie stehen, Militär – wir sind doch Bewaffneten begegnet.«

Der Physiker legte ihm die Hand auf den Arm. Der Ingenieur verstummte. Der Doppelt hüstelte eine ganze Weile. Das grüne Auge des Kalkulators flatterte, surrte. In dem Apparat summte es. Der Lautsprecher meldete: »Information – doppelt. Pause. Eine Information wer – der ist. Pause. Zweite Information – wer – der einst ist, dann nicht ist. Pause.«

»Gibt es Information, die blockiert wird?« fragte der Physiker ins Mikrophon. »Wer Fragen aus dem Bereich dieser Information stellt, dem droht der Tod, ist das so?«

Wieder hörte man auf der anderen Seite des Apparats den krächzenden Lautsprecher und das Husten des Doppelts.

»Nein, so nicht. Pause«, antwortete der Kalkulator mit monotoner Stimme. Er trennte die Worte rhythmisch voneinander. »Wer einmals ist, dann nicht ist – der nicht tot. Pause.«

Sie atmeten auf.

»Also keine Todesstrafe!« rief der Ingenieur. »Frag ihn, was mit solchen geschieht«, bat er den Kybernetiker.

»Ich fürchte, das läßt sich nicht machen«, antwortete der, aber der Koordinator und der Ingenieur bestanden darauf. Er sagte: »Wie ihr wollt. Doch für das Resultat bin ich nicht verantwortlich.«

»Wie ist die Zukunft dessen, der blockierte Information verbreitet?« fragte er ins Mikrophon.

Der heisere Dialog des Kalkulators mit dem reglos ruhenden Doppelt dauerte ziemlich lange. Zum Schluß schnarrte der Lautsprecher: »Wer solche Information wird inkorporiert selbststeuernde Gruppe unbekannter Grad Wahrscheinlichkeit Degeneration Bereich Pause. Kumulativer Effekt fehlt Begriff Anpassung solche Notwendigkeit Kampf Verlangsamung der Kraft Potential fehlt Begriff. Pause. Geringe Zahl Planetenumdrehungen Tod Pause.«

»Was hat er gesagt?« fragten gleichzeitig der Chemiker, der Koordinator und der Ingenieur.

Der Kybernetiker zuckte mit den Schultern. »Keine Ahnung. Ich habe euch doch gesagt, daß sich das nicht machen läßt. Das Problem ist zu kompliziert. Wir müssen schrittweise vorgehen. Ich vermute, daß das Schicksal eines solchen Individuums nicht beneidenswert ist. Vorzeitiger Tod harrt seiner, der letzte Satz war völlig klar, aber wie der Mechanismus dieses Prozesses aussieht, weiß ich nicht. Irgendwelche selbststeuernden Gruppen. Natürlich kann man zu diesem Thema Hypothesen aufstellen, aber ich habe die willkürlichen Kombinationen satt.«

»Gut«, sagte der Ingenieur. »Dann frag ihn nach der Fabrik im Norden.«

»Haben wir bereits getan«, erwiderte der Physiker. »Das ist ebenfalls eine sehr komplizierte Angelegenheit. Dazu haben wir folgende Theorie ...«

»Was denn, eine Theorie? Hat er euch nicht deutlich geantwortet?« unterbrach ihn der Koordinator.

»Nein, das betrifft ebenfalls eine Erscheinung höheren Ranges. Was die Fabrik selbst angeht, so wurde sie zu dem Zeitpunkt sich selbst überlassen, als sie die Produktion aufnehmen sollte. Das wissen wir ganz genau. Schlimmer steht es um die Kenntnis der Gründe, weshalb das so geschah. Vor ungefähr fünfzig Jahren wurde bei ihnen ein Plan zur biologischen Rekonstruktion eingeführt – zur Umbildung der Körperfunktionen, vielleicht auch der Körperformen. Eine dunkle Geschichte. Fast die gesamte Bevölkerung des Planeten wurde im Laufe mehrerer Jahre einer Serie von Eingriffen ausgesetzt. Wie es scheint, ging es nicht so sehr um die Umbildung der lebenden Generation als vielmehr um die der nachfolgenden, und zwar durch gesteuerte Mutationen der Vermehrungszellen. So erklären wir uns das. Auf dem Gebiet der Biologie ist die Verständigung sehr schwierig.«

»Was für eine Umbildung sollte das sein? In welcher Hinsicht?« fragte der Koordinator.

»Das konnten wir nicht ermitteln«, antwortete der Physiker.

»Nun, etwas wissen wir schon«, widersprach der Kybernetiker. »Bei ihnen besitzt die Biologie, vor allem die Erforschung der Lebensprozesse, einen eigenartigen Charakter, der doktrinär zu sein scheint, anders als auf den übrigen Gebieten der Wissenschaft.«

»Möglich, daß er religiös ist«, warf der Doktor ein. »Wobei zu beachten wäre, daß ihr Glaube eher ein System von Geboten und Regeln darstellt, die das zeitliche Leben betreffen, und daß er keine transzendentalen Elemente enthält.«

»Haben sie nie an einen Schöpfer geglaubt?« fragte der Koordinator.

»Das ist nicht bekannt. Versteh doch, solche abstrakten Begriffe wie Glaube, Gott, Moral, Seele lassen sich vom Kalkulator überhaupt nicht eindeutig fixieren. Wir müssen eine Menge sachlicher Fragen stellen, und aus der Masse von Antworten und Mißverständnissen, aus der teilweisen Entsprechung der Bedeutungen versuchen wir erst eine sinngemäße und verallgemeinerte Extrapolation abzuleiten. Mir scheint, daß es historisch übereinander geschichtete Gewohnheiten sind, was der Doktor Religion nennt.«

»Aber was kann Religion oder Tradition mit biologischen Untersuchungen gemein haben?« fragte der Ingenieur.

»Eben das haben wir nicht feststellen können. Auf jeden Fall besteht da ein sehr enger Zusammenhang.«

»Vielleicht hatten sie versucht, gewisse biologische Tatsachen ihrem Glauben oder ihren Vorurteilen anzupassen?«
»Nein, die Geschichte ist viel komplizierter.«
»Kehren wir zu den Tatsachen zurück«, schlug der Koordinator vor. »Welche Konsequenzen hatte die Verwirklichung dieses biologischen Plans?«
»Die Konsequenzen waren, daß augenlose Individuen oder solche mit einer veränderten Anzahl von Augen auf die Welt kamen, lebensunfähig, degeneriert, ohne Nasen, auch eine beträchtliche Anzahl psychisch Unterentwickelter.«
»Ach ja, unser Doppelt und all die anderen!«
»Ja. Offenbar war die Theorie, auf die sie sich stützten, falsch. Im Laufe einiger Dutzend Jahre tauchten Zehntausende verstümmelter, deformierter Mutanten auf. An den tragischen Folgen dieses Experimentes leidet die Gesellschaft noch heute.«
»Hat man den Plan verworfen?«
»Danach haben wir gar nicht gefragt«, gestand der Kybernetiker und wandte sich zum Mikrophon. »Existiert der Plan der biologischen Rekonstruktion noch? Wie ist seine Zukunft?«
Der Kalkulator schien sich eine Weile krächzend mit dem Doppelt zu streiten. Der gab nur ein schwaches Räuspern von sich.
»Geht es ihm schlecht?« fragte der Koordinator den Doktor leise.
»Nun, besser, als ich erwartet hatte. Er ist erschöpft, aber wollte vorher nicht weg von hier. Nicht einmal eine Transfusion kann ich bei ihm machen, denn das Blut unseres anderen Doppelts schlägt seine Blutkörperchen nieder. Offenbar ...«

»Ssst!« zischte der Physiker. Der Lautsprecher schnarrte heiser: »Der Plan – ist, ist nicht. Pause. Jetzt Plan einst – war nicht. Pause. Jetzt Mutationen Krankheit. Pause. Information wahr – Plan war – jetzt ist nicht.«

»Ich verstehe das nicht«, gestand der Ingenieur.

»Er sagt, daß gegenwärtig die Existenz dieses Plans geleugnet wird, als hätte es ihn überhaupt nicht gegeben, und die Mutationen seien angeblich eine Art Krankheit. In Wirklichkeit wurde der Plan realisiert, dann aber verworfen. Man verheimlicht das Fiasko vor der Öffentlichkeit.«

»Wer?«

»Die angeblich nicht existierende Obrigkeit.«

»Moment«, sagte der Ingenieur. »Wie ist das? Seit der Zeit, da der letzte anonyme Herrscher zu existieren aufhörte, war doch gewissermaßen eine Epoche der Anarchie ausgebrochen, nicht wahr? Wer hat also die Sache eingeführt?«

»Du hast es doch gehört. Niemand, einen Plan hat es nicht gegeben. So behauptet man wenigstens heute.«

»Nun gut, aber damals, vor fünfzig oder noch mehr Jahren?«

»Damals hatten sie etwas anderes verkündet.«

»Nein, das ist einfach nicht zu begreifen!«

»Warum? Du weißt doch, daß es auch auf der Erde gewisse Erscheinungen gibt, die öffentlich nicht genannt werden, obwohl man von ihnen weiß. Nimm das gesellige Zusammenleben, ohne eine gewisse Dosis Heuchelei könnte es nicht bestehen. Was bei uns eine Randerscheinung ist, ist bei ihnen die Hauptströmung.«

»Das alles klingt verschroben und unglaubwürdig«, sagte der Ingenieur. »Und in welcher Beziehung steht dazu die Fabrik?«

»Sie sollte etwas erzeugen, was mit der Verwirklichung des Plans zusammenhing, vielleicht die Apparatur für die Eingriffe oder Objekte, die nicht benötigt wurden, sich aber den künftigen ›rekonstruierten‹ Generationen als nützlich erweisen sollten. Doch das sind nur meine Vermutungen«, schloß der Kybernetiker mit Nachdruck. »Was sie dort in Wirklichkeit erzeugen wollten, wissen wir nicht.«

»Sicherlich hat es mehrere solcher Fabriken gegeben?«

»Gab es wenige oder viele Fabriken, die zum biologischen Plan gehörten? Wie viele?« sprach der Kybernetiker in das Mikrophon. Der Doppelt hustete, und der Kalkulator antwortete fast gleichzeitig: »Nicht bekannt. Fabriken wahrscheinlich viele. Pause. Information – keine Fabriken.«

»Das ist wirklich eine schreckliche Gesellschaftsordnung!« rief der Ingenieur.

»Wieso? Hast du nie etwas von militärischen Geheimnissen gehört oder von anderen Dingen dieser Art?«

»Mit was für Energie werden diese Fabriken betrieben?« fragte der Ingenieur den Kybernetiker. Er sagte das so nahe am Mikrophon, daß der Kalkulator die Frage sogleich übersetzte. Der Lautsprecher brummte eine Weile und rezitierte dann: »Anorgan Begriff fehlt, Bio Bio, Pause. Entropie constans Bio System«, der Rest ging in immer lauter werdendem Brummen unter. Rotes Licht flimmerte auf der Skala.

»Lücken im Wortschatz«, erläuterte der Kybernetiker.

»Was meinst du, wir schalten ihn polyvalent ein«, schlug der Physiker vor.

»Wozu? Damit er wie ein Schizophrener zu reden anfängt?«

»Vielleicht können wir dann mehr verstehen.«

»Worum geht es?« fragte der Doktor.

»Er will die Auswahlfähigkeit des Kalkulators verringern«, erläuterte der Kybernetiker. »Wenn die Begriffsskala eines Wortes nicht exakt ist, antwortet der Kalkulator, daß der Begriff fehlt. Wenn ich ihn polyvalent schalte, wird er kontaminieren. Er bildet dann Wortkonglomerate, die es in keiner menschlichen Sprache gibt.«

»Auf diese Weise kommen wir seiner Sprache näher«, beharrte der Physiker.

»Bitte, wir können es ja versuchen.«

Der Kybernetiker wechselte die Stecker. Der Koordinator betrachtete besorgt den Doppelt, der mit geschlossenen Augen dalag. Der Doktor trat an den Doppelt heran, untersuchte ihn eine Weile und kehrte dann wortlos an seinen Platz zurück.

Der Koordinator sagte ins Mikrophon: »Südlich von diesem Ort – hier – ist ein Tal. Dort sind hohe Gebäude, in den Gebäuden stehen Skelette, ringsherum, in der Erde, sind Gräber. Was ist das?«

»Moment, ›Gräber‹ bedeutet nichts.« Der Kybernetiker zog den biegsamen Arm des Mikrophons näher heran. »Im Süden – architektonische Konstruktion, in ihrer Nähe – tote Leiber in Erdgruben. Tote Doppelts. Was bedeutet das?«

Diesmal tauschte der Kalkulator längere Zeit knirschende Laute mit dem Doppelt aus. Sie bemerkten, daß die Maschine zum erstenmal von sich aus etwas noch einmal zu fragen schien. Zum Schluß antwortete der Lautsprecher monoton: »Doppelt keine physische Arbeit. Pause. Elektrisches Organ Arbeit ja, aber Akzeleroinvolution Degeneration Mißbrauch. Pause. Der Süden eine Exemplifikation selbststeuernder Prokruistik Pause. Biosoziokurzschluß Antitod Pause. Gesellschaftliche Isolierung keine Gewalt, kein Zwang Pause. Freiwilligkeit Pause. Mikroanpassung der Gruppe Zentroselbstzug Produktion ja nein Pause.«

»Da hast du's.« Der Kybernetiker sah den Physiker ärgerlich an. »›Zentroselbstzug‹, ›Antitod‹, ›Bisoziokurzschluß‹. Ich sagte es dir doch. Bitte, was fängst du jetzt damit an?«

»Immer mit der Ruhe!« Der Physiker hob die Hand. »Das hat etwas mit Zwangsarbeit zu tun.«

»Das ist nicht wahr. Er hat ›nicht Gewalt, nicht Zwang‹ gesagt. ›Freiwilligkeit‹.«

»So? Dann fragen wir noch einmal.« Der Physiker zog das Mikrophon zu sich heran. »Nicht verstanden. Sag, sag es ganz einfach. Was befindet sich im Süden im Tal? Eine Kolonie? Eine Sträflingsgruppe? Isolation? Produktion? Was für Produktion? Wer produziert? Was? Und wozu? Zu welchem Zweck?«

Der Kalkulator verständigte sich wieder mit dem Doppelt. Das dauerte etwa fünf Minuten. Dann sagte er: »Isolomikrogruppe Freiwilligkeit Interadhäsion Zwang nicht. Pause. Jeder Doppelt gegenspielt Isolomikrogruppe. Pause. Hauptbeziehungen zentripetaler Selbstzug. Pause. Bindeglied Ärghaß, Pause. Wer Schuld, der Strafe. Pause. Wer Strafe, der Isolomikrogruppe Freiwilligkeit. Pause. Was ist Isolomikrogruppe? Pause. Polyindividuelle Umkehrzwischenbeziehungen Kopplung Ärghaß Selbsthalt Ärghaß Selbsthalt. Pause. Innere Soziopsychozirkulation Antitod. Pause.«

»Moment!« rief der Kybernetiker, als er sah, daß die anderen unruhig wurden. »Was bedeutet ›Selbsthalt‹? Was für ein Halt?«

»Selbsterhaltung«, stammelte der Kalkulator, der sich diesmal nicht an den Doppelt wandte.

»Ach so! Der Selbsterhaltungstrieb!« rief der Physiker, und der Kalkulator pflichtete ihm bei: »Selbsterhaltungstrieb. Ja. Ja.«

»Willst du etwa behaupten, du verstehst, was er gesagt hat?« Der Ingenieur war aufgesprungen und lief erregt hin und her.

»Ich weiß nicht, ob ich es verstehe, aber ich vermute es. Anscheinend handelt es sich hier um Teile ihres Strafsystems. Offenbar gibt es da irgendwelche Mikrogesellschaften, autonome Gruppen, die sich gewissermaßen gegenseitig in Schach halten.«

»Wie denn? Ohne Wachen? Ohne Aufseher?«

»Ja. Er hat ausdrücklich gesagt, daß es keinen Zwang gibt.«

»Das ist unmöglich!«

»Wieso? Stell dir zwei Menschen vor, der eine hat die Streichhölzer, der andere die Schachtel. Sie können sich hassen, aber Feuer können sie nur zusammen entfachen. Ärghaß, das ist Ärger und Haß oder etwas Ähnliches. Die Kooperation resultiert in der Gruppe somit aus den Umkehrkoppelungen, wie bei meinem Beispiel, freilich nicht so simpel. Der Zwang entsteht sozusagen aus sich selbst, die innere Situation der Gruppe erzeugt ihn.«

»Na schön, aber was machen sie dort? Was tun sie da? Wer liegt in diesen Gräbern? Warum?«

»Hast du nicht gehört, was der Kalkulator gesagt hat? ›Prokrustik‹ – vom Prokrustesbett.«

»Du faselst! Woher soll der Doppelt etwas von Prokrustes gehört haben?«

»Der Kalkulator, nicht der Doppelt! Er sucht sich die Begriffe aus, die im semantischen Spektrum einander nach der Resonanz am nächsten stehen. Dort, in diesen Gruppen, wird ermüdende Arbeit geleistet. Möglich, daß diese Arbeit weder Sinn noch Zweck hat. Er sagte ›Produktion ja nein‹. Also produzieren sie, sie müssen das, weil es eine Strafe ist.«

»Wieso müssen sie? Wer zwingt sie dazu, wenn es keine Aufpasser gibt?«

»Du bist ganz schön hartnäckig. Ob das mit der Produktion so ist, sei dahingestellt, aber den Zwang schafft die Situation. Hast du noch nicht von Zwangslagen gehört? Auf einem untergehenden Schiff zum Beispiel hast du wenig Entscheidungsmöglichkeiten. Vielleicht haben sie ihr ganzes Leben lang das Deck eines solchen Schiffes unter ihren Füßen ... Da ihnen physische, vor allem erschöpfende Arbeit schadet, entsteht ein ›Biokurzschluß‹, vielleicht innerhalb jenes elektrischen Organs.«

»Er hatte ›Biosoziokurzschluß‹ gesagt. Das muß etwas anderes sein.«

»Aber von annähernder Bedeutung. In der Gruppe besteht eine Adhäsion, eine gegenseitige Anziehungskraft, das heißt, eine Gruppe ist gewissermaßen sich selbst überlassen, von der Gesellschaft isoliert.«

»Das ist ja entsetzlich schleierhaft. Was tun sie denn dort?«

»Wie soll ich dir das beantworten? Ich weiß auch nicht mehr als du. In unserem Gespräch kommt es ja zu Mißverständnissen und Begriffsverschiebungen, nicht nur auf unserer Seite, sondern auch zwischen dem Kalkulator und dem Doppelt. Vielleicht haben sie eine spezielle wissenschaftliche Disziplin – die ›Prokrustik‹, eine Theorie der Dynamik solcher Gruppen. Sie planen den Typ der Handlungen, der

Konflikte und der gegenseitigen Anziehungen in ihrem Bereich von oben. Die Funktionen sind so gelagert und eingeplant, daß ein spezifisches Gleichgewicht, ein Austausch, ein Kreisen von Ärger, Angst und Haß entsteht, damit diese Gefühle sie vereinen und sie zugleich keine gemeinsame Sprache mit jemandem außerhalb der Gruppe finden können ...«

»Das sind deine privaten Variationen über die schizophrenen Auslassungen des Kalkulators, aber keine Übersetzung«, rief der Chemiker.

»Dann nimm du bitte meinen Platz ein. Vielleicht hast du besseren Erfolg.« Sie schwiegen eine Weile.

»Er ist sehr erschöpft«, sagte der Doktor. »Höchstens noch eine oder zwei Fragen. Wer möchte sie stellen?«

»Ich«, sagte der Koordinator. »Woher hast du von uns gewußt?« fragte er ins Mikrophon.

»Information – Meteorit – Schiff«, antwortete der Kalkulator, nachdem er ein paar kurze, schnarrende Laute mit dem Doppelt gewechselt hatte. »Schiff – vom anderen Planeten – kosmische Strahlen – Degeneration der Lebewesen, Pause. Tod zufügen. Pause. Glaseinfassung zwecks Liquidierung. Pause. Observatorium. Pause. Donner. Habe Messungen durchgeführt – Richtung der Geräusche – Quellen des Donners – Trefferherd Rakete. Pause. Ich ging, als es Nacht wurde. Pause. Ich wartete – Beschützer öffnete Einfassung. Ich ging hinein. Ich bin. Pause.«

»Sie hatten verkündet, daß ein Schiff mit Ungeheuern heruntergefallen sei, nicht wahr?« fragte der Ingenieur.

»Ja. Daß wir unter dem Einfluß der kosmischen Strahlung degeneriert seien. Und daß sie beabsichtigen, uns einzuschließen, uns mit der glasigen Masse zu isolieren. Er stellte Schallmessungen der Schußrichtung an, bestimmte ihr Ziel und hat uns so gefunden.«

»Hattest du nicht vor den Ungeheuern Angst?« fragte der Koordinator.

»›Angst haben‹ bedeutet nichts. Moment, wie war doch das Wort? Ach ja, Ärghaß. Vielleicht übersetzt er es so?«

Der Kybernetiker wiederholte die Frage in dem sonderbaren Jargon des Kalkulators.

»Ja«, wiederholte der Lautsprecher fast gleichzeitig. »Ja. Aber die Chance ist eins zu einer Million Planetenumdrehungen.«

»Kann man wohl sagen. Jeder von uns wäre gegangen.« Der Physiker nickte verständnisvoll.

»Willst du bei uns bleiben? Wir werden dich heilen. Es wird keinen Tod geben«, sagte der Doktor langsam. »Bleibst du bei uns?«

»Nein«, antwortete der Lautsprecher.

»Du willst fortgehen? Du willst ... zu den Deinen zurückkehren?«

»Rückkehr – nicht«, antwortete der Lautsprecher.

Sie sahen einander an.

»Du stirbst wirklich nicht! Wir heilen dich, Tatsache!« rief der Doktor. »Sag, was du tun willst, wenn du geheilt sein wirst?«

Der Kalkulator krächzte, der Doppelt antwortete mit einem kurzen, kaum hörbaren Laut.

»Null«, sagte der Lautsprecher nach einem gewissen Zögern. Und nach einer Weile fügte er hinzu, als wäre er nicht sicher, ob sie ihn richtig verstanden hatten: »Null. Null.«

»Er will nicht bleiben, zurückkehren will er auch nicht«, murmelte der Chemiker. »Vielleicht phantasiert er?«

Sie sahen den Doppelt an. Seine blaßblauen Augen ruhten unbeweglich auf ihnen. In der Stille hörten sie seine langsamen, dumpfen Atemzüge.

»Genug«, sagte der Doktor und stand auf. »Geht alle hinaus.«

»Und du?«

»Ich komme nach einer Weile nach. Ich habe zweimal Psychedrin eingenommen. Eine Weile kann ich noch bei ihm sitzen bleiben.«

Als die Männer aufstanden und zur Tür gingen, brach der kleine Torso des Doppelts, der bislang wie von einer unsichtbaren Stütze gehalten worden war, plötzlich zusammen. Seine Augen schlossen sich, der Kopf sank kraftlos nach hinten.

»Seltsam. Wir haben ihn ausgefragt. Warum hat er uns keine Fragen gestellt«, überlegte der Ingenieur laut, als sie draußen im Gang waren.

»O doch, vorher hat er uns Fragen gestellt«, antwortete der Kybernetiker. »Er erkundigte sich nach den Verhältnissen, die auf der Erde herrschen, nach unserer Geschichte, nach der Entwicklung der Astronautik. Bevor ihr gekommen seid, hat er viel mehr gesprochen.«

»Er muß wohl sehr geschwächt sein?«

»Sicherlich. Er hat ja eine große Dosis Strahlung abbekommen. Der Weg durch die Wüste hat ihn bestimmt auch sehr erschöpft, um so mehr, als er ziemlich alt ist.«

»Wie lange leben sie?«

»Ungefähr sechzig Planetenumdrehungen, also nicht ganz sechzig Jahre bei uns. Eden dreht sich schneller um seine Sonne als die Erde. Sie können sich unmittelbar verschiedene anorganische Substanzen einverleiben.«

»Das ist wirklich höchst merkwürdig«, sagte der Ingenieur.

»Richtig, der erste hat ja die Erde herausgetragen!« rief der Chemiker, stolz, daß ihm das wieder eingefallen war. Sie blieben alle wie auf Verabredung stehen.

»Ja, aber so haben sie sich vor Jahrtausenden ernährt. Jetzt ist das nur noch die Ausnahme. Erinnert ihr euch an die dünnen Kelche auf der Ebene? Das sind sozusagen ihre Lebensmittelakkumulatoren.«

»Sind das lebende Wesen?«

»Das weiß ich nicht. Jedenfalls nehmen sie nach einem Auswahlprinzip Substanzen aus dem Boden auf, die den Doppelts als Nahrung dienen, und lagern sie im Kelch ab. Es gibt davon viele Sorten.«

»Ja, natürlich. Sie züchten sie sicherlich, oder vielmehr sie bauen sie an«, sagte der Chemiker. »Im Süden haben wir ganze Plantagen von solchen Kelchen gesehen. Aber warum wühlte der Doppelt, der die Rakete fand, im Lehm?«

»Weil die Kelche nach Einbruch der Dunkelheit in der Erde versinken.«

»Er hatte doch auch sonst genug Erde überall. Warum wählte er ausgerechnet die in der Rakete?«

»Vielleicht, weil sie zerkleinert war und er Hunger hatte. Wir haben mit unserem Astronomen-Doppelt nicht darüber gesprochen. Möglich, daß jener wirklich aus dem Tal im Süden geflohen war ...«

»So, Freunde, geht jetzt schlafen«, beendete der Koordinator die Diskussion, an den Physiker und den Kybernetiker gewandt. »Und wir machen uns an die Arbeit. Es ist kurz vor zwölf.«

»Zwölf Uhr nachts?«

»Oje! Ich sehe, du hast den Zeitsinn schon völlig eingebüßt.«

»Unter solchen Bedingungen ...«

Sie hörten Schritte hinter sich. Der Doktor kam aus der Bibliothek. Sie sahen ihn fragend an.

»Er schläft«, sagte er. »Es steht nicht gut um ihn. Als ihr gegangen wart, hatte ich schon den Eindruck ...« Er vollendete den Satz nicht.

»Hast du nicht mit ihm gesprochen?«

»Doch. Das habe ich. Das heißt, ich glaubte schon, es sei soweit, versteht ihr. Ich fragte, ob wir etwas für sie tun könnten. Für sie alle.«

»Und was hat er gesagt?«

»Null«, wiederholte langsam der Doktor, und sie glaubten die tote Stimme des Kalkulators zu hören.

»Ihr legt euch jetzt alle hin«, sagte der Koordinator nach einer Weile. »Ich nutze noch die Gelegenheit, wo wir alle beisammen sind, und frage euch, ob wir starten wollen.«

»Ja«, antwortete der Ingenieur.

»Ja«, antworteten der Physiker und der Chemiker fast gleichzeitig. »Ja«, sagte der Chemiker noch einmal.

»Und du? Du schweigst?« Der Koordinator sah den Doktor an.

»Ich überlege. Wißt ihr, ich bin nie sehr neugierig gewesen ...«

»Ich weiß. Dir ging es eher darum, wie man ihnen helfen kann. Aber jetzt weißt du ja ...«

»Nein. Ich weiß es nicht«, sagte leise der Doktor.

14. Kapitel

Eine Stunde später fuhr der Beschützer über die heruntergelassene Lastenklappe. Der Ingenieur lenkte ihn bis auf zweihundert Meter an die glasige Mauer heran, deren Krone sich wie ein unvollendetes Gewölbe nach innen neigte, und ging ans Werk. Die Dunkelheit flüchtete mit gigantischen Sätzen in die Wüste. Die donnernden Linien der Schnitte, heller als die Sonne, zerlegten die spiegelnde Wand. Die glühenden Platten polterten zu Boden. Weißer Rauch wallte über der siedenden Arbeitsstätte. Der Ingenieur ließ die Platten liegen, damit sie erkalteten, und schnitt mit dem Annihilator weiter, hackte Fenster in das Gewölbe, von denen flammende Eiszapfen tropften. Lange Reihen viereckiger Löcher entstanden in der trüben, fast durchsichtigen Hülle. Schächte des gestirnten Himmels tauchten darin auf. Der Rauch wälzte sich über dem Sand. In den Adern der gewaltigen Glaswand stöhnte und ächzte es, die Bruchstücke bedeckten sich mit dunkler Glut. Schließlich fuhr der Beschützer rückwärts zur Rakete zurück. Der Ingenieur untersuchte die Strahlung der Stücke aus der Entfernung. Die Zähler summten warnend.

»Eigentlich müßten wir mindestens vier Tage hier warten«, sagte der Koordinator. »Aber wir schicken den Schwarzen hin und die Reiniger.«

»Richtig. Die Radioaktivität ist vor allem an der Oberfläche. Ein tüchtiger Sandstrahl wird mit ihr schon fertig. Und die kleinen Reste werden an einer Stelle zusammengetragen und vergraben.«

»Man könnte sie in das Klarbecken im Heck laden.« Der Koordinator starrte nachdenklich in die kirschrote Glut der Trümmer.

»Meinst du? Wozu?« Der Ingenieur sah ihn verwundert an. »Wir haben doch nichts davon, nur unnützer Ballast.«

»Ich möchte lieber keine radioaktiven Spuren hinterlassen... Sie kennen die Atomenergie nicht, und es ist besser, sie lernen sie nicht kennen...«

»Vielleicht hast du recht«, murmelte der Ingenieur. »Eden... Weißt du«, fügte er nach einer Weile nachdenklich hinzu, »allmählich beginnt sich mir ein Bild zu formen, nach den Worten des Doppelt, dieses Astronomen oder vielmehr... des Kalkulators... Ungeheuerlich.«

»Ja.« Der Koordinator nickte langsam. »Ein extremer Mißbrauch der Informationstheorie, und dabei so konsequent, daß er Bewunderung erweckt. Sie erweist sich als ein Werkzeug, das schrecklichere Torturen zufügen kann als alle physischen Quälereien, weißt du? Selektionieren, Hemmen, Blockieren von Informationen. Man kann auf diese Weise tatsächlich eine geometrisch exakte, gräßliche ›Prokrustik‹ betreiben, wie sich der Kalkulator ausdrückte.«

»Meinst du, daß sie..., daß er das begreift?«

»Was heißt, ob er das begreift? Denkst du, er hält diesen Zustand für normal? In gewissem Sinne vielleicht. Er kennt ja nichts anderes. Obwohl er sich auf ihre frühere Geschichte berief, auf die der gewöhnlichen und dann der anonymen Tyrannen. Er hat also eine Vergleichsskala. Ja, ganz bestimmt, ohne sie hätte er uns das nicht sagen können.«

»Wenn die Berufung auf Tyranneien die Erinnerung an bessere Zeiten bedeuten soll, dann ... danke schön!«

»Und dennoch. Eigentlich ist das ein zusammenhängender Entwicklungsablauf. Einer der Tyrannen kam offenbar auf den Gedanken, die Anonymität könnte ihm bei dem bestehenden Herrschaftssystem nützen. Eine Gesellschaft, die keinen Widerstand konzentrieren, keine feindlichen Gefühle gegen eine konkrete Person richten kann, wird entwaffnet.«

»Ach, so verstehst du das! Der Tyrann ohne Gesicht!«

»Vielleicht ist das eine falsche Analogie, aber als sich nach einiger Zeit die theoretischen Grundlagen für ihre ›Prokrustik‹ herausbildeten, ging einer seiner Nachfolger noch weiter. Er liquidierte zum Schein sogar sein Inkognito, setzte sich selbst und das Regierungssystem ab – natürlich nur im Bereich der Begriffe, der Worte, der öffentlichen Kommunikation ...«

»Aber warum gibt es hier keine Befreiungsbewegungen? Das will mir nicht in den Kopf! Und selbst, wenn sie ihre ›Strafgefangenen‹ auf die Weise bestrafen, daß sie sie in autonome, isolierte Gruppen eingliedern, so muß doch, da jede Art von Bewachung, von Aufsicht, von äußerer Gewalt fehlt, eine individuelle Flucht und sogar ein organisierter Widerstand möglich sein.«

»Damit eine Organisation entstehen kann, müssen zuerst Verständigungsmittel vorhanden sein.«

Der Koordinator schob das Endstück des Geigerzählers durch die Turmluke hinaus. Sein Ticken wurde allmählich schwächer. »Beachte bitte, daß bestimmte Erscheinungen bei ihnen nicht grundsätzlich namenlos sind, auch nicht im Zusammenhang mit anderen. Sowohl die Namen wie die Zusammenhänge, die man als wirklich hinstellt, sind lediglich Maskierungen. Die Verunstaltungen, die durch Mutationen verursacht wurden, bezeichnet man als eine Krankheitsepidemie, und so muß es wohl mit allem sein. Um die Welt zu beherrschen, muß man sie zuerst benennen. Ohne Wissen, ohne Waffen und ohne Organisation, von anderem Leben abgeschnitten, können sie nicht viel anfangen.«

»Da hast du recht. Aber die Szene auf dem Friedhof und der Graben vor der Stadt weisen doch darauf hin, daß die Ordnung möglicherweise hier nicht so vollkommen ist, wie sich das der unsichtbare Herrscher vielleicht wünscht. Hinzu kommt, daß unser Doppelt so sehr über die glasige Mauer erschrak, entsinnst du dich? Offenbar verläuft hier nicht alles so glatt.«

Der Geigerzähler über ihren Köpfen tickte nur noch träge. Die Trümmer der das Raumschiff umgebenden Wand waren dunkler geworden. Nur die Erde rauchte noch, und die Luft darüber zitterte, so daß die Sternbilder eigenartig schwankten.

»Der Start ist beschlossen«, sagte der Ingenieur. »Dabei könnten wir ihre Sprache noch viel besser kennenlernen, könnten erfahren, wie ihre verdammte Obrigkeit schaltet und waltet, die ihre eigene Nichtexistenz vortäuscht. Und ... wir könnten ihnen Waffen geben ...«

»Wem? Diesen Unglückseligen, solchen wie unserem Doppelt? Würdest du ihm den Annihilator anvertrauen? Mensch!«

»Anfangs könnten wir ja selbst ...«

»Diese Obrigkeit zerstören, ja? Mit anderen Worten, sie mit Gewalt befreien?«

»Wenn es kein anderes Mittel gibt.«

»Einmal sind sie keine Menschen, auf jeden Fall nicht

Menschen wie wir. Du darfst nicht vergessen, daß du letztlich immer mit dem Kalkulator sprichst und daß du den Doppelt nur so weit verstehst, wie ihn der Kalkulator begreift. Zum andern, es hat ihnen niemand das, was ist, aufgezwungen. Zumindest niemand aus dem Kosmos. Sie selbst ...«

»Wenn du so argumentierst, drückst du dein Einverständnis mit allem aus. Mit allem!« rief der Ingenieur.

»Und wie möchtest du, daß ich argumentiere? Ist denn die Bevölkerung dieses Planeten ein Kind, das in eine Sackgasse geraten ist, aus der man es an der Hand herausführen kann? Wäre das so einfach, du lieber Gott! Die Befreiung begänne damit, Henryk, daß wir töten müßten, und je verbissener der Kampf wäre, desto geringer wäre die Vernunft, mit der wir handelten. Schließlich würden wir nur noch töten, um uns die Rückkehr oder einen Weg zum Gegenangriff offenzuhalten, und würden alle umbringen, die sich dem Beschützer in den Weg stellten. Du weißt sehr gut, wie leicht das ist!«

»Ich weiß«, murmelte der Ingenieur. »Übrigens«, fügte er nach einer Weile hinzu, »ist noch nichts bekannt. Zweifellos beobachten sie uns, und die Fenster, die wir in ihre Sperrmauer geschlagen haben, werden ihnen kaum gefallen. Ich nehme an, daß wir in Kürze mit dem nächsten Versuch zu rechnen haben.«

»Ja, durchaus möglich«, räumte der Koordinator ein. »Ich habe mir sogar überlegt, ob es nicht geboten wäre, vorgeschobene Posten aufzustellen. Elektronenaugen und Elektronenohren.«

»Das würde uns viel Zeit kosten und außerdem Material verschlingen, von dem wir nicht allzuviel besitzen.«

»Das habe ich mir auch überlegt, deshalb zögere ich noch ...«

»Zwei Röntgen pro Sekunde. Wir können die Automaten hinausschicken.«

»Gut. Den Beschützer ziehen wir besser in die Rakete hoch, um sicherzugehen.«

Am Nachmittag bedeckte sich der Himmel mit Wolken, zum erstenmal seit ihrer Ankunft auf dem Planeten fiel ein feiner, warmer Regen. Die Spiegelmauer wurde dunkel, das Wasser tropfte von ihren größeren und kleineren Vorsprüngen, man hörte es bis in die Rakete. Die Automaten arbeiteten unermüdlich. Die Sandpeitschen, die aus den Pulsomotoren geschleudert wurden, knirschten und zischten über die Oberfläche der herausgeschnittenen Platten, Glasstückchen wirbelten durch die Luft. Der Sand bildete mit dem Regen einen dünnen Morast. Der Schwarze zog die Behälter mit den radioaktiven Überresten durch den Lasteneingang in die Rakete. Der zweite Automat kontrollierte mit dem Geigerzähler, ob die Deckel hermetisch schlossen. Danach schleppten beide Maschinen die gereinigten Platten an die vom Ingenieur vorgesehenen Stellen, wo die großen Brocken in den sprühenden Funkenfontänen Schweißgeräte miteinander verschmolzen und die Grundlage für das künftige Gerüst bildeten.

Bald stellte sich heraus, daß das Baumaterial nicht reichen würde. In der Abenddämmerung – der Regen stürzte mittlerweile in Bächen herab – kroch der Beschützer abermals aus der Rakete und postierte sich vor der durchlöcherten Wand. Was nun folgte, war ein unheimliches Schauspiel. Die quadratischen Sonnen explodierten in der Dunkelheit mit grellem Schein, das Getöse der nuklearen Detonationen vermischte sich mit dem dumpfen Widerhall der zu Boden stürzenden flammenden Glasbrocken. Dichte Rauch- und Dampfwolken schossen in die Höhe. Die Regenpfützen kochten und zischten. Der Regen siedete schon, bevor er die Erde erreichte. Hoch oben spiegelten sich die Blitze der Explosionen in Myriaden rosa, grüner und gelber Regenbogen wider. Der Beschützer, schwarz wie aus Kohle gehauen, wich in dem Zucken der Blitze zurück, drehte sich langsam auf der Stelle, hob den stumpfen Rüssel, und wieder erschütterten Donner und Grollen die Umgebung.

»Das ist gut so«, brüllte der Ingenieur dem Koordinator ins Ohr. »Vielleicht schreckt sie eine solche Kanonade ab, und sie lassen uns in Ruhe. Wir brauchen noch mindestens zwei Tage.«

Sein schweißnasses Gesicht sah aus wie eine Quecksilbermaske, im Turm war es heiß wie in einem Ofen.

Als sie sich zur Ruhe begaben, gingen die Automaten wieder an die Arbeit und lärmten bis zum Morgen. Sie schleppten die Schläuche der Sandstrahlgebläse hinter sich her und polterten mit den Glasplatten. Der Regen sprühte und nieselte in klarstem, blendendem Blau auf die Schweißgeräte herab. Die Lastenklappe verschlang neue Behälter mit radioaktiven Überresten. Die parabolische Konstruktion hinter dem Heck der Rakete wuchs langsam höher, gleichzeitig fraßen sich der Lastenautomat und der Bagger unter dem Bauch des Raumschiffes beharrlich in den Hang hinein.

Als sie im Morgengrauen aufstanden, war ein Teil des glasigen Baustoffs bereits zum Abstützen der Stellen draufgegangen.

»Das war ein guter Einfall«, konstatierte der Koordinator. Sie saßen im Navigationsraum. Auf dem Tisch lagen ganze Stöße von technischen Zeichnungen. »Tatsächlich, wenn wir die Stützpfosten entfernten, könnte die Decke unter der Last der Rakete einstürzen und dabei auch die Automaten zertrümmern. Sie würden es bestimmt nicht schaffen, sich rechtzeitig aus der Grube zurückzuziehen.«

»Haben wir dann noch genug Energie für den Flug?« fragte der Kybernetiker, der in der offenen Tür stand. »Für zehn Flüge! Außerdem können wir notfalls die radioaktiven Überreste annihilieren, die im Klarbecken untergebracht sind. Das wird nicht nötig sein. Wir legen Wärmeleitungen in den Stollen, mit ihnen können wir die Temperatur dort genau regulieren. Wenn der Schmelzpunkt des Glases erreicht ist, sinken die Stützpfosten langsam in sich zusammen. Sollte das zu schnell gehen, können wir jederzeit eine Portion flüssige Luft in den Stollen spritzen. Auf diese Weise haben wir die Rakete bis zum Abend aus dem Sand gezogen. Dann folgt das Aufstellen in die Vertikale ...«

»Das ist schon das nächste Kapitel«, fiel ihm der Ingenieur ins Wort.

Um acht Uhr früh hatten sich die Wolken verzogen, die Sonne blitzte auf. Die riesige Walze des Raumschiffes, die bisher regungslos in dem Hang gesteckt hatte, bebte. Der Ingenieur überwachte mit Hilfe eines Theodolits das langsame Absinken des Hecks. Der Boden unter dem Bug des Schiffes war bereits tief unterhöhlt. An der Stelle, wo der Lehmhügel abgetragen war, stand ein Wald gläserner Säulen in beträchtlicher Entfernung von der Rakete, fast schon an der Mauer, die mit ihren vielen Löchern wie ein gläsernes Colosseum aussah.

Menschen und Doppelts waren für die Dauer der Operation aus der Rakete evakuiert. Der Ingenieur erblickte in der Ferne die kleine Gestalt des Doktors, der einen großen Bogen um das Heck der Rakete machte. Aber das Bild drang nicht in sein Bewußtsein, die Beobachtung der Instrumente verlangte seine ganze Aufmerksamkeit. Nur eine dünne Erdschicht und das System der weich werdenden Grubenstempel trugen die Last der Rakete. Achtzehn dicke Taue spannten sich von den Hecktüllen zu den Haken, die in die massiven Mauertrümmer eingeschmolzen waren. Der Ingenieur pries diese Mauer fast in den Himmel. Ohne sie hätte das Herunterlassen und Aufstellen des Raumschiffes viermal so lange gedauert. Durch ein ganzes Netz von Kabeln, die sich durch den Sand schlängelten, floß Strom in die Heizröhren im Innern des Stollens. Aus seiner Öffnung, dicht unter der Stelle, wo sich der Rumpf in den Hang gebohrt hatte, drang etwas Rauch. Träge, graugelbe Wolken krochen über den Boden, der nach dem nächtlichen Regen noch nicht getrocknet war. Das Heck senkte sich langsam. Wenn die Bewegung heftiger wurde, öffnete der Ingenieur die linken Klemmbügel des Apparats. Sofort sprühte flüssige Luft aus vier ringbewehrten Leitungen in den Stollen, und aus der Öffnung quollen mit Gedröhn schmutzigweiße Wolken.

Während der nächsten Schmelzphase des glasigen Stollengerüsts ruckte plötzlich der ganze Rumpf, die etwa hundert Meter lange Walze neigte sich mit knirschendem Stöhnen hintenüber, bevor der Ingenieur die Klemme betätigen konnte. Das Heck beschrieb im Bruchteil einer Sekunde einen Bogen von ungefähr vier Meter Länge, während sich der Bug des Projektils aus dem Hang riß und dabei einen ganzen Wall von Sand und Lehm hochschleuderte. Dann lag das Keramitungeheuer bewegungslos da; die Kabel und die Metallschläuche hatte es unter sich begraben, ein Schlauch war geborsten. Ein heulender Geysir flüssiger Luft schoß daraus hervor.

»Sie liegt! Sie liegt!« brüllte der Ingenieur. Er kam erst nach einer Weile wieder zu sich. Neben ihm stand der Doktor und sagte irgend etwas.

»Wie? Was?« stammelte der Ingenieur wie betäubt.

»Es sieht tatsächlich so aus, als ob wir zurückkehren werden ... nach Hause zurückkehren«, wiederholte der Doktor. Der Ingenieur blieb stumm. »Er wird leben«, fuhr der Doktor fort.

»Wer? Von wem sprichst du?« Da fiel es ihm wieder ein. Er vergewisserte sich noch einmal, daß die Rakete auch wirklich frei dalag. »Also was? Wird er mit uns fliegen?« Er hatte es auf einmal eilig, er wollte so schnell wie möglich die Außenhaut der Raketenspitze untersuchen.

»Nein«, antwortete der Doktor und folgte dem Ingenieur ein paar Schritte, schien es sich aber dann anders überlegt zu haben und blieb zurück. Von der flüssigen Gasfontäne, die noch immer aus dem zerquetschten Rohr spritzte, war es sichtlich kühler geworden. Auf dem Rumpf tauchten kleine Gestalten auf. Eine davon verschwand. Kurz darauf sank die Fontäne in sich zusammen. Eine Weile spuckte das Rohr noch Schaum, von dem ein eisiger Hauch herüberwehte, bis auch der verschwand. Plötzlich wurde es seltsam still. Der Doktor sah sich erstaunt um, als wüßte er nicht, wie er dorthin gelangt war, und ging dann langsam weiter.

Die Rakete war nun aufgerichtet und stand senkrecht da. Sie war weiß, weißer als die sonnigen Wolken, mit denen ihr zugespitzter Schnabel weit oben bereits zu wandern schien. Drei Tage, ausgefüllt mit schwerer Arbeit, lagen hinter ihnen. Alles war verladen. Die große parabolische Schräge, zusammengeschweißt aus den Stücken der Mauer, die sie hatte einschließen sollen, zog sich den Hügelhang hinauf. Vier Männer standen achtzig Meter hoch über dem Boden in der offenen Luke. Sie blickten hinunter. Auf der graugelben Fläche waren zwei winzige Gestalten zu erkennen, eine etwas heller als die andere. Sie waren nur ein halbes Hundert Meter von den riesigen, gigantischen Säulen gleichenden Tüllen entfernt und rührten sich nicht.

»Warum gehen sie nicht weg?« sagte der Physiker ungeduldig. »Wir werden nicht starten können.«

»Sie werden nicht weggehen«, antwortete der Doktor.

»Was soll das bedeuten? Will er nicht, daß wir abfliegen?«

Der Doktor wußte, was das bedeutete, aber er schwieg. Die Sonne stand hoch am Himmel. Von Westen schwammen geballte Wolken heran. Wie aus dem Fenster eines hohen Turmes, der urplötzlich in der Einöde errichtet worden war, sahen sie von dem offenen Eingang aus die blau schimmernden Berge im Süden, die mit den Wolken vermischten Gipfel, die große Wüste im Westen, die sich Hunderte Kilometer weit in sonnenerhellten Dünenstreifen erstreckte, und den lilafarbenen Pelz der Wälder, die im Osten die Hänge bedeckten. Ein gewaltiger Raum breitete sich unter dem Firmament mit der kleinen, stechenden, im Zenit stehenden Sonne aus. Der Mauerkreis unten umgab die Rakete wie ein Spitzenschleier. Ihr Schatten glitt über ihn hinweg wie der Zeiger einer Titanensonnenuhr. Er näherte sich bereits den beiden kleinen Gestalten.

Im Osten krachte es. Die Luft antwortete mit schrillem Pfeifen, aus dem schwarzen Explosionstrichter schlug eine das Sonnenlicht überstrahlende Flamme.

»Sieh da, etwas Neues«, sagte der Ingenieur.

Ein zweites Grollen. Das unsichtbare Geschoß näherte sich heulend. Das höllische Pfeifen zielte auf sie, auf die Spitze der Rakete. Die Erde stöhnte auf, eine Flamme schoß etwa fünfzig Meter vom Raumschiff entfernt in die Höhe. Sie fühlten, wie die Erde schwankte.

»Alle Mann auf die Plätze!« befahl der Koordinator.

»Und die beiden?« fragte der Chemiker ärgerlich mit einem Blick nach unten.

Die Klappe schloß sich.

Das Tosen war im Steuerraum nicht zu hören. Auf dem hinteren Bildschirm sah man feurige Büsche im Sand hochspringen. Die beiden hellen Punkte standen noch immer reglos zu Füßen der Rakete.

»Gurte festschnallen!« befahl der Koordinator. »Bereit?«

»Bereit«, murmelten alle der Reihe nach.

»Zwölf Uhr sieben. Fertig zum Start. Volle Fahrt!«

»Ich schalte die Säule ein«, meldete der Ingenieur.

»Die Kritische ist erreicht«, meldete der Physiker.

»Zirkulation normal«, meldete der Chemiker.

»Das Gravimeter ist auf der Achse«, meldete der Kybernetiker.

Der Doktor starrte auf den hinteren Bildschirm.

»Sind sie da?« fragte der Koordinator. Alle sahen ihn an. Diese Worte gehörten nicht zum Startritual.

»Sie sind da«, sagte der Doktor. Die Rakete wurde von einer nahen Explosionswelle erfaßt und erbebte.

»Start!« kommandierte der Koordinator. Der Ingenieur setzte mit unbewegtem Gesicht die Triebwerke in Gang. Noch einmal waren ferne, schwache Detonationen zu hören. Sie schienen aus einer anderen Welt zu kommen, die mit der ihren nichts gemein hatte. Das Pfeifen wurde allmählich lauter, durchdringender. Alles schien sich darin aufzulösen, zu zerfließen. In einem sanften Wiegen fielen sie einer unbezwingbaren Kraft in die Arme.

»Wir stehen auf dem Feuer«, sagte der Ingenieur.

Das bedeutete, daß sich die Rakete vom Boden erhoben

hatte und gerade so viel flammende Gase ausstieß, daß sie das eigene Gewicht hielt.

»Die normale Synergische«, befahl der Koordinator.

»Wir folgen der normalen«, meldete der Kybernetiker, und die Nylonseile fingen an zu zittern. Die Stoßdämpfer glitten langsam nach hinten.

»Sauerstoff!« rief der Doktor unwillkürlich, als sei er plötzlich erwacht, und biß in das elastische Mundstück.

Zwölf Minuten später hatten sie die Edenatmosphäre verlassen. Ohne die Geschwindigkeit zu drosseln, entfernten sie sich in einer immer breiter werdenden Spirale in die interstellare Schwärze. Siebenhundertvierzig Lichter, Zeiger, Kontrollampen, Instrumentenskalen pulsten, zitterten, flimmerten und leuchteten im Steuerraum. Die Männer hatten die Gurte abgeschnallt, sie warfen die Karabinerverschlüsse und die Haken auf den Fußboden, traten an die Schalttafeln, legten fast ungläubig die Hände darauf, prüften, ob sich die Leitungen nicht erhitzten, ob nicht das Zischen eines Kurzschlusses zu hören sei, schnupperten argwöhnisch in der Luft, ob es nicht brenzlig roch, schauten auf die Bildschirme, musterten die Datenzeiger der astrodäsischen Rechenmaschinen – alles war so, wie es sein mußte. Die Luft war rein, die Temperatur ausgeglichen, der Regler in einem Zustand, als hätte er sich nie in einen Haufen Splitter verwandelt.

Im Navigationsraum beugten sich der Ingenieur und der Koordinator über die Sternenkarten.

Die Karten waren größer als der Tisch, an den Seiten hingen sie herab, waren stellenweise an den Rändern eingerissen. Schon lange war davon die Rede, daß im Navigationsraum ein größerer Tisch gebraucht wurde, weil man auf die Karten trete. Doch geändert hatte sich nichts.

»Hast du Eden gesehen?« fragte der Ingenieur.

Der Koordinator starrte ihn verständnislos an. »Was heißt, ob ich ihn gesehen habe?« – »Jetzt, schau hin.«

Der Koordinator wandte sich um. Auf dem Bildschirm flammte ein gewaltiger opalener Tropfen, der die umliegenden Sterne auslöschte.

»Schön«, sagte der Ingenieur. »Wir waren von unserem Kurs abgewichen, weil er so schön war. Wir wollten nur über ihn hinwegfliegen.«

»Ja, wir wollten nur über ihn hinwegfliegen«, wiederholte der Koordinator.

»Ein ausnehmend schöner Schein. Andere Planeten haben keinen so reinen. Die Erde ist einfach nur blau.«

»Sie sind also zurückgeblieben«, sagte der Koordinator nach einer Weile.

»Ja. Er wollte es so.«

»Glaubst du?«

»Ich bin mir fast sicher. Er wollte, daß es durch uns geschah, nicht durch jene. Das war alles, was wir für ihn tun konnten.«

Eine Zeitlang sprach keiner ein Wort. Eden rückte immer ferner.

»Wie schön!« Der Koordinator blickte noch immer auf den Bildschirm. »Aber, weißt du, nach der Wahrscheinlichkeitsrechnung gibt es noch schönere.«

400 S., ISBN 3-485-00811-7

Alexandra David-Néel
Mein Leben auf dem Dach der Welt

**Die deutsche Erstveröffentlichung
eines Kultbuchs**

*Alexandra David-Néels Reisetagebuch waren die Briefe
an ihren Mann, die sie ihm bis zu seinem Tod 1940 aus
der ganzen Welt schrieb.
Besonders faszinierend erscheint heute nicht nur, mit
welch bescheidenen Mitteln sie gereist ist, sondern auch
das Abenteuer und der Forscherdrang, die sie immer wieder ins Ungewisse trieben. Im Mittelpunkt steht ihr
Aufenthalt in Kumbum und ihre Reise zu Fuß in die
verbotene Stadt Lhasa.*

nymphenburger